ALEX

Né à Paris, Pierre Lemaitre a notamment enseigné la littérature à des adultes avant de se consacrer à l'écriture. Ses trois premiers romans, *Travail soigné* (publié chez Le Masque en 2006 et prix du Premier roman de Cognac 2006), *Robe de marié* (publié chez Calmann-Lévy en 2009 et prix du Meilleur polar francophone 2009) et *Cadres noirs* (publié chez Calmann-Lévy en 2010 et prix du Polar européen du *Point* 2010), lui ont valu un succès critique et public exceptionnel et l'ont révélé comme un maître du roman noir et du thriller. Ses romans sont traduits dans une vingtaine de langues et plusieurs sont en cours d'adaptation cinématographique. En 2014 paraîtra *Rosy and John*, une nouvelle enquête de l'inspecteur Camille Verhoeven, publié en exclusivité au Livre de Poche. *Au revoir là-haut*, son dernier roman paru aux Éditions Albin Michel, a reçu le prix Goncourt 2013.

Paru dans Le Livre de Poche :

CADRES NOIRS

ROBE DE MARIÉ

TRAVAIL SOIGNÉ

PIERRE LEMAITRE

Alex

La trilogie Verhœven, 2

ALBIN MICHEL

© Éditions Albin Michel, 2011.
ISBN : 978-2-253-16644-3 – 1re publication LGF

Pour Pascaline.

À Gérald,
pour notre amitié.

I

1

Alex adore ça. Il y a déjà près d'une heure qu'elle essaye, qu'elle hésite, qu'elle ressort, revient sur ses pas, essaye de nouveau. Perruques et postiches. Elle pourrait y passer des après-midi entiers.

Il y a trois ou quatre ans, par hasard, elle a découvert cette boutique, boulevard de Strasbourg. Elle n'a pas vraiment regardé, elle est entrée par curiosité. Elle a reçu un tel choc de se voir ainsi en rousse, tout en elle était transformé à un tel point qu'elle l'a aussitôt achetée, cette perruque.

Alex peut presque tout porter parce qu'elle est vraiment jolie. Ça n'a pas toujours été le cas, c'est venu à l'adolescence. Avant, elle a été une petite fille assez laide et terriblement maigre. Mais quand ça s'est déclenché, ç'a été comme une lame de fond, le corps a mué presque d'un coup, on aurait dit du morphing en accéléré, en quelques mois, Alex était ravissante. Du coup, comme personne ne s'y attendait plus, à cette grâce soudaine, à commencer par elle, elle n'est jamais parvenue à y croire réellement. Aujourd'hui encore.

Une perruque rousse, par exemple, elle n'avait pas imaginé que ça pourrait lui aller aussi bien. Une

11

découverte. Elle n'avait pas soupçonné la portée du changement, sa densité. C'est très superficiel, une perruque mais, inexplicablement, elle a eu l'impression qu'il se passait vraiment quelque chose de nouveau dans sa vie.

Cette perruque, en fait, elle ne l'a jamais portée. De retour chez elle, elle s'est aussitôt rendu compte que c'était la qualité la plus médiocre. Ça faisait faux, moche, ça faisait pauvre. Elle l'a jetée. Pas dans la poubelle, non, dans un tiroir de la commode. Et de temps en temps, elle l'a reprise et s'est regardée avec. Cette perruque avait beau être affreuse, du genre qui hurle : « Je suis du synthétique bas de gamme », il n'empêche, ce qu'Alex voyait dans la glace lui donnait un potentiel auquel elle avait envie de croire. Elle est retournée boulevard de Strasbourg, elle a pris le temps de regarder les perruques de bonne qualité, parfois un peu chères pour son salaire d'infirmière intérimaire, mais qu'on pouvait vraiment porter. Et elle s'est lancée.

Au début, ce n'est pas facile, il faut oser. Quand on est, comme Alex, d'un naturel assez complexé, trouver le culot de le faire demande une bonne demi-journée. Composer le bon maquillage, assortir les vêtements, les chaussures, le sac (enfin, dégotter ce qui convient dans ce que vous avez déjà, on ne peut pas tout racheter chaque fois qu'on change de tête…). Mais ensuite vous sortez dans la rue et immédiatement, vous êtes quelqu'un d'autre. Pas vraiment, presque. Et, si ça ne change pas la vie, ça aide à passer le temps, surtout quand on n'attend plus grand-chose.

Alex aime les perruques typées, celles qui envoient des messages clairs comme : « Je sais à quoi vous pen-

12

sez » ou « Je suis aussi très bonne en maths ». Celle qu'elle porte aujourd'hui dit quelque chose comme : « Moi, vous ne me trouverez pas sur Facebook. »

Elle saisit un modèle nommé « Urban choc » et c'est à ce moment qu'elle voit l'homme à travers la vitrine. Il est sur le trottoir d'en face et fait mine d'attendre quelqu'un ou quelque chose. C'est la troisième fois en deux heures. Il la suit. Maintenant, c'est une certitude. Pourquoi moi ? C'est la première question qu'elle se pose. Comme si toutes les filles pouvaient être suivies par des hommes sauf elle. Comme si elle ne sentait pas déjà en permanence leurs regards, partout, dans les transports, dans la rue. Dans les boutiques. Alex plaît aux hommes de tous les âges, c'est l'avantage d'avoir trente ans. Quand même, elle est toujours surprise. « Il y en a tellement de bien mieux que moi. » Toujours en crise de confiance, Alex, toujours envahie par le doute. Depuis l'enfance. Elle a bégayé jusqu'à l'adolescence. Même encore aujourd'hui, quand elle perd ses moyens.

Elle ne le connaît pas, cet homme, un physique pareil, ça l'aurait frappée, non, elle ne l'a jamais vu. Et puis, un type de cinquante ans suivre une fille de trente… Ce n'est pas qu'elle soit à cheval sur les principes, ça l'étonne, voilà tout.

Alex baisse le regard vers d'autres modèles, fait mine d'hésiter puis traverse le magasin et se place dans un angle d'où elle peut observer le trottoir. Il a dû être sportif, on le dirait à l'étroit dans ses vêtements, le genre d'homme qui pèse lourd. Tandis qu'elle caresse une perruque blonde, presque blanche, elle cherche à quel moment elle s'est rendu compte de sa présence pour la première fois. Dans le métro. Elle

13

l'a remarqué au fond du wagon. Leurs regards se sont croisés et elle a eu le temps de voir le sourire qu'il lui adressait, qu'il voulait engageant, cordial. Ce qu'elle n'aime pas dans son visage, c'est qu'il semble avoir une idée fixe dans le regard. Mais surtout, quasiment pas de lèvres. Instinctivement, elle s'en est méfiée comme si toutes les personnes qui n'ont pas de lèvres retenaient quelque chose, des secrets inavouables, des méchancetés. Et son front bombé. Elle n'a pas eu le temps de regarder ses yeux, c'est dommage. Selon elle, c'est une chose qui ne trompe pas, c'est toujours ainsi qu'elle juge les gens, au regard. Évidemment, là, dans le métro, avec ce genre de type, elle n'a pas voulu s'attarder. Sans trop le montrer, elle s'est tournée dans l'autre sens, dos à lui, elle a fouillé dans son sac à la recherche de son lecteur mp3. Elle a mis *Nobody's Child*, et elle s'est soudain demandé si elle ne l'avait pas déjà vu, la veille ou l'avant-veille, en bas de chez elle. L'image est confuse, elle n'est pas certaine. Il faudrait se retourner et le regarder de nouveau pour tenter de faire remonter ce souvenir flou, mais elle ne veut pas risquer de l'encourager. Ce qui est certain, c'est qu'après la rencontre dans le métro, elle l'a revu, une demi-heure plus tard, boulevard de Strasbourg au moment où elle revenait sur ses pas. Elle venait de changer d'avis, elle voulait revoir la perruque brune, mi-longue, avec des mèches, elle a fait subitement demi-tour et elle l'a aperçu, un peu plus loin, sur le trottoir, qui s'arrêtait brusquement et faisait mine de regarder une vitrine. Des vêtements féminins. Il avait beau prendre un air absorbé...

Alex repose la perruque. Il n'y a aucune raison mais ses mains tremblent. C'est idiot. Elle lui plaît, il la suit, il tente sa chance, il ne va quand même pas l'attaquer dans la rue. Alex secoue la tête comme si elle voulait ranger ses idées dans le bon ordre et, quand elle regarde de nouveau le trottoir, l'homme a disparu. Elle se penche sur le côté, sur la droite, puis sur la gauche, mais non, personne, il n'est plus là. Le soulagement qu'elle ressent a quelque chose d'exagéré. Si elle se répète : « C'est idiot », elle respire tout de même plus normalement. Sur le seuil de la boutique, elle ne peut s'empêcher de s'arrêter, de vérifier à nouveau. Pour un peu, c'est son absence maintenant qu'elle trouverait inquiétante.

Alex consulte sa montre, puis le ciel. Il fait doux, il reste encore presque une heure de jour. Pas envie de rentrer. Elle devrait s'arrêter dans une épicerie. Elle cherche à se rappeler ce qui reste dans le réfrigérateur. Pour les courses, elle est vraiment négligente. Son attention se concentre sur son travail, sur son confort (Alex est un peu maniaque) et, bien qu'elle ne veuille pas trop se l'avouer, dans les vêtements et les chaussures. Et les sacs. Et les perruques. Elle aurait bien aimé que ça passe plutôt dans l'amour mais l'amour est un sujet à part, le compartiment sinistré de son existence. Elle a espéré, voulu puis elle a renoncé. Aujourd'hui elle ne veut plus s'arrêter sur ce sujet, elle y pense le moins possible. Elle essaye seulement de ne pas transformer ce regret en plateaux télé, de ne pas prendre des kilos, de ne pas devenir trop moche. Malgré cela, bien que célibataire, elle se sent rarement seule. Elle a ses projets qui lui tiennent à cœur, qui structurent son temps. Pour l'amour, c'est raté, mais c'est ainsi. Et c'est moins difficile depuis qu'elle se prépare à finir seule. Malgré cette solitude, Alex essaye de vivre normalement, de trouver des plaisirs. Cette pensée-là l'aide souvent, l'idée de se faire des petits plaisirs, d'y avoir droit, elle aussi, comme les autres. Par exemple, elle a décidé ce soir de retourner dîner au Mont-Tonnerre, rue de Vaugirard.

Elle arrive un peu en avance. C'est la seconde fois qu'elle vient. La première fois, c'était la semaine dernière et une jolie rousse qui dîne toute seule, forcément on s'en souvient. Ce soir, on lui dit bonjour comme à une habituée, les serveurs se poussent du coude, on flirte un peu maladroitement avec la jolie cliente, elle sourit, les garçons la trouvent vraiment charmante. Elle demande la même table, dos à la terrasse, face à la salle, elle commande la même demi-bouteille de vin d'Alsace glacé. Elle soupire, Alex aime manger, il faut même qu'elle s'en méfie, qu'elle se le répète. Son poids est un vrai yoyo. Cela dit, elle maîtrise encore assez bien cette question. Elle peut prendre dix kilos, quinze, être méconnaissable, deux mois plus tard, la voilà de nouveau à son poids d'origine. Dans quelques années, elle ne pourra plus jouer avec ça.

Elle sort son livre et demande une fourchette supplémentaire pour tenir les pages ouvertes pendant qu'elle dîne. Comme la semaine passée, il y a en face d'elle, un peu sur la droite, le même type châtain très clair. Il dîne avec ses copains. Ils ne sont encore que deux, à les entendre les autres ne vont pas tarder. Il l'a vue tout de suite, dès qu'elle est entrée, elle fait mine de ne pas trop s'apercevoir qu'il la regarde avec insistance. Ce sera comme ça toute la soirée. Même quand

16

ses autres amis seront arrivés, même quand ils seront lancés dans leurs éternelles discussions de travail, de filles, de femmes, qu'ils se raconteront à tour de rôle toutes ces histoires dont ils sont les héros, il ne cessera pas de la regarder. Alex aime bien cette situation mais elle ne veut pas l'encourager ouvertement. Il n'est pas mal, quarante, quarante-cinq, il a dû être beau, il doit boire un peu trop, ça lui donne un visage tragique. Ce visage lui procure des émotions, à Alex.

Elle boit son café. Seule concession, savamment dosée : un regard à cet homme en partant. Un simple regard. Alex fait ça à la perfection. C'est très furtif mais elle ressent vraiment une émotion douloureuse de l'apercevoir poser sur elle ce regard d'envie, ça lui remue le ventre, comme une promesse de chagrin. Alex ne se dit jamais les mots, les vrais mots, quand il s'agit de sa vie, comme ce soir. Elle voit bien que son cerveau se fixe sur des images arrêtées, comme si le film de son existence s'était cassé, impossible pour elle de remonter le fil, de se raconter de nouveau l'histoire, de trouver les mots. La prochaine fois, si elle reste plus tard, il sera peut-être dehors à l'attendre. Allez savoir. Enfin, si. Alex sait très bien comment ça se passe. Toujours un peu de la même manière. Ses retrouvailles avec les hommes ne font jamais des histoires très belles, ça, au moins, c'est une partie du film qu'elle a déjà vue et dont elle se souvient. Bon, c'est ainsi.

La nuit est complètement tombée et il fait vraiment doux. Un bus vient d'arriver. Elle accélère le pas, le chauffeur la voit dans son rétroviseur et l'attend, elle se presse, mais au moment de monter, non, elle change d'avis, elle va marcher un peu, elle en prendra un autre sur le chemin, elle fait signe au chauffeur qui lui répond d'un petit geste de regret, l'air de dire que la fatalité, c'est vraiment quelque chose. Il ouvre quand même la porte :

– Il n'y a pas d'autre bus derrière moi, je suis le dernier pour ce soir…

Alex sourit, le remercie d'un geste. Tant pis, elle finira à pied. Elle va prendre par la rue Falguière et, dans le prolongement, la rue Labrouste.

Il y a trois mois qu'elle habite ce quartier, du côté de la porte de Vanves. Elle change souvent. Avant, elle était porte de Clignancourt et avant encore, rue du Commerce. Alors qu'il y a des gens qui détestent ça, elle, déménager, c'est nécessaire. Elle adore. C'est peut-être, comme pour les perruques, l'impression de changer de vie. C'est un leitmotiv. Un jour, elle changera de vie. Quelques mètres plus loin, devant elle, une camionnette blanche monte deux roues sur le trottoir pour se garer. Pour passer, Alex se serre contre l'immeuble, elle sent une présence, un homme, pas le temps de se retourner, elle reçoit, entre les épaules, un coup de poing qui lui coupe le souffle. Elle perd l'équilibre, bascule en avant, son front percute violemment la carrosserie avec un bruit sourd, elle lâche tout ce qu'elle tient pour tenter de s'accrocher, elle ne rencontre rien, il l'attrape par les cheveux mais ne saisit que sa perruque, qui lui reste dans la main. Il pousse un juron, qu'elle ne comprend pas, et attrape rageusement, d'une main, une large poignée de vrais cheveux, et de l'autre, il la frappe en plein dans le ventre, un coup de poing à tuer un bœuf. Alex n'a pas le temps de hurler de douleur, elle se plie en deux et vomit aussitôt. Et cet homme est vraiment puissant,

18

parce qu'il la retourne contre lui comme une feuille de papier. Il a passé un bras autour de sa taille, la maintient fermement et il lui enfonce une boule de tissu profondément, jusque dans la gorge. C'est lui, l'homme du métro, de la rue, l'homme de la boutique, c'est lui. Pendant une fraction de seconde, ils se regardent dans les yeux. Elle essaye de lui donner des coups de pied mais il tient maintenant ses bras étroitement serrés, c'est comme un étau, elle ne peut rien faire pour s'opposer à cette force, il la tire vers le bas, ses genoux cèdent, elle tombe sur le plancher du fourgon. Il lui assène alors un grand coup de pied dans les reins, Alex est catapultée dans le fourgon, sa joue racle le plancher. Il monte derrière elle, la retourne sans ménagement, plante son genou dans son ventre et lui allonge un coup de poing au visage. Il a frappé tellement fort... Il veut vraiment lui faire du mal, il veut vraiment la tuer, voilà ce qui traverse l'esprit d'Alex au moment où elle reçoit ce coup de poing, son crâne cogne sur le sol et rebondit, ça lui fait un choc terrible, là, derrière le crâne, l'occiput, c'est ça, se dit Alex, c'est l'occiput. Au-delà de ce mot, tout ce qu'elle parvient à penser, c'est, je ne veux pas mourir, pas comme ça, pas maintenant. Elle est recroquevillée, la bouche pleine de vomi, dans la position du fœtus, sa tête prête à exploser, elle sent ses mains qu'on tire violemment dans son dos, qu'on attache, et ses chevilles. Je ne veux pas mourir maintenant, se dit Alex. La porte du fourgon se referme brutalement, le moteur s'emballe, d'une brusque poussée le véhicule s'arrache du trottoir, je ne veux pas mourir maintenant.

Alex est sonnée mais consciente de ce qui lui arrive. Elle pleure, s'étouffe de ses larmes. Pourquoi moi ? Pourquoi moi ?

Je ne veux pas mourir. Pas maintenant.

2

Au téléphone, le divisionnaire Le Guen ne lui a pas laissé le choix :

– Je me fous de tes états d'âme, Camille, tu m'emmerdes ! Je n'ai personne, tu comprends, personne ! Alors je t'envoie une bagnole et tu files là-bas !

Il a laissé un temps et pour faire bonne mesure, il a ajouté :

– Et tu arrêtes de me faire chier !

Sur quoi, il a raccroché. C'est son style. Impulsif. D'habitude, Camille n'y prête pas attention. En règle générale, il sait négocier avec le divisionnaire.

Sauf que cette fois-ci, il s'agit d'un enlèvement.

Et il n'en veut pas, Camille, il l'a toujours dit, il y a deux ou trois choses qu'il ne fera plus, notamment les enlèvements. Depuis la mort d'Irène. Sa femme[1]. Elle est tombée dans la rue, enceinte de plus de huit mois. Il a fallu l'emmener à la clinique et puis elle a été enlevée. On ne l'a plus revue vivante. Camille, ça l'a terrassé. Dire ce qu'a été son désarroi est impossible. Foudroyé. Il est resté des jours entiers comme paralysé,

---

1. *Travail soigné*, Le Livre de Poche n° 31850.

20

halluciné. Quand il s'est mis à délirer, il a fallu l'hospitaliser. On l'a passé de cliniques en maisons de repos. Un miracle qu'il soit encore vivant. Plus personne ne l'espérait. Pendant tous les mois où il a été absent de la Brigade, tout le monde s'est demandé s'il relèverait un jour la tête. Et quand il est enfin revenu, c'était étrange parce qu'il donnait l'impression d'être exactement le même qu'avant la mort d'Irène, il avait juste vieilli. Depuis, il n'accepte plus que les affaires secondaires. Il traite les crimes passionnels, les rixes entre professionnels, les meurtres entre voisins. Des affaires où les morts sont derrière vous et pas devant. Pas d'enlèvements. Camille veut des morts bien morts, définitivement, des morts sans contestation.

– Quand même, a dit Le Guen, qui fait vraiment ce qu'il peut pour Camille, éviter les vivants, c'est pas une perspective. Autant faire croque-mort.

– Mais…, a répondu Camille, c'est exactement ce qu'on est !

Ils se connaissent depuis vingt ans, ils s'estiment, ils ne se craignent pas. Le Guen est un Camille qui aurait renoncé au terrain, Camille, un Le Guen qui aurait renoncé au pouvoir. Principalement, ce qui sépare les deux hommes, c'est deux grades et quatre-vingts kilos. Et trente centimètres. Exprimé de cette manière, ça semble énorme comme différence et c'est vrai que lorsqu'on les voit ensemble, c'est à la limite de la caricature. Le Guen n'est pas très grand mais Camille, lui, est très petit. Un mètre quarante-cinq, vous imaginez, il regarde le monde par en dessous, comme un enfant de treize ans. Il doit ça à sa mère, Maud Verhœven, artiste peintre. Ses toiles figurent au catalogue d'une dizaine de musées internationaux. Immense artiste et

21

grande fumeuse qui vivait noyée dans la fumée de cigarettes, un halo permanent, l'imaginer sans ce nuage bleuté, impossible. C'est à cela que Camille doit ses deux qualités les plus remarquables. De l'artiste, il tient un don inouï pour le dessin et de la fumeuse invétérée, l'hypotrophie fœtale qui a fait de lui un homme d'un mètre quarante-cinq.

Il n'a quasiment jamais rencontré de gens qu'il puisse regarder de haut. L'inverse, en revanche... Une taille pareille, ce n'est pas seulement un handicap. À vingt ans, c'est une humiliation effroyable, à trente, une malédiction, mais dès le début on comprend que c'est une destinée. Le genre de truc qui vous fait employer des grands mots.

Grâce à Irène, la taille de Camille était devenue une force. Irène l'avait grandi de l'intérieur. Jamais Camille n'avait été aussi... Il cherche. Sans Irène, même les mots lui manquent.

Au contraire de Camille, Le Guen fait dans le monumental. Il pèse, on ne sait pas vraiment combien, il ne dit jamais son poids, certains disent cent vingt, d'autres cent trente, il y en a même pour aller encore plus loin, ça n'a plus aucune importance, Le Guen est énorme, pachydermique, avec de grandes bajoues de hamster mais comme il a un regard clair, qui déborde d'intelligence, personne ne peut l'expliquer, les hommes ne veulent pas l'admettre, les femmes sont à peu près toutes d'accord : le divisionnaire est un homme extrêmement séduisant. Allez comprendre.

Camille a entendu Le Guen hurler. Il n'est pas impressionné par les bourrasques du divisionnaire. Depuis le temps... Il décroche calmement, compose le numéro :

22

– Je te préviens, Jean, j'y vais, sur ton histoire d'enlèvement. Mais tu la refiles à Morel dès qu'il revient parce que... (il prend son élan et martèle chaque syllabe avec une patience qui ressemble à une menace :)... je ne ferai pas cette affaire !

Camille Verhœven ne crie jamais. Rarement. C'est un homme d'autorité. Il est petit, chauve, léger mais tout le monde le sait, Camille, c'est une lame. D'ailleurs, Le Guen ne répond pas. Certaines mauvaises langues disent qu'entre eux, c'est Camille qui porte la culotte. Ça ne les fait pas rire. Camille raccroche.

– Et merde !

C'est vraiment la cerise. D'autant que ça n'arrive pas tous les jours, un enlèvement, on n'est pas au Mexique, ça aurait pu arriver à un autre moment, quand il est en mission, en repos, ailleurs ! Camille tape du poing sur la table. Au ralenti, parce qu'il est un homme mesuré. Même chez les autres, il n'aime pas les débordements.

Le temps presse. Il se lève, attrape son manteau, son chapeau, descend rapidement les marches. Il est petit, Camille, mais il marche lourdement. Jusqu'à la mort d'Irène, il avait le pas plutôt léger, elle lui disait même souvent : « Tu as une démarche d'oiseau. J'ai toujours l'impression que tu vas t'envoler. » Irène est morte il y a quatre ans.

La voiture stoppe devant lui. Camille grimpe.

– Tu t'appelles comment, déjà ?

– Alexandre, patr...

Il se mord la langue. Tout le monde sait ici que Camille déteste le coup du « patron ». Il dit que ça fait hôpital, série TV. C'est bien son genre, les jugements à l'emporte-pièce. Camille est un non-violent avec des brutalités. Il s'emporte parfois. Il était déjà d'un caractère assez entier, avec l'âge, avec le veuvage, il est devenu un peu ombrageux, irritable. Au fond, c'est un impatient. Irène demandait déjà : « Mon amour, pourquoi es-tu toujours autant en colère ? » Du haut, si l'on peut dire, de son mètre quarante-cinq, Camille répondait, surjouant l'étonnement : « Oui, c'est vrai, ça… Aucune raison d'être en colère… » Colérique et mesuré, brutal et manœuvrier, il est assez rare que les gens le comprennent du premier coup. L'apprécient. C'est aussi parce qu'il n'est pas très gai. Camille ne s'aime pas beaucoup.

Depuis qu'il a repris le travail, presque trois ans, Camille accepte tous les stagiaires, une aubaine pour les chefs de service qui ne veulent pas s'en encombrer. Lui, ce qu'il ne veut pas, depuis que la sienne a explosé, c'est reformer une équipe stable.

Il jette un œil à Alexandre. Une tête à s'appeler autrement mais sûrement pas Alexandre. N'empêche, il est suffisamment Alexandre pour le dépasser de quatre têtes, ce qui n'est pas un exploit, et il a démarré avant que Camille en donne l'ordre, ce qui est au moins un signe de tonicité.

Alexandre file comme une flèche, il aime conduire et ça se voit. On dirait que le GPS peine à rattraper le retard qu'il a pris au départ. Alexandre veut montrer au commandant qu'il conduit bien, la sirène hurle, la voiture traverse avec autorité les rues, les carrefours, les boulevards, les pieds de Camille ballottent à vingt centimètres du sol, il se tient de la main droite à la ceinture de sécurité. Il leur faut moins de quinze minutes pour être sur place. Il est vingt et une heures

24

cinquante. Bien qu'il ne soit pas très tard, Paris a déjà l'air assoupi, serein, pas vraiment le genre de ville où on enlève les femmes. « Une femme », a dit le témoin qui a appelé la police. Il était visiblement en état de choc : « Enlevée, sous mes yeux ! » Il n'en revenait pas. Il faut dire, ça n'est pas fréquent, comme expérience.

– Arrête-moi là, dit Camille.

Camille sort, assure son chapeau, le garçon repart. On est au bout de la rue, à cinquante mètres des premières barrières. Camille termine à pied. Quand il a le temps, il tâche toujours de prendre les problèmes de loin, c'est sa méthode. Le premier regard compte beaucoup, autant qu'il soit panoramique parce que après, on est dans le détail, dans les faits, innombrables, aucun recul. C'est la raison officielle qu'il se donne pour être descendu à une centaine de mètres de l'endroit où il est attendu. L'autre raison, la vraie, c'est qu'il n'a pas envie d'être là.

En s'avançant vers les voitures de police dont la lumière des gyrophares éclabousse les façades, il cherche à comprendre ce qu'il éprouve.

Son cœur cogne.

Il ne se sent vraiment pas bien. Il donnerait dix ans de sa vie pour être ailleurs.

Mais si lentement qu'il s'approche, le voici quand même arrivé.

Ça s'est passé à peu près comme ça, quatre ans plus tôt. Dans la rue qu'il habitait, qui ressemble un peu à celle-ci. Irène n'était plus là. Elle devait accoucher, un petit garçon, dans quelques jours. Elle aurait dû être à la maternité, Camille s'est précipité, il a couru, il l'a cherchée, ce qu'il a fait cette nuit-là pour la retrou-

25

ver... Il était comme fou mais il a eu beau faire... Après, elle était morte. Le cauchemar dans la vie de Camille a commencé par une seconde semblable à celle-ci. Alors il a le cœur qui cogne, qui rebondit, ses oreilles bourdonnent. Sa culpabilité, qu'il croyait assoupie, s'est réveillée. Ça lui donne des nausées. Une voix lui crie de s'enfuir, une autre d'affronter, sa poitrine est serrée comme dans un étau. Camille pense qu'il va tomber. Au lieu de ça, il déplace une barrière pour entrer dans le périmètre sécurisé. L'agent de faction lui adresse de loin un petit signe de la main. Si tout le monde ne connaît pas le commandant Verhœven, tout le monde le reconnaît. Forcément, même s'il n'était pas une sorte de légende, avec cette taille-là... Et cette histoire-là...

– Ah, c'est vous ?
– Tu es déçu...
Aussitôt, Louis bat des ailes, affolé.
– Non, non, non, non, pas du tout !
Camille sourit. Il a toujours été très fort pour lui faire perdre les pédales. Louis Mariani a été longtemps son adjoint, il le connaît comme s'il l'avait tricoté.

Au début, après l'assassinat d'Irène, Louis est souvent venu le voir à la clinique. Camille n'avait pas beaucoup de conversation. Ce qui n'avait plus été qu'un passe-temps, dessiner, était devenu son activité principale et même exclusive. Il ne faisait plus que ça, à longueur de journée. Les dessins, les esquisses, les croquis s'empilaient dans la chambre dont Camille conservait par ailleurs le caractère impersonnel. Louis

26

s'aménageait une petite place, l'un regardait les arbres du parc, l'autre ses pieds. Ils se sont dit des tonnes de choses dans ce silence, mais ça ne valait quand même pas des mots. Ils n'en trouvaient pas. Et puis un jour, sans crier gare, Camille a expliqué qu'il préférait être seul, il ne voulait pas entraîner Louis dans sa tristesse. « Ce n'est pas une fréquentation bien intéressante un policier triste », a-t-il dit. Ça leur a fait de la peine à tous les deux d'être ainsi séparés. Et puis le temps a passé. Ensuite, quand les choses ont commencé à aller mieux, c'était trop tard. Passé le deuil, ce qui reste est un peu désertique.

Ils ne se sont pas vus depuis longtemps, ils se sont juste croisés, des réunions, des briefings, ce genre de choses. Louis n'a pas beaucoup changé. Vieux, il mourra avec l'air jeune, il y a des gens comme ça. Et toujours aussi élégant. Un jour, Camille lui a dit : « Même habillé pour un mariage, à côté de toi, je ressemble toujours à un clodo. » Il faut dire que Louis est riche, très riche. Sa fortune, c'est comme les kilos du divisionnaire Le Guen, personne ne sait le chiffre mais tout le monde sait que c'est considérable et, certainement, en expansion permanente. Louis pourrait vivre de ses rentes et assurer la sécurité des quatre ou cinq générations à venir. Au lieu de ça, il est flic à la Criminelle. Il a fait des tas d'études dont il n'avait pas besoin, qui lui ont laissé une culture que Camille n'a jamais prise en défaut. Vraiment, Louis est une curiosité.

Il sourit, ça lui fait drôle de retrouver Camille comme ça, qui arrive sans prévenir.

– C'est là-bas, dit-il en désignant des barrières.

Camille presse le pas derrière le jeune homme. Pas si jeune d'ailleurs.

– Ça te fait quel âge, Louis ?

Louis se retourne.

– Trente-quatre, pourquoi ?

– Non, pour rien.

Camille réalise qu'on est à deux pas du musée Bourdelle. Il revoit assez nettement le visage de l'*Héraclès archer*. La victoire du héros sur les monstres. Camille n'a jamais sculpté, il n'a jamais eu le physique pour et il ne peint plus depuis très longtemps, mais dessiner, il continue, même après sa longue dépression, c'est plus fort que lui, ça fait partie de ce qu'il est, il ne peut pas s'en empêcher, toujours un crayon à la main, c'est sa manière de regarder le monde.

– Tu le connais, l'*Héraclès archer* du musée Bourdelle ?

– Oui, dit Louis.

Il a l'air embêté.

– Mais je me demande. s'il n'est pas plutôt à Orsay.

– T'es toujours aussi chiant.

Louis sourit. Ce genre de phrase, chez Camille, ça veut dire, je t'aime bien. Ça veut dire, comme le temps passe vite, ça fait combien de temps, toi et moi ? Ça veut dire, finalement, on ne s'est quasiment pas vus depuis que j'ai tué Irène, non ? Alors, ça fait drôle de se retrouver tous les deux sur une scène de crime. Du coup, Camille se croit tenu de préciser :

– Je remplace Morel. Le Guen n'avait personne sous la main. Il m'a demandé.

Louis fait signe qu'il comprend mais il reste sceptique. Le commandant Verhœven en transit sur une affaire comme celle-ci, c'est tout de même étonnant.

28

– Tu appelles Le Guen, enchaîne Camille. Il me faut des équipes. Tout de suite. Vu l'heure on ne pourra pas faire grand-chose, du moins on essaye…

Louis hoche la tête et prend son portable. Il voit les choses de la même manière. On peut prendre ce genre d'affaire par deux bouts. Le kidnappeur ou la victime. Le premier est loin, certainement. La victime, elle, habite peut-être le quartier, peut-être a-t-elle été enlevée près de chez elle, ce n'est pas seulement l'histoire d'Irène qui fait penser ça aux deux hommes, c'est la statistique.

Rue Falguière. Décidément, ce soir, on est abonné aux sculpteurs. Ils avancent au milieu de la rue dont les accès ont été bouclés. Camille lève les yeux vers les étages, toutes les fenêtres sont allumées, c'est le spectacle de la soirée.

– On a un témoin, un seul, dit Louis en fermant son portable. Et l'emplacement du véhicule qui a servi à l'enlèvement. L'Identité devrait arriver.

Et, justement, elle arrive. On repousse précipitamment les barrières, Louis leur désigne l'emplacement vide le long du trottoir, entre deux véhicules. Quatre techniciens descendent aussitôt avec leur matériel.

– Il est où ? demande Camille.

Il s'impatiente, le commandant. On sent qu'il ne veut pas rester là. Son portable vibre.

– Non, monsieur le procureur, répond-il, le temps que l'information arrive chez nous en passant par le commissariat du quinzième arrondissement, c'était déjà beaucoup trop tard pour des barrages.

Ton sec, à la limite de la courtoisie, pour parler à un procureur. Louis s'éloigne pudiquement. Il comprend l'impatience de Camille. Pour un enfant mineur, on aurait déjà déclenché l'alerte enlèvement mais il s'agit d'une femme adulte. On va se débrouiller seuls.

– Ce que vous demandez va être très difficile, monsieur le procureur, dit Camille.

Sa voix a encore baissé d'un ton. Et il parle trop lentement. Ceux qui le connaissent savent que, chez lui, cette attitude est fréquemment un signe précurseur.

– Vous voyez, monsieur, à l'heure où je vous parle, il y a… (il lève les yeux), je dirais… une bonne centaine de personnes aux fenêtres. Les équipes qui font la proximité vont en informer deux ou trois cents de plus. Alors, dans ces conditions, si vous connaissez un moyen d'éviter de répandre la nouvelle, je suis preneur.

Louis sourit silencieusement. Du Verhœven tout craché. Il adore. Parce qu'il le retrouve comme il a toujours été. En quatre ans, il a vieilli mais il est toujours aussi totalement désinhibé. Parfois, un danger public pour la hiérarchie.

– Naturellement, monsieur le procureur.

À son ton, on devine clairement que, quelle qu'elle soit, Camille n'a absolument aucune intention de tenir la promesse qu'il vient de faire. Il raccroche. Cette conversation l'a mis de plus mauvaise humeur encore que les circonstances.

– Et d'abord, merde, il est où, ton Morel ?

Louis ne s'y attendait pas. « Ton Morel ». Camille est injuste, mais Louis comprend. Imposer cette affaire à un homme comme Verhœven qui a déjà une certaine propension au désarroi…

– À Lyon, répond Louis calmement. Pour le séminaire européen. Il rentre après-demain.

30

Ils se sont remis en marche vers le témoin gardé par un agent en uniforme.

– Vous faites chier ! lâche Camille.

Louis se tait. Camille s'arrête.

– Excuse-moi, Louis.

Mais en le disant il ne le regarde pas, il regarde ses pieds, puis à nouveau les fenêtres des immeubles avec toutes ces têtes qui regardent dans la même direction, comme dans un train en partance pour la guerre. Louis voudrait dire quelque chose mais quoi, ça n'est pas la peine. Camille prend une décision. Il regarde enfin Louis :

– Allez, on fait comme si… ?

Louis remonte sa mèche. Main droite. C'est tout un langage chez lui, la remontée de la mèche. À cet instant, main droite, ça veut dire bien sûr, d'accord, on fait comme si. Louis désigne une silhouette derrière Camille.

C'est un homme d'une quarantaine d'années. Il promenait son chien, une chose assise à ses pieds que Dieu a dû bricoler un jour d'intense fatigue. Camille et le chien se regardent et se détestent immédiatement. Le chien grogne, puis se recule en couinant jusqu'à buter sur les pieds de son maître. Mais des deux, c'est encore le propriétaire du chien qui est le plus étonné en voyant Camille se planter devant lui. Il regarde Louis, étonné qu'on puisse devenir chef dans la police avec une taille pareille.

– Commandant Verhœven, dit Camille. Vous voulez voir ma carte ou vous me croyez sur parole ?

Louis boit du petit-lait. Il sait comment ça va se poursuivre. Le témoin va dire :

– Non, non, ça va… C'est que…

Camille va l'interrompre et demander :

– C'est que, quoi ?

L'autre va s'empêtrer :

– Je m'attendais pas, voyez… c'est plutôt que…

À partir de là, deux solutions. Soit Camille pousse le type du côté où il penche, et il lui appuie bien fort sur la tête jusqu'à ce qu'il demande grâce, parfois il est impitoyable. Soit il renonce. Cette fois, Camille renonce. On a affaire à un enlèvement. Une urgence.

Donc, le témoin promenait son chien. Et il a vu une femme se faire enlever. Sous ses yeux.

– Vingt et une heures, dit Camille. Vous êtes certain de l'heure ?

Le témoin est comme tout le monde, quand il parle de quelque chose, au fond, il ne parle que de lui.

– Certain, parce qu'à la demie, je regarde toujours les crashs de voitures sur No-Limit… ! Je descends mon chien juste avant.

On commence par le physique de l'agresseur.

– Il était de trois quarts, vous comprenez. Mais un grand type, le genre balèze.

Il a vraiment l'impression d'apporter une aide précieuse. Camille le regarde, déjà lassé. Louis interroge. Les cheveux ? L'âge ? Les vêtements ? Pas bien vu, difficile à dire, normal. Avec ça…

– Bien. Et le véhicule ? propose Louis d'un air encourageant.

– Une camionnette blanche. Le genre pour artisan, vous voyez ?

– Quel genre d'artisan ? coupe Camille.

32

– Bah, je ne sais pas, moi, genre… je ne sais pas, artisan, quoi !

– Et qu'est-ce qui vous fait dire ça ?

On sent que Verhœven prend sur lui. Le type garde la bouche entrouverte.

– Les artisans, dit-il enfin, ils en ont tous, des fourgons comme ça, non ?

– Oui, dit Camille, ils en profitent même pour mettre leur nom dessus, leur téléphone et leur adresse. C'est comme qui dirait de la publicité gratuite et itinérante, vous voyez ? Alors, sur celui-ci, qu'est-ce qu'il avait écrit, votre artisan ?

– Bah, justement, sur celui-là, il n'y avait rien d'écrit. En tout cas, j'ai rien vu.

Camille a sorti son carnet.

– Je note. Nous disons donc… une femme inconnue… enlevée par un artisan anonyme, dans un véhicule indéterminé, j'ai oublié quelque chose ?

Panique du maître-chien. Ses lèvres tremblent. Il se tourne vers Louis, allez rendre service, on m'y reprendra, tiens.

Camille referme son carnet, exténué, et il se détourne. Louis prend le relais. Cet unique témoignage tient en peu de choses, il faudra faire avec. Camille entend la suite de l'interrogatoire, dans son dos. La marque du véhicule (« Un Ford, peut-être… Je ne connais pas bien les marques, vous savez, je n'ai plus de voiture depuis longt… ») mais la victime est une femme (« sûr et certain »). La description de l'homme, elle, reste vaseuse (« Il était seul, en tout cas, j'ai vu personne d'autre… »). Reste la manière. La manière forte.

33

– Elle a crié, elle se débattait… alors il lui a donné un grand coup de poing dans le ventre. Il n'y est pas allé de main morte ! C'est même à ce moment-là que j'ai crié. Pour essayer de lui faire peur, vous comprenez…

Camille reçoit ces précisions en plein cœur, comme si chaque coup le touchait personnellement. Un commerçant a vu Irène, le jour de son enlèvement, c'était pareil, rien à dire, rien vu ou à peine. La même chose. On va voir. Il revient aussitôt sur ses pas.

– Vous étiez où, exactement ? demande-t-il.

– Là-bas…

Louis regarde par terre. Le type tend le bras, index pointé.

– Montrez-moi.

Louis ferme les yeux. Il a pensé la même chose que Camille mais ce que va faire Verhœven, lui, il ne le ferait pas. Le témoin tire sur son chien, avance sur le trottoir, encadré par les deux flics, et s'arrête.

– À peu près ici…

Il jauge, se tourne d'un côté, de l'autre, fait une petite moue, mouais, à peu près. Camille veut une confirmation.

– Ici ? Pas plus loin ?

– Non, non, répond le témoin, victorieux.

Louis parvient à la même conclusion que Camille.

– Il lui a donné aussi des coups de pied, vous savez…, dit l'homme.

– Je vois très bien, conclut Camille. Donc, vous êtes ici, on est à combien ?

Il interroge le témoin du regard.

– … quarante mètres ?

Oui, le gars est satisfait de l'évaluation.

34

– Vous voyez une femme se faire tabasser, se faire enlever, à quarante mètres, et ce que vous faites, courageusement : vous criez.

Il lève les yeux vers le témoin qui bat rapidement des paupières, comme sous le coup d'une émotion forte.

Sans un mot, Camille a soupiré, s'est éloigné, juste un dernier regard pour le clébard qui a l'air aussi courageux que son propriétaire. On sent qu'il a très envie de shooter dedans.

Il ressent, comment dire, il cherche le mot, une sorte de détresse, une sensation un peu… électrique. À cause d'Irène. Il se retourne, regarde la rue déserte. Et enfin, il est secoué par une décharge. Il comprend. Jusqu'ici, il a fait son travail, technique, méthodique, organisé, il a pris les initiatives qu'on attend de lui mais ce n'est que maintenant, et pour la première fois depuis son arrivée, qu'il prend vraiment conscience qu'à cet endroit, il y a moins d'une heure, une femme, en chair et en os, a été enlevée, une femme a hurlé, a été battue, poussée dans une camionnette, qu'elle est captive, affolée, martyrisée peut-être, que chaque minute compte et qu'il n'est pas dans la course parce qu'il veut se maintenir à distance, se protéger, il ne veut pas faire son travail, le travail qu'il a choisi. Et qu'il a conservé après la mort d'Irène. Tu pouvais faire autrement, se dit-il, mais tu ne l'as pas fait. Tu es ici, à cet instant précis et ta présence n'a qu'une seule justification : retrouver la femme qui vient d'être kidnappée.

Camille est pris d'un vertige. D'une main, il s'appuie sur la carrosserie d'une voiture et de l'autre desserre son nœud de cravate. Se trouver dans cette

35

circonstance particulière n'est sans doute pas une très bonne chose pour un homme que le malheur anéantit aussi facilement. Louis vient d'arriver à sa hauteur. N'importe qui demanderait : « Ça va ? » Pas Louis. Il reste debout près de Camille, regarde ailleurs, comme on attend un verdict, avec patience, émotion, inquiétude.

Camille sort de son malaise, semble s'ébrouer. Il s'adresse, à trois mètres de lui, aux techniciens de l'Identité :

– Vous avez quoi ?

Il s'avance vers eux, se racle la gorge. Le problème d'une scène de crime en pleine rue, c'est que vous ramassez tout et n'importe quoi et dans le lot, allez savoir ce qui appartient à votre affaire.

Un technicien, le plus grand des deux, lève la tête vers lui :

– Des mégots, une pièce de monnaie… (il se penche vers un sachet plastique posé sur sa mallette)… étrangère, un ticket de métro, et un peu plus loin, je peux te proposer un mouchoir en papier (usagé) et un capuchon de stylo en plastique.

Camille regarde le sachet transparent avec le ticket de métro, il le soulève à la lumière.

– Et visiblement, ajoute le gars, on l'a pas mal secouée.

Dans le caniveau, des traces de vomissures que son collègue ramasse précautionneusement avec une cuillère stérile.

Agitation du côté des barrières. Quelques agents en uniforme arrivent à petite foulée. Camille compte. Le Guen lui en envoie cinq.

Louis sait ce qu'il a à faire. Trois équipes. Il va leur transmettre les premiers éléments, quadriller la proximité, on n'ira pas très loin étant donné l'heure, distribuer les consignes, c'est rôdé avec Camille. Et un dernier agent restera avec Louis pour interroger les riverains, faire descendre ceux qui regardent à la fenêtre et qui se trouvent le plus près de la scène de l'enlèvement.

Vers vingt-trois heures, Louis le Suborneur a trouvé le seul immeuble de la rue qui dispose encore d'une concierge en rez-de-chaussée, une rareté à Paris. Vampée par l'élégance de Louis. Grâce à quoi sa loge devient le QG de la police. De voir la taille du commandant, la bignole, ça lui fait tout de suite quelque chose. Le handicap de cet homme, c'est comme les animaux abandonnés, ça la transperce. Elle met aussitôt son poing à sa bouche, mon dieu mon dieu mon dieu. Devant ce spectacle, tout en elle s'apitoie, flageole, défaille, si c'est pas malheureux. Elle regarde le commandant à la dérobée en plissant douloureusement les yeux, comme s'il avait une plaie ouverte et qu'elle partageait sa souffrance.

En aparté, elle demande à Louis :

– Vous voulez que je cherche une petite chaise pour vot' chef ?

On croirait que Camille vient de rapetisser à l'instant, qu'il faut prendre des dispositions.

– Non merci, répond Louis le Pieux en fermant les yeux. Tout ira bien comme ça, merci infiniment, madame.

37

Louis lui adresse un magnifique sourire. Moralité, elle fait une cafetière entière, pour tout le monde.

À la tasse de Camille, elle ajoute une cuillère à moka.

Toutes les équipes sont au travail, Camille sirote son café sous le regard miséricordieux de la concierge. Louis pense. C'est son truc, Louis est un intellectuel, il pense tout le temps. Cherche à comprendre.

– Une rançon…, propose-t-il prudemment.

– Le sexe…, dit Camille. La folie…

On pourrait faire défiler toutes les passions humaines : l'envie de détruire, la possession, la révolte, la conquête. Ils en ont vu, l'un comme l'autre, des passions meurtrières, et les voilà dans cette loge, immobiles… Presque désœuvrés.

On a fait la proximité, on a fait descendre des gens, on a recoupé les témoignages, les on-dit, les avis des uns et des autres, on a sonné à des portes sur la foi de certitudes aussitôt dissoutes, ça a pris une partie de la nuit.

Et pour le moment, rien. La femme qui a été enlevée n'habite sans doute pas le quartier, ou en tout cas, pas les abords immédiats de l'enlèvement. Ici, personne ne semble la connaître. On a trois signalements qui pourraient correspondre, des femmes qui sont en voyage, en déplacement, qui se sont absentées…

Ça ne lui dit rien qui vaille, à Camille.

38

3

C'est le froid qui la réveille. Et les contusions parce que le trajet a été long. Attachée, elle n'a rien pu faire pour empêcher son corps de rouler, de se cogner contre les parois. Puis quand le fourgon s'est enfin arrêté, l'homme a ouvert la porte et l'a recouverte d'une sorte de bâche en plastique qu'il a ficelée. Il l'a ensuite chargée sur une épaule. C'est effrayant d'être réduite à un simple chargement, effrayant aussi de penser qu'on est à la merci d'un homme qui peut vous charger ainsi sur son épaule. On imagine tout de suite de quoi il est capable.

Il n'a pris ensuite aucune précaution ni pour la déposer sur le sol, ni pour traîner le sac, ni même pour la faire rouler dans un escalier. L'arête des marches a cogné toutes ses côtes, et impossible de se protéger la tête, Alex a hurlé mais l'homme a poursuivi son trajet. Quand la tête a cogné une seconde fois, sur l'arrière, elle s'est évanouie.

Il y a combien de temps de cela, impossible à savoir.

Maintenant, plus un bruit mais un froid terrible sur les épaules, dans les bras. Et les pieds glacés. Le ruban adhésif est tellement serré que son sang ne circule plus. Elle ouvre les yeux. Du moins, elle tente de les ouvrir parce que le gauche reste collé. La bouche non plus ne s'ouvre pas. Un scotch large. Elle ne se souvient pas de ça. Pendant qu'elle était évanouie.

Alex est couchée sur le sol, pliée sur le côté, les bras liés dans le dos, les pieds attachés l'un contre l'autre.

Elle a mal à la hanche sur laquelle porte tout son poids. Elle émerge avec une lenteur de comateuse, mal partout comme après un accident de voiture. Elle essaye de voir où elle est, elle se déhanche et parvient à se mettre sur le dos, ses épaules lui font très mal. Son œil vient enfin de se décoller mais il ne capte pas d'image. J'ai l'œil crevé, se dit Alex, affolée. Mais après quelques secondes, son œil à demi ouvert lui renvoie une image floue qui semble arriver d'une planète située à des années-lumière.

Elle renifle, fait le vide, tente de raisonner. C'est un hangar ou un entrepôt. Un grand lieu vide, avec une lumière diffuse qui vient d'en haut. Le sol est dur, humide, une odeur de pluie sale, d'eau stagnante, c'est pour cette raison qu'elle a si froid : cet endroit est détrempé.

La première chose qui lui revient, c'est le souvenir de l'homme qui la tient serrée contre lui. Son odeur âcre, forte, une odeur de transpiration, animale. Dans les moments tragiques, ce sont souvent des pensées insignifiantes qui vous viennent : il m'a arraché des cheveux, voilà ce qui lui vient en premier. Elle imagine son crâne avec une large zone claire, toute une poignée arrachée, elle se met à pleurer. En fait, ça n'est pas tant cette image qui la fait pleurer que tout ce qui vient d'arriver, la fatigue, la douleur. Et la peur. Elle pleure, et c'est difficile de pleurer ainsi, avec un ruban qui tient les lèvres fermées, elle s'étouffe, elle se met à tousser et aussi très difficile de tousser, elle s'étrangle, ses yeux se remplissent de larmes. Une nausée lui soulève le ventre. Impossible de vomir. Sa bouche s'est emplie d'une sorte de bile qu'elle est

40

contrainte de ravaler. Ça lui prend un temps fou. Ça l'écœure.

Alex fait des efforts pour respirer, des efforts pour comprendre, pour analyser. Malgré le désespoir de la situation, elle cherche à retrouver un peu de calme. Le sang-froid ne suffit pas toujours mais sans lui, vous êtes promis à la perdition. Alex essaye de s'assagir, de ralentir sa fréquence cardiaque. Comprendre ce qui vient d'arriver, ce qu'elle fait là, pourquoi elle est là.

Réfléchir. Elle souffre mais ce qui la gêne aussi, c'est sa vessie, comprimée, pleine. Elle n'a jamais été bien résistante de ce côté-là. Il ne lui faut pas vingt secondes pour prendre sa décision, elle se lâche et se met à pisser sous elle, longuement. Ce laisser-aller n'est pas un échec parce que c'est elle qui a choisi. Si elle ne le fait pas, elle va souffrir longtemps, se tortiller des heures peut-être et elle finira quand même par en arriver là. Et vu la situation, elle a bien d'autres choses à craindre, une envie de pisser, c'est un obstacle inutile. Sauf que quelques minutes plus tard, elle a encore plus froid et elle n'avait pas pensé à ça. Alex tremble et elle ne sait plus pourquoi, de froid, de peur. Elle revoit deux images : l'homme dans le métro, au fond du wagon, qui lui sourit, et son visage, lorsqu'il la tient contre lui, juste avant qu'il la propulse dans le fourgon. Elle s'est fait vraiment mal en atterrissant.

Soudain au loin une porte en métal claque et résonne. Alex s'arrête de pleurer instantanément, aux aguets, tendue, près de craquer. Puis, d'un coup de reins, elle se recouche sur le côté et ferme les yeux, prête à encaisser le premier coup, parce qu'il va la battre, c'est pour ça qu'il l'a enlevée. Alex ne respire plus. De loin elle entend l'homme s'approcher, d'un pas tranquille, pesant. Enfin, il s'arrête devant elle. Entre ses cils, elle distingue ses chaussures, des grosses chaussures, bien cirées. Il ne dit rien. Il la surplombe, sans un mot, et reste ainsi un long moment, comme s'il surveillait son sommeil. Elle se décide enfin, ouvre complètement les yeux et les lève vers lui. Il a les mains dans le dos, le visage penché, aucune intention ne passe, il est juste penché au-dessus d'elle comme au-dessus… d'une chose. Vue d'en bas, sa tête est impressionnante, ses sourcils noirs et abondants font de l'ombre et masquent en partie ses yeux mais surtout, il y a son front, plus large que le reste du visage, on dirait qu'il déborde. Ça lui donne un côté arriéré, primitif. Têtu. Elle cherche le mot. Ne trouve pas.

Alex voudrait dire quelque chose. Le ruban l'en empêche. De toute manière, tout ce qui lui viendrait, c'est : « Je vous en supplie… » Elle cherche ce qu'elle pourra lui dire s'il la détache. Elle voudrait vraiment trouver autre chose qu'une supplique mais rien ne remonte, rien, pas une question, pas une demande, rien que cette imploration. Les mots ne viennent pas, le cerveau d'Alex s'est figé. Et confusément ceci : il l'a enlevée, attachée, jetée là, que va-t-il faire d'elle ?

Alex pleure, elle ne peut pas s'en empêcher. L'homme s'éloigne sans un mot. Il va jusqu'à l'angle de la salle. D'un geste large, il ôte une bâche, impossible de voir ce qu'elle recouvrait. Et toujours cette prière magique, irrationnelle : faites qu'il ne me tue pas.

L'homme est de dos, arc-bouté, il tire à deux mains en reculant quelque chose de lourd, une caisse ? qui crisse sur le sol en béton. Il porte un pantalon de toile

42

gris foncé, un pull à rayures, large, avachi, on a l'impression qu'il l'a depuis des années.

Après quelques mètres ainsi à reculons, il s'arrête de tirer, lève les yeux vers le plafond comme s'il visait, puis il reste ainsi, les deux mains sur les hanches, semblant s'interroger sur la manière de s'y prendre. Et enfin, il se retourne. Et la regarde. Il s'approche, se baisse, pose un genou près de son visage, allonge le bras et, d'un coup sec, tranche le ruban adhésif qui enserre ses chevilles. Puis sa grosse main saisit l'extrémité du scotch à la commissure de ses lèvres et tire brutalement. Alex pousse un cri de douleur. Il lui suffit d'une main pour la mettre debout. Bien sûr, Alex n'est pas très lourde mais tout de même, d'une main ! Elle est saisie d'un étourdissement qui irrigue tout son corps, la station debout lui fait monter le sang à la tête, elle vacille de nouveau. Son front arrive au niveau de la poitrine de l'homme. Il la tient à l'épaule, très serrée, il la retourne. Elle n'a pas le temps de dire un mot, d'un geste sec, il coupe les liens à ses poignets.

Alex rassemble alors tout son courage, elle ne réfléchit pas, elle prononce les mots qui lui viennent :

– Je vous en… s… supplie…

Elle ne reconnaît pas sa propre voix. Et puis elle bégaye, comme enfant, comme adolescente.

Ils sont face à face, c'est l'instant de vérité. Alex est tellement terrifiée à l'idée de ce qu'il pourrait lui faire qu'elle a subitement envie de mourir, tout de suite, sans rien exiger, qu'il la tue, maintenant. Ce dont elle a le plus peur, c'est de cette attente dans laquelle son imaginaire s'engouffre, elle pense à ce qu'il pourrait lui faire, elle ferme les yeux et voit son corps, c'est

43

comme s'il ne lui appartenait plus, un corps allongé, dans la position exacte qu'il avait tout à l'heure, il porte des plaies, il saigne abondamment, il souffre, c'est comme si ce n'était pas elle mais c'est elle. Elle se voit morte.

Le froid, l'odeur de pisse, elle a honte et elle a peur, que va-t-il se passer, pourvu qu'il ne me tue pas, faites qu'il ne me tue pas.

– Déshabille-toi, dit l'homme.

Une voix grave, posée. Son ordre aussi est grave, posé. Alex ouvre la bouche, mais n'a pas le temps de prononcer une syllabe, il la gifle tellement fort qu'elle part sur le côté, fait un pas, déséquilibrée, puis un autre et elle tombe sur le sol, sa tête cogne par terre. L'homme avance lentement vers elle et la saisit par les cheveux. C'est terriblement douloureux. Il la soulève, Alex sent que toute sa chevelure va s'arracher de son crâne, de ses deux mains elle s'agrippe à la sienne, tente de la retenir, ses jambes, malgré elle, retrouvent de la force, Alex est debout. Quand il la gifle pour la seconde fois, il la tient encore par les cheveux alors son corps n'a qu'un soubresaut, sa tête fait un quart de tour. Ça résonne terriblement fort, elle ne sent presque plus rien, abrutie par la douleur.

– Déshabille-toi, répète l'homme. Entièrement.

Et il la lâche. Alex fait un pas, groggy, elle tâche de se retenir, retombe à genoux, retient un gémissement de douleur. Il s'avance, se penche. Au-dessus d'elle, son gros visage, sa lourde tête au crâne démesuré, ses yeux gris...

– Tu comprends ?

Et il attend la réponse, lève une main largement ouverte, Alex se précipite, elle dit « oui », plusieurs

44

fois, « oui, oui, oui », elle se relève immédiatement, tout ce qu'il veut pour ne plus être frappée. Très vite, pour qu'il comprenne qu'elle est entièrement, totalement prête à lui obéir, elle ôte son tee-shirt, arrache son soutien-gorge, fouille avec précipitation les boutons de son jean, comme si ses vêtements avaient soudain pris feu, elle veut être nue très vite pour qu'il ne la frappe pas de nouveau. Alex se contorsionne, retire tout ce qu'elle a sur elle, tout, tout, vite et elle se met debout, elle garde les bras le long du corps et c'est seulement à cet instant qu'elle comprend tout ce qu'elle vient de perdre et qu'elle ne retrouvera jamais. Sa défaite est absolue, en se déshabillant si vite, elle a tout accepté, elle a dit oui à tout. D'une certaine manière, Alex vient de mourir. Elle retrouve des sensations très lointaines. Comme si elle était extérieure à son propre corps. C'est peut-être pour cela qu'elle trouve l'énergie de demander :

– Qu'est-ce que vous vou… voulez ?

C'est vrai qu'il n'a quasiment pas de lèvres. Même quand il sourit, on voit que c'est tout sauf un sourire. À cet instant, c'est l'expression d'une interrogation.

– Qu'est-ce que tu as à offrir, sale pute ?

Il a essayé d'y mettre de la gourmandise, comme s'il essayait sincèrement de la séduire. Pour Alex, ces mots ont du sens. Pour toutes les femmes, ces mots ont du sens. Elle avale sa salive. Elle pense : il ne va pas me tuer. Son cerveau s'enroule autour de cette certitude et serre très fort pour empêcher toute contradiction. Quelque chose, en elle, lui dit bien qu'il la tuera tout de même, après, mais le nœud autour de son cerveau est serré, serré, serré.

– Vous pouvez me… b… baiser, dit-elle.

45

Non, ce n'est pas ça, elle le sent, ce n'est pas de cette manière…

– Vous pouvez me v… violer, ajoute-t-elle. Vous pouvez t… tout faire…

Le sourire de l'homme s'est figé. Il fait un pas en arrière, prend un peu de distance pour la regarder. Des pieds à la tête. Alex écarte les bras, elle veut se montrer offerte, abandonnée, elle veut montrer qu'elle a abdiqué toute volonté, qu'elle s'en remet à lui, qu'elle est à lui, gagner du temps, rien que du temps. Dans cette circonstance, le temps, c'est de la vie.

L'homme la détaille tranquillement, son regard passe lentement de haut en bas, s'arrête enfin sur son sexe, longuement. Elle ne bouge pas, il penche la tête légèrement, interrogatif, Alex a honte de ce qu'elle est, de lui montrer ça. Et si elle ne lui plaît pas, si ça ne lui suffit pas, le peu qu'elle a à donner, que va-t-il faire ? Il hoche alors la tête, comme s'il était déçu, désappointé, non, ça ne va pas. Et pour le faire mieux comprendre il tend la main, saisit le téton droit d'Alex entre le pouce et l'index et il tourne si vite et si fort que la jeune femme se plie en deux et hurle instantanément.

Il la lâche. Alex se tient le sein, les yeux exorbités, la respiration coupée, elle danse d'un pied sur l'autre, la douleur l'a aveuglée. Ses larmes coulent malgré elle lorsqu'elle demande :

– Qu'est-ce que… vous allez faire ?

L'homme sourit, comme s'il voulait lui rappeler une évidence :

– Bah… Je vais te regarder crever, sale pute.

Puis il fait un pas sur le côté, comme un acteur.

46

Alors elle voit. Derrière lui. Sur le sol, une perceuse électrique, à côté d'une caisse en bois, pas très grande. De la taille d'un corps.

4

Camille scrute et détaille un plan de Paris. Devant la concierge, un agent en uniforme, détaché du commissariat, passe son temps à expliquer aux curieux, aux voisins, qu'ils n'ont pas à rester là sauf s'ils ont un témoignage crucial sur l'enlèvement. Un enlèvement ! C'est une attraction, un peu comme un spectacle. Il manque la vedette principale mais ça ne gêne pas, rien que le décor, c'est déjà magique. Toute la soirée, on se répète le mot, comme dans un village, on n'en revient pas, mais qui, qui, qui, qui, je ne sais pas je te dis, une femme, à ce que j'ai compris, mais on la connaît, dis, on la connaît ? La rumeur enfle, même des enfants descendent voir, devraient être couchés à cette heure, mais tout le monde dans le quartier est excité par cette situation inattendue. Quelqu'un demande si la télé va venir, on pose sans cesse les mêmes questions à l'agent en faction, on reste des quarts d'heure entiers, désœuvré, à attendre on ne sait quoi, juste pour être présent au cas où quelque chose arriverait enfin, mais rien, alors peu à peu la rumeur s'affaiblit, l'intérêt s'appauvrit, c'est qu'il se fait tard, encore quelques heures et la nuit devient plus lourde, l'attraction tourne au dérangement, les premières réclamations fusent par les

47

fenêtres, on aimerait dormir, maintenant, on veut du silence.

– Ils n'ont qu'à appeler la police, lâche Camille.

Louis est plus calme, comme toujours.

Sur son plan, il a souligné les axes qui convergent vers le lieu de l'enlèvement. Quatre itinéraires possibles que la femme peut avoir empruntés avant d'être enlevée. La place Falguière ou le boulevard Pasteur, la rue Vigée-Lebrun ou, en sens inverse, la rue du Cotentin. Elle peut aussi avoir pris un bus, le 88 ou le 95. Les stations de métro sont assez loin du lieu de l'enlèvement mais restent une possibilité. Pernety, Plaisance, Volontaires, Vaugirard…

Si on ne trouve toujours rien, demain, il faudra élargir le périmètre, ratisser encore plus loin à la recherche du moindre renseignement, pour ça il faut attendre qu'ils se lèvent, ces cons-là, attendre demain, comme si on avait le temps.

L'enlèvement est un crime d'un type assez particulier : la victime n'est pas sous vos yeux, comme pour un meurtre, il vous faut l'imaginer. C'est ce que Camille tente de faire. Ce qui tombe sous son crayon : la silhouette d'une femme qui marche dans la rue. Il prend du recul : trop élégante, un peu femme du monde. Pour dessiner des femmes pareilles, peut-être que Camille vieillit un peu. Tout en passant ses coups de téléphone, il raye, recommence. Pourquoi la voit-il si jeune ? Est-ce qu'on enlève les vieilles femmes ? Pour la première fois, il pense à elle non comme à une femme mais comme à une fille. « Une fille » a été enlevée rue Falguière. Il reprend son dessin. En jean, cheveux courts, un sac en bandoulière. Non. Autre dessin, la voici en jupe droite, forte poitrine, il raye,

48

agacé. Il la voit jeune mais au fond, il ne la voit pas. Et quand il la voit, c'est Irène.

Il n'y a pas eu d'autre femme dans sa vie. Entre les rares occasions qui se présentent à un homme de sa taille, une part de culpabilité, un peu de dégoût de soi et la crainte de ce que représentait la reprise d'un commerce normal avec les femmes, ses besoins sexuels dépendaient de la coïncidence de trop de conditions, ça ne s'est pas fait. Si, une fois. Une fille qui s'était mise dans un mauvais pas, il l'a tirée d'embarras. Fermé les yeux. Il a lu le soulagement dans son regard, rien de plus sur le coup. Et puis il l'a rencontrée près de chez lui, comme par hasard. Alors un verre à la terrasse de La Marine, puis on dîne, et forcément, on se prend au jeu, on monte pour un dernier verre, et après… Normalement, ce n'est pas le genre de chose qu'un flic intègre peut accepter. Mais vraiment gentille, un peu hors cadre, l'air de vouloir remercier avec sincérité. Bon, c'est ce que Camille s'est répété ensuite pour se disculper. Plus de deux ans sans toucher une femme, en soi, c'était une raison, mais pas suffisante. Il a commis une mauvaise action. Une soirée tendre et calme, on ne s'est pas cru obligé de croire à des sentiments. Elle avait appris son histoire, à la Brigade, cette histoire, tout le monde la connaît, la femme de Verhœven a été assassinée. Elle a dit des choses simples, de tous les jours, elle s'est déshabillée à côté et elle est venue sur lui tout de suite, pas de préliminaires, ils se sont regardés dans les yeux, Camille les a juste fermés à la fin, pas possible de faire autrement. Ils se croisent de temps à autre, elle n'habite pas très loin. Quarante ans peut-être. Et quinze centimètres de plus que lui. Anne. Subtile

49

aussi : elle n'a pas dormi avec lui, elle a dit qu'elle préférait rentrer. Camille, ça lui a évité des tristesses, c'était bien vu. Quand ils se rencontrent, elle fait comme si rien ne s'était passé. La dernière fois, il y avait du monde, elle lui a même serré la main. Pourquoi pense-t-il à elle maintenant ? Est-ce le genre de femme qu'un homme peut avoir envie d'enlever ?

Mentalement, Camille se tourne alors vers le ravisseur. On peut tuer de multiples manières et pour de multiples raisons, mais tous les enlèvements se ressemblent. Et une chose est certaine : pour enlever quelqu'un, on prend son élan. Bien sûr, on peut le faire sous le coup d'une inspiration subite, d'une colère soudaine mais c'est assez rare et promis à un échec rapide. Dans la plupart des cas, l'auteur s'organise, prémédite, prépare attentivement. La statistique n'est pas très favorable, les premières heures sont cruciales, les chances de survie diminuent rapidement. C'est encombrant, un otage, on a vite envie de s'en débarrasser.

C'est Louis qui harponne le premier. Il a appelé tous les chauffeurs de bus de service entre dix-neuf heures et vingt et une heures trente. Réveillés un par un.

– Le chauffeur du 88 qui a fait le dernier service, dit-il à Camille en couvrant le récepteur. Vers vingt et une heures. Il se souvient d'une fille qui s'est précipitée pour attraper son bus et qui s'est ravisée.

Camille repose son crayon, lève la tête.

– Quel arrêt ?

– Institut Pasteur.

Frémissement dans l'échine.

– Pourquoi il se souvient d'elle ?

Louis transmet les questions.

50

– Jolie, dit Louis.

Il resserre sa main sur le récepteur.

– Vraiment jolie.

– Ah…

– Et il est certain de l'heure. Ils se sont fait un petit signe, elle lui a souri, il lui a dit qu'il était le dernier bus de la soirée mais elle a préféré prendre à pied la rue Falguière.

– Quel trottoir ?

– Droite en descendant.

La bonne direction.

– Le signalement ?

Louis demande des précisions mais la conclusion n'avance guère.

– Vague. Très vague.

C'est le problème avec les filles vraiment jolies : on est sous le charme, on ne détaille pas. La seule chose dont on se souvient, les yeux, la bouche, le derrière ou les trois à la fois mais se souvenir de ce qu'elle portait, ça… C'est le handicap avec les hommes qui témoignent, les femmes sont plus précises.

Camille rumine ce genre de pensées une partie de la nuit.

Vers deux heures et demie du matin, tout ce qui pouvait être fait l'a été. Maintenant, il reste à espérer qu'un événement survienne rapidement, quelque chose qui leur donnera un premier fil à tirer, une demande de rançon qui ouvrira une nouvelle perspective. Un corps retrouvé qui fermera toutes les autres. Un indice quelconque, quelque chose à attraper.

Le plus urgent, si on le peut, est évidemment d'identifier la victime. Pour le moment, le central est formel : toujours aucun signalement d'une disparition pouvant correspondre à cette femme.

Rien dans la proximité de l'enlèvement.

Et six heures se sont déjà écoulées.

5

C'est une caisse à claire-voie. Les planches sont distantes d'une dizaine de centimètres ; on voit parfaitement ce qu'il y a à l'intérieur. Pour le moment, rien, elle est vide.

L'homme a attrapé Alex par l'épaule, la serre avec une force inouïe et la tire jusqu'à la caisse. Puis il se détourne et fait comme si elle n'était plus là. La perceuse est en fait une visseuse électrique. Il dévisse une planche sur le dessus de la caisse, puis une autre. Il est de dos, penché. Sa grosse nuque rouge perlée de sueur... Neandertal, c'est ce qui vient à l'esprit d'Alex.

Elle est debout juste derrière lui, un peu en retrait, nue, un bras autour des seins, l'autre main en coquille sur son sexe parce qu'elle en a toujours honte, même dans cette situation, c'est dingue quand on y pense. Le froid la fait trembler des pieds à la tête, elle attend, sa passivité est totale. Elle pourrait tenter quelque chose. Se ruer sur lui, le frapper, courir. L'entrepôt est désert et immense. Là-bas, devant eux, à une quinzaine de mètres, une ouverture, comme une large trouée, de grandes portes coulissantes devaient fermer cette salle autrefois, elles ont aujourd'hui disparu. Tandis que l'homme dévisse les planches, Alex tâche de faire redémarrer sa mécanique cérébrale. Fuir ? Le frapper ? Tenter de lui arracher cette perceuse ? Que va-t-il faire quand il aura décloué sa caisse ? La faire crever, a-t-il dit, c'est quoi exactement ? Comment veut-il la tuer ? Elle prend conscience du chemin alarmant que son esprit a parcouru en quelques heures seulement. De : « Je ne veux pas mourir », elle en est à : « Pourvu qu'il fasse vite. » À l'instant où elle le comprend, deux événements. D'abord, dans sa tête, une pensée simple, ferme, butée : ne te laisse pas faire, n'accepte pas, résiste, bats-toi. Ensuite l'homme qui se retourne, pose près de lui la visseuse et tend le bras vers son épaule pour la saisir. Une mystérieuse décision éclate alors dans son cerveau, comme une bulle soudaine, elle se met à courir vers l'ouverture, à l'autre bout de la salle. L'homme est pris de vitesse, il n'a pas eu le temps de bouger. En quelques microsecondes, elle a sauté par-dessus la caisse et court, toujours pieds nus, aussi vite qu'elle le peut. Fini le froid, finie la peur, son vrai moteur, c'est la volonté de fuir, de sortir d'ici. Le sol est glacé, dur, glissant parce que humide, un béton brut, tapissé d'aspérités mais elle ne ressent rien, littéralement aspirée par sa propre course. La pluie a détrempé le sol, les pieds d'Alex font des gerbes en traversant les larges flaques d'eau croupie. Elle ne se retourne pas, elle se répète « cours, cours, cours », elle ne sait pas si l'homme a commencé lui aussi à courir derrière elle. Tu es plus rapide. C'est une certitude. Lui est un homme vieux, lourd, tu es jeune, mince. Tu es vivante. Alex arrive à l'ouverture, ralentit à peine sa course, juste le temps d'apercevoir, sur sa gauche, au fond de la salle, une autre ouverture, semblable à celle qu'elle vient de passer. Toutes les salles sont identiques. Où se trouve la sortie ? L'idée de quitter ce bâtiment totalement nue, de débarquer ainsi dans la rue ne lui vient pas. Son cœur cogne à une cadence vertigineuse. Alex meurt d'envie de se retourner, de mesurer l'avance qu'elle a prise sur l'homme mais elle meurt surtout du besoin de sortir d'ici. Une troisième salle. Cette fois Alex s'arrête, hors d'haleine et manque de s'effondrer sur place, non, elle n'y croit pas. Elle reprend sa course mais déjà les larmes montent, la voici à l'extrémité du bâtiment, devant l'ouverture qui doit donner sur l'extérieur.

Murée.

De larges briques rouges d'où dégouline le ciment qui les joint et qui n'a pas été lissé, juste jeté à la va-vite, pour obturer. Alex palpe les briques, suintantes elles aussi. Enfermée. Le froid lui retombe dessus brutalement, elle tape du poing sur les briques, commence à hurler, peut-être qu'on va l'entendre, de l'autre côté. Elle hurle, les mots lui manquent. Laissez-moi sortir. Je vous en supplie. Alex tape plus fort mais elle s'épuise, alors elle se colle entièrement au mur, comme à un arbre, comme si elle voulait se fondre en lui. Elle ne crie plus, plus de voix, juste une supplication qui reste coincée dans sa gorge. Elle sanglote silencieusement et reste ainsi, plaquée au mur comme une affiche. Puis soudain elle s'arrête parce qu'elle sent la présence de l'homme, là, juste derrière elle. Il ne s'est pas pressé, il est venu tranquillement la rejoindre, elle entend ses derniers pas qui se rapprochent, elle ne bouge plus, les pas se figent. Elle croit percevoir son souffle mais c'est sa propre peur qu'elle entend. Il ne

54

dit pas un mot, il l'empoigne par les cheveux, c'est sa manière de faire, les cheveux. Une poignée entière, à pleine main, et il tire brutalement. Le corps d'Alex s'envole vers l'arrière, elle tombe lourdement sur le dos, étouffe un cri. Elle jurerait qu'elle est paralysée, elle commence à geindre mais il n'est pas décidé à la laisser là. Il lui donne un violent coup de pied dans les côtes et, comme elle ne bouge pas assez vite, il en donne un second, plus violent encore. « Salope. » Alex hurle, elle sait que ça ne s'arrêtera pas, alors elle rassemble toute son énergie pour se recroqueviller. Mauvais calcul. Tant qu'elle ne lui obéira pas, il frappera, il lui allonge un nouveau coup de pied, dans les reins cette fois, du bout de sa chaussure. Alex hurle de douleur, se soulève sur le coude, lève la main en signe de reddition, le geste dit clairement : arrêtez, je vais faire ce que vous voulez. Il ne bouge plus, il attend. Voici Alex debout, vacillante, cherche sa direction, tangue, manque de tomber, avance en zigzag. Elle ne va pas assez vite alors il lui botte le derrière et elle retombe quelques mètres plus loin, sur le ventre mais elle se relève à nouveau, les genoux en sang, et recommence à marcher, plus vite. C'est fini, il n'a plus rien à exiger. Alex abandonne. Elle marche vers la première salle, passe l'ouverture, elle est prête maintenant. Totalement épuisée. Arrivée près de la grande caisse, elle se tourne vers lui. Les bras ballants, elle a abdiqué toute pudeur. Lui non plus ne bouge pas. Qu'est-ce qu'il a dit en dernier, ses derniers mots ? « Je vais te regarder crever, sale pute. »

Il regarde la caisse. Alex la regarde aussi. C'est le point de non-retour. Ce qu'elle va faire, ce qu'elle va accepter, sera irréversible. Irrémédiable. Plus jamais

55

elle ne pourra revenir en arrière. Va-t-il la violer ? La tuer ? La tuer avant, après ? Va-t-il la faire souffrir longtemps ? Que veut-il, ce bourreau qui ne dit rien ? Les réponses à ces questions, elle va les avoir dans quelques minutes. Il ne reste qu'un seul mystère.

– Di… Dites-moi…, supplie Alex.

Elle a chuchoté, comme si elle sollicitait une confidence.

– Pourquoi ? Pourquoi moi ?

L'homme fronce les sourcils à la manière d'un homme qui ne parlerait pas sa langue et chercherait à deviner le sens de sa question. Machinalement, Alex tend la main derrière elle, ses doigts effleurent le bois rugueux de la caisse.

– Pourquoi moi ?

L'homme sourit lentement. Cette absence de lèvres…

– Parce que c'est toi que je veux voir crever, sale pute.

Le ton de l'évidence. Il semble certain d'avoir clairement répondu à la question.

Alex ferme les yeux. Ses larmes coulent. Elle voudrait revoir sa vie mais rien ne remonte, ses doigts n'effleurent plus le bois de la caisse, c'est sa main tout entière qu'elle a posée pour se retenir de tomber.

– Allez…, dit-il d'un ton agacé.

Et il désigne la caisse.

Alex n'est plus elle-même lorsqu'elle se retourne, ce n'est plus elle qui enjambe la caisse, il n'y a plus rien d'elle dans ce corps qui se recroqueville. La voilà, les pieds écartés pour tenir chacun sur une planche, serrant ses genoux entre ses bras comme si cette caisse était son ultime refuge et non son cercueil.

56

L'homme s'approche et regarde le tableau de cette fille nue blottie au fond de cette caisse. Les yeux écarquillés, ravi, comme un entomologiste observerait une espèce rare. Il semble comblé.

Enfin, il s'ébroue et il saisit sa visseuse.

6

La concierge leur a laissé la loge et elle est allée se coucher. Elle a ronflé comme un sonneur toute la nuit. Ils ont laissé de l'argent pour le café, Louis a ajouté un mot pour remercier.

Il est trois heures. Toutes les équipes sont reparties. Six heures après l'enlèvement le résultat tiendrait dans une boîte d'allumettes.

Voilà Camille et Louis sur le trottoir. Ils vont rentrer chez eux, prendre une douche et se retrouver aussitôt après.

– Vas-y, dit Camille.

Ils sont devant la station de taxis. Camille refuse.

– Non, moi, je vais descendre un peu à pied.

Ils se séparent.

Camille l'a esquissée un nombre incalculable de fois, cette fille, telle qu'il l'imagine, marchant sur le trottoir, faisant signe au chauffeur de bus, il a recommencé sans cesse parce qu'il y avait toujours un peu d'Irène dedans. Rien que d'y penser, Camille se sent mal. Il accélère le pas. Cette fille est quelqu'un d'autre. Voilà ce qu'il doit se dire.

Surtout cette différence terrible : elle, elle est vivante.

57

La rue est impassible, les voitures passent au compte-gouttes.

Il tente de faire preuve de logique. La logique, c'est ce qui le tracasse, depuis le début. On n'enlève pas quelqu'un par hasard, le plus souvent, on kidnappe quelqu'un qu'on connaît. Parfois mal, mais suffisamment pour avoir au moins un mobile. Donc, certainement, il sait où elle habite. Camille se répète ça depuis plus d'une heure. Il presse le pas. Et s'il ne l'a pas enlevée chez elle, ou devant chez elle, c'est que ça n'était pas possible. On ne sait pas pourquoi, mais ça n'était pas possible, sinon il ne l'aurait pas fait ici, dans la rue, avec tous les risques que cela comporte. Or, c'est ici qu'il l'a fait.

Camille accélère et sa pensée suit le rythme.

Deux solutions, le type la suit ou il l'attend. La suivre avec son camion ? Non. Elle ne prend pas le bus, elle marche sur le trottoir, et il la suit en camionnette ? au ralenti ? dans l'attente du moment où… C'est complètement con.

Donc, il la guette.

Il la connaît, il connaît son trajet, il a besoin d'un endroit qui lui permette de la voir venir… et de prendre son élan pour lui sauter dessus. Et cet endroit se trouve forcément *avant* celui où il l'a enlevée parce que la rue est en sens unique. Il la voit, elle le dépasse, il la rejoint, il l'enlève.

– C'est comme ça que je vois les choses.

Il n'est pas rare que Camille se parle ainsi à voix haute. Il n'est pas veuf depuis longtemps mais les habitudes d'homme seul, ça se prend vite. C'est pour cette raison qu'il n'a pas demandé à Louis de l'accompagner, il a perdu les réflexes d'équipe, trop

58

seul, trop longtemps à ruminer et donc à ne penser qu'à soi. Il se battrait. Il n'aime pas ce qu'il est devenu.

Il marche quelques minutes en remuant ces pensées. Il cherche. Il fait partie de ces gens qui peuvent s'obstiner dans une erreur jusqu'à ce que les faits leur donnent raison. C'est un défaut pénible chez des amis mais une qualité appréciable chez un flic. Il passe une rue, avance, une autre rue, rien ne se déclenche. Et enfin, quelque chose fait signe dans son esprit.

Rue Legrandin.

Une impasse qui ne fait pas plus d'une trentaine de mètres mais suffisamment large pour que des véhicules puissent se garer de chaque côté. S'il était le ravisseur, c'est ici qu'il se serait garé. Camille s'avance puis se retourne vers la rue.

À l'intersection, un immeuble. Au rez-de-chaussée, une pharmacie.

Il lève la tête.

Deux caméras cadrent la devanture de la pharmacie.

On tombe assez vite sur l'image du fourgon blanc. M. Bertignac est un homme courtois jusqu'à la viscosité, le genre de commerçant qui adore aider la police. Ces gens-là le rendent toujours un peu nerveux, Camille. Dans l'arrière-boutique de son officine, M. Bertignac est assis devant un écran d'ordinateur gigantesque. Il n'y a pas de physique propre aux pharmaciens mais une manière d'être, ça oui. Camille en sait quelque chose, son père était pharmacien. À la retraite, il ressemblait à un pharmacien à la retraite. Il est mort il y a un peu moins d'un an. Même mort,

Camille n'a pas pu s'empêcher de lui trouver un air de pharmacien mort.

Donc, M. Bertignac aide la police. Pour ça, il est tout à fait disposé à se lever et à ouvrir au commandant Verhœven à trois heures et demie du matin.

Et il n'est pas rancunier, cambriolée cinq fois, la pharmacie Bertignac. À la montée de la convoitise qu'exercent les pharmacies sur les dealers, sa réponse est technologique. Chaque fois, il achète une nouvelle caméra. Il y en a cinq aujourd'hui, deux dehors, pour chaque portion de trottoir, les autres à l'intérieur. Les bandes se conservent vingt-quatre heures, passé ce délai, elles s'effacent automatiquement. Et il aime son matériel, M. Bertignac. Il n'a pas exigé de commission rogatoire pour faire la démonstration de son équipement, trop heureux. Il n'a fallu que quelques minutes pour afficher la partie de l'impasse couverte par la caméra et ça n'est pas grand-chose, juste le bas des voitures garées le long du trottoir, les roues. Et à vingt et une heures quatre, arrive la camionnette blanche qui se gare et s'avance suffisamment pour que le conducteur puisse voir la rue Falguière en enfilade. Ce qu'aurait aimé Camille, ce n'est pas seulement que sa théorie soit confirmée (ça, déjà, il aime bien, il adore avoir raison), mais il aurait aimé qu'on en voie davantage, parce que le véhicule, sur l'image arrêtée par M. Bertignac, se résume au bas de caisse et aux roues avant. On en sait davantage sur la manière, sur l'horaire de l'enlèvement mais pas sur le ravisseur. Il ne se passe désespérément rien sur le film. Rien. On replie.

Quand même, Camille n'arrive pas à se décider à lever le camp. Parce que c'est agaçant d'avoir le ravisseur sous la main, et cette caméra qui filme bêtement

60

un détail dont tout le monde se fout… À vingt et une heures vingt-sept, la camionnette quitte l'impasse. Et c'est à ce moment que le déclic se fait.

– Là !

M. Bertignac joue fièrement les ingénieurs de studio. Retour arrière. Ici. On s'approche de l'écran, on demande l'agrandissement. M. Bertignac dans ses œuvres. À l'instant où la camionnette s'avance pour quitter son emplacement, le bas de caisse montre clairement que le véhicule a été repeint, artisanalement, on distingue encore la trace des lettrages qui figuraient sur les côtés. Mais impossible de les lire, ces lettres. Elles sont à peine distinctes et, de plus, elles sont coupées horizontalement par le haut de l'écran, c'est la limite du cadrage par la caméra de surveillance. Camille demande une impression papier et le pharmacien lui prête obligeamment une clé USB sur laquelle il copie l'ensemble du film. Contrasté au maximum, le motif imprimé donne quelque chose comme ça :

Ça ressemble à du morse.

Le bas de caisse du fourgon a frotté quelque part, on distingue aussi de légères traces de peinture verte.

Du travail pour les scientifiques.

Camille rentre enfin chez lui.

Cette soirée l'a passablement ébranlé. Il monte les marches. Il habite au quatrième, il ne prend jamais l'ascenseur, question de principe.

61

Ils ont fait ce qu'ils pouvaient. Ce qui vient maintenant, c'est le plus terrible. Attendre. Que quelqu'un signale la disparition d'une femme. Ça peut prendre un jour, deux jours, davantage. Et pendant ce temps… Quand on a enlevé Irène, il n'a fallu pas dix heures pour la retrouver morte. Ce matin, il y en a déjà plus de la moitié de passé. Si l'Identité avait trouvé un indice vraiment utilisable, on le saurait déjà. Camille connaît cette musique triste et lente, celle des indices à recouper, cette guerre d'usure qui prend un temps fou et qui vous ruine les nerfs.

Il rumine cette interminable nuit. Il est épuisé. Juste le temps de prendre une douche, de boire quelques cafés.

Il n'a pas conservé l'appartement qu'il occupait avec Irène, il n'a pas voulu, c'était un peu difficile de la retrouver partout dans la maison, rester nécessitait un courage inutile qu'il valait mieux investir ailleurs. Camille s'est demandé si vivre après la mort d'Irène était une question de courage, une affaire de volonté. Comment tenir, tout seul, quand plus rien ne tient autour de vous ? Il avait besoin d'enrayer sa propre chute. Il sentait que cet appartement le plongeait dans le désespoir mais il n'avait pas le courage de l'abandonner. Il a interrogé son père (lui, de toute manière, pour répondre clairement aux questions…), puis Louis, qui a répondu : « Pour tenir, il faut lâcher. » Il paraît que ça vient du Tao. Camille n'était pas certain d'avoir bien compris la réponse.

– C'est *Le Chêne et le Roseau*, si vous préférez.

Camille préférait.

Du coup, il a vendu. Depuis trois ans, il habite quai de Valmy.

62

Il entre dans l'appartement. Doudouche arrive aussitôt. Ah oui, il y a ça aussi, Doudouche, une petite chatte tigrée.

« Un veuf avec un chat, a demandé Camille, tu ne trouves pas que ça fait un peu cliché ? J'en fais pas un peu trop, comme toujours ?

– Ça dépend du chat, non ? » a répondu Louis.

C'est tout le problème. Par amour, par souci d'harmonie, par mimétisme, par pudeur, allez savoir, Doudouche est restée incroyablement petite pour son âge. Elle a une jolie frimousse, les jambes arquées comme un cow-boy et elle est minuscule. Sur ce sujet, même Louis n'avait pas d'hypothèse, c'est dire l'épaisseur du mystère.

« Elle n'en fait pas un peu trop, elle aussi ? » a encore demandé Camille.

Le vétérinaire, interrogé, a été très embêté quand Camille lui a apporté sa chatte et qu'il a posé la question de sa taille.

Quelle que soit l'heure de son retour à la maison, Doudouche se réveille, se lève et vient le voir. Cette nuit, ce matin, Camille se contente de lui gratter l'échine. Pas trop envie de s'épancher. Ça fait beaucoup pour une seule journée.

D'abord l'enlèvement d'une femme.

Ensuite, retrouver Louis dans ces circonstances-là, c'est à se demander si Le Guen…

Camille s'arrête brusquement.

– L'enfoiré.

7

Alex est montée dans la caisse, elle a courbé le dos, s'est blottie.

L'homme a posé le couvercle, l'a vissé et s'est ensuite reculé pour admirer son ouvrage.

Alex est contusionnée des pieds à la tête, son corps entier saisi de tremblements. Ça lui semble complètement aberrant mais elle ne peut nier l'évidence : dans cette caisse, elle se sent en quelque sorte rassurée. Comme à l'abri. Au cours des dernières heures, elle n'a cessé d'imaginer ce qu'il allait faire d'elle, ce qu'il allait lui faire, mais hormis la brutalité avec laquelle il l'a enlevée, hormis les gifles qu'il lui a données… Bon, ça n'est pas rien, Alex en a encore mal à la tête, de ces gifles, tellement elles étaient puissantes, mais maintenant, elle est là, dans cette caisse, entière. Il ne l'a pas violée. Il ne l'a pas torturée. Il ne l'a pas tuée. Quelque chose lui dit « pas encore », Alex ne veut pas l'entendre, elle considère que chaque seconde gagnée est gagnée, que chaque seconde à venir n'est pas encore venue. Elle tente de respirer le plus profondément possible. L'homme est toujours immobile, elle voit ses grosses chaussures d'ouvrier, le bas de son pantalon, il la regarde. « Je vais te regarder crever… » C'est ce qu'il a dit, c'est presque la seule chose qu'il a dite. Alors, c'est ça ? Il veut la faire mourir ? Il veut la regarder mourir ? Comment va-t-il la tuer ? Alex ne se demande plus pourquoi, elle se demande comment, quand.

Pourquoi hait-il les femmes à ce point ? Quelle est son histoire, à ce type, pour monter une pareille

64

affaire ? Pour la frapper aussi fort ? Le froid n'est pas très vif mais avec la fatigue, les coups, la peur, la nuit, Alex est frigorifiée, elle essaye de changer de position. Et ça n'est pas facile. Elle est assise le dos rond, la tête posée sur ses bras qui enserrent ses genoux. Comme elle se soulève un peu pour tenter de se retourner, elle pousse un cri. Elle vient de se planter une longue écharde dans le bras, tout en haut, près de l'épaule, qu'elle est obligée de retirer avec les dents. Pas d'espace. Le bois de la caisse est brut, râpeux. Comment va-t-elle faire pour se retourner, prendre appui sur les mains ? Tourner le bassin ? Elle va d'abord essayer de déplacer ses pieds. Elle sent la panique monter dans son ventre. Elle commence à crier, se met à bouger en tous sens mais elle a peur de se faire mal avec ce bois mal équarri, pourtant il faut qu'elle bouge, c'est à devenir folle, elle gesticule, tout ce qu'elle obtient, c'est de gagner quelques centimètres, l'affolement la saisit.

La grosse tête de l'homme apparaît alors dans son champ de vision.

Tellement soudainement qu'elle a un mouvement de recul, elle se cogne la tête. Il s'est baissé pour la regarder. Il sourit largement de ses lèvres absentes. Un sourire grave, sans joie, qui serait ridicule s'il n'était si menaçant. Sa gorge émet comme un bêlement. Toujours pas un mot, il hoche la tête, comme pour dire : « Alors, tu as compris ? »

– Vous…, commence Alex, mais elle ne sait pas ce qu'elle veut lui dire, lui demander.

Lui, hoche la tête, simplement, juste ce sourire crétin. Il est fou, se dit Alex.

– Vous êtes d-dingue…

65

Mais elle n'a pas le temps d'aller plus loin, il vient de se reculer, il s'éloigne, elle ne le voit plus, alors ses tremblements s'accélèrent. Dès qu'il disparaît, elle s'alarme. Que fait-il ? Elle tord le cou, elle entend juste des bruits, assez lointains, tout résonne dans cette immense salle vide. Sauf que maintenant, ça bouge. Insensiblement, la caisse s'est ébranlée. Ça fait un bruit de bois qui craque. Du coin de l'œil, en se déhanchant à la limite de ses possibilités, elle remarque, au-dessus d'elle, la corde. Elle ne l'avait pas vue. Elle est attachée au couvercle de la caisse. Alex se contorsionne pour passer la main au-dessus d'elle, entre les planches : un anneau en acier, elle empoigne le nœud de la corde, un énorme nœud, très serré.

La corde vibre et se tend, la caisse semble pousser un hurlement, elle se soulève, elle quitte le sol et se met à tanguer, à tourner lentement sur elle-même. L'homme entre de nouveau dans son champ de vision, il est à sept ou huit mètres d'elle, près du mur, il tire avec de grands gestes sur la corde reliée à deux poulies. La caisse monte très doucement, donne l'impression qu'elle va basculer, Alex ne bouge pas, l'homme la regarde. Lorsqu'elle est à environ un mètre cinquante du sol, il s'arrête, bloque la corde, part farfouiller dans un tas d'affaires posées, là-bas, près de l'ouverture opposée, puis il revient.

Ils sont face à face, à la même hauteur, et peuvent se regarder dans les yeux. Il sort son téléphone portable. Pour la photographier. Il cherche l'angle, se déplace, se recule, il en fait une, deux, trois… puis il vérifie les clichés, efface ceux dont il n'est pas satisfait. Après quoi, il retourne près du mur, la caisse monte encore, la voici maintenant à deux mètres du sol.

L'homme attache la corde, il est visiblement content de lui.

Il enfile sa veste, tape sur ses poches pour vérifier qu'il n'a rien oublié. Alex semble ne plus exister, il jette juste un œil sur la caisse en partant. Vraiment content de son ouvrage. Comme s'il quittait son appartement pour aller au travail.

Il est parti.

Silence.

La caisse se balance lourdement au bout de sa corde. Un courant d'air froid tourbillonne et recouvre par vagues le corps déjà transi d'Alex.

Elle est seule. Nue, enfermée.

Alors soudain, elle comprend.

Ce n'est pas une caisse.

C'est une cage.

8

– Enfoiré…

« Tout de suite les grands mots… », « N'oublie pas que je suis ton chef ! », « Tu ferais quoi à ma place ? », « Élargis ton vocabulaire, tu deviens lassant ». Avec Camille, au fil des années, le divisionnaire Le Guen a tout essayé, ou à peu près. Plutôt que de retomber sans cesse sur les mêmes formules, il ne répond plus. Et du coup, ça coupe l'herbe sous le pied de Camille qui, en règle générale, entre dans le bureau sans frapper et se contente de se planter devant son chef. Au mieux, le divisionnaire lève les épaules, fataliste ; au pire, il baisse le regard, faussement contrit. Pas un mot, comme un vieux couple, ce qui est un échec pour des hommes qui, à cinquante ans, sont tous les deux célibataires. Enfin, sans femme. Camille est veuf. Le Guen, lui, a soldé son quatrième divorce l'an dernier. « C'est curieux, comme tu épouses tout le temps la même femme », lui a dit Camille la dernière fois. « Qu'est-ce que tu veux, quand on a des habitudes, a répondu Le Guen. Tu remarqueras que je n'ai jamais changé de témoin non plus, c'est toujours toi ! » Il a ajouté, bougon : « Et puis, quitte à changer de femme, autant prendre la même », montrant ainsi que sur le terrain de la résignation, il ne craint vraiment personne.

Qu'il ne soit plus nécessaire de se dire les choses pour se comprendre est la première raison pour laquelle Camille n'agresse pas Le Guen ce matin. Il écarte la petite manipulation du divisionnaire qui, évidemment, aurait pu mettre quelqu'un d'autre sur cette affaire et qui a fait semblant de n'avoir personne sous la main. Ce qui frappe Camille, c'est qu'il aurait dû s'en rendre compte immédiatement et que ça lui a échappé. C'est assez curieux et, pour tout dire, suspect. La seconde raison, c'est qu'il n'a pas dormi, qu'il est épuisé et qu'il n'a pas d'énergie à gaspiller parce qu'il reste une longue journée à tenir avant d'être relevé par Morel.

Il est sept heures et demie du matin. Des agents fatigués passent d'un bureau à l'autre en s'interpellant, les portes s'ouvrent, on perçoit des cris, dans les couloirs des gens attendent, hagards, la Maison termine une nuit aussi blanche que les autres.

Louis arrive. Pas dormi non plus. Camille le détaille rapidement. Costume Brooks Brothers, cravate Louis Vuitton, chaussures Finsbury ; toujours très sobre. Pour les chaussettes, Camille ne peut pas encore se prononcer et, de toute manière, il n'y connaît rien. Louis est chic mais, quoique parfaitement rasé, il a une petite mine.

Ils se serrent la main comme un matin ordinaire, comme s'ils n'avaient jamais cessé de travailler ensemble. Depuis qu'ils se sont retrouvés, la nuit dernière, ils ne se sont pas réellement parlé. Rien évoqué de ces quatre années. Il n'y a rien de secret, non, c'est de l'embarras, des douleurs et puis, qu'est-ce qu'il y aurait à dire devant un pareil échec ? Louis et Irène s'aimaient beaucoup. Camille pense que Louis s'est senti responsable lui aussi de cet assassinat. Louis ne prétendait pas au même chagrin que Camille mais il avait le sien. C'était incommunicable. Au fond, ils ont été écrasés par le même désastre, ça leur a coupé la parole à tous les deux. D'ailleurs tout le monde a été sidéré, mais eux ils auraient dû se parler. Ils n'y sont pas arrivés et, peu à peu, ils ont continué de penser l'un à l'autre, mais ils ont cessé de se voir.

Les premières conclusions de l'Identité ne sont pas encourageantes. Camille feuillette rapidement le rapport et passe les pages à Louis au fur et à mesure. La gomme des pneus, ce qu'il y a de plus courant comme gomme et qui doit équiper cinq millions de véhicules. Le fourgon, le genre le plus habituel. Quant au dernier repas de la victime, crudités, viande rouge, haricots verts, vin blanc, café, avec ça…

69

On s'installe devant le grand plan, dans le bureau de Camille. Le téléphone sonne.

– Ah, Jean, dit Camille, tu tombes bien.

– Oui, rebonjour à toi aussi, dit Le Guen.

– J'ai besoin d'une quinzaine d'agents.

– Absolument impossible.

– Donne-moi plutôt des femmes.

Camille prend quelques secondes de réflexion supplémentaire.

– Il me les faut pendant au moins deux jours. Peut-être trois, si on ne retrouve pas la fille d'ici là. Et aussi un véhicule supplémentaire. Non, deux.

– Écoute…

– Et je veux Armand.

– Oui, ça, c'est possible. Je te l'envoie toute de suite.

– Merci pour tout, Jean, dit Camille en raccrochant.

Puis il retourne vers le plan.

– On va avoir quoi ? demande Louis.

– Le moitié de tout. Plus Armand.

Camille garde les yeux rivés sur le plan. Au mieux, en levant les bras, il pourrait toucher le sixième arrondissement. Pour pointer le dix-neuvième, il faudrait une chaise. Ou une baguette. Mais ça fait petit professeur, la baguette. Au fil des années, il a pensé à plusieurs formules, pour ce plan. Le fixer au plus bas, le poser carrément au sol, le découper en zones et les coller en ligne… il n'en a retenu aucune parce que toutes celles qui résolvaient son problème de taille posaient le problème inverse à tous les autres. Aussi, comme chez lui, comme à l'Institut médico-légal, ici aussi, Camille a ses instruments. Question tabourets, échelles, marchepieds, escabeaux, c'est un expert.

70

Dans son bureau, pour les dossiers, les archives, les fournitures et sa documentation technique, il a opté pour une petite échelle en aluminium, étroite, de format moyen et pour le plan de Paris, c'est un tabouret de bibliothèque, le modèle qui roule et qui se bloque quand on monte dessus. Camille l'approche et grimpe. Il observe les axes qui convergent vers le lieu de l'enlèvement. On va organiser les équipes qui vont quadriller tout le secteur, la question est de savoir où limiter le périmètre d'action. Il désigne un quartier, regarde soudain ses pieds, réfléchit, se retourne vers Louis et demande :

– J'ai l'air d'un général à la con, tu ne trouves pas ?

– Dans votre esprit, je suppose que « général à la con » est un pléonasme.

Ils plaisantent mais en fait, ils ne s'écoutent pas. Chacun poursuit sa réflexion.

– Quand même…, dit Louis pensivement. Aucun fourgon de ce modèle n'a été volé très récemment. À moins qu'il ne prépare son coup depuis de longs mois, enlever une fille avec son propre véhicule, il a pris de drôles de risques. Une voix derrière eux.

– Il n'a peut-être rien dans le citron, ce type…

Camille et Louis se retournent. C'est Armand.

– S'il n'a rien dans le citron, il est imprévisible, dit Camille en souriant. Ça va rendre les choses encore plus difficiles.

Ils se serrent la main. Armand a travaillé plus de dix ans avec Camille, dont neuf et demi sous ses ordres. C'est un homme effroyablement maigre, d'apparence triste et frappé d'une avarice pathologique qui a gangrené toute sa vie. Chaque seconde que vit Armand est tendue vers l'économie. La théorie de Camille, c'est

71

qu'il a peur de la mort. Louis, qui a fait à peu près toutes les études qu'on peut faire, a confirmé que c'était psychanalytiquement défendable. Camille était fier d'être un bon théoricien dans une matière dont il ignore tout. Professionnellement, Armand est une infatigable fourmi. Donnez-lui le Bottin de n'importe quelle ville et revenez un an plus tard, il aura vérifié tous les abonnés.

Armand a toujours voué à Camille une admiration sans mélange. Au début de leur carrière, lorsqu'il a appris que la mère de Camille était un peintre célèbre, son admiration a tourné à la ferveur. Il collectionne les coupures de presse la concernant. Il a dans son ordinateur une reproduction de toutes les œuvres d'elle qu'on peut trouver sur Internet. Lorsqu'il a su que c'est au tabagisme ininterrompu de sa mère que Camille devait le handicap de sa petite taille, Armand a été troublé. Il a tenté de réaliser une synthèse qui concilierait l'admiration pour un peintre dont il ne comprend pas le travail mais dont il admire la célébrité et la rancune qu'on peut vouer à une femme aussi égoïste. Mais ces sentiments trop contradictoires ont eu raison de sa logique. On dirait qu'il cherche encore. Pourtant, c'est plus fort que lui, il ne peut pas s'en empêcher, dès que l'actualité fait remonter à la surface le nom ou une œuvre de Maud Verhœven, Armand exulte.

« Tu aurais dû l'avoir pour mère, lui a dit Camille, un jour, en le regardant par en dessous.

– C'est bas », a grommelé Armand qui n'est pas dépourvu d'humour.

Lorsque Camille a dû s'arrêter de travailler, il est venu lui aussi le visiter à la clinique. Il attendait que

72

quelqu'un passe en voiture pas trop loin pour éviter de payer le transport, il arrivait les mains vides avec un prétexte toujours différent mais il était là. La situation de Camille le bouleversait. Sa peine était réelle. Vous travaillez des années et des années avec des gens et finalement vous ne les connaissez pas. Que survienne un accident, un drame, une maladie, une mort et vous découvrez à quel point ce que vous saviez d'eux était circonscrit à des informations proposées par le hasard. Armand a des générosités, ça semble un peu fou à dire. Certes, ça n'est jamais monnayable, ça ne doit pas lui coûter d'argent mais, à sa manière, il a des grandeurs d'âme. À la Brigade, personne n'y croirait, dire une chose pareille ferait hurler de rire tous ceux qu'il a déjà tapés dix fois, c'est-à-dire tout le monde.

Quand il venait le voir à la clinique, Camille lui donnait de l'argent pour qu'il aille lui chercher un journal, deux cafés au distributeur, une revue. Armand gardait la monnaie. Et à la fin de sa visite, lorsqu'il se penchait à la fenêtre, il voyait Armand, sur le parking, interroger les visiteurs qui quittaient la clinique pour trouver celui qui le ramènerait à une distance suffisante de chez lui pour finir le chemin à pied.

Ça fait du mal de se retrouver ensemble, tout de même, quatre ans plus tard. De l'équipe d'origine, il n'en manque qu'un, Maleval. Expulsé de la police. S'est traîné plusieurs mois en préventive. Ce qu'il est devenu… Camille pense que Louis et Armand le revoient de temps en temps. Lui ne peut pas.

Ils sont tous les trois devant le grand plan de Paris, ils ne disent rien et comme ça finit par ressembler à une prière sournoise, Camille s'ébroue. Il désigne le plan.

– Bien. Louis, on fait comme on a dit. Tu emmènes tout le monde sur place. On ratisse.

Il se tourne vers Armand.

– Et toi, Armand, un fourgon blanc passe-partout, des pneus universels, un repas lambda pour la victime, un ticket de métro… Tu as l'embarras du choix.

Armand fait oui de la tête.

Camille ramasse ses clés.

Reste une journée à tenir avant le retour de Morel.

9

La première fois qu'il revient, le cœur d'Alex chavire. Elle l'entend, faute de pouvoir se retourner et le regarder. Son pas est lourd, lent et résonne comme une menace. Pendant chacune des heures précédentes, Alex a anticipé sur cette venue, s'est vue violée, battue, tuée. Elle a vu la cage descendre, elle a senti l'homme l'empoigner par l'épaule, l'extraire de sa cage, la gifler, la tordre, la forcer, la pénétrer, la faire hurler, la tuer. Comme il l'a promis. « Je vais te regarder crever, sale pute. » Quand on traite une femme de sale pute, c'est qu'on veut la tuer, non ?

Ça ne s'est pas encore passé. Il ne la touche pas encore, peut-être qu'il veut d'abord jouir de cette attente. La mise en cage est destinée à faire d'elle un animal, à l'avilir, la domestiquer, lui montrer qu'il est le maître. C'est pour cela qu'il l'a battue si violemment. Ces pensées, plus mille autres plus terribles encore, la hantent. Mourir n'est pas rien. Mais attendre la mort...

Alex se promet toujours de noter mentalement les moments où il vient mais les repères se brouillent vite. Le matin, la journée, le soir, la nuit, tout ça fait un continuum de temps dans lequel son esprit a de plus en plus de mal à trouver son chemin.

Quand il vient, il se plante d'abord sous la cage, les mains dans les poches, il la regarde un long moment, puis il dépose son blouson en cuir par terre, descend la caisse jusqu'à hauteur des yeux, il sort son téléphone, fait une photo et va s'installer à quelques mètres, là où il a déposé toutes ses affaires, une dizaine de bouteilles d'eau, des sacs en plastique et les vêtements d'Alex, jetés au sol, c'est dur pour elle d'être enfermée et de voir ça, quasiment à portée de main. Il s'assoit. Rien d'autre pour le moment, il la regarde. On dirait qu'il attend quelque chose, il ne dit pas quoi.

Et puis elle ne sait pas ce qui, d'un coup, le décide à repartir mais, soudain, il se lève, se tape sur les cuisses comme pour s'encourager, remonte la cage et, après un dernier coup d'œil, il repart.

Il ne parle pas. Alex lui a posé des questions, pas trop parce qu'elle ne veut pas le mettre en colère, il n'a répondu qu'une seule fois, le reste du temps il ne dit rien, on dirait même qu'il ne pense à rien, il la fixe. Il l'a dit, d'ailleurs : Je vais te regarder crever.

La position d'Alex est, au sens propre, intenable.

Impossible de se tenir debout, la cage n'est pas assez haute. De s'allonger, elle n'est pas assez longue. De s'asseoir, le couvercle est trop bas. Elle vit repliée sur elle-même, presque roulée en boule. Les douleurs sont rapidement devenues insupportables. Les muscles se tétanisent, les articulations semblent se solidifier, tout s'est engourdi, tout est bloqué, sans compter le froid. Son corps entier s'est raidi et, comme Alex ne peut pas bouger, la circulation sanguine s'est ralentie, ajoutant encore à la douleur de la tension à laquelle elle est condamnée. Des images sont revenues, des schémas remontant à ses études d'infirmière, des muscles atrophiés, des articulations gelées, sclérosées, parfois elle croit assister à la détérioration de son corps comme si elle était radiologue, que ce corps n'était pas le sien et elle comprend que son esprit est en train de se diviser en deux, quelqu'un qui est là, l'autre qui n'y est pas, qui vit ailleurs, le début de la folie qui la guette et qui sera le résultat mécanique de cette position infernale, inhumaine.

Elle a beaucoup pleuré mais ensuite, elle n'a plus eu de larmes. Elle dort peu, jamais bien longtemps parce que la crispation musculaire la réveille sans cesse. Les premières crampes réellement douloureuses sont intervenues la nuit dernière, elle s'est réveillée en hurlant, sa jambe entière était saisie d'une torsion into-lérable. Pour tenter de la détendre, elle a frappé avec son pied contre les planches, le plus fort qu'elle pou-vait, comme si elle voulait faire exploser la cage. La crampe s'est peu à peu calmée mais elle sait que son effort n'y est pour rien. Elle reviendra comme elle est partie. Tout ce qu'elle a gagné, c'est que la cage s'est mise à se balancer. Quand elle commence, elle met

76

longtemps avant de se stabiliser de nouveau. Ça porte au cœur au bout d'un moment. Alex a vécu des heures dans la hantise que cette crampe revienne. Elle surveille chaque partie de son corps mais plus elle y pense, plus il la fait souffrir.

Au cours de ses rares moments de sommeil, elle fait des rêves de prison, elle est enterrée vivante, ou noyée, quand ce ne sont pas les crampes, le froid, l'angoisse, ce sont les cauchemars qui la réveillent. Maintenant, comme elle n'a bougé que de quelques centimètres en plusieurs dizaines d'heures, elle est prise de soubresauts, comme si ses muscles mimaient le mouvement, ce sont des spasmes réflexes auxquels elle ne peut rien, ses membres cognent violemment les planches, elle pousse des cris.

Se damnerait pour pouvoir s'étendre, pour seulement s'allonger, juste une heure.

Lors de l'une de ses premières venues, il a fait monter par une autre corde, au niveau de sa cage, un panier en osier qui s'est balancé un long moment avant de se stabiliser. Quoi qu'il ne fût pas loin du tout, il a fallu à Alex déployer des trésors de volonté, elle a dû se déchirer la main à travers les planches pour réussir à attraper une partie du contenu, une bouteille d'eau et des croquettes pour animaux. Pour chien ou pour chat. Alex n'a pas cherché, elle s'est ruée dessus, sans réfléchir. Et a quasiment vidé la bouteille tout de suite, d'un coup. C'est plus tard seulement qu'elle s'est demandé s'il avait mis quelque chose dedans. Elle s'est remise à trembler mais il est impossible de savoir de quoi elle tremble, de froid, d'épuisement, de soif, de peur… Les croquettes ont ravivé sa soif sans vraiment la rassasier. Elle y touche le moins possible, seulement lorsque la faim la tenaille. Et puis, il faut aussi pisser et tout le reste… Au début, elle a eu honte, mais comment faire ? Ça s'étale en bas à l'aplomb de sa cage, comme les déjections d'un énorme oiseau. La honte est vite passée, ce n'est rien à côté de la douleur, rien à côté de la hantise de vivre ainsi des jours et des jours, sans bouger, sans remuer, sans savoir combien de temps il va la garder, si vraiment il a l'intention de la faire mourir ici, comme ça, dans cette caisse.

Combien de temps faut-il pour mourir de cette façon ?

Les premières fois, quand il venait, elle le suppliait, elle a demandé pardon, elle ne sait pas pourquoi, et même, ça lui a échappé, une fois, elle lui a demandé de la tuer. Elle n'avait pas dormi depuis des heures et des heures, la soif la taraudait, son estomac avait régurgité les croquettes qu'elle avait pourtant longuement mâchées, elle sentait la pisse et le vomi, la rigidité de sa position la rendait folle, à cet instant, la mort lui a semblé préférable à tout. Aussitôt, elle l'a regretté parce que, en fait, elle ne veut pas mourir, pas maintenant, ça n'est pas comme ça qu'elle voyait la fin de sa vie. Elle a tant de choses à faire encore. Mais, quoi qu'elle dise, quoi qu'elle demande, l'homme ne répond jamais.

Sauf une fois.

Alex pleurait énormément, elle s'épuisait, elle sentait que son esprit commençait à divaguer, que son cerveau devenait un électron libre, sans maîtrise, sans attaches, sans repères. Il avait descendu la cage pour la prendre en photo, Alex a dit, pour la millième fois sans doute :

– Pourquoi moi ?

78

L'homme a levé la tête, comme s'il ne s'était jamais posé la question. Il s'est penché. À travers les planches, leurs visages se sont trouvés à quelques centimètres l'un de l'autre.

– Parce que… parce que c'est toi.

Ça l'a saisie, Alex. Comme si tout s'était arrêté d'un coup, que Dieu avait basculé un interrupteur, elle n'a plus rien senti, ni ses crampes, ni sa soif, ni ses douleurs d'estomac, ni ses os glacés jusqu'à la moelle, toute tendue vers ce qu'il allait répondre.

– Qui êtes-vous ?

Il a souri, simplement. Peut-être qu'il n'a pas l'habitude de parler beaucoup, que ces quelques mots l'avaient épuisé. Il a monté la cage, très vite, il a pris son blouson et il est parti sans un regard, il semblait même en colère. Il en avait sans doute dit plus qu'il ne le voulait.

Cette fois-là, elle n'a pas touché aux croquettes, il venait d'en ajouter à celles qui restaient, elle a juste attiré à elle la bouteille d'eau et elle l'économise. Elle voulait réfléchir à ce qu'il avait dit mais quand vous souffrez à ce point, comment penser à autre chose ?

Elle passe des heures le bras tendu au-dessus d'elle, la main serrant, caressant l'énorme nœud de la corde qui retient sa cage. Un nœud gros comme son poing, incroyablement serré.

Au cours de la nuit suivante, Alex est tombée dans une sorte de coma. Son esprit ne se fixait sur rien, elle avait l'impression que toute sa masse musculaire avait fondu, qu'elle n'était plus que des os, qu'elle était réduite à un raidissement total, une immense contracture des pieds à la tête. Jusqu'ici, elle était parvenue à se tenir à une discipline, des exercices minuscules qu'elle renouvelait à peu près toutes les heures. Bouger d'abord les doigts des pieds, puis les chevilles, les tourner dans un sens, trois fois, puis dans l'autre, trois fois aussi, remonter, les mollets, serrer les mollets, les détendre, resserrer, de chaque côté, étirer la jambe droite le plus loin possible, la ramener, recommencer, trois fois, etc. Mais maintenant, elle ne sait plus si elle a rêvé ses exercices où si elle les a fait vraiment. Ce qui l'a réveillée, ce sont ses gémissements. Au point qu'elle a pensé que c'était quelqu'un d'autre, une voix extérieure à elle. Des petits râles qui venaient du ventre, des sonorités qu'elle ne connaissait pas.

Et elle avait beau être parfaitement réveillée, elle ne parvenait pas à empêcher ces gémissements de s'échapper d'elle, au rythme de sa respiration.

Alex en est certaine. Elle a commencé à mourir.

10

Quatre jours. Quatre jours que l'enquête piétine. Les analyses sont vaines, les témoignages, stériles. Ici on a vu le fourgon blanc, ailleurs, il est bleu. Plus loin, on a cru qu'une femme avait disparu, une voisine, on appelle, elle est au travail. Une autre sur laquelle on investiguait déjà revient de chez sa sœur, le mari ne savait pas qu'elle avait une sœur, un bordel...

Le procureur a nommé un juge, un jeune type qui s'active, de la génération où on aime que ça pulse. La presse, elle, n'en a quasiment pas parlé, le fait divers a été cité et aussitôt recouvert par la déferlante quoti-

80

dienne d'informations. Le bilan, c'est qu'on n'a pas encore logé le ravisseur et qu'on ne sait toujours pas non plus qui est la victime. Toutes les disparitions déclarées ont été vérifiées, aucune ne peut être celle de la rue Falguière. Louis a élargi la recherche à tout le territoire, il est remonté assez loin dans les disparitions des jours précédents, puis des semaines précédentes, et des mois précédents, en vain. Rien qui puisse correspondre à une fille, jeune et réputée assez jolie, dont un trajet plausible passe par la rue Falguière dans le quinzième arrondissement de Paris.

– Personne ne la connaît donc cette fille ? Personne ne s'inquiète de ne pas la voir depuis quatre jours ?

Il est presque vingt-deux heures.

Ils sont assis sur un banc et regardent le canal. Une belle brochette de flics. Camille a laissé le bureau au nouveau stagiaire et il a emmené Louis et Armand dîner. Question restaurant, il n'a ni imagination ni mémoire, pour se rappeler une bonne adresse, c'est toujours la croix et la bannière. Demander à Armand, c'est idiot, il n'est pas allé au restaurant depuis la dernière fois où on l'a invité, l'établissement a dû fermer depuis belle lurette. Quant à Louis, ce qu'il pourrait recommander n'est pas dans les moyens de Camille. Le soir, sa cantine, c'est Taillevent ou Ledoyen. Alors, Camille tranche. La Marine, quai de Valmy, quasiment au pied de son immeuble.

On aurait eu beaucoup de choses à se dire. Quand ils travaillaient ensemble, qu'ils finissaient tard, il n'était pas rare qu'ils dînent avant de rentrer. La règle a toujours été que Camille payait. Selon lui, laisser Louis régler la note aurait été de mauvais goût vis-à-vis des autres, aurait rappelé que malgré son traite-

81

ment de fonctionnaire, l'argent n'est pas un problème. Pour Armand, personne ne se serait même posé la question, quand vous proposez à Armand de dîner avec vous, c'est que vous l'invitez. Quant à Maleval, il avait toujours des problèmes d'argent, on sait comment il a fini.

Ce soir, Camille a été content de payer, il n'en dit rien mais il est heureux d'avoir ses deux gars. C'est inattendu. Trois jours plus tôt, il ne l'aurait même pas imaginé.

– Je ne comprends pas…, dit-il.

Le dîner est loin, on a traversé la rue, on marche le long du canal, on regarde les péniches amarrées.

– À son travail, personne ? Pas de mari, pas de fiancé, de petit ami, de copine, personne ? Pas de famille ? En même temps, dans une ville comme celle-ci, par les temps qui courent, que personne ne la réclame…

La conversation d'aujourd'hui ressemble à toutes celles qu'ils ont toujours eues, ponctuée de longs silences. Chacun a le sien, pensif, réflexif ou concentré.

– Tu prenais des nouvelles de ton père tous les jours, toi ? demande Armand.

Évidemment non, même pas tous les trois jours, son père aurait pu mourir subitement chez lui et rester là une semaine avant que… Il avait une amie qu'il voyait souvent, c'est elle qui l'a trouvé mort, qui a prévenu. Camille l'a rencontrée deux jours avant l'enterrement, son père l'avait évoquée distraitement, comme une vague relation. Il a quand même fallu trois voyages en voiture pour rapporter chez elle ce qu'elle laissait chez lui. Une femme petite, fraîche comme une pomme,

82

presque rose, avec des rides, qu'on aurait dites jeunes. Elle sentait la lavande. Pour Camille, que cette femme ait pris la place de sa mère dans le lit de son père était, au sens propre, inimaginable. Deux femmes qui n'avaient rien à voir. C'était un autre monde, une autre planète, à la limite, il se demandait même quel rapport il y avait eu entre ses parents, on aurait dit aucun. Maud, l'artiste, avait épousé un pharmacien, allez comprendre. Il s'était posé mille fois la question. La petite pomme joliment ridée avait quelque chose de plus naturel dans le décor. Qu'on le retourne dans n'importe quel sens, nos parents, ce qu'ils faisaient ensemble reste souvent un mystère. Cela dit, quelques semaines plus tard, Camille s'est rendu compte que la petite pomme avait siphonné, en quelques mois, une bonne partie des avoirs du pharmacien. Camille s'est marré. Il l'a perdue de vue, c'est dommage, ça devait être quelqu'un.

– Moi, poursuit Armand, mon père, il était placé, c'était pas pareil. Mais quelqu'un qui vit seul, qu'est-ce que tu veux, il meurt, pour s'en rendre compte tout de suite, il faut carrément un coup de chance.

Cette pensée rend Camille perplexe. Il se souvient de quelque chose à ce sujet. Il raconte. Un type qui s'appelait Georges. Par un concours de circonstances, personne ne s'est étonné de n'avoir plus de nouvelles de lui pendant plus de cinq ans. Il a disparu administrativement sans qu'on se pose de questions, eau coupée, électricité coupée. Depuis 1996, la concierge le croyait à l'hôpital dont il était revenu sans que personne s'en aperçoive. On a trouvé son corps chez lui en 2001.

– J'ai lu ça dans…

Le titre lui échappe.

– Edgar Morin, un truc genre *La Pensée*... quelque chose.

– *Pour une politique de civilisation*, dit sobrement Louis.

Il remonte sa mèche de la main gauche. Traduire : désolé...

Camille sourit.

– C'est agréable de se retrouver, hein ? dit Camille.

– Ça fait beaucoup penser à Alice, lâche Armand.

Évidemment. Alice Hedges, une fille de l'Arkansas, retrouvée morte dans une benne, sur la berge du canal de l'Ourcq, et dont l'identité est restée inconnue pendant trois ans. Somme toute, disparaître sans laisser de traces, la chose est moins rare qu'on ne le pense. Quand même, ça laisse songeur. Vous êtes devant l'eau verte du canal Saint-Martin, vous savez que dans quelques jours on va classer l'affaire, vous vous dites que la disparition de cette fille inconnue n'aura rien fait à personne. Sa vie : à peine quelques ronds dans l'eau.

Personne n'est revenu sur le fait que Camille est toujours sur cette affaire dont il ne voulait à aucun prix. Avant-hier, Le Guen l'a appelé pour lui confirmer le retour de Morel.

– Me fais pas chier avec ton Morel, a répondu Camille.

Disant cela, Camille a compris qu'il savait depuis le début qu'accepter provisoirement une affaire comme celle-ci, c'était l'accepter jusqu'au bout. Il ne sait pas s'il doit ou non être reconnaissant à Le Guen de l'avoir propulsé dans cette histoire. Aux yeux de la hiérarchie, elle n'est d'ailleurs plus prioritaire. Un ravisseur anonyme a enlevé une femme inconnue et, hormis le témoignage d'un témoin, interrogé et réinterrogé maintes et maintes fois, rien ne « prouve » cet enlèvement. Il y a bien les vomissures dans le caniveau, le hurlement de pneus du fourgon que plusieurs personnes ont entendu, un riverain qui se garait et qui se souvient de la camionnette en train de se placer en travers sur le trottoir, n'importe comment. Mais tout ça ne vaut pas un bon corps bien mort, un bon cadavre, bien réel. De ce fait, Camille a rencontré pas mal de difficultés pour conserver Louis et Armand avec lui sur cette affaire mais au fond, Le Guen, comme les autres, comme tout le monde, est content de voir se reformer la brigade Verhœven. Ça ne pourra pas durer bien longtemps, un jour ou deux peut-être, pour le moment, on ferme les yeux. Pour Le Guen, si ce n'est déjà plus une affaire, ça reste un investissement.

Les trois hommes ont marché un moment après le dîner puis ils ont trouvé ce banc d'où ils observent le passage des promeneurs le long du quai, des amoureux principalement, des gens avec leurs chiens. On se croirait en province.

Voilà quand même une curieuse équipe, se dit Camille. D'un côté, un garçon richissime, de l'autre, un avare incurable. « Est-ce que je n'aurais pas un problème avec l'argent ? » C'est drôle d'ailleurs de penser ça. Il a reçu, il y a quelques jours, les documents l'informant de la vente aux enchères des œuvres de sa mère, il n'arrive pas à ouvrir l'enveloppe.

– Alors, dit Armand, c'est que tu n'as pas envie de les vendre. Selon moi, c'est mieux comme ça.

– Évidemment, avec toi, il faudrait tout garder.

Surtout les œuvres de Maud. Armand, ça lui reste vraiment en travers de la gorge.

– Non. Pas tout, dit-il. Mais les tableaux de sa mère, quand même…

– On dirait que tu parles des joyaux de la Couronne !

– Bah, c'est quand même des bijoux de famille, non ?

Louis ne dit rien. Lui, dès que ça devient personnel…

Camille revient à l'enlèvement :

– Tu en es où sur les propriétaires de fourgons ? demande-t-il à Armand.

– On gratte, on gratte…

La seule piste, pour le moment, reste la photo du véhicule. On connaît le modèle de fourgon grâce à l'image prise par la caméra de sécurité de la pharmacie Bertignac. Il y en a plusieurs dizaines de milliers en circulation. Le service scientifique a analysé l'inscription recouverte de peinture et leur a fourni une première liste de noms propres pouvant correspondre. De « Abadjian » à « Zerdoun ». Trois cent trente-quatre noms. Armand et Louis les passent en revue un par un. Dès qu'on trouve, dans cette liste, le nom de quelqu'un qui a possédé ou seulement loué un fourgon de ce type, on vérifie, on trouve à qui il a été revendu, s'il peut y avoir correspondance avec celui qu'on cherche, on envoie quelqu'un voir le véhicule.

– Quand c'est en province, tu parles si c'est facile.

De plus, ces camionnettes ne cessent de se vendre, de se revendre, c'est une cascade infernale, pour trouver les gens et arriver à leur parler… Moins on trouve, plus c'est difficile et plus Armand s'épanouit. Quoique « s'épanouir » ne soit pas un mot qui lui convient très bien. Camille l'a regardé travailler ce matin, engoncé

86

dans un chandail hors d'âge, devant lui du papier de récupération, en main un stylo publicitaire à l'enseigne du *Pressing Saint-André*.

– Ça va prendre des semaines et des semaines, conclut Camille.

Pas vraiment.

Son téléphone vibre.

C'est le stagiaire, excité. Il en bafouille, il en oublie même les recommandations de Camille.

– Patron ? Le ravisseur s'appelle Trarieux, on vient de le loger. Le divisionnaire demande que vous veniez tout de suite.

11

Alex ne mange quasiment rien, elle s'est terriblement affaiblie mais surtout, surtout, son esprit va très mal. Cette cage contraint votre corps et envoie votre cerveau dans la stratosphère. Une heure dans cette position, on en pleure. Un jour, on pense mourir. Deux jours, on décolle. Trois jours, on devient fou. Et maintenant, elle ne sait plus très bien depuis quand elle est enfermée et suspendue, des jours. Des jours.

Elle ne s'en rend plus compte, son ventre exhale en permanence des plaintes de souffrance. Elle geint. Elle ne peut plus pleurer, elle se cogne la tête contre la planche, à droite, une fois, une autre, encore, encore, encore, elle tape sa tête, elle la cogne, encore et encore, et sa plainte devient un hurlement, son front est en sang, sa tête résonne de sa folie, elle veut mourir le plus vite possible parce que c'est vivre qui est devenu insupportable.

Il n'y a qu'en présence de l'homme qu'elle ne geint pas. Quand il est là, Alex parle, parle, elle pose des questions non pour qu'il réponde (il ne parle jamais), mais parce que dès qu'il part, elle se sent effroyablement seule. Elle comprend ce que ressentent les otages. Elle le supplierait de rester tellement elle a peur d'être seule, de mourir seule. Il est son bourreau mais c'est comme si elle ne pouvait pas mourir tant qu'il est là.

Bien sûr, c'est l'inverse qui est vrai.

Elle se fait du mal.

Volontairement.

Elle tente de se faire mourir parce que aucune aide ne lui viendra. Ce corps rompu, tétanisé, elle ne le contrôle plus ; elle pisse sous elle, elle est secouée de spasmes, rigide des pieds à la tête. Alors, de désespoir, elle frotte sa jambe sur l'arête de la planche rugueuse, ça fait une brûlure au début, mais Alex continue, continue, elle continue parce qu'elle hait ce corps dans lequel elle souffre, elle veut le tuer, elle frotte sa jambe en appuyant de toutes ses forces et la brûlure devient une plaie. Ses yeux fixent un point imaginaire. Une écharde est entrée dans le mollet, Alex frotte encore et encore, elle attend que la plaie saigne, elle l'espère, elle le veut, se vider de son sang, mourir.

Elle est abandonnée du monde. Personne ne viendra plus à son secours.

Il lui faudra combien de temps pour mourir ? Et combien de temps ensuite pour qu'on retrouve son corps ? Va-t-il le faire disparaître, l'enterrer ? Où ? Elle fait des cauchemars, voit son corps dans une bâche, en vrac, la nuit, une forêt, des mains jettent le tout dans une fosse, ça fait un bruit sinistre et désespérant, elle se voit morte. Elle est déjà comme morte.

Il y a une éternité, quand elle pouvait encore savoir quel jour on était, Alex a pensé à son frère. Pour ce que ça va lui être utile, de penser à lui. Il la méprise, elle le sait. Sept ans de plus qu'elle, pour toute la vie. Sait tout mieux qu'elle, peut tout se permettre. Toujours plus fort qu'elle, depuis le début. Donneur de leçons. La dernière fois qu'elle l'a vu, comme elle sortait un tube de cachets pour dormir, il l'a saisi à la volée en lui disant :

– Qu'est-ce que c'est encore que cette connerie ?

Toujours l'air d'être son père, son directeur de conscience, son patron, d'avoir autorité sur sa vie. C'est comme ça depuis le début.

– Hein ? C'est quoi ces conneries ?

Les yeux lui sortaient de la tête. C'est un colérique, c'est affreux. Ce jour-là, pour le calmer, Alex a avancé le bras et lui a passé lentement la main dans les cheveux, sa bague s'est prise dans une mèche, elle a retiré sa main trop vite, il a poussé un cri et l'a giflée, comme ça, devant tout le monde. Il s'énerve vraiment facilement.

La disparition d'Alex, lui… Trop content d'avoir la paix. Il attendra bien deux ou trois semaines avant de commencer à s'interroger.

Elle a pensé à sa mère aussi. Elles ne se parlent pas souvent, elles peuvent rester un mois sans se téléphoner. Et ce n'est pas sa mère qui appellerait en premier.

Quant à son père… C'est dans ces moments-là que ce doit être bien d'en avoir un. D'imaginer qu'il va venir vous délivrer, de le croire, de l'espérer, ça doit

89

vous bercer, ça doit vous désespérer aussi, Alex ne sait pas du tout ce que ça doit faire, d'avoir un père. D'ordinaire, elle n'y pense jamais.

Mais ces pensées-là, c'était au tout début de son incarcération, aujourd'hui, elle ne pourrait plus articuler deux ou trois idées saines à la suite, son esprit en est devenu incapable, il ne fait qu'enregistrer la souffrance que le corps lui inflige. Avant donc, Alex a pensé aussi à son travail. Quand l'homme l'a enlevée, elle venait de finir un remplacement. Elle voulait terminer ce qu'elle avait en route, à la maison, enfin, dans sa vie. Elle a un peu d'argent de côté, elle peut tenir deux ou trois mois, facilement, elle a peu de besoins, alors elle n'a pas demandé de nouvelle mission. Personne ne va se manifester pour la demander. Parfois, quand elle travaille, elle a des collègues qui appellent mais en ce moment, elle n'en a pas.

Et ni de mari, ni de fiancé, ni d'amoureux. Elle en est là. Personne.

Peut-être qu'on s'inquiétera d'elle des mois après qu'elle sera morte ici, épuisée et folle.

Si son esprit fonctionnait encore, Alex ne saurait même pas quelle question se poser : combien de jours avant de mourir ? Quelles souffrances au moment de mourir ? Un cadavre pourrit comment entre ciel et terre ?

Pour le moment, il attend ma mort, c'est ce qu'il a dit : « Te regarder crever ». C'est ce qui est en train de se passer.

Et ce « pourquoi » lancinant a soudain crevé comme une bulle, Alex a ouvert les yeux en grand. Elle remuait cette idée sans le savoir, sans le vouloir, et l'idée a germé, à son insu, comme une plante sale et

90

obstinée. Le déclic vient de s'opérer, allez savoir comment, c'est un tel désordre dans son esprit. Comme une décharge électrique.

Peu importe, maintenant, elle sait.

C'est le père de Pascal Trarieux.

Les deux hommes ne se ressemblent pas, pas du tout même, on dirait qu'ils ne se connaissent même pas tellement ils sont dissemblables. Si, peut-être le nez, elle aurait dû y penser plus tôt. C'est lui, aucun doute, et c'est une très mauvaise nouvelle pour Alex parce qu'elle a la conviction qu'il disait vrai, il l'a conduite ici pour la faire mourir.

Il la veut morte.

Jusqu'ici, elle s'était refusé à y croire vraiment. Cette certitude remonte à son esprit, absolument intacte, comme aux premiers instants, et elle cadenasse toutes les portes, fait fondre ses ultimes et minuscules résidus d'espoir.

– Ah, ça y est…

Toute à sa peur, elle ne l'a pas entendu arriver. Elle se tord le cou pour l'apercevoir mais avant qu'elle y soit parvenue, la caisse se met à danser légèrement puis à tourner sur elle-même. Bientôt, il entre dans son champ de vision. Il est près du mur, en train de faire descendre la cage. Lorsqu'elle est à la bonne hauteur, il attache la corde et s'approche. Alex fronce les sourcils parce qu'il n'est pas comme d'habitude. Ce n'est pas elle qu'il regarde, on dirait qu'il regarde à travers elle et il marche très lentement comme s'il craignait de marcher sur une mine. Maintenant qu'elle le voit de plus près, oui, en effet, il y a un air de ressemblance avec son fils, ce visage buté.

91

Il s'est arrêté à deux mètres de la cage, il ne bouge pas. Elle le voit sortir son téléphone portable, elle perçoit une série de frottements au-dessus d'elle. Elle tente de se retourner, mais rien à faire, elle a déjà essayé mille fois, absolument impossible.

Alex se sent vraiment mal.

L'homme tient le téléphone à bout de bras, il sourit, Alex lui a déjà vu cette grimace qui ne présage rien de bon. Elle entend de nouveau les frottements au-dessus d'elle puis le déclic de l'appareil photo. Il hoche la tête, donne son accord à on ne sait quoi, puis il retourne à l'angle de la salle et fait remonter la cage.

Le regard d'Alex, à ce moment, est attiré par le panier en osier rempli de croquettes, juste à côté d'elle. Il se balance étrangement, pris de petits soubresauts, on dirait presque qu'il est vivant.

Alex comprend soudain. Ce ne sont pas des croquettes pour chat ou pour chien, comme elle le pensait.

Elle le comprend quand elle voit la tête de l'énorme rat émerger du bord du panier. Dans son champ de vision, sur le couvercle de la cage, deux autres silhouettes sombres passent très vite, accompagnées de ces frôlements qu'elle a déjà entendus. Les deux silhouettes s'arrêtent et glissent la tête entre les planches, juste au-dessus d'elle. Deux rats, plus gros que le précédent, avec des yeux noirs et brillants.

Alex est incapable de se retenir, elle hurle à s'en éclater les poumons.

Parce que c'est pour cette raison qu'il laisse des croquettes. Ce n'est pas pour la nourrir. C'est pour les attirer.

Ce n'est pas lui qui va la tuer.

Ce sont les rats.

92

Un ancien hôpital de jour, entièrement ceint de murs, porte de Clichy. Un grand bâtiment désaffecté datant du dix-neuvième siècle, trop vétuste et remplacé par un CHU implanté à l'autre extrémité de la banlieue.

C'est une friche industrielle. La société qui pilote le projet immobilier fait gardienner l'ensemble pour éviter les squats, les SDF, les sans-papiers. Les intrus et les indésirables. Le gardien dispose d'un petit logement au rez-de-chaussée et perçoit un salaire pour surveiller les lieux dans l'attente du commencement des travaux prévu dans quatre mois.

Jean-Pierre Trarieux, cinquante-six ans, ancien salarié du service nettoiement de l'hôpital. Divorcé. Pas de casier.

C'est Armand qui a déniché son fourgon à partir de l'un des noms proposés par le système scientifique. Lagrange, un artisan spécialisé dans la pose de fenêtres en PVC qui, lorsqu'il a pris sa retraite, il y a deux ans, a revendu tout son matériel. Trarieux a racheté sa camionnette et s'est contenté de recouvrir sommairement, à la bombe, les mentions commerciales apposées par Lagrange. Armand a envoyé par mail la photo du bas de caisse au commissariat du quartier qui a dépêché un agent. Le brigadier Simonet est passé sur place, en fin de service, parce que c'était sur sa route et, pour la première fois de sa vie, il a regretté d'avoir toujours refusé d'acheter un portable. Au lieu de rentrer chez lui, il est revenu en courant au commissariat, absolument formel, la trace de peinture verte sur le véhicule de Trarieux, garé devant l'ancien hôpital, est exactement semblable à celle de la photo. Camille a tout de même voulu en avoir le cœur net. On ne déclenche pas Fort Alamo sans quelques précautions. Il a envoyé un agent escalader discrètement le mur d'enceinte. Il fait trop sombre ici la nuit pour faire des photos de repérage mais une chose est sûre, pas de fourgon. Selon toute vraisemblance, Trarieux n'est pas chez lui. Aucune lumière allumée dans son logement, pas trace de sa présence.

On attend son arrivée pour le saisir, la nasse est disposée, tout est prêt.

Et donc, on est posté, on planque.

Du moins jusqu'à l'apparition du juge et du divisionnaire.

La conférence au sommet se tient dans l'une des voitures banalisées garées à plusieurs centaines de mètres de l'entrée principale.

Le juge est un type d'une trentaine d'années qui porte le nom d'un ancien secrétaire d'État de Giscard d'Estaing ou de Mitterrand : Vidard, son grand-père sans doute. Mince, sec, il porte un costume à fines rayures, des mocassins, des boutons de manchettes en or. Ça en dit long, ces détails-là. On dirait qu'il est né en costume-cravate. Vous avez beau vous concentrer, impossible de l'imaginer à poil. Il est raide comme un cierge, avec des prétentions à la séduction parce qu'il a des cheveux très épais et une raie sur le côté comme les assureurs qui rêvent de faire de la politique. Il fait futur vieux beau.

Quand elle voyait ce genre d'homme, Irène éclatait de rire derrière sa main et disait à Camille : « Mon

94

dieu, qu'il est beau ! Pourquoi je n'ai pas un beau mari comme ça, moi ? »

Et il semble passablement con. Ses origines, pense Camille. Il est pressé, il veut donner l'assaut. Peut-être a-t-il aussi un général d'infanterie dans sa généalogie parce qu'il a envie d'en découdre le plus tôt possible avec Trarieux.

– On ne peut pas faire ça, c'est idiot.

Camille aurait pu prendre plus de précautions, y mettre les formes mais voilà, ce qu'il s'apprête à jouer là, ce trou-du-cul de juge, c'est rien de moins que la vie d'une femme enlevée depuis cinq jours. Le Guen dans ses œuvres :

– Monsieur le juge, vous le verrez, le commandant Verhœven est parfois un peu… abrupt. Il veut simplement dire qu'il est sans doute plus prudent d'attendre le retour de ce Trarieux.

Ça ne le gêne pas le moins du monde, le juge, le caractère abrupt de Camille Verhœven. Il veut même montrer qu'il ne craint pas l'adversité, qu'il est un homme de décision. Mieux, un stratège.

– Je propose d'investir la place, de libérer l'otage et d'attendre le ravisseur à l'intérieur.

Et devant le silence qui ponctue sa brillante proposition :

– On va le piéger.

Tout le monde est soufflé. Il interprète visiblement ça comme de l'admiration. Camille est le plus rapide :

– Comment vous savez que son otage est à l'intérieur ?

– Vous êtes sûr que c'est lui au moins ?

– On est sûr que son véhicule se trouvait en planque à l'heure et sur le lieu où cette femme a été enlevée.

– Donc, c'est lui.

Silence. Le Guen cherche une solution pour désamorcer le conflit mais le juge le devance :

– Je comprends votre position, messieurs, mais voyez-vous, les choses ont changé…

– Je suis tout ouïe, dit Camille.

– Pardonnez-moi de vous le dire ainsi mais nous ne sommes plus dans la culture du coupable. Nous sommes aujourd'hui dans la culture de la victime.

Il regarde tour à tour les deux flics et conclut, magnifique :

– C'est très louable de traquer les coupables, c'est même un devoir. Mais ce sont d'abord les victimes qui nous intéressent. C'est pour elles que nous sommes ici.

Camille ouvre la bouche mais il n'a pas le temps d'intervenir, le juge a ouvert la porte de la voiture, il sort, se retourne. Il a son téléphone portable en main, se baisse et par la vitre ouverte regarde Le Guen dans les yeux.

– Je fais venir le RAID. Immédiatement.

Camille à Le Guen :

– Il est complètement abruti, ce type !

Le juge n'est pas encore suffisamment loin de la voiture mais il fait mine de n'avoir rien entendu. La génétique.

Le Guen lève les yeux au ciel et décroche son téléphone à son tour. Il faut du renfort pour couvrir le périmètre au cas où Trarieux arriverait précisément au moment de l'assaut.

Tout le monde est prêt moins d'une heure plus tard.

Il est une heure trente du matin.

96

On a fait rapatrier en urgence des jeux de clés pour ouvrir toutes les issues. Camille ne connaît pas le commissaire du RAID, Norbert. Avec un nom de famille comme ça, personne n'a jamais su son prénom ; crâne rasé, démarche de chat, Camille a l'impression de l'avoir déjà vu cent fois.

Après étude des plans et des photos satellites, les agents du RAID sont disposés en quatre endroits, un groupe pour les toits, un groupe pour l'entrée principale et deux groupes côté fenêtres. Les équipes de la Criminelle sont chargées de ceinturer le périmètre. Camille a placé trois équipes dans des véhicules banalisés à chacun des accès. Une quatrième équipe planque discrètement à la sortie de l'égout qui reste la seule issue de secours pour le cas où le type voudrait s'enfuir par là.

Camille ne la sent pas, cette opération.

Norbert, lui, est prudent. Entre un divisionnaire, un collègue et un juge, il se retranche sur sa spécialité. À la question : pouvez-vous investir ces lieux et libérer la femme qui y est retenue (*dixit* le juge), il a étudié les plans, il a fait le tour du bâtiment, il a mis moins de huit minutes à répondre qu'on peut investir les lieux. L'opportunité et la pertinence sont une autre question sur laquelle il n'a pas vocation à se prononcer. On le sent très bien à son silence. Camille admire.

Bien sûr, il est pénible de rester à attendre le retour de Trarieux alors qu'on sait qu'il y a, à l'intérieur, une femme retenue dans des conditions qu'on n'ose pas vraiment imaginer mais selon lui, c'est tout de même le mieux.

Norbert recule d'un pas, le juge avance d'un pas.

— Ça coûte quoi d'attendre ? demande Camille.

97

– Du temps, dit le juge.

– Et ça coûte quoi, d'être prudent ?

– Une vie, peut-être.

Même Le Guen hésite à s'interposer. Du coup, Camille se retrouve seul. On attaque.

La charge du RAID est prévue dans dix minutes, on court se mettre en place, derniers réglages.

Camille prend à part l'agent qui a escaladé le mur d'enceinte :

– Redis-moi comment c'est à l'intérieur ?

L'agent ne voit pas trop quoi répondre.

– Je veux dire (Camille s'énerve un peu), tu as vu quoi, à l'intérieur ?

– Bah, rien, des trucs de travaux publics, un container, une baraque de chantier, des engins de démolition, je pense. Enfin, un engin…

Et ça le laisse songeur, Camille, cette histoire d'engin.

Norbert et ses équipes sont en place et envoient le signal. Le Guen va les suivre. Camille, lui, a décidé de rester dans le périmètre d'entrée.

Il note précisément l'heure à laquelle Norbert lance l'opération : 01 h 57. Au-dessus du bâtiment endormi, on aperçoit des lumières qui s'allument, par intermittence, on entend des bruits de galop.

Camille rumine. Des engins de chantier, des « trucs de travaux publics »…

– Il y a du passage ici, dit-il à Louis.

Louis fronce les sourcils à la recherche d'un éclaircissement.

– Des ouvriers, des techniciens, je ne sais pas moi, on apporte des engins en prévision des travaux, il y a peut-être déjà des réunions de chantier. Et donc…

98

– ... ça n'est pas là qu'elle se trouve.

Camille n'a pas le temps de répondre parce qu'à cet instant précis la camionnette blanche de Trarieux se pointe au coin de la rue.

À partir de ce moment, les choses vont aller très vite. Camille va monter précipitamment dans la voiture conduite par Louis, il va appeler les quatre unités qui encerclent le périmètre. On lance la chasse. Camille jongle avec la radio de bord, informe du trajet emprunté par la camionnette qui fuit vers la banlieue. Elle n'est pas rapide, elle fume beaucoup, c'est un très vieux modèle, essoufflé, aussi vite qu'il veuille aller, Trarieux ne pourra jamais dépasser les soixante-dix kilomètres-heure. Sans compter qu'au volant, ce n'est pas un foudre de guerre. Il hésite, perd de précieuses secondes en dessinant des trajectoires absurdes qui laissent le temps à Camille de resserrer le filet. De son côté, Louis n'a aucune difficulté à lui coller au train. Gyrophares allumés, sirènes hurlantes, tous les véhicules bordent bientôt le véhicule qui tente de fuir, ça devient vite une question de secondes. Camille continue de signaler la position, Louis approche l'arrière de la camionnette, tous phares allumés, pour l'impressionner et lui faire perdre encore davantage les pédales, deux autres véhicules arrivent, l'un par la droite, l'autre par la gauche, le quatrième a traversé le périphérique par un chemin parallèle et arrive en sens inverse. La messe est dite.

Le Guen appelle Camille qui répond en se tenant fermement à la ceinture de sécurité.

– Tu l'as ? demande-t-il.

– Presque ! hurle Camille. Et toi ?

99

– Ne le rate pas, ton mec ! Parce que la fille n'est pas là !

– Je sais !

– Quoi ?

– Rien !

– C'est vide ici, tu m'entends ? hurle Le Guen. Personne !

Cette affaire sera féconde en images, Camille va l'apprendre bientôt. La toute première, l'image inaugurale, en quelque sorte, c'est celle du pont qui enjambe le boulevard périphérique où la camionnette de Trarieux s'arrête en catastrophe en travers de la chaussée. Derrière lui, deux véhicules de la police, devant lui un troisième qui lui barre la route. Les agents sont descendus et le mettent en joue à l'abri de leurs portières ouvertes. Camille sort lui aussi, il a dégainé son arme, il s'apprête à hurler les sommations quand il voit l'homme sortir de sa camionnette et courir lourdement vers le parapet du pont où, si étrange que cela paraisse, il s'assoit, face à eux, comme s'il les invitait.

Tout le monde comprend immédiatement, à le voir comme ça, assis sur le parapet en béton, dos au boulevard périphérique, les jambes ballantes, face aux policiers qui avancent à sa rencontre lentement, leurs armes tendues vers lui. C'est cette première image qui va rester. L'homme regarde les policiers qui approchent.

Il écarte les bras, comme s'il voulait faire une déclaration historique.

Puis il lève les jambes, très haut.

Et bascule vers l'arrière.

Avant d'arriver au parapet, les policiers entendent le choc de son corps qui s'écrase sur la voie rapide, le bruit du camion qui le percute aussitôt, les coups de frein, les klaxons, les tôles froissées des véhicules qui ne parviennent pas à s'éviter.

Camille regarde. Sous lui, des voitures arrêtées, tous phares allumés, des feux de détresse, il se retourne, traverse le pont en courant, se penche sur l'autre parapet, l'homme est passé sous un semi-remorque, on voit la moitié de son corps, sa tête notamment, écrasée, et le sang qui se répand lentement sur le bitume.

La seconde image, pour Camille, arrive environ vingt minutes plus tard. Le boulevard périphérique est entièrement bouclé, tout le secteur est une féerie de gyrophares, de lumières, de sirènes, d'avertisseurs, d'ambulances, de pompiers, de policiers, de conducteurs, de badauds. Ça se passe sur le pont, dans la voiture. Louis note, au téléphone, sous la dictée d'Armand, les éléments d'information réunis sur Trarieux. À côté de lui, Camille a enfilé des gants de caoutchouc, il tient en main le téléphone portable recueilli sur le cadavre et qui a miraculeusement échappé aux roues du semi-remorque.

Des photos. Six. Elles montrent une sorte de caisse en bois dont les planches sont largement espacées, suspendue au-dessus du sol. Et dedans, enfermée, une femme, jeune, elle peut avoir trente ans, les cheveux plats, gras et sales, totalement nue, recroquevillée dans cet espace évidemment trop petit pour elle. Sur chaque image, elle regarde vers le photographe. Ses yeux sont profondément cernés, son regard halluciné. Traits fins pourtant, beau regard sombre, elle est dans un état de délabrement avancé, ça ne masque pourtant pas le fait qu'en temps normal, elle doit être assez jolie. Mais pour le moment, toutes les photos affirment la même chose, jolie ou pas, cette fille enfermée est en train de mourir.

– C'est une fillette, dit Louis.

– T'es pas bien ? Elle a au moins trente ans !

– Non, pas la fille. La cage. Ça s'appelle une « fillette ».

Et comme Camille fronce les sourcils, interrogatif :

– Une cage où on ne peut tenir ni assis ni debout.

Louis s'est arrêté. Il n'aime pas étaler ses connaissances, il sait qu'avec Camille... Mais cette fois, Camille lui fait un signe agacé, allez, magne-toi.

– Le supplice a été créé sous Louis XI, pour l'évêque de Verdun, je crois. Il y serait resté plus de dix ans. C'est une sorte de torture passive très efficace. Les articulations se soudent, les muscles s'atrophient... Et ça rend fou.

On voit les mains de la jeune femme agrippées à la planche. Ces images vous retournent le ventre. Sur la dernière, on ne voit que le haut de son visage et trois énormes rats qui marchent sur le couvercle de la cage.

– Bordel de merde...

Camille lance le téléphone à Louis, comme s'il craignait de se brûler.

– Trouve la date et l'heure.

Camille, lui, ces trucs-là... Louis met quatre secondes.

– La dernière photo remonte à trois heures.

– Et les appels ? Les appels !

Louis tapote à toute vitesse. Il y a peut-être moyen de trianguler l'appareil, de situer l'endroit d'où il a appelé.

102

– Le dernier appel remonte à dix jours…

Pas un seul appel depuis qu'il a enlevé la fille.

Silence.

Personne ne sait ni qui est cette fille, ni où elle se trouve.

Et le seul à le savoir vient de mourir écrasé sous un semi-remorque.

Dans le téléphone de Trarieux, Camille choisit deux photos de la jeune femme, dont celle qui montre les trois énormes rats.

Il rédige un MMS pour le juge, copie à Le Guen :

« Maintenant que le "coupable" est mort, on fait comment pour sauver la victime ? »

13

Quand Alex a ouvert les yeux, le rat était en face d'elle, à quelques centimètres de son visage, tellement près qu'elle le voyait trois ou quatre fois plus gros qu'il n'était en réalité.

Elle a hurlé, il s'est brusquement reculé jusque dans le panier puis il est remonté à toute vitesse sur la corde mais il est resté là un long moment, hésitant sur la conduite à adopter, flairant tout autour pour mesurer le danger. Et l'intérêt de la situation. Elle lui a lancé des injures ; le rat, insensible à ses efforts, restait sur la corde, la tête en bas, penchée vers elle. Ce nez presque rose, ces yeux brillants, ce poil luisant, ces moustaches longues et blanches et cette queue interminable. Alex était transie de peur, incapable de

103

reprendre son souffle. Elle s'est époumonée mais comme elle est maintenant très faible, elle a dû s'arrêter et ils sont restés un long moment ainsi à se dévisager.

Il est à une quarantaine de centimètres d'elle, immobile, puis, prudemment, il descend dans la corbeille et commence à manger les croquettes en jetant sur Alex de fréquents coups d'œil. De temps à autre, pris d'une crainte soudaine, il se recule d'un mouvement vif, comme pour se mettre à l'abri mais assez vite il revient, il semble comprendre qu'il n'a rien à craindre d'elle. Il a faim. C'est un rat adulte, il doit mesurer pas loin de trente centimètres. Alex est blottie au fond de la cage, le plus loin possible. Elle fixe le rat avec une intensité d'autant plus dérisoire qu'elle est censée le tenir à distance. Il a mangé des croquettes mais il n'est pas remonté tout de suite sur la corde. Il s'est avancé vers elle. Cette fois Alex n'a pas hurlé, elle a fermé les yeux, elle a pleuré les yeux fermés. Quand elle les a rouverts, le rat était parti.

Le père de Pascal Trarieux. Comment l'a-t-il retrouvée ? Si son cerveau n'était devenu aussi lent, elle pourrait peut-être répondre à ça, mais ses pensées ne sont que des images figées, comme des photos, rien de dynamique. D'ailleurs, à cet instant, quelle importance ? Négocier, voilà ce qu'il faut faire. Il faut trouver une histoire, quelque chose de crédible, qu'il la laisse sortir de cette caisse, après elle se débrouillera. Alex rassemble toutes les données dont elle est capable mais sa réflexion n'a pas le temps d'aller plus loin. Un second rat vient d'apparaître.

104

Plus gros.

Le chef, peut-être. Pelage bien plus sombre.

Et il n'est pas venu par la corde qui soutient le panier en osier, non, lui est venu par la corde qui tient la cage, il est arrivé juste au-dessus de la tête d'Alex, et lui, contrairement à celui qui l'a précédé, n'a eu aucun mouvement de recul lorsqu'elle a hurlé et l'a injurié. Il a continué à descendre à l'aplomb de la cage, par petits mouvements vifs, saccadés, il a posé les deux pattes de devant sur la planche du couvercle, Alex a senti son odeur forte, c'est un rat très gros, très luisant, avec des moustaches très longues, des yeux très noirs, sa queue est si longue qu'elle est passée un instant à travers les planches et qu'elle a touché l'épaule d'Alex.

Hurlement. Le rat s'est retourné vers elle, sans précipitation, puis il a marché le long de la planche, faisant ainsi plusieurs allers-retours. De temps en temps, il s'attarde, la fixe, reprend sa marche. On dirait qu'il relève les mesures. Alex le suit des yeux, entièrement contractée, le souffle lui manque, son cœur bat à se rompre.

C'est mon odeur, pense-t-elle. Je sens la crasse, la pisse, le vomi. Il a flairé la charogne.

Le rat est debout sur ses pattes de derrière, reniflant au-dessus de lui.

Alex suit des yeux la corde.

Deux autres rats viennent, à leur tour, d'entamer la descente vers la cage.

14

On dirait que le chantier de l'ancien hôpital a été investi par une équipe de cinéma. Le RAID a abandonné les lieux, les services techniques ont tiré des dizaines de mètres de câbles, des projecteurs sur pied inondent la cour de lumière. On est en pleine nuit et pas un seul centimètre carré d'ombre. Des chemins stériles, que l'on peut emprunter sans risque d'altérer les lieux, ont été aménagés avec des rubans de plastique rouge et blanc. Les techniciens procèdent aux relevés.

La question est de savoir si Trarieux a fait transiter la fille par ici quand il l'a enlevée.

Armand aime bien quand il y a du monde. Une foule, pour lui, est d'abord une réserve de cigarettes. Il slalome avec assurance entre ceux qu'il a déjà tapés trop souvent et, avant qu'ils aient le temps de prévenir les nouveaux venus, il a fait le plein pour quatre jours.

Planté dans la cour, il achève une cigarette dont les derniers millimètres lui ont entamé les doigts et pose sur toute cette agitation un regard perplexe.

– Eh ben ? demande Camille, le juge n'est pas resté sur place ?

Armand tenterait bien de l'arrêter mais il est assez philosophe, il connaît les vertus de la patience.

– Il n'est pas venu non plus sur le périphérique, tu me diras, poursuit Camille. C'est dommage parce qu'un coupable arrêté par un semi-remorque, on ne voit pas ça tous les jours. En même temps…

Camille consulte ostensiblement sa montre, Armand, imperturbable, compte ses lacets, Louis semble littéralement absorbé par la morphologie d'un engin de chantier.

– En même temps, à trois heures du matin, il doit pioncer, le juge, faut comprendre. Vu son taux de connerie, ça doit lui faire de sacrées journées.

Armand laisse tomber son mégot infinitésimal en poussant un soupir.

– Quoi ! Qu'est-ce que j'ai dit ? demande Camille.

– Rien, lâche Armand, t'as rien dit. Bon, on bosse, oui ou merde ?

Il a raison. Camille et Louis se frayent un passage jusqu'au logement de Trarieux, lui aussi investi par l'Identité, et comme le lieu n'est pas très grand, on tâche de cohabiter.

Verhœven jette d'abord un œil circulaire. Appartement modeste, pièces propres, la vaisselle plutôt bien rangée, les outils alignés comme dans la vitrine d'un magasin de bricolage et des réserves de bière impressionnantes. De quoi torcher le Nicaragua. À part ça, pas un papier, pas un livre, ni un carnet, l'appartement d'un analphabète.

Seule curiosité dans le tableau, une chambre d'adolescent.

– Le fils, Pascal..., dit Louis en consultant ses notes.

Contrairement au reste du logement, dans cette pièce, le ménage n'a pas été fait depuis des lustres, odeur de renfermé, linge humide sentant le moisi. Une console de jeux Xbox 360 et un joystick de compétition croulent sous la poussière. Reste un ordinateur performant, grand écran, c'est la seule chose qui a été nettoyée, de quelques revers de manche, dirait-on. Un technicien est déjà à l'œuvre pour un premier inventaire du disque dur avant qu'on l'emporte pour analyse complète.

– Des jeux, des jeux, des jeux, dit le gars. Une connexion Internet…

Camille reste à l'écoute en détaillant le contenu d'un placard que les experts photographient.

– Et des sites de cul, complète l'informaticien. Des jeux et du cul. Mon môme, c'est pareil.

– Trente-six ans.

On se retourne vers Louis.

– C'est l'âge du fils, dit Louis.

– Évidemment, dit le technicien, ça change un peu la donne…

Dans le placard, Camille détaille l'arsenal de Trarieux. Le gardien du futur chantier d'aménagement prenait visiblement son rôle sacrément au sérieux, batte de baseball, nerfs de bœuf tressés, coup-de-poing américain, il devait faire des rondes sévères, on s'étonne même de ne pas trouver un pitbull.

– Ici, le pitbull, c'était Trarieux, dit Camille à Louis qui s'interroge à voix haute.

Puis pour le technicien :

– Et quoi d'autre ?

– Des e-mails. Un peu. Pas beaucoup. Faut dire que vu son orthographe…

– Comme ton fils ? demande Camille.

Cette fois, le technicien est vexé. Quand ça vient de lui, ça n'est pas pareil.

Camille se rapproche de l'écran. Effectivement. Pour ce qu'on peut voir, des messages anodins, en langage quasiment phonétique.

108

Camille enfile les gants de caoutchouc que lui tend Louis et saisit une photographie exhumée du tiroir de la commode. Un cliché pris sans doute quelques mois plus tôt parce que le garçon est dans le chantier que garde son père, de la fenêtre on reconnaît la cour avec les engins. Pas beau, assez grand et maigre, visage ingrat, nez assez long. On se souvient des photos de la fille dans la cage. Éprouvée mais jolie. Pas exactement assortis, tous les deux.

– Il a l'air con comme un balai, lâche Camille.

15

Une phrase lui est revenue, qu'elle a entendue quelque part. Quand on voit un rat, c'est qu'il y en a dix. Ils sont sept déjà. Ils se sont chamaillés pour la possession de la corde, mais surtout pour les croquettes. Curieusement, ce ne sont pas les plus gros les plus voraces. Ceux-là semblent plutôt être les stratèges. Deux, notamment. Totalement imperméables aux hurlements d'Alex, aux injures, ils restent très longuement sur le couvercle de la cage. Ce qui la terrifie, c'est quand ils se mettent debout sur leurs pattes de derrière et flairent en tous sens. Ils sont démesurés, monstrueux. À mesure que le temps passe, certains se montrent plus pressants, comme s'ils avaient compris qu'elle ne représentait pas un danger. Ils s'enhardissent. Au début de la soirée, l'un d'eux, de taille moyenne, a voulu passer par-dessus un de ses congénères et il est tombé dans la cage, sur le dos d'Alex.

109

Ce contact l'a révulsée, elle a poussé un hurlement, il y a eu un bref instant de flottement dans la colonie des rats mais la perturbation n'a pas duré bien longtemps. Quelques minutes plus tard, ils étaient de nouveau tous là, en rangs serrés. Il y en a un, Alex pense qu'il est jeune, il est très empressé, avide, il s'approche vraiment près pour la renifler, elle recule, recule, il ne cesse d'avancer, il ne bat en retraite que lorsqu'elle hurle à pleins poumons, qu'elle lui crache dessus.

Trarieux n'est pas venu depuis très longtemps, une journée au moins, deux, peut-être plus. Maintenant une autre journée défile, si seulement elle pouvait savoir l'heure, le jour... Elle trouve ça étonnant qu'il ne vienne pas, qu'il manque trois, quatre rendez-vous de suite. Ce qui la perturbe, c'est qu'elle risque de ne plus avoir d'eau. Elle économise énormément et par bonheur, hier, elle n'a pas beaucoup bu, il lui reste presque une demi-bouteille, mais elle comptait sur lui pour renouveler sa provision. Les rats aussi sont moins excités quand ils ont des croquettes, quand ils n'en ont plus, ils s'énervent, ils s'impatientent.

Paradoxalement, ce qui panique Alex, c'est que Trarieux l'abandonne. Qu'il la laisse dans sa cage, à mourir de faim, de soif, sous le regard aiguisé de ces rats qui ne vont pas tarder à s'aventurer davantage. Les plus gros la détaillent déjà d'un œil inquiétant, elle leur prête des intentions, à ces rats.

Depuis que le premier est apparu, il ne s'est jamais passé plus de vingt minutes sans que l'un ou l'autre vienne cavaler sur la cage, grimpe le long de la corde, pour vérifier qu'il ne reste plus de croquettes.

Certains se balancent dans le panier en osier en la regardant fixement.

110

16

Sept heures du matin.

Le divisionnaire a pris Camille à part :

– Bon, cette fois, tu me la joues lifté, hein ?

Camille ne promet rien.

– Ça promet…, conclut Le Guen.

De fait. À l'arrivée du juge Vidard, Camille ne peut s'empêcher d'ouvrir la porte, de désigner les photos de la jeune femme affichées sur le mur en déclarant :

– Vous qui adorez les victimes, monsieur le juge, vous allez être comblé. Celle-ci est vraiment très bien.

Elles sont agrandies et, ainsi placardées, ça ressemble à du voyeurisme sadique. Ce sont des photos qui font vraiment mal. Ici, le regard quasi délirant de la jeune femme limité à une ligne horizontale formée par deux planches disjointes, là son corps entier pelotonné et contraint, comme cassé, la tête penchée et coincée contre le couvercle de la cage, ici encore le gros plan de ses mains dont les ongles saignent à force, sans doute, de gratter le bois. Puis les mains à nouveau, la bouteille d'eau dont elle dispose est trop volumineuse pour passer entre les planches, on imagine la prisonnière boire dans le creux de sa paume avec une avidité de naufragée, elle n'est certainement jamais libérée de sa cage parce qu'elle y fait tous ses besoins, elle est d'ailleurs souillée. Et sale, contusionnée, on voit qu'elle a été frappée, battue, violée sans doute. L'ensemble est d'autant plus éprouvant qu'elle est encore vivante. On n'ose pas imaginer ce qui l'attend.

Pourtant, devant ce spectacle, malgré la provocation de Camille, le juge Vidard reste calme, il regarde les clichés un à un.

Tout le monde reste silencieux. Tout le monde, c'est Armand, Louis, et les six enquêteurs que Le Guen a fait venir. Dégager un effectif comme ça au pied levé, ça n'est pas rien.

Le juge marche le long des photos, visage simple et grave. On dirait un secrétaire d'État inaugurant une exposition. C'est un jeune con avec des idées de sale con, pense Camille mais il n'est pas lâche parce qu'il se retourne vers lui.

— Commandant Verhœven, dit-il, vous contestez ma décision d'investir le domicile de Trarieux et moi, je conteste la manière dont vous conduisez cette enquête depuis le début.

Et comme Camille ouvre la bouche, le juge le coupe en levant la main bien haut, paume en avant :

— Nous avons un différend mais je propose que nous remettions son règlement à plus tard. Il me semble que l'urgence, quoi que vous en pensiez, c'est de trouver rapidement… cette victime.

Sale con mais habile, indéniablement. Le Guen laisse filer deux ou trois secondes de silence puis il tousse. Mais le juge reprend rapidement la parole en se tournant vers l'équipe :

— Vous me permettrez aussi, monsieur le division-naire, de féliciter vos hommes pour avoir repéré Tra-rieux aussi rapidement avec aussi peu d'éléments. C'est remarquable.

Là, évidemment, il en fait un peu trop.

— Vous êtes en campagne électorale ? demande Camille. C'est une marque de fabrique, chez vous ?

112

Le Guen retousse. Re-silence. Louis se pince les lèvres avec délectation, Armand sourit à ses chaussures, les autres se demandent dans quoi ils sont tombés.

– Commandant, répond le juge, je connais vos états de service. Je connais aussi votre histoire personnelle, qui est intimement liée à votre métier.

Cette fois, les sourires de Louis et d'Armand se figent. Les esprits de Camille et de Le Guen entrent en alerte maximale. Le juge s'est avancé, pas trop près pour ne pas donner l'impression de toiser le commandant.

– Si vous avez le sentiment que cette affaire… comment dirais-je… résonne trop fort dans votre vie personnelle, je serai le premier à le comprendre.

L'avertissement est clair, la menace à peine voilée.

– Je suis certain que le divisionnaire Le Guen pourra nommer sur cette enquête quelqu'un de moins impliqué. Mais-mais-mais-mais-mais… (cette fois, il ouvre grand les deux mains comme s'il voulait retenir les nuages), mais… je m'en remets à vous, commandant. En toute confiance.

Pour Camille, c'est définitif, ce type est un enculé.

Mille fois dans sa vie, Camille a compris ce que peuvent ressentir les criminels occasionnels, ceux qui ont tué sans intention, débordés par leur colère, leur aveuglement, il en a arrêté des dizaines. Des hommes qui ont étranglé leur femme, des femmes qui ont poignardé leur mari, des fils qui ont poussé leur père par la fenêtre, des amis qui ont tiré sur leurs amis, des voisins qui ont écrasé le fils d'un autre voisin, et il cherche dans sa mémoire le cas d'un commandant de police ayant sorti son arme de service pour tirer sur un juge, au milieu du front. Au lieu de ça, il ne dit rien. Il hoche simplement la tête. Ça lui coûte immensément de ne rien dire, parce que le magistrat vient de faire une ignoble référence à Irène, mais c'est justement au nom de ça qu'il se force à se taire, parce qu'une femme a été enlevée et qu'il a juré de la retrouver vivante. Le juge le sait, le juge le comprend et visiblement, de ce mutisme, le juge prend avantage.

– Bien, dit-il avec une satisfaction prononcée. Maintenant que les ego ont cédé la place au sens du service, je crois que vous pouvez vous remettre au travail.

Camille va le tuer. Il en est certain. Ça prendra le temps qu'il faudra mais ce type, il va le tuer. De ses propres mains.

Le juge se tourne vers Le Guen en soignant sa sortie :

– Bien sûr monsieur le divisionnaire, dit-il d'une voix finement pesée, vous me tenez étroitement informé.

– Deux urgences, explique Camille à son équipe. D'abord, faire un portrait de ce Trarieux, comprendre sa vie. C'est dans sa vie qu'on va trouver la trace de cette fille, et peut-être son identité. Parce que le premier problème est là, on ne sait toujours rien d'elle, ni qui elle est ni, à plus forte raison, pourquoi il l'a enlevée. Ce qui amène au second point, le seul fil que nous pouvons tirer, ce sont les contacts connus de Trarieux qui figurent dans son téléphone, sur l'ordinateur de son fils et dont il s'est servi. *A priori*, c'est déjà

114

ancien, plusieurs semaines si on en croit les historiques, mais c'est tout ce qu'on a.

C'est peu. Les seules certitudes dont on dispose à cette heure sont alarmantes. Personne ne peut dire ce que Trarieux avait l'intention de faire de cette fille pour l'avoir ainsi enfermée dans cette cage suspendue mais, maintenant qu'il est mort, aucun doute, elle n'a plus beaucoup de temps à vivre. Personne ne met les mots sur la nature du danger, ça s'appelle la déshydratation, l'inanition, on sait que ce sont des morts douloureuses, interminables. Sans compter les rats. Marsan intervient le premier. C'est le technicien qui servira d'intermédiaire entre la brigade Verhœven et les équipes techniques qui travaillent sur le dossier.

– Même si on la retrouve vivante, dit-il, la déshydratation peut laisser des séquelles neurologiques irréversibles. Vous risquez de trouver un légume.

Lui ne prend pas de gants. Il a raison, pense Camille. Moi, je n'ose pas parce que j'ai peur et ce n'est pas avec de la peur que je vais retrouver cette fille. Il s'ébroue.

– Le fourgon ? demande-t-il.

– Passé au peigne fin la nuit dernière, répond Marsan en consultant ses notes. On a trouvé des cheveux et du sang, on a donc l'ADN de la victime mais comme elle n'est pas fichée, on ne sait toujours pas qui elle est.

– Le portrait-robot ?

Trarieux portait, dans une poche intérieure, une photo de son fils, prise dans une fête foraine. Il est accompagné d'une fille qu'il tient par le cou mais la photo a baigné dans le sang et, de toute manière, elle est prise d'un peu loin. La fille est assez grosse, pas

115

sûr qu'il s'agisse de la même. Les clichés stockés dans le téléphone sont plus prometteurs.

– On devrait obtenir un assez bon résultat, dit Marsan. C'est un téléphone bas de gamme mais on a de bons plans du visage, sous différents angles, à peu près tout ce qu'il nous faut. Vous aurez ça dans l'après-midi.

L'analyse des lieux aura son importance. Sauf que les photos sont prises en plan rapproché ou très rapproché, on voit très peu de chose du local dans lequel la jeune femme est enfermée. Les techniciens les ont scannées, ils ont fait des mesures, des analyses, des projections, des recherches…

– La nature du bâtiment reste inconnue, commente Marsan. En fonction de l'heure où les images ont été prises et de la qualité de la lumière, on a la certitude qu'il est orienté nord-est. C'est extrêmement courant. Les photos n'offrent aucune perspective, aucune profondeur, impossible donc d'évaluer la dimension des pièces. La lumière est plongeante, on estime la hauteur des plafonds à au moins quatre mètres. Peut-être plus, on ne sait pas. Le sol est en béton, il y a sans doute des fuites d'eau. Toutes les images sont prises à la lumière naturelle, il n'y a peut-être pas d'alimentation électrique. Pour ce qui est du matériel utilisé par le ravisseur, vu le peu qu'on en voit, rien de notable. La caisse est en bois brut, courant, elle est montée par vissage simple, l'anneau en Inox qui la retient est standard, tout comme la corde qu'on aperçoit, chanvre classique, rien à signaler. Les rats, *a priori*, ne sont pas des animaux d'élevage. On penche donc pour un bâtiment vide, désaffecté.

116

– La date et l'heure des photos prouvent que Trarieux y allait au moins deux fois par jour, dit Camille. Le périmètre est donc limité à la banlieue parisienne.

Autour de lui, on hoche la tête, on approuve, Camille voit bien que ce qu'il vient de dire, tout le monde le savait déjà. Fugitivement, il se voit chez lui, avec Doudouche, il n'a plus envie d'être là, il aurait dû accepter de passer la main quand Morel est rentré. Il ferme les yeux. Se reprendre.

Louis propose qu'Armand soit chargé d'établir un descriptif sommaire du lieu sur la base des éléments dont on dispose et de le diffuser dans toute l'Île-de-France en insistant sur son caractère urgent. Camille dit qu'il est d'accord, oui, bien sûr. On ne se fait pas d'illusions. Les informations sont tellement succinctes qu'elles pourraient correspondre à trois bâtiments sur cinq, que, renseignements pris par Armand auprès des préfectures, il existe, en région parisienne, soixante-quatre sites classés « friche industrielle », sans compter plusieurs centaines d'immeubles et de bâtiments divers désaffectés.

– Rien à la presse ? demande Camille en regardant Le Guen.

– Tu rigoles ?

Louis a emprunté le couloir vers la sortie, il revient sur ses pas. Soucieux.

– Quand même…, dit-il à Camille. C'est assez sophistiqué de construire une fillette, vous ne trouvez pas ? Ça n'est même pas un peu trop savant, pour quelqu'un comme Trarieux ?

117

– Mais non Louis, c'est toi qui es trop savant pour Trarieux ! Il n'a pas construit une « fillette », ça, c'est une référence à toi, une belle référence historique, ça montre que tu es cultivé, mais lui, il n'a pas construit une fillette. Il a construit une cage. Et elle est trop petite.

Le Guen, vautré dans son fauteuil directorial. Il ferme les yeux en écoutant Camille, on jurerait qu'il dort. C'est sa manière de se concentrer.

– Jean-Pierre Trarieux, dit Camille, né le 11 octobre 1951, il a cinquante-six ans. CAP d'ajusteur, vingt-sept ans de carrière dans des ateliers liés à l'aéronautique (il a commencé à Sud Aviation en 1968). Licenciement économique en 1995, deux ans de chômage, il retrouve un boulot dans la maintenance à l'hôpital René-Pontibiau, re-charrette deux ans plus tard, re-licenciement, re-chômage mais une variante, en 2002, il obtient le poste de gardien de la friche industrielle. Il quitte son appartement et vient loger sur place.

– Violent ?

– Brutal. Ses états de service évoquent des bagarres, ce genre de choses, il est soupe au lait, ce gars-là. C'est du moins ce que doit penser sa femme. Roseline. Il l'a épousée en 1970. Ils ont eu un fils, Pascal, né la même année. C'est là que ça devient intéressant, j'y reviendrai.

– Non, coupe Le Guen, viens-y tout de suite.

– Le fils a disparu. En juillet de l'an dernier.

– Raconte.

– J'attends les éléments complémentaires mais, grosso modo, le Pascal a à peu près tout raté, l'école,

118

le collège, le lycée technique, l'apprentissage, le boulot. Côté échecs, c'est carton plein. Il fait manœuvre,
déménageur, ce genre de choses. Instable. Le père
réussit à le faire embaucher à l'hôpital où il travaille
(on est en 1998), ils sont camarades de boulot. Solida-
rité ouvrière, ils deviennent camarades de charrette, ils
sont virés ensemble l'année suivante. Quand le père
obtient le poste de gardien en 2002, le fils vient habiter
avec lui. Précision à nouveau, il a quand même trente-
deux ans, le Pascal ! On a vu sa chambre dans l'appartement du père. Platine de jeux vidéo, posters de foot
et Internet clairement orienté « sites de cul ». Si on
excepte les dizaines de canettes de bière vides sous le
plumard, une vraie chambre d'adolescent. Dans ce
cas-là, dans les romans, quand on a peur de ne pas
être bien compris, après « adolescent », on ajoute
« attardé ». Et patatras, en juillet 2006, le père déclare
le fils disparu.

– Enquête ?

– Si on veut. Le père s'inquiète. Côté police, vu les
circonstances, on botte en touche. Le fils s'est enfui
avec une fille en emportant ses vêtements, ses affaires
personnelles et le contenu du compte en banque de son
père, six cent vingt-trois euros, tu vois le genre…
Alors, on dirige le père du côté de la préfecture.
« Recherche dans l'intérêt des familles ». On fait la
région, rien. En mars, on élargit au national. Toujours
rien. Trarieux gueule comme un putois, il veut une
conclusion. Alors début août, un an après la disparition du fils, on lui délivre le « certificat de vaines
recherches ». À l'heure qu'il est, le fils n'a toujours
pas réapparu. Je suppose que quand il va apprendre la
mort de son père, on va le voir rappliquer.

119

– Et la mère ?

– Trarieux a divorcé en 1984. Enfin, c'est surtout sa femme qui a divorcé, violences conjugales, brutalités, alcoolisme. Le fils est resté avec le père. L'air de bien s'entendre ces deux-là. Du moins jusqu'à ce que le Pascal décide de se tailler. La mère est remariée, elle habite Orléans. Mme… (il consulte son carnet, ne trouve pas), bon, peu importe, de toute manière, je l'ai fait chercher, on me la ramène.

– Autre chose ?

– Oui, le téléphone portable de Trarieux est une ligne professionnelle. Son employeur veut pouvoir le joindre à n'importe quel moment même s'il est à l'autre bout du site. L'analyse d'entre eux montre qu'il ne s'en sert presque pas, la quasi-totalité des appels sont destinés à son employeur ou aux « nécessités du service », comme on dit. Et puis, d'un coup, il se met à téléphoner. Pas beaucoup, mais c'est nouveau. Une douzaine de destinataires apparaissent soudainement dans son répertoire, des gens qu'il appelle une, deux, trois fois…

– Et alors ?

– Et alors, cette soudaine vague d'appels commence deux semaines après la délivrance du certificat de « vaines recherches » concernant son fils et elle s'arrête tout net trois semaines avant l'enlèvement de la fille.

Le Guen fronce les sourcils. Camille propose sa conclusion :

– Trarieux trouve que la police ne fout rien et il part faire son enquête lui-même.

– Tu crois que notre fille, dans sa cage, est celle avec laquelle le fils s'est barré ?

– Je crois, oui.

120

– Tu m'as dit que sur la photo, c'est une grosse. La nôtre, elle n'est pas grosse.

– Une grosse, une grosse… Elle a peut-être perdu du poids, j'en sais rien, moi. En tout cas, je pense que c'est la même. Maintenant, le Pascal, te dire où il est, ça…

17

Jusqu'ici, Alex a pas mal souffert du froid. Pourtant le mois de septembre est assez doux mais elle ne bouge pas et elle est sous-alimentée. Et c'est devenu encore pire. Parce que d'un coup, en quelques heures, le climat a brusquement tourné à l'automne. Le froid qu'elle ressentait, à cause de l'épuisement, est maintenant dû à la température qui a dégringolé de plusieurs degrés. À en juger par la lumière qui tombe des verrières, le ciel s'est couvert, la luminosité elle aussi a chuté. Alex a entendu ensuite les premières rafales de vent s'engouffrer dans les salles, ça siffle, ça mugit douloureusement, on dirait les gémissements d'un désespéré.

Les rats ont levé la tête eux aussi, les moustaches ont commencé à frétiller comme jamais. Des trombes d'eau se sont soudain abattues sur le bâtiment qui a grondé et craqué comme un bateau sur le point de couler. Avant qu'Alex s'en rende compte, tous les rats étaient descendus le long des murs pour aller chercher l'eau de pluie qui s'est mise à ruisseler. Elle en a compté neuf, cette fois. Pas certaine que ce soit toujours les mêmes. Par exemple, il y a ce gros noir et roux, arrivé récemment, les autres le craignent, elle l'a vu se vautrer dans une flaque d'eau, il en avait une à lui seul, c'est lui qui est remonté le premier. Il est le premier de retour sur la corde. C'est un rat qui a de la suite dans les idées.

Un rat mouillé, c'est encore plus effrayant qu'un rat sec, ça fait un pelage plus sale, un regard plus aiguisé qui donne l'impression d'être davantage à l'affût. Mouillée, sa longue queue a quelque chose de vis-queux, on dirait un animal à part entière, comme un serpent.

À la pluie succède l'orage, à l'humidité succède le froid, Alex est pétrifiée, sans possibilité de mouve-ment, elle sent son épiderme saisi par des vagues, ce ne sont pas des frissons mais de véritables soubre-sauts. Elle commence à claquer des dents, le vent s'enfourne dans les salles avec tant de violence que la cage se met à tourner sur elle-même.

Le noir et roux, monté seul à la corde, arpente le couvercle et s'arrête, se lève très haut sur ses pattes arrière. Il a sans doute donné le signal du rassemble-ment parce que dans les secondes qui suivent, quasi-ment tous les rats remontent, il y en a partout, sur le couvercle, à droite, à gauche, dans la corbeille qui se balance.

Un éclair illumine la salle, presque tous se lèvent, le museau pointé vers le ciel d'un mouvement com-mun, comme électrisés, et se mettent à se déplacer en tous sens, ils ne sont pas affolés par l'orage, non, c'est comme une sorte de danse. Ils sont galvanisés.

Seul le gros noir et roux reste planté sur la planche la plus proche du visage d'Alex. Il tend la tête vers elle, ses yeux s'écarquillent, puis enfin il se met debout, son ventre roux est gonflé, énorme. Il pousse des cris et ses pattes avant gesticulent en tous sens, elles sont roses. Mais Alex ne voit que les griffes.

Ces rats sont des stratèges. Ils ont compris qu'à la faim, à la soif, au froid, il suffit d'ajouter la terreur. Ils couinent de concert. Pour l'impressionner. Alex reçoit de l'eau de pluie glacée charriée par le vent. Elle ne pleure plus, elle tremble. Elle pensait à la mort comme à une délivrance mais la perspective des morsures de rat, l'idée d'être dévorée...

Combien de jours de nourriture représente un corps humain pour une douzaine de rats ?

Terrorisée, Alex se met à hurler.

Mais, pour la première fois, aucun son ne sort de sa gorge.

L'épuisement la terrasse.

18

Le Guen s'est redressé, déplié, il a fait quelques pas dans son bureau pendant que Camille poursuivait son compte rendu puis il est revenu s'asseoir et il a repris sa position de sphinx pensif et adipeux. Camille a vu le divisionnaire réprimer quelque chose comme un sourire de contentement au moment de reprendre sa place. Sans doute la satisfaction d'avoir accompli sa gymnastique quotidienne, se dit-il. Il fait ça deux à trois fois par jour, se lever, aller à la porte et revenir. Parfois même quatre fois. Son entraînement repose sur une discipline de fer.

– Il y a sept ou huit contacts intéressants dans le téléphone de Trarieux, reprend Camille. Il les a appelés, certains plusieurs fois. Toujours les mêmes questions. Il enquêtait sur la disparition de son fils. Quand il allait les voir, il montrait la photo où son fils est à la fête foraine avec la fille.

Camille n'a vu que deux témoins lui-même, les autres, c'est Louis et Armand. Il est passé par le bureau de Le Guen pour le tenir informé mais ce n'est pas pour le divisionnaire qu'il est revenu à la Brigade. C'est pour l'ex-Mme Trarieux qui est arrivée d'Orléans. La gendarmerie s'est chargée du transfert.

– Trarieux a sans doute trouvé leurs coordonnées à partir des e-mails de son fils. On a un peu de tout.

Camille regarde ses notes.

– Une Valérie Touquet, trente-cinq ans, ancienne copine de classe que le Pascal Trarieux a essayé désespérément de sauter pendant quinze ans.

– Il a de la suite dans les idées.

– Le père l'a appelée plusieurs fois pour lui demander si elle savait ce qu'était devenu son lardon. Elle dit que ce garçon est un vrai paumé. « Rustique ». Et quand tu attends quelques minutes de plus, elle avoue : « Franchement nul. Il essayait toujours d'épater les filles avec des histoires à la con. » Bref, un vrai couillon. Mais gentil. En tout cas, elle n'a aucune idée de ce qu'il est devenu.

– Quoi d'autre ?

– On a aussi un Patrick Jupien, chauffeur-livreur dans une entreprise de nettoyage de linge, copain de PMU de Pascal Trarieux. Aucune nouvelle du fils Trarieux, lui non plus. La fille de la photo ne lui dit rien. Un autre, copain de collège, Thomas Vasseur, repré-

124

sentant. Et puis un ancien copain de boulot, Didier Cottard, manutentionnaire avec qui il a travaillé dans une société de vente par correspondance, bon tout ça, c'est le même truc, le père appelle, vient et fait chier tout le monde. Et naturellement, personne n'a de nouvelles du fils depuis longtemps. Les mieux informés savent qu'il y a une fille dans l'affaire. C'était le scoop de l'année ça, Pascal Trarieux avec une fille. Son copain Vasseur se bidonne carrément sur l'air de « pour une fois qu'il en avait une ». Son pote chauffeur-livreur confirme qu'il a cassé les pieds à tout le monde avec sa Nathalie, mais Nathalie comment, ça, personne ne sait. Vu qu'il ne l'a montrée à personne.

– Tiens donc…

– Non, pas si étonnant que ça. Il la rencontre mi-juin et il se taille avec elle un mois plus tard. Ça ne laisse pas beaucoup de temps pour la présentation aux amis.

Les deux hommes restent pensifs. Camille relit ses notes, le sourcil froncé, de temps à autre il regarde côté fenêtre, comme s'il cherchait la réponse à une question, replonge dans son carnet. Le Guen le connaît bien. Alors, il laisse passer un court moment puis :

– Allez, accouche.

Il est embarrassé, Camille, et ça n'est pas fréquent.

– Eh bien, pour te dire sincèrement… Cette fille, je ne la sens pas vraiment.

Il lève aussitôt les deux mains pour se protéger le visage.

– Je sais, je sais ! Je sais, Jean. C'est la victime ! On ne touche pas à une victime ! Mais tu me demandes ce que je pense, je te le dis.

125

Le Guen s'est relevé dans son fauteuil, les deux coudes sur son bureau.

– C'est complètement débile, Camille.

– Je sais.

– Cette fille est enfermée comme un piaf dans une cage à deux mètres de hauteur depuis une semaine…

– Je sais, Jean…

– … sur les photos on voit clairement qu'elle est en train de crever…

– Oui…

– Le type qui l'a enlevée est un connard illettré, brutal, alcoolique…

Camille se contente de soupirer.

– … qui l'enferme dans une cage livrée aux rats…

Camille opte pour un hochement de tête douloureux.

– … et qui préfère se balancer du haut du périphérique plutôt que nous la livrer…

Camille ferme simplement les yeux comme quelqu'un qui ne veut pas voir l'étendue du désastre qu'il a causé.

– … et tu « ne sens pas cette fille » ? Tu as dit ça à quelqu'un d'autre ou c'est un scoop à mon intention ?

Mais quand Camille ne proteste pas, quand il ne dit rien, pire, quand il ne se défend pas, Le Guen sait qu'il se passe quelque chose. Une anomalie. Silence. Puis :

– Je ne comprends pas, dit lentement Camille, que personne ne signale la disparition de cette fille.

– Oh là là ! Mais il y en a des mil…

– … liers comme ça, je sais, Jean, des milliers de personnes qui ne sont réclamées par personne. Mais enfin… ce type, Trarieux, c'est une buse, on est d'accord ?

126

– D'accord.

– Pas très sophistiqué.

– Redondant.

– Alors, explique-moi pourquoi il se met à ce point en colère contre cette fille. Et de cette manière.

Le Guen lève les yeux, comprend pas.

– Parce que, quand même, il enquête sur la disparition de son fils, puis il achète des planches, il construit une caisse, il trouve un local où il peut enfermer cette fille pendant des jours et des jours, après quoi, il l'enlève, il l'enferme, il la fait crever à petit feu, il la prend en photo pour être certain qu'elle est sur la bonne pente… Et tu penses que c'est une lubie !

– Je n'ai pas dit ça, Camille.

– Bah si, c'est ce que tu dis, ou en tout cas, ça revient au même ! L'idée lui est venue comme ça. Dans son cerveau d'ajusteur, il s'est dit, tiens, si je retrouvais la fille qui s'est tirée avec mon fils et si je l'enfermais dans une cage en bois ! Et, par le plus grand des hasards, c'est une fille dont on est incapables de trouver l'identité. Et lui, qui est con comme un balai, la retrouve sans problème, ce que nous sommes incapables de faire.

19

Elle ne dort quasiment plus. Trop peur. Plus que jamais Alex se contorsionne dans sa cage, plus que jamais elle souffre, depuis le début de sa captivité, elle n'a pas changé de position, pas mangé normalement,

127

ni dormi normalement, elle n'a pas pu étendre ses jambes, ses bras, se reposer quelques minutes et maintenant, avec ces rats… Son esprit l'abandonne de plus en plus, pendant des heures parfois tout ce qu'elle voit est embué, flou, tous les bruits lui parviennent ouatés, comme l'écho de vrais bruits qui viendraient de très loin, d'ailleurs, elle s'entend gémir, geindre, pousser des cris graves qui montent du ventre. Elle s'affaiblit terriblement vite.

Sa tête tombe et se relève sans cesse. Un peu plus tôt, elle s'est évanouie de fatigue, ivre de sommeil, de douleur, son esprit battait la campagne, voyait des rats partout.

Et soudain, elle ne sait pas pourquoi, elle est certaine que Trarieux ne reviendra plus, qu'il l'a laissée là. S'il revient, elle lui dira tout, elle se répète ça comme une conjuration, faites qu'il revienne et je dis tout, tout ce qu'il veut, tout ce qu'il veut, pour en finir. Qu'il la tue, vite, elle accepte, tout plutôt que ces rats.

Ils descendent la corde en file indienne aux premières heures du jour, ils poussent des petits cris. Ils le savent, Alex est à eux.

Ils n'attendront pas qu'elle meure. Ils sont trop excités. Jamais ils ne se sont battus entre eux comme ils le font depuis ce matin. Pour la flairer, ils s'avancent de plus en plus près. Ils attendent qu'elle soit totalement épuisée mais ils sont échauffés, fiévreux. Quel sera le signe ? Qu'est-ce qui les décidera ?

Elle sort brusquement de son état d'hébétude, elle vit un instant de pure lucidité.

La phrase : « je vais te regarder crever », en réalité, veut dire : « Je vais te regarder crevée. » Il ne viendra plus, il ne reviendra que lorsqu'elle sera morte.

128

Au-dessus d'elle, le plus gros de tous, le noir et roux, est debout sur ses pattes arrière et pousse des petits cris stridents. Il montre les dents.

Il ne reste qu'une chose à faire. Elle cherche, d'une main fébrile, du bout des doigts, le bord rugueux de la planche de dessous, celle qu'elle évite depuis des dizaines et des dizaines d'heures parce qu'elle est pointue, qu'elle la déchire dès qu'elle s'en approche. Elle glisse ses ongles dans l'anfractuosité, millimètre par millimètre, le bois craque légèrement, elle gagne encore un peu de terrain, elle se concentre, exerce toute la pression dont elle est capable, ça demande un long moment, elle doit s'y reprendre à plusieurs fois, enfin, d'un coup, le bois cède. Entre les doigts d'Alex, une grande écharde, de près de quinze centimètres. Pointue. Elle regarde au-dessus d'elle, entre les planches du couvercle, près de l'anneau, près de la corde qui tient sa cage suspendue. Et d'un coup, elle y passe la main et pousse le rat dans le vide avec la pointe en bois. Il tente de s'agripper, gratte désespérément le bord de la caisse, pousse un cri sauvage et tombe deux mètres plus bas. Sans attendre, Alex s'enfonce l'écharde profondément dans la main et la remue comme si c'était un couteau, elle hurle de douleur.

Le sang commence à ruisseler aussitôt.

20

Roseline Bruneau n'a pas envie qu'on lui parle de son ex-mari, ce qu'elle veut, c'est des nouvelles de son fils. Disparu depuis plus d'un an.

– Le 14 juillet, dit-elle, effarée, comme si une disparition ce jour-là prenait valeur de symbole.

Camille a délaissé son bureau et s'est assis à côté d'elle.

Avant, il disposait de deux chaises, l'une avec des pieds surélevés, l'autre, avec des pieds surbaissés. L'effet psychologique était très différent. Selon les circonstances, il choisissait l'une ou l'autre. Irène n'aimait pas ces petits trucages alors Camille y a renoncé. Les chaises sont restées quelque temps à la Brigade, on s'en est servi un moment pour faire des blagues aux nouveaux venus. Mais ça n'était pas aussi drôle qu'on l'espérait. Les chaises ont disparu un beau jour. Camille est certain qu'Armand les a récupérées. Il les imagine, avec sa femme, à table, l'un sur la chaise surélevée, l'autre sur la surbaissée…

Face à Mme Bruneau, il repense à ces chaises parce qu'elles lui servaient à créer des effets de sympathie, ce qu'il aimerait bien provoquer aujourd'hui. Et vite, vraiment le temps presse. Camille se concentre sur l'entretien parce que s'il pense à la fille enfermée, des images lui arrivent et se mélangent, des images qui brouillent sa pensée, qui font remonter tellement de choses, il perd un peu ses moyens.

Et malheureusement, avec Roseline Bruneau, ils ne sont pas sur la même longueur d'onde. C'est une femme petite et mince, qui doit être vive en temps normal mais qui, à cet instant, est toute réserve et toute inquiétude. Elle donne des coups de tête un peu secs, sur le qui-vive. Convaincue qu'on va lui annoncer la mort de son fils. Elle ressasse ce pressentiment depuis que les gendarmes sont venus la chercher à l'auto-école où elle travaille.

– Votre ex-mari s'est tué la nuit dernière, madame Bruneau.

Même divorcée depuis vingt ans, ça lui fait de l'effet. Elle fixe Camille droit dans les yeux. Son regard hésite entre la rancune (j'espère qu'il a souffert) et le cynisme (c'est pas une grande perte) mais l'appréhension domine tout. D'abord, elle se tait. Camille lui trouve une tête d'oiseau. Un nez petit et pointu, un regard pointu, des épaules pointues, des seins pointus. Il voit très bien comment il la dessinerait.

– Il est mort comment ? demande-t-elle enfin.

Si l'on en croit le dossier de divorce, elle ne va pas beaucoup regretter son ex-mari et normalement, se dit Camille, elle devrait plutôt réclamer des nouvelles de son fils. Si elle ne le fait pas, c'est qu'elle a une raison.

– Un accident, dit Camille. Il était poursuivi par la police.

Mme Bruneau a beau savoir ce que valait son mari, se souvenir de ses brutalités, elle n'avait pas épousé un gangster. Normalement « poursuivi par la police » devrait entraîner de la surprise, mais non, rien, elle hoche la tête, on sent qu'elle pense aussi vite que la situation le lui permet mais elle ne laisse rien transpirer.

131

– Madame Bruneau… (Camille se montre patient justement parce qu'il faut aller vite), nous pensons que la disparition de Pascal est liée à la mort de son père. En fait, nous en sommes persuadés. Plus vite vous répondrez à nos questions, plus nous avons de chances de retrouver rapidement votre fils.

On peut chercher des heures dans le dictionnaire, « malhonnête » est vraiment le mot qui convient pour qualifier l'attitude de Camille. Parce que, pour lui, aucun doute, ce garçon est aussi mort qu'on peut l'être. Ce chantage au fils est une manœuvre assez immorale mais dont il ne rougit pas parce qu'il peut encore permettre de retrouver quelqu'un de vivant.

– Il y a quelques jours, votre ex-mari a enlevé une femme, une jeune femme. Il l'a séquestrée et il est mort sans nous dire où il l'a enfermée. Cette femme est aujourd'hui quelque part, nous ne savons pas où. Et elle va mourir, madame Bruneau.

Il laisse décanter ces informations. Les yeux de Roseline Bruneau passent de droite à gauche, comme ceux d'un pigeon, elle est assiégée par des idées contradictoires, la question est de savoir quel choix elle va faire. Quel rapport cette histoire d'enlèvement a-t-elle avec la disparition de mon fils ? Voilà ce qu'elle devrait demander. Si elle ne pose pas la question, c'est parce qu'elle a déjà la réponse.

– J'ai besoin que vous me disiez ce que vous savez… non non non non, madame Bruneau, attendez ! Vous allez me dire que vous ne savez rien et c'est une très mauvaise attitude, je vous assure, c'est même la pire de toutes. Je vous invite à réfléchir quelques instants. Votre mari a enlevé une femme qui est liée, je ne sais pas comment, à la disparition de votre fils. Et cette femme va mourir.

Coups d'œil à droite, à gauche, la tête bouge, pas les yeux. Camille devrait poser sur la table, devant elle, une photo de la jeune femme enfermée, pour créer le choc, mais quelque chose le retient.

– Jean-Pierre m'a appelée…

Camille respire, ce n'est pas un triomphe mais c'est un succès. En tout cas, c'est enclenché.

– Quand cela ?

– Je ne sais plus, il y a un mois à peu près.

– Et… ?

Roseline Bruneau pointe du bec vers le sol. Elle raconte, lentement. Trarieux reçoit le certificat de « vaines recherches », il est furieux, ça veut clairement dire que la police croit à une sorte de fugue, qu'elle n'enquêtera pas, c'est fini. Puisque la police ne fait rien, Trarieux lui dit qu'il va s'en occuper, lui, de retrouver Pascal. Il a son idée.

– C'est cette grue…

– Une grue…

– C'est comme ça qu'il appelait l'amie de Pascal.

– Il avait des raisons de la mépriser à ce point ?

Roseline Bruneau soupire. Pour expliquer ce qu'elle veut dire, il va falloir remonter loin.

– Vous comprenez, Pascal est un garçon, comment dire, assez simple, vous voyez ?

– Je crois.

– Sans malice, pas compliqué. Moi, je ne voulais pas qu'il aille vivre avec son père. Jean-Pierre le faisait boire, sans compter les bagarres, mais Pascal adorait son père, on se demande vraiment ce qu'il pouvait lui trouver. Bon, c'est comme ça, il n'y en avait que

133

pour son père. Et puis un jour, cette fille arrive dans sa vie, elle l'embobine facilement. Il est fou d'elle, forcément. Lui, les filles… Jusque-là, d'abord il n'y en a pas eu beaucoup. Et ça s'est toujours mal passé. Il ne savait pas bien y faire avec elles. Alors, bon, celle-ci arrive, elle lui fait le grand jeu. Il perd complètement la boule, forcément.

– Comment s'appelle cette fille, vous la connaissez ?

– Nathalie ? Non, je ne l'ai jamais vue. Je connais juste son nom. Quand j'avais Pascal au téléphone, c'était toujours Nathalie par-ci, Nathalie par-là…

– Il ne vous l'a pas présentée ? Ou à son père ?

– Non. Il me disait tout le temps qu'il allait venir avec elle, que j'allais l'adorer, des choses comme ça.

L'histoire est fulgurante. Ce qu'elle a compris, c'est que Pascal rencontre Nathalie en juin, elle ne sait ni où ni comment. Il disparaît avec elle en juillet.

– Au début, dit-elle, je n'étais pas inquiète, je me disais : quand elle va le quitter, le pauvre môme, il va revenir chez son père et voilà tout. Son père, lui, il était fou de rage. Je pensais qu'il faisait une crise de jalousie. Son fils, il veillait dessus comme à la prunelle de ses yeux. Il a été un mauvais mari mais c'était un bon père.

Elle lève les yeux vers Camille, surprise de ce jugement auquel elle-même ne s'attendait pas. Elle vient de dire quelque chose qu'elle pensait sans le savoir. Elle repique du nez.

– Quand j'ai su que Pascal avait volé tout l'argent de son père et qu'il avait disparu, je me suis dit, moi aussi, que cette fille, enfin, vous voyez… C'était pas son genre à Pascal, voler son père.

134

Elle secoue la tête. De ça, elle est certaine.

Camille repense à la photographie de Pascal Trarieux trouvée chez son père et à cet instant, ce souvenir lui serre le cœur. Bénéfice des dessinateurs, il a une excellente mémoire visuelle. Il revoit le garçon debout, une main posée sur l'aile d'un tracteur de chantier, cet air gauche, emprunté, son pantalon est légèrement trop court, il fait pauvre et il sourit largement, comment fait-on quand on a un fils niais, quand on s'en aperçoit ?

– Et finalement, votre mari l'a retrouvée, cette fille ?

Réaction immédiate.

– Je n'en sais rien, moi ! Tout ce qu'il m'a dit, c'est qu'il allait la retrouver ! Et qu'elle finirait bien par lui dire où est Pascal... Ce qu'elle en a fait.

– Ce qu'elle en a fait ?

Roseline Bruneau regarde par la fenêtre, sa manière à elle de contenir les larmes.

– Pascal ne s'enfuirait jamais, il n'est pas... Pour dire les choses... Il n'est pas assez intelligent pour disparaître aussi longtemps.

Elle s'est retournée vers Camille et elle a dit cela comme elle lui donnerait une gifle. D'ailleurs, elle regrette.

– C'est un garçon vraiment très simple. Il connaît peu de monde, il est très attaché à son père, il ne resterait pas, de sa propre volonté, des semaines, des mois sans donner de nouvelles ; il en serait incapable. C'est donc qu'il lui est arrivé quelque chose.

– Qu'est-ce que votre mari vous a dit précisément ? Il a parlé de ce qu'il voulait faire ? De...

– Non, il n'est pas resté longtemps au téléphone. Il avait bu, comme d'habitude, il peut être violent dans

135

ces cas-là, on aurait dit qu'il en avait après la terre entière. Il voulait retrouver cette fille, il voulait qu'elle lui dise où était son fils, il m'a appelée pour me dire ça.

– Et comment avez-vous réagi ?

Dans des circonstances ordinaires, il faut déjà pas mal de talent pour mentir convenablement, ça demande de l'énergie, de la créativité, du sang-froid, de la mémoire, c'est beaucoup plus difficile qu'on croit. Mentir à une autorité est un exercice très ambitieux qui réclame toutes ces qualités mais à un niveau supérieur. Alors, mentir à la police, vous imaginez... Et Roseline Bruneau n'est pas taillée pour ce genre d'exercice. Elle essaye de toutes ses forces mais maintenant qu'elle a baissé sa garde, Camille lit en elle à livre ouvert. Et ça le fatigue. Il passe une main sur ses yeux.

– Quelles injures avez-vous choisies ce jour-là, madame Bruneau ? Je suppose qu'avec lui, vous ne preniez plus de gants, vous avez dû lui dire exactement ce que vous pensiez de lui, je me trompe ?

La question est tordue. Répondre « oui », répondre « non » engage dans une voie différente mais elle ne voit pas clairement l'issue.

– Je ne vois pas...

– Mais si, madame Bruneau, vous voyez parfaitement ce que je veux dire. Ce soir-là, vous lui avez dit ce que vous pensiez, à savoir que ce ne serait certainement pas lui qui réussirait là où la police avait échoué. Vous êtes même allée bien plus loin, je ne sais pas quels mots vous avez employés mais je suis certain que vous avez mis le paquet. À mon avis, vous lui avez dit : « Jean-Pierre, tu es un connard, un inca-

136

pable, un imbécile et un impuissant. » Ou quelque chose d'approchant.

Elle ouvre la bouche, Camille ne lui laisse pas le temps. Il a sauté de sa chaise et il monte le ton parce qu'il en a assez de faire le tour :

– Que va-t-il se passer, madame Bruneau, si je prends votre téléphone portable et que je regarde vos messages ?

Pas un mouvement, pas un geste, simplement le bec se fendille, comme si elle voulait le planter dans le sol et qu'elle hésitait sur l'endroit.

– Je vais vous le dire, je vais trouver des photos que votre ex-mari vous a envoyées. N'espérez pas une fuite, c'est dans l'historique de son téléphone. Et je peux même vous dire ce qu'il y a sur ces photos, une fille dans une caisse en bois. Vous l'avez mis au défi, pensant que ça le pousserait à agir. Et quand vous avez reçu les photos, vous avez eu peur. Peur d'être complice.

Camille est saisi d'un doute.

– À moins que…

Il s'arrête, s'approche, il se baisse, tourne la tête par en dessous pour attraper son regard. Elle ne bouge pas.

– Oh merde, dit Camille en se relevant.

Il y a vraiment des moments durs dans ce métier.

– Ce n'est pas pour ça que vous n'avez pas prévenu la police, n'est-ce pas ? Ce n'est pas la peur d'être complice. C'est parce que vous aussi, vous pensez que cette fille est responsable de la disparition de votre fils. Vous n'avez rien dit parce que vous pensez qu'elle n'a que ce qu'elle mérite, c'est ça ?

Camille respire à fond. Quelle fatigue.

137

– J'espère que nous allons la retrouver vivante, madame Bruneau. Pour elle d'abord, mais aussi pour vous. Parce que sinon, je vais devoir vous arrêter pour complicité de meurtre avec actes de torture ou de barbarie. Et de plein d'autres choses.

Quand il quitte le bureau, Camille est complètement sous pression, le temps passe à une vitesse hallucinante.

Et qu'est-ce qu'on a ? se demande-t-il.

Rien. Ça le rend fou.

21

Le plus vorace, ce n'est pas le noir et roux, c'est un gros rat gris. Il aime le sang. Il se bat avec les autres pour être le premier. C'est un brutal, un fougueux.

Pour Alex, depuis des heures, c'est une bataille de tous les instants. Il a fallu en tuer deux. Pour les mettre en colère, pour les exciter. Pour se faire respecter.

Le premier, elle l'a embroché avec la grosse écharde, sa seule arme, et elle l'a maintenu sous son pied nu, tout en force, jusqu'à ce qu'il crève, il remuait comme un damné, il couinait comme un cochon qu'on égorge, il essayait de la mordre, Alex hurlait plus fort que lui, toute la colonie était électrisée, le rat était saisi de contractions folles et remuait comme un énorme poisson, c'est très puissant quand ça va crever, ces saloperies de bestioles. Les derniers instants ont été très pénibles, il ne bougeait plus, il pissait le sang et poussait des gémissements, des râles, les yeux exorbi-

138

tés, les babines palpitantes, ouvertes sur les dents toujours prêtes à mordre. Après quoi, elle l'a balancé par-dessus bord.

C'était une déclaration de guerre, tout le monde l'a bien compris.

Le second rat, elle a attendu qu'il s'approche très près, il flairait le sang, ses moustaches remuaient à une vitesse spectaculaire, il était vraiment très excité mais en même temps il se méfiait. Alex l'a laissé venir, elle l'a même appelé, viens, approche, espèce d'enfoiré, viens voir maman… Et quand il a été à portée de main, qu'elle a pu le coincer contre la planche, elle lui a planté son écharde dans le cou, il s'est tordu à l'envers sous le choc, comme s'il voulait faire un saut périlleux, elle l'a balancé aussitôt entre les planches, il s'est écrasé en bas et il a hurlé plus d'une heure, avec sa broche en travers.

Alex n'a plus d'arme, mais ils ne le savent pas et ils la craignent.

Et elle les nourrit.

Elle a mélangé le sang qui coule de sa main au reste d'eau, pour diluer, elle a passé la main au-dessus d'elle et elle en a imbibé la corde qui soutient la cage. Comme il n'y a plus d'eau, elle imbibe la corde avec du sang pur. Les rats, ça leur plaît davantage, forcément. Et dès qu'elle s'arrête de saigner, elle se pique ailleurs, avec une autre écharde, plus petite, ça n'est pas avec ça qu'elle pourra en finir avec les autres, surtout les gros, mais c'est suffisant pour se percer une veine au mollet, ou dans le bras, pour faire saigner, et c'est tout ce qui compte. Parfois, la douleur est telle… Elle ne sait pas si c'est son imaginaire ou si elle perd vraiment beaucoup de sang, mais elle a des éblouissements. La fatigue aussi, évidemment.

139

Dès que le sang commence à couler, elle repasse la main entre les planches du couvercle et saisit de nouveau la corde.

Elle l'imprègne.

Tout autour, les gros rats guettent, ne sachant s'ils vont se ruer sur elle ou… alors elle retire sa main, ils se battent pour dévorer ce sang frais, ils rongent la corde pour l'avoir, ils adorent ça.

Mais maintenant qu'ils ont le goût du sang, maintenant qu'elle leur a donné le sien à goûter, plus rien ne les arrêtera.

Le sang, ça les rend dingues.

22

Champigny-sur-Marne.

Un gros pavillon en briques rouges près des bords du fleuve. L'un des derniers appels passés par Trarieux avant d'enlever la fille.

Elle s'appelle Sandrine Bontemps.

Quand Louis est arrivé, elle finissait de déjeuner et partait pour son travail, elle a dû téléphoner. Le jeune policier lui a gentiment pris l'appareil des mains, il a expliqué à son patron qu'elle était retenue pour une « enquête prioritaire ». Il la fera raccompagner par un agent dès que ce sera possible. Pour elle, tout ça va vraiment très vite.

Elle est proprette, un peu guindée, vingt-cinq, vingt-six ans, impressionnée. Assise d'une fesse sur l'extrême bord du canapé Ikea, Camille lui trouve déjà

140

le visage qu'elle aura dans vingt, trente ans, c'en est même un peu triste.

– Ce monsieur… Trarieux. Il a insisté au téléphone, insisté…, explique-t-elle. Et puis il est venu. Il m'a fait peur.

Maintenant, c'est la police qui lui fait peur. Surtout le petit chauve, le nain, c'est lui qui commande. Son jeune collègue l'a appelé au téléphone, il était là en vingt minutes, vraiment pressé. Pourtant on dirait qu'il ne l'écoute pas, il passe d'une pièce à l'autre, pose une question à la cantonade, depuis la cuisine, il monte à l'étage, redescend, il est vraiment nerveux, on dirait qu'il flaire. Il a prévenu d'emblée : « Nous n'avons pas de temps à perdre », mais dès que ça ne va pas assez vite, il l'interrompt. Elle ne sait même pas de quoi il s'agit. Mentalement, elle tente de recomposer les choses mais elle est bombardée de questions.

– C'est elle ?

Le nain braque vers elle un dessin, un visage de fille. Genre portrait-robot, comme on voit au cinéma, dans les journaux. Elle la reconnaît tout de suite, c'est Nathalie. Mais pas comme elle l'a connue. Sur le dessin, elle est plus jolie que dans la réalité, plus apprêtée, et surtout moins grosse. Et plus propre. La coiffure non plus. Et même un peu les yeux, ils étaient bleus, sur l'image en noir et blanc, on ne sait pas de quelle couleur ils sont, mais pas aussi clairs que dans la réalité et, du coup, on dirait que c'est elle… et en même temps, que ce n'est pas elle. Les policiers, eux, veulent une réponse, ça doit être oui ou non, ça ne peut pas être entre les deux. De toute manière, au-delà de ses doutes, finalement, Sandrine est formelle, c'est elle.

Nathalie Granger.

Les deux policiers se sont regardés. Le nain a dit « Granger… », d'un ton sceptique. Le jeune a pris son portable et il est allé téléphoner dans le jardin. Quand il est revenu, il a seulement fait un signe de tête qui disait « non » et le nain a répondu d'un geste, j'en étais sûr…

Sandrine a parlé du laboratoire où travaillait Nathalie, rue de Planay, à Neuilly-sur-Marne, dans le centre-ville.

Le jeune y est allé tout de suite. Sandrine est certaine que c'est lui qui a téléphoné, une demi-heure plus tard peut-être. Le nain semblait très sceptique au téléphone, il disait sans cesse, je vois, je vois, je vois. Sandrine le trouve crispant, ce type. Il a l'air de le savoir et de s'en foutre. Au téléphone, déçu quand même. Pendant l'absence du jeune inspecteur, il l'a harcelée de questions sur Nathalie.

– Elle avait tout le temps les cheveux sales.

Il y a des choses qu'on ne peut pas dire à un homme, même quand c'est un policier, mais Nathalie était vraiment négligée parfois, le ménage approximatif, la table pas nettoyée, sans compter, une fois, les tampons retrouvés dans la salle de bains… beurk. La cohabitation n'a pas duré longtemps pourtant elles se sont attrapées plus d'une fois.

– Je ne suis pas sûre que ça aurait pu durer longtemps, entre elle et moi.

Sandrine avait passé une annonce pour la colocation, Nathalie a répondu, elle est venue voir, sympa. Elle ne semblait pas négligée ce jour-là, elle présentait bien. Ce qui lui plaisait ici, c'était le jardin et la chambre mansardée, elle disait que c'était romantique,

142

Sandrine ne lui a pas dit qu'au plus fort de l'été, cette pièce devenait une étuve.

– C'est mal isolé, vous comprenez…

Le nain la regarde sans intention, parfois, on dirait qu'il a un visage en porcelaine. Qu'il pense ailleurs.

Nathalie a payé tout de suite, toujours en espèces.

– C'était début juin. Il fallait absolument que je trouve une colocataire rapidement, mon ami était parti…

Ça l'agace tout de suite, le petit flic, l'histoire personnelle de Sandrine, du petit ami qui s'installe, le grand amour et le voilà parti sans crier gare deux mois plus tard. Elle ne l'a jamais revu. À la naissance, sans le savoir, elle a dû prendre un abonnement au bureau des départs précipités, le petit ami d'abord, Nathalie ensuite. Elle confirme la date du 14 juillet.

– En fait, elle n'est pas restée longtemps, elle a rencontré son copain juste après son installation ici, alors forcément…

– Forcément quoi ? demande-t-il, agacé.

– Bah, elle a eu envie de partir habiter avec lui, c'est normal, non ?

– Ah…

Sceptique, l'air de dire « ah, ce n'est que ça ? ». Ce type n'y connaît rien aux femmes, ça se voit tout de suite. Le jeune policier est revenu du laboratoire, on a entendu sa sirène de loin. Il fait les choses très vite mais on dirait toujours qu'il se promène. C'est l'élégance qui fait ça. Et les vêtements qu'il porte, Sandrine l'a tout de suite noté, de la marque, du haut de gamme même. D'un seul coup d'œil, elle évalue le prix des chaussures, deux fois sa paie. C'est une découverte complète pour elle que les policiers gagnent autant d'argent, ceux qu'on voit à la télé, on ne dirait jamais.

Ils ont eu un petit conciliabule tous les deux. Sandrine a seulement entendu le jeune dire : « jamais vue… » et aussi : « … oui, il y est allé aussi… »

– Je n'étais pas là quand elle est partie, moi, je passe l'été chez ma tante à…

Le petit flic, ça l'énerve. Les choses ne vont pas comme il voudrait mais ce n'est pas sa faute, à elle. Il soupire et balaye devant lui avec la main comme pour chasser une mouche. Il pourrait au moins se montrer poli. Son jeune collègue sourit gentiment, semble dire, il est ainsi, ne vous affolez pas, restez concentrée. C'est lui qui lui montre une autre photo.

– Oui, celui-là, c'est Pascal, le petit copain à Nathalie.

Là pas de doute. Et la photo à la fête foraine, elle a beau être un peu floue, pas de doute non plus. Quand le père de Pascal est venu, le mois dernier, il cherchait Nathalie aussi, pas seulement son fils, il a montré cette photo. Sandrine lui a donné l'adresse où Nathalie travaillait à l'époque. Après, elle n'a plus eu de nouvelles.

Il suffit de regarder la photo, on comprend tout de suite. Pas très futé, le Pascal. Ni très beau. Et habillé, fallait voir, des trucs, à se demander où il pouvait les acheter. Bon, Nathalie avait beau être grosse, elle avait un très beau visage, on sentait que si elle avait eu envie… Tandis que lui, il avait l'air… comment dire…

– Un peu débile, pour dire les choses.

Elle veut dire, pas très malin. Il l'adorait, sa Nathalie. Elle l'a amené deux ou trois fois ici mais il ne

144

passait pas la nuit. Sandrine s'est même demandé s'ils couchaient ensemble. Quand il venait, Sandrine voyait qu'il était excité comme une puce, il en bavait d'envie quand il regardait sa Nathalie. Avec ses yeux de merlan frit, il n'attendait qu'une chose, l'autorisation de lui foncer dessus.

– Sauf une fois. Une seule fois, il est resté dormir ici. Je m'en souviens, c'était en juillet, juste avant que je parte chez ma tante.

Mais Sandrine n'a pas entendu leurs ébats.

– Pourtant, je dormais juste en dessous.

Elle se mord les lèvres parce que ça veut dire qu'elle écoutait. Elle rougit, n'insiste pas, ils ont compris. Elle n'a rien entendu et pourtant elle aurait bien aimé. Nathalie et son Pascal, ils ont dû faire ça, je ne sais pas comment, moi... Debout peut-être. Ou alors, ils n'ont rien fait, parce qu'elle ne voulait pas. Sandrine comprend très bien d'ailleurs, le Pascal...

– Ç'aurait été que de moi..., commence-t-elle d'un air pincé.

Le petit flic recompose toute l'histoire à voix haute, pas grand mais pas bête, assez vif même. Nathalie et Pascal qui s'en vont en laissant deux mois de loyer sur la table de la cuisine. Plus des provisions pour un mois. Plus les affaires qu'elle n'emporte pas.

– Les affaires, quelles affaires ? demande-t-il aussitôt.

Très empressé, tout à coup. Elle n'a rien gardé, Sandrine. Nathalie faisait deux tailles de plus et, de toute manière, elle portait des trucs d'un moche... Si, la glace grossissante dans la salle de bains mais elle ne le dit pas à la police, c'est pour se faire les points noirs, les poils du nez, ça ne les regarde pas. Elle dit

145

quand même le reste, la cafetière électrique, la théière en forme de vache, le récupérateur, les livres de Marguerite Duras, on aurait dit qu'elle ne lisait que ça, elle avait quasiment l'œuvre complète.

Le jeune a dit :

– Nathalie Granger… C'est le nom d'un personnage de Duras, je crois.

– Ah oui ? a demandé l'autre. Dans quoi ?

Le jeune a répondu, embarrassé :

– Un film intitulé… *Nathalie Granger*.

Le nain s'est frappé le front d'un air de dire, que je suis bête, mais de l'avis de Sandrine, c'était du flan.

– Pour les eaux de pluie, précise-t-elle.

Parce que le pygmée revient sur le récupérateur. Sandrine y pensait depuis longtemps, elle est assez écolo, toute cette pluie, il y a des dizaines de mètres carrés de toit sur cette grande baraque, c'est quand même dommage, elle en a parlé à l'agence, au propriétaire, pas moyen de les décider mais l'écologie aussi, ça l'énerve, le petit flic, à se demander ce qui l'intéresse.

– Elle l'a acheté juste avant de partir. Je l'ai découvert en rentrant, elle avait mis un petit mot, elle s'excusait du départ précipité, le récupérateur, c'était une sorte de compensation, c'était une surprise, si on veut.

Ça lui plaît, ça, au nabot, le coup de la surprise.

Le voilà planté devant la fenêtre qui donne sur le jardin, il a écarté le rideau en mousseline. C'est vrai que ça ne fait pas très joli, cette espèce de grand réservoir en plastique vert au coin de la maison dans lequel plongent les gouttières en zinc. On sent que

146

c'est bricolé. Mais ça n'est pas ça qu'il regarde. Il n'écoute pas non plus ce qu'elle dit parce qu'elle est en plein milieu d'une phrase quand il décroche son téléphone :

– Jean ? dit-il, je pense que j'ai retrouvé le fils Trarieux.

L'heure tournait, elle a dû rappeler son patron, c'est le jeune inspecteur qui lui a parlé de nouveau. Plus question d'enquête urgente cette fois, il a dit : « Nous procédons à des prélèvements. » C'est ambigu, comme phrase, parce que Sandrine, justement, travaille dans un labo. Comme Nathalie. Biologistes toutes les deux, mais Nathalie ne voulait jamais parler de son travail. Elle disait : « Moi, quand je suis sortie, je suis sortie ! »

Et vingt minutes plus tard, c'est le branle-bas de combat. Ils ont bloqué la rue, des techniciens sont entrés avec des combinaisons de cosmonautes, ils ont apporté tout leur matériel dans le jardin, des mallettes, des projecteurs, des bâches, ils ont écrasé toutes les fleurs, ils ont pris les mesures du récupérateur et l'ont vidé avec des précautions inimaginables. Ils ne voulaient pas que l'eau se répande par terre.

– Je sais ce qu'ils vont trouver, a dit le nabot, j'en suis sûr. Je peux aller dormir un peu.

Il a demandé à Sandrine où était la chambre qu'occupait Nathalie. Il s'est allongé tout habillé, il n'a même pas retiré ses chaussures, elle en est sûre.

Le jeune est resté avec eux dans le jardin.

Vraiment bien comme garçon, et vraiment, ces vêtements, ces chaussures… Et même ses manières ! San-

147

drine a essayé de lier conversation de manière plus personnelle, c'est grand comme maison pour une fille toute seule, ce genre de trucs, mais ça n'a pas donné grand-chose.

Elle est convaincue que ce flic est homosexuel.

Les techniciens ont vidé le récupérateur, l'ont déplacé, ils ont creusé, pas très profond, avant de rencontrer un corps. Enveloppé dans une bâche plastique comme on en trouve dans les magasins de bricolage.

Ça lui en a fichu un coup, à Sandrine, les flics l'ont repoussée, ne restez pas là mademoiselle, elle est rentrée dans la maison et elle a regardé par la fenêtre, au moins personne ne pouvait le lui interdire, c'était chez elle quand même. Ce qui l'a démontée, c'est quand ils ont soulevé la bâche à plusieurs pour la poser sur un plateau : elle a été tout de suite certaine que c'était Pascal.

Elle a reconnu ses tennis.

Quand ils ont écarté les pans de la bâche, ils se sont penchés à plusieurs, ils se sont appelés les uns les autres pour se montrer quelque chose qu'elle ne pouvait pas voir. Elle a ouvert la fenêtre pour écouter.

Un technicien disait :

– Oh, non, ça ne ferait pas des dégâts comme ça.

C'est à ce moment que le nain est descendu de sa chambre.

Il est arrivé dans le jardin en sautillant, il s'est intéressé tout de suite à ce qui se passait au-dessus du corps.

Il a hoché la tête, sacrément épaté par ce qu'il voyait.

148

Il a dit :

– Moi, je suis d'accord avec Brichot, je vois que l'acide pour faire ça.

23

C'est une corde d'un modèle ancien, pas de ces cordes synthétiques et lisses comme sur les bateaux mais du chanvre, du gros diamètre. Forcément, pour soutenir une cage pareille.

Les rats sont une dizaine. Il y a ceux qu'Alex connaît, qui sont là depuis le début, et les nouveaux, elle ne sait pas d'où ils viennent, comment ils ont été prévenus. Ils ont adopté la stratégie du groupe. L'encerclement.

Trois ou quatre prennent position sur la caisse du côté de ses pieds, deux ou trois autres campent de l'autre côté. D'après elle, quand ils le jugeront bon, ils lui sauteront dessus tous en même temps, mais pour l'heure quelque chose les retient, l'énergie d'Alex. Elle ne cesse de les insulter, de les provoquer, de hurler, ils sentent qu'il y a de la vie dans cette caisse, de la résistance, qu'il va falloir se battre. Il y a déjà deux rats crevés en bas. Ça les fait réfléchir.

Ils sentent le sang en permanence, debout, le museau dressé vers la corde. Excités, fébriles, ils sont venus tour à tour gratter la corde avec leurs dents, Alex ne sait pas comment ils s'organisent pour décider qui va venir bouffer le sang sur la corde.

Peu lui importe. Elle s'est fait une nouvelle blessure, en bas du mollet cette fois, près de la cheville.

Elle a trouvé une veine propre, abondante. Le plus difficile, c'est de les éloigner le temps d'imbiber la corde.

Qui a diminué de moitié. C'est une course contre la montre entre la corde et Alex. Laquelle des deux cédera en premier.

Alex ne cesse de se balancer, la cage bascule d'un côté à l'autre, ça rend la tâche des rats difficile pour le cas où ils se décideraient à venir lui demander des comptes et elle espère que ça aidera la corde à céder.

C'est aussi que si sa stratégie fonctionne, il faut que la cage tombe sur un angle et non à plat, pour que des planches cassent. Elle donne donc le plus de ballant possible, elle repousse les rats, imprègne la corde. Quand l'un d'eux vient la ronger, elle tient les autres à distance. Alex est extrêmement fatiguée, elle meurt de soif. Depuis les orages qui ont duré plus d'une journée, elle ne sent plus du tout certaines parties de son corps qu'on dirait anesthésiées.

Le gros rat gris s'impatiente.

Depuis une heure, il laisse les autres se gorger à la corde. Il n'y va plus, il passe son tour.

Manifestement, ce n'est plus ce qui l'intéresse.

Il fixe Alex et pousse des cris vraiment stridents.

Et pour la première fois, il introduit sa tête entre les planches et siffle.

Comme un serpent, en retroussant les babines.

Ce qui marche avec les autres ne marche pas avec lui. Alex peut hurler, hurler, l'insulter, il ne bouge pas, les griffes plantées dans le bois pour ne pas glisser à cause du mouvement de balancier de la cage.

Il s'accroche et la regarde fixement.

Alex, elle aussi, le fixe.

150

Ils sont comme des amoureux qui feraient ensemble un tour de manège en se regardant dans le fond des yeux.

Viens, susurre Alex en souriant. En ployant profondément les reins, elle donne à la cage tout l'élan dont elle est capable, et elle sourit au gros rat posté au-dessus d'elle, viens mon petit père, viens voir, maman a quelque chose pour toi…

24

Ça lui a fait drôle, cette demi-sieste dans la chambre de Nathalie. Pourquoi en a-t-il eu envie ? Il n'en sait rien. Un escalier en bois qui craque, un palier à la moquette élimée, une poignée de porte en porcelaine, la chaleur de la maison qui semble se condenser dans les hauteurs. Une atmosphère de maison de campagne, maison de famille, avec ces chambres qu'on n'ouvre que pour les invités, à la belle saison. Fermées le reste du temps.

La chambre sert aujourd'hui de débarras. Elle ne semble pas avoir jamais eu beaucoup de personnalité, on dirait un peu une chambre d'hôtel, une chambre d'hôte. Quelques chromos de guingois sur les murs, une commode dont il manque un pied, on a glissé un livre à la place. Le lit s'enfonce comme une guimauve, profondément, c'en est impressionnant. Camille se redresse, se hisse vers les oreillers et, assis contre la tête de lit, il cherche son carnet, un crayon. Tandis que dans le jardin les techniciens déblayent la terre autour du récupérateur d'eaux pluviales, il esquisse un visage. Le sien. Quand il était jeune, quand il préparait les Beaux-Arts, il a fait des centaines d'autoportraits, sa mère prétendait que c'est le seul véritable exercice, le seul qui permet de trouver « la bonne distance ». Elle en avait fait elle-même des dizaines, il n'en reste qu'un, une huile, superbe, il n'aime pas penser à ça. Et Maud avait raison, le problème de Camille, c'est toujours de trouver la bonne distance, il est trop près ou il est trop loin. Ou il s'immerge et ne voit plus rien, il se débat, à la limite de se noyer, ou il reste loin, prudemment, et se condamne à ne rien comprendre. « Ce qui manque alors, c'est le grain des choses », dit Camille. Sur son carnet, le visage qui émerge est émacié, le regard perdu, un homme brûlé par l'épreuve.

Autour de lui, le toit est en pente, vivre ici doit supposer de courber l'échine dans la plupart des déplacements. Sauf pour quelqu'un comme lui. Camille griffonne mais sans conviction, il se sent nauséeux. Le cœur lourd. Il repense à la scène avec Sandrine Bontemps, son énervement, son impatience, il est impossible parfois. C'est qu'il voudrait en finir avec cette affaire, en finir définitivement.

Il n'est pas bien et il sait pourquoi. Trouver le bon grain.

Tout à l'heure, c'est le portrait de Nathalie Granger qui lui a fait cet effet. Jusqu'ici, les photos du téléphone de Trarieux ne montraient qu'une victime. Autant dire une affaire. C'est à ça qu'il l'avait reléguée, cette fille, à une affaire d'enlèvement. Mais sur le portrait-robot de l'Identité, elle est devenue une personne. Une photo, ce n'est que du réel. Un dessin, c'est de la réalité, la vôtre, habillée par votre imaginaire, vos fantasmes, votre culture, votre vie. Quand il l'a tendue sous le nez de Sandrine Bontemps, qu'il a vu ce visage à l'envers, comme celui d'une nageuse, il lui est apparu nouveau sous cet angle. A-t-elle tué ce crétin de Pascal Trarieux ? C'est plus que probable mais peu importe. Sur ce dessin, à l'envers, il l'a trouvée émouvante, elle est prisonnière et il ne tient qu'à lui qu'elle reste vivante. La terreur de l'échec lui empoigne le sternum. Irène, il n'a pas su la sauver. Que fera-t-il avec celle-ci ? La laissera-t-il mourir elle aussi ?

Depuis le premier pas, depuis la première seconde de cette affaire, il tente de bloquer des affects qui s'accumulent derrière le mur, maintenant le mur est en train de s'effriter, des brèches s'ouvrent une à une, tout va s'effondrer d'un coup, le terrasser, le submerger, retour direct à la morgue, retour à la case « clinique psychiatrique ». Ce qu'il a esquissé sur son carnet : une énorme pierre, un rocher. Portrait de Camille en Sisyphe.

25

L'autopsie se tient le mercredi matin à la première heure. Camille est là, Louis aussi.

Le Guen est en retard, comme toujours, quand il arrive à l'Institut médico-légal, on sait déjà l'essentiel. Selon toute vraisemblance, il s'agit bien de Pascal Trarieux. Tout correspond. L'âge, la taille, les cheveux, la date présumée de la mort, sans compter la colocataire qui jure ses grands dieux qu'elle a reconnu

153

ses chaussures, même si, de ce modèle, il doit y en avoir un demi-million. On fera un test ADN pour vérifier qu'il s'agit bien du garçon disparu mais on peut déjà tabler sur le fait que c'est lui et Nathalie Granger l'a tué en lui assenant d'abord un coup très violent sur l'arrière de la tête avec quelque chose qui ressemble à une pioche (on a rapatrié tous les ustensiles de jardin trouvés dans le pavillon) et elle lui a ensuite écrasé la tête à coups de pelle.

– Ce qui montre qu'elle en avait vraiment après lui, dit Camille.

– Oui, une trentaine de coups, au bas mot, dit le légiste. Je pourrai vous donner un chiffre plus précis un peu plus tard. Certains coups ont été portés avec la tranche de la pelle, ce qui donne l'impression que le type a été frappé avec une hache émoussée.

Camille est satisfait. Pas content mais satisfait. Le tableau d'ensemble correspond assez bien à ce qu'il sentait. Avec ce con de juge, il ferait des commentaires mais avec son vieux pote Le Guen, il se contente de lui faire un clin d'œil et de lui glisser, très bas :

– Je t'ai dit, je ne la sentais pas, cette fille…

– On va faire les analyses mais c'est de l'acide, dit le légiste.

Le type a reçu une trentaine de coups de pelle, ensuite, son assassin, Nathalie Granger dans ses œuvres, lui a coulé un bon litre d'acide dans la gorge. Et à voir les dégâts, le légiste risque une hypothèse : acide sulfurique concentré.

– Très concentré.

C'est vrai que ça fait beaucoup de dégâts, ces produits-là. Les chairs fondent dans une effervescence

154

bouillonnante à une vitesse proportionnelle à la concentration.

Camille pose la question qui tracasse tout le monde depuis la veille, depuis la découverte du corps :

– Trarieux était encore vivant à ce moment ou déjà mort ?

Il connaît la sempiternelle réponse, il faut attendre les analyses. Mais cette fois le légiste est bon enfant.

– Si j'en juge par les marques qu'on trouve sur les chairs restantes, notamment au niveau des bras, le type a été attaché.

Court instant de recueillement.

– Vous voulez mon avis ? demande le légiste.

Personne n'en veut, de son avis. Donc, forcément, ça l'encourage :

– À mon avis, quelques coups de pelle, on l'attache et ensuite on le réveille à l'acide. Ça n'empêche pas de l'achever à coups de pelle, quand on a une technique qui marche bien… En bref, et à mon humble avis toujours, le mec l'a vraiment senti passer.

C'est dur à imaginer mais pour les enquêteurs, dans l'immédiat, l'art et la manière, ça ne change pas grand-chose. En revanche, si le légiste a raison, pour la victime, l'acide vivant ou mort, la différence a dû compter pas mal.

– Ça comptera aussi pour le jury, lâche Camille.

Le problème, avec Camille, c'est qu'il ne désarme pas. Jamais. Quand il a une idée… Le Guen lui a dit un jour :

« T'es vraiment con ! Même les fox-terriers savent faire marche arrière !

155

– Très élégant, a répondu Camille. Pourquoi tu ne me compares pas plutôt à un basset. Ou mieux, tiens, à un caniche nain ? »

Avec n'importe qui d'autre, ça se finirait sur le pré.

Et donc, à ce moment, Camille montre qu'il ne désarme pas. Depuis hier, Le Guen le voit soucieux, parfois, au contraire, il semble jubiler intérieurement. Ils se croisent dans les couloirs, Camille dit à peine bonjour, deux heures plus tard, il traîne dans le bureau du divisionnaire, incapable de partir, comme s'il avait quelque chose à dire mais qu'il n'y arrivait pas, puis finalement, il sort, comme à regret, et il regarde Le Guen avec un air de rancune. Le Guen a la patience qu'il faut. Ils sortaient ensemble des toilettes (il faut voir le tableau quand ils se retrouvent côte à côte devant les pissotières), et Le Guen a simplement dit : « C'est quand tu veux », traduire : « J'ai pris des forces, je peux affronter. »

Et c'est maintenant. À la terrasse, juste avant déjeuner. Camille a éteint son téléphone portable pour montrer qu'il réclame la concentration de tout le monde et l'a posé sur la table. Ils sont tous les quatre, Camille, Le Guen, Armand et Louis. Depuis que les orages ont nettoyé le ciel, il fait de nouveau très doux. Armand siffle son demi quasiment cul sec et, on ne sait jamais, il commande tout de suite un paquet de chips et des olives sur le compte de celui qui paiera.

– Cette fille est un assassin, Jean, dit Camille.

– Un assassin, oui, peut-être, dit Le Guen. On pourra le dire quand on aura les résultats des analyses. Pour le moment, ce sont des présomptions, tu le sais aussi bien que moi.

156

– Elles sont lourdes, tout de même, les présomptions.

– Tu as peut-être raison mais… ça change quoi ?

Le Guen prend Louis à témoin. C'est la situation la plus embarrassante mais Louis est un garçon de grande famille. Il a été élevé dans les meilleurs collèges, il a un oncle archevêque et un autre qui est député d'extrême droite, c'est dire qu'il a appris très jeune à faire la part des choses entre la morale et la pratique. Il a fait aussi ses petites classes chez les jésuites. Côté duplicité, il est surentraîné.

– La question du divisionnaire me semble pertinente, articule-t-il calmement : ça change quoi ?

– Louis, je t'ai connu plus fin, dit Camille. Ça change… l'approche !

Tout le monde est scié. Même Armand, pourtant occupé à quémander une cigarette à la table voisine, se retourne, étonné.

– L'approche ? demande Le Guen. Bordel, Camille, qu'est-ce que c'est que cette connerie ?

– Je crois vraiment que vous ne comprenez pas, dit Camille.

D'ordinaire, on plaisante, on se chahute mais cette fois, il y a dans la voix de Camille une intonation, un reflet.

– Vous ne comprenez pas.

Il sort son carnet. Celui sur lequel il dessine en permanence. Pour prendre des notes (il en prend peu, il confie presque tout à sa mémoire), il le retourne et il écrit au dos des pages dessinées. Un peu à la manière d'Armand. Sauf qu'Armand écrirait aussi sur la tranche. Louis aperçoit fugitivement des croquis de rats, Camille dessine toujours sacrément bien.

– Cette fille m'intéresse vraiment, explique Camille posément. Vraiment. Cette histoire d'acide sulfurique aussi, ça m'intéresse beaucoup. Pas vous ?

Et comme sa question ne recueille pas une franche adhésion :

– Alors j'ai fait une petite recherche de rien du tout. Faudra affiner mais je pense que j'ai l'essentiel.

– Bon accouche, dit Le Guen, un peu excédé.

Après quoi, il prend son demi de bière, le vide d'un trait et lève le bras en direction du garçon pour lui demander la même chose. Armand fait signe, pour moi aussi.

– Le 13 mars de l'an dernier, dit Camille, on retrouve un certain Bernard Gattegno, quarante-neuf ans, dans une chambre d'un hôtel Formule 1 près d'Étampes. Absorption d'acide sulfurique concentré à 80 %.

– Oh non…, lâche Le Guen, anéanti.

– Vu le contexte conjugal, on évoque l'hypothèse suicidaire.

– Laisse tomber, Camille.

– Non non, attends, c'est marrant, tu vas voir. Huit mois plus tard, le 28 novembre, assassinat de Stefan Maciak, un cafetier de Reims. On retrouve son corps au matin dans son établissement. Conclusion : battu et torturé à l'acide sulfurique, même concentration. Dans la gorge, toujours. Montant du vol, un peu plus de 2 000 euros.

– Tu vois une fille faire ça, toi ? demande Le Guen.

– Et toi, tu te suiciderais à l'acide sulfurique ?

– Mais qu'est-ce que ça vient foutre dans notre affaire ? tonne Le Guen en tapant du poing sur la table.

158

Camille lève les mains en signe de reddition.

– OK, Jean, OK.

Dans un silence sépulcral, le garçon sert le demi de Le Guen, celui d'Armand et essuie la table en soulevant les autres verres.

Louis sait très bien ce qui va se passer, il pourrait l'écrire dans une enveloppe et la cacher quelque part dans le café, comme dans les numéros de music-hall. Camille va revenir à la charge. Armand achève sa cigarette avec délectation, il n'a jamais acheté de cigarettes.

– Juste une chose, Jean…

Le Guen ferme les yeux. Louis sourit mais à l'intérieur. En présence du divisionnaire, Louis ne sourit qu'à l'intérieur, c'est une règle. Armand laisse venir, il est toujours prêt à donner Verhœven à trente contre un.

– Précise-moi quelque chose, dit Camille. D'après toi, on n'a pas eu une seule affaire de meurtre à l'acide sulfurique depuis… Depuis ?

Il propose à Le Guen de deviner mais le divisionnaire n'est pas très joueur à ce moment-là.

– Depuis onze ans, mon petit père ! Je te parle d'affaires non résolues. On a bien, de temps à autre, des facétieux qui y recourent ponctuellement mais ils s'en servent en appoint, c'est comme qui dirait du supplément d'âme. Ceux-là, on les trouve, on les arrête, on les confond, on les juge, bref, la nation attentive et vengeresse fait barrage de son corps. Côté acide sulfurique concentré, nous, la police démocratique, depuis onze ans, on est infaillibles et intraitables.

– Tu me fais chier, Camille, soupire Le Guen.

– Bah oui, mon divisionnaire, je te comprends. Mais qu'est-ce que tu veux, comme disait Danton : « Les faits sont têtus ! » Et les faits sont là !

– Lénine, dit Louis.

Camille se retourne, agacé.

– Quoi, Lénine ?

Louis remonte sa mèche, main droite.

– « Les faits sont têtus », risque Louis, embarrassé, c'est Lénine, pas Danton.

– Et ça change quoi ?

Louis rougit. Il décide de sauter en marche mais il n'en a pas le temps, Le Guen est le plus rapide :

– Exactement, Camille ! Ça change quoi, tes affaires d'acide depuis dix ans ? Hein ?

Il est vraiment furieux, sa voix tonne sur la terrasse mais les colères shakespeariennes de Le Guen n'impressionnent que les autres consommateurs. Camille, lui, modeste, regarde sobrement ses pieds ballotter à quinze centimètres du bitume.

– Pas dix ans, mon commissaire, onze.

C'est un reproche qu'on pourrait lui faire, entre autres, à Camille, de temps en temps, il a la retenue un peu théâtrale, un peu racinienne, si on veut.

– Et on en a deux sur les bras en moins de huit mois. Que des hommes. Tu remarqueras qu'avec l'affaire Trarieux, maintenant, ça fait quand même trois.

– Mais…

Louis dirait que le divisionnaire « éructe », il a vraiment des lettres, ce garçon.

Sauf qu'à cet instant, le divisionnaire éructe court. Parce qu'il n'a pas grand-chose à dire.

– Quel rapport avec cette fille, Camille ?

Camille sourit :

– Enfin une bonne question.

Le divisionnaire se contente de quelques syllabes :

– Tu fais vraiment chier…

Pour montrer son abattement, il se lève, on verra ça une autre fois, geste las, tu as peut-être raison mais plus tard, plus tard. Pour qui ne connaît pas Le Guen, on le dirait carrément découragé. Il jette une poignée de pièces sur la table et en partant il lève la main à la manière d'un juré prêtant serment, salut à tous, on le voit de dos, il est large comme un camion, il s'éloigne d'un pas lourd.

Camille soupire, on a toujours tort d'avoir raison trop tôt. Mais je ne me trompe pas. Disant cela, il tapote son nez avec son index, comme si devant Louis et Armand il était nécessaire de préciser qu'en général, il a plutôt du flair. Il est seulement à contretemps. Pour le moment, la fille est une victime, rien d'autre. Et ne pas la retrouver, quand on est payé pour ça, c'est déjà plus qu'une faute, alors, soutenir qu'elle serait une meurtrière récidiviste n'est pas une défense très opérante.

Ils se sont levés, ils retournent sur le terrain. Armand a glané un petit cigare, son voisin de table n'avait rien d'autre. Tous trois quittent la terrasse et marchent vers le métro.

– J'ai reformé les équipes, dit Louis. La première…

Camille l'arrête en posant vivement la main sur son avant-bras, on dirait qu'il vient de découvrir un cobra à ses pieds. Louis lève la tête, écoute, Armand écoute lui aussi, une oreille levée. Camille a raison, c'est comme dans la jungle, les trois hommes se regardent, sentent le bitume vibrer sous leurs pieds au rythme de

161

coups sourds et profonds. Dans un même mouvement, ils se retournent, prêts à toute éventualité. Face à eux, à une vingtaine de mètres, une masse monumentale fond sur eux à une vitesse incroyable. Le pachydermique Le Guen court à leur rencontre, les pans de sa veste élargissent encore son énorme carrure, il a le bras haut levé, son téléphone portable à bout de bras. Camille a le réflexe de chercher le sien, se souvient qu'il l'a éteint. Il n'a le temps ni de faire un geste ni de s'écarter, déjà Le Guen est sur eux, il lui faut plusieurs enjambées pour s'arrêter mais la trajectoire est bien calculée, il stoppe exactement devant Camille. Curieusement, il n'est pas essoufflé. Il désigne son téléphone portable.

– On a retrouvé la fille. C'est à Pantin. Magne-toi !

Le divisionnaire est reparti à la Brigade, il a mille choses en route, c'est lui aussi qui appelle le juge.

Louis conduit avec calme et à une vitesse de dingue. Ils sont sur place en quelques minutes.

L'ancien entrepôt semble campé au bord du canal comme un gigantesque blockhaus industriel qui tiendrait à la fois du bateau et de l'usine. C'est un immeuble ocre, carré avec, côté bateau, de larges coursives extérieures qui, à chaque étage, longent les quatre façades du bâtiment, et côté usine, de grandes ouvertures équipées de vitres hautes et étroites, serrées les unes contre les autres. Un chef-d'œuvre de l'architecture béton des années 1930. Un monument impérial dont les lettres, aujourd'hui passablement effacées, indiquent encore : FONDERIES GÉNÉRALES.

Tout, alentour, a déjà été démoli. Ne reste que ce bâtiment, sans doute promis à la réhabilitation. Tagué du haut en bas d'immenses lettres blanches, bleues, oranges, imperméable aux tentatives de démolition, il continue de trôner sur le quai, imperturbable, comme ces éléphants des Indes que pour les fêtes on décore des pieds à la tête et qui poursuivent, sous les serpentins et les banderoles, leur marche lourde et mystérieuse. La nuit précédente, deux jeunes graffeurs sont parvenus à grimper sur la coursive du premier étage, tâche qu'on pensait impossible depuis que tous les accès ont été condamnés, mais ces gars-là, pas grand-chose pour les arrêter. Au petit matin, ils terminaient juste leur boulot quand l'un d'eux a jeté un œil par la verrière effondrée où il a clairement vu, qui se balançait dangereusement, une caisse suspendue dans les airs avec un corps dedans. Ils ont pesé les risques pendant toute la matinée avant de se décider à appeler anonymement le commissariat. Il a fallu moins de deux heures pour les retrouver afin de leur demander des comptes sur leurs activités nocturnes.

On a appelé la Brigade criminelle et les pompiers. Le bâtiment est fermé depuis des années, l'entreprise qui l'a racheté a fait tout murer. Tandis qu'une équipe dirige la grande échelle vers les coursives, une autre a commencé à abattre, à coups de masse, un mur d'obturation en briques.

Outre les pompiers, il y a déjà pas mal de monde dehors, des agents en uniforme, d'autres en civil, des voitures, des gyrophares et le public, on ne sait pas d'où il vient, qui s'intéresse à la manœuvre et qu'on commence à contenir avec des barrières de chantier qu'on a trouvées sur place.

Camille descend précipitamment de voiture, il n'a même pas à sortir sa carte, il manque de s'affaler en glissant sur les gravats, les morceaux de briques cassées, il se rétablit de justesse, observe un instant les pompiers démolisseurs et dit :

– Attendez !

Il s'approche. Un capitaine des pompiers s'avance à son tour pour interdire le passage. Camille ne lui laisse pas le temps d'interdire quoi que ce soit, le trou permet tout juste de laisser passer un homme de sa taille, il se glisse à l'intérieur du bâtiment. Pour permettre aux autres d'entrer, il va falloir encore quelques coups de masse.

L'intérieur est totalement vide, les grandes salles baignent dans une lumière diffuse, verdâtre, qui descend, comme en poussière, par les verrières et les fenêtres éventrées. On entend des chutes d'eau, le bruit sonore de tôles mal fixées quelque part dans les étages dont l'écho se répercute dans les immenses espaces vides. Des rigoles de flotte serpentent entre vos pieds, vraiment, ce genre d'endroit vous met mal à l'aise. C'est impressionnant, comme une cathédrale désaffectée, une atmosphère triste de fin de règne industriel et dont l'ambiance et la lumière ressemblent beaucoup à celles des photos de la fille. Derrière Camille, les masses continuent de cogner et d'abattre les briques, on dirait le tocsin.

Camille lance tout de suite, très fort :

– Quelqu'un ?

Il attend une seconde puis se met à courir. La première salle est très grande, quinze ou vingt mètres de

164

côté, très haute de plafond, sans doute quatre ou cinq mètres. Le sol est baigné d'eau, les murs suintent, il règne ici une humidité dense et glaciale. Ce sont des salles destinées à l'entreposage qu'il traverse en courant mais avant même d'arriver à l'ouverture qui conduit à la suivante, il sait que c'est là.

– Quelqu'un ?

Il le sent bien, Camille, que sa voix n'est plus la même. C'est un truc du métier, quand on arrive sur une scène de crime, il y a une sorte de tension spéciale, ça se sent dans le ventre et ça s'entend dans la voix. Et ce qui a déclenché cet état d'esprit nouveau, tendu, c'est un parfum, noyé dans les courants d'air froid qui tourbillonnent. Ça pue la chair en décomposition, la pisse, la merde.

– Quelqu'un ?

Il court. Des pas précipités se font entendre derrière, au loin, les équipes viennent à leur tour de pénétrer dans le bâtiment. Camille entre dans la seconde salle puis se plante devant le tableau, les bras ballants.

Louis vient d'arriver à sa hauteur. La première chose qu'il entend de Camille, c'est cette exclamation :

– La vache…

La cage en bois s'est écrasée au sol, deux planches ont été arrachées. Peut-être se sont-elles d'abord cassées dans la chute et la fille aura terminé le travail en force. L'odeur de putréfaction, ce sont des rats crevés, trois, dont deux ont été écrasés par la caisse. Ils sont pleins de mouches. Il y a des excréments à demi séchés en paquet, à quelques mètres de la caisse. Camille et Louis lèvent les yeux, la corde a été déchiquetée, on ne sait pas avec quoi, une extrémité est restée coincée dans la poulie fixée au plafond.

Sauf qu'il y a aussi du sang un peu partout sur le sol.

Et plus de trace de la fille.

Les agents qui viennent d'arriver partent à sa recherche. Camille hoche la tête, sceptique, il pense que c'est inutile.

Volatilisée.

Dans l'état où elle était…

Comment a-t-elle fait pour se libérer ? Les analyses le diront. Par où et comment est-elle partie ? Les techniciens trouveront. Le résultat est là, la fille qu'on pensait sauver s'est sauvée elle-même.

Camille et Louis restent silencieux et, tandis que la grande salle résonne des ordres, des instructions criés par les uns et les autres et de l'écho des pas précipités, ils regardent, immobiles, cette étrange fin d'acte.

La fille a disparu et ça n'est pas à la police qu'elle s'est rendue comme l'aurait fait n'importe quel otage soudainement libéré.

Elle a tué, il y a quelques mois, un homme à coups de pelle et elle lui a fait fondre la moitié de la tête à l'acide sulfurique avant de l'enterrer dans un jardin de banlieue.

Seul un concours de circonstances a permis de retrouver ce corps, ce qui pose la question de savoir s'il y en a d'autres.

Et combien.

D'autant que deux autres morts similaires sont signalées et que Camille parierait sa chemise qu'elles ont partie liée avec celle de Pascal Trarieux.

166

À la manière dont la fille est parvenue à se libérer de cette situation désespérée, on sait qu'elle n'est pas n'importe qui.

Il faut la retrouver.

Et on ne sait pas qui elle est.

– Je suis certain, commente sobrement Camille, que maintenant le divisionnaire Le Guen va mieux percevoir l'étendue de notre problème.

II

26

Alex, abrutie de fatigue. Pas même le temps de réaliser ce qui s'est réellement passé.

En utilisant les ultimes forces qui lui restaient, elle a imprimé à la cage un tel ballant, une telle amplitude, que les rats, effrayés, tétanisés, s'accrochaient par les griffes. Alex hurlait en continu. Au bout de sa corde, la caisse roulait d'un bord à l'autre dans le courant d'air glacé qui tourbillonnait dans la salle, comme la nacelle d'un jeu de foire à l'instant d'un accident tragique.

Le coup de chance d'Alex, ce qui va lui sauver la vie, c'est que la corde cède à un moment où un angle de la cage pointe vers le bas. Les yeux rivés sur la corde qui s'effiloche, Alex voit les derniers fils casser un à un, le chanvre semble se tordre de douleur et, d'un coup, la caisse part en vol plané. Avec le poids, sa trajectoire est fulgurante, quelques fractions de seconde, à peine le temps, pour Alex, de bander tous ses muscles pour résister à l'atterrissage. Le choc est très violent, le coin renforcé semble vouloir se planter dans le sol en béton, la caisse hésite un court instant avant de basculer puis enfin elle retombe lourdement, avec un assourdissant soupir de soulagement. Alex est écrasée contre le couvercle, à la première seconde les rats se sont éparpillés. Deux planches se sont brisées mais aucune n'a totalement cédé.

Alex, assommée par le choc, peine à remonter à la surface, à reprendre ses esprits, mais l'information fondamentale parvient à son cerveau, ça a marché. La caisse est tombée. S'est fracassée. Une planche, sur le côté, s'est cassée en deux, peut-être de quoi passer. Alex est en hypothermie, à se demander où elle trouve l'énergie. Pourtant, à force de pousser avec ses jambes, de tirer avec ses bras en hurlant, soudain la caisse abandonne la lutte. Au-dessus d'elle, la planche cède. C'est comme si le ciel s'ouvrait tout entier, telle la mer Rouge dans la Bible.

Cette victoire la rend comme folle. Elle est tellement submergée par l'émotion, par le soulagement, la réussite de cette stratégie insensée, qu'au lieu de se lever, de partir, elle reste dans la cage, effondrée, à sangloter. Impossible de s'arrêter.

Le cerveau lui envoie alors un nouveau signal, partir. Vite. Les rats ne vont pas rappliquer tout de suite mais Trarieux ? Il n'est pas venu depuis longtemps, s'il réapparaissait maintenant ?

Alors, sortir, s'habiller, partir d'ici, fuir, fuir.

Elle commence à se déplier. Elle espérait une délivrance, c'est un supplice. Tout son corps est rigide, impossible de se lever, d'allonger une jambe, de pousser sur les bras, de retrouver une position normale. Une boule rigide de muscles tétanisés. Elle n'a plus aucune force.

Se mettre à genoux lui demande une minute, deux minutes. Insurmontable tellement c'est douloureux, elle en pleure d'impuissance, elle force en criant, elle

172

tape rageusement du poing sur la caisse. L'épuisement la terrasse, elle retombe, roulée en boule, glacée, épuisée. Paralysée.

Ce qu'il lui faut de courage et de volonté pure pour reprendre son effort, cet effort ahurissant de déploiement en insultant le ciel, redresser le bassin, tourner le cou… Un combat, Alex condamnée contre Alex vivante. Peu à peu, le corps s'éveille. Douloureusement mais il s'éveille. Alex, transie, parvient enfin à s'accroupir, passe, centimètre par centimètre, une jambe par-dessus la caisse, puis l'autre et retombe pesamment de l'autre côté. Le choc est dur mais elle pose avec délices sa joue sur le béton froid et humide, recommence à sangloter.

Quelques minutes plus tard, elle rampe à quatre pattes et attrape un chiffon, se couvre les épaules, s'avance vers les bouteilles d'eau, en saisit une et la boit presque entièrement. Elle reprend son souffle, s'allonge enfin sur le dos. Des jours et des jours (combien exactement ?) qu'elle attend cet instant, des jours qu'elle s'est résignée à ne plus jamais le faire. Rester ainsi jusqu'à la fin du monde, à ressentir la circulation qui reprend, le sang qui brûle, les articulations qui se réaniment, les muscles qui s'éveillent. Tout est douloureux. C'est ce que doivent éprouver les alpinistes gelés quand on les retrouve encore en vie.

Le cerveau, en tache de fond, relance alors l'information : et s'il arrivait ? Partir, vite.

Alex vérifie, tous ses vêtements sont là. Toutes ses affaires, son sac, ses papiers, son argent, et même la perruque qu'elle portait ce soir-là qu'il a jetée en tas avec le reste. Il n'a rien pris. Il ne veut que sa vie, enfin, que sa mort. Alex tâtonne, saisit les vêtements, ses mains tremblent de faiblesse. Elle ne cesse de regarder de tous côtés, inquiète. Avant toute chose, pour le cas où il surviendrait, trouver de quoi se défendre, elle fouille fébrilement dans le matériel de bricolage entreposé, tombe sur un pied-de-biche. Ça sert à ouvrir les caisses. À quel moment comptait-il s'en servir ? Quand elle serait morte ? Pour aller l'enterrer ? Alex le pose à côté d'elle. Elle ne se rend même pas compte du dérisoire de la situation, Trarieux arriverait, elle est tellement faible qu'elle serait incapable de soulever l'outil.

À l'instant de s'habiller, elle prend soudain conscience de sa propre odeur, épouvantable, de pisse, de merde, de vomi et une haleine de chacal. Elle ouvre une bouteille puis une autre, se frictionne vigoureusement mais ses gestes sont lents, se lave comme elle peut, s'essuie, ses membres retrouvent lentement leur usage, elle se réchauffe en se frottant avec une couverture abandonnée là et des chiffons sales. Bien sûr, pas de miroir, impossible de voir à quoi elle ressemble. Elle doit avoir ça dans son sac mais une nouvelle fois son cerveau bat le rappel. Dernier avertissement, va-t'en, bordel, fous le camp d'ici. Immédiatement.

Les vêtements lui donnent tout de suite une sensation de chaleur, ses pieds sont gonflés, ses chaussures lui font mal. Elle tient à peine debout, doit s'y prendre à deux fois, elle ramasse son sac, renonce à porter le pied-de-biche, part en titubant, avec l'impression que certains mouvements ne seront plus jamais possibles comme déplier entièrement les jambes, tourner complètement la tête, se redresser tout à fait. Elle avance, à demi courbée comme une vieille.

174

Trarieux a laissé des traces de pas qu'elle n'a qu'à suivre d'une pièce à l'autre. Elle cherche des yeux où peut se trouver l'issue qu'il utilise. Lorsqu'elle a tenté de s'échapper, le premier jour, qu'il l'a rattrapée devant le mur en brique, voilà ce qu'elle a manqué, là-bas, à l'angle du mur, cette trappe en métal, dans le sol. Une torsade de fil de fer sert de poignée. Alex tente de la soulever. Affolement. Elle tire de toutes ses forces, ça ne bouge pas d'un pouce. Les larmes remontent aussitôt, un gémissement sourd lui sort du ventre, elle essaye de nouveau, rien à faire. Alex regarde autour d'elle, cherche. Elle sait déjà qu'il n'y a pas d'autre issue, voilà pourquoi il ne s'est pas précipité pour la rattraper l'autre soir. Il savait que, même si elle parvenait jusqu'à cette trappe, elle ne pourrait jamais la soulever. La colère monte alors, une colère violente, meurtrière, une colère noire. Alex hurle et se met à courir. Elle court maladroitement, comme une handicapée. Elle fait marche arrière, de loin les rats qui se sont risqués à revenir la voient fondre sur eux et se volatilisent. Alex ramasse le pied-de-biche, trois planches cassées et elle parvient à les porter, parce qu'elle ne se pose pas la question de savoir si elle en a la force, son esprit est ailleurs. Elle veut sortir et rien, absolument rien ne pourra l'en empêcher. Même morte, elle sortira d'ici. Elle glisse l'extrémité du pied-de-biche dans l'interstice de la trappe et pèse de tout son poids. Lorsque la trappe consent un espace de quelques centimètres, du pied, elle pousse une planche à plat dessous, soulève de nouveau, passe une autre planche, elle court chercher d'autres morceaux de bois, revient et, d'effort en effort, elle parvient à coincer le pied-de-biche à la verticale sous la trappe.

175

L'espace libéré doit être de quarante centimètres, à peine de quoi passer le corps tout en risquant que cet équilibre instable cède brutalement et que la trappe s'abatte sur elle et l'écrase.

Alex s'arrête, écoute, la tête penchée. Cette fois, aucun avertissement n'arrive, aucun conseil. Au moindre glissement, au moindre tremblement, si son corps touche le pied-de-biche et l'ébranle, la trappe s'effondre. Il lui faut un peu moins d'un trentième de seconde pour jeter son sac sous la trappe, elle l'entend faire un bruit feutré en tombant, ça ne semble pas profond. En se disant cela, Alex est déjà allongée et, millimètre par millimètre, elle se glisse sous la trappe. Il fait froid mais elle est en nage lorsque le bout de son pied, loin derrière elle, sent un appui, c'est une marche, elle achève de se couler dans le trou, se retient des doigts au bord quand, en tournant la tête, elle fait le faux mouvement qui était à redouter, le pied-de-biche glisse avec un cri strident, la trappe s'écroule brutalement avec un bruit d'enfer, juste le temps de retirer ses doigts, un réflexe qui se mesure en nanosecondes. Alex en reste pétrifiée. Elle est debout sur une marche, dans le noir presque complet. Elle est entière. Lorsque ses yeux parviennent à accommoder, elle ramasse son sac quelques marches plus bas, elle reste en apnée, elle va partir, elle va réussir, elle n'y croit pas... Quelques marches encore, puis une porte en fer bloquée avec un parpaing qu'elle met un temps infini à repousser parce qu'elle n'a plus de forces. Puis c'est un couloir qui sent la pisse, un second escalier si obscur qu'elle le parcourt en se tenant des deux mains à la paroi comme une aveugle, guidée par la lueur. C'est dans cet escalier qu'elle s'est cogné la tête quand il l'a

176

apportée ici, et qu'elle s'est évanouie. Et tout au bout, trois barreaux qu'Alex monte l'un après l'autre, ensuite, encore un bout de tunnel, une sorte de gaine technique jusqu'à une petite plaque en tôle enchâssée verticalement dans le mur. La lumière de l'extérieur perce à peine et Alex doit passer ses doigts tout autour pour comprendre de quelle manière elle tient. Elle est juste poussée dans son logement. Alex tente de la tirer vers elle, elle n'est pas très lourde. Elle la libère avec précaution et la pose à côté d'elle.

Dehors.

L'air frais de la nuit lui parvient aussitôt, ça sent la douceur, la fraîche humidité du soir, une odeur de canal. La vie qui revient, peu de lumière. Cette plaque est dissimulée dans un renfoncement du mur, au ras du sol. Alex sort et se retourne immédiatement pour voir si elle peut la remettre, mais elle renonce, il n'est plus nécessaire de prendre de précautions. À condition de partir vite, tout de suite. Aussi vite que lui permettent ses membres rigides et douloureux. Elle quitte le renfoncement.

Un quai désert à une trentaine de mètres. Là-bas, des petits immeubles résidentiels dont presque toutes les fenêtres sont illuminées. Les bruits feutrés d'un boulevard qui doit passer derrière, pas très loin.

Alex commence à marcher.

La voici sur le boulevard. Avec la fatigue, elle ne pourra pas marcher bien longtemps, d'autant que, saisie d'un éblouissement, elle est obligée de se tenir à un réverbère pour ne pas tomber.

Il semble bien tard pour espérer un transport quelconque.

Si. Là-bas, une station de taxis.

Déserte et, de toute manière, beaucoup trop risqué, lui soufflent les quelques neurones encore en activité. Pour se faire repérer, il n'y a pas mieux.

Sauf que ces neurones sont incapables de lui souffler une meilleure solution.

27

Quand il y a, comme ce matin, beaucoup de fers au feu et qu'il est difficile de classer les priorités, Camille prétend que « le plus urgent est de ne rien faire ». C'est une variante de sa méthode consistant à aborder les affaires avec le recul maximum. À l'époque où il intervenait à l'École de police, il évoquait cette méthode de survol sous le nom de « technique aérienne ». Venant d'un homme d'un mètre quarante-cinq, l'appellation aurait pu faire rire mais personne ne s'y est jamais risqué.

Il est six heures du matin, Camille est réveillé et douché, il a déjeuné, sa serviette est près de la porte et il est debout, Doudouche sur un bras. D'une main, il lui gratte le dos, tous deux regardent par la fenêtre.

Son regard accroche l'enveloppe à l'en-tête du commissaire-priseur qu'il s'est enfin décidé à ouvrir la nuit dernière. Cette vente aux enchères est le dernier acte de la succession de son père. Sa mort n'a pas été vraiment douloureuse, non, Camille a été bouleversé, remué, puis il a eu de la peine, du chagrin, mais la mort de son père n'a pas été un cataclysme. Elle a fait des ravages circonscrits. Avec son père, tout était toujours terriblement prévisible, sa mort n'a pas vraiment fait exception. Si Camille n'est pas parvenu jusqu'à hier à ouvrir cette enveloppe, c'est que son contenu signe le dernier acte d'un pan entier de sa vie. Il aura bientôt cinquante ans. Autour de lui, tout le monde est mort, sa mère puis sa femme, maintenant son père ; il n'aura pas d'enfants. Jamais il n'avait imaginé qu'il serait le dernier vivant de sa propre vie. Voilà ce qui le trouble, la mort de son père solde une histoire qui pourtant n'est pas terminée. Camille est toujours là, passablement lessivé mais debout. Sauf que sa vie n'appartient plus qu'à lui, il en est le seul détenteur et le seul bénéficiaire. Quand on est devenu le personnage principal de sa propre vie, ça n'est plus très intéressant. Ce qui le fait souffrir, Camille, ce n'est pas seulement ce complexe idiot de survivant, c'est de se sentir assujetti à une telle banalité.

L'appartement de son père a été vendu. Il ne reste plus qu'une quinzaine de toiles de Maud que M. Verhœven avait conservées.

Sans parler de l'atelier. Camille est incapable d'y aller, c'est le carrefour de toutes les peines, sa mère, Irène… Non, il en est incapable, jamais il ne pourra seulement monter les quatre marches, pousser la porte, entrer, non, jamais.

Pour les toiles, il a rassemblé son courage. Il a contacté un ami de sa mère, ils avaient fait les Beaux-Arts ensemble ; il a accepté de faire l'inventaire des œuvres. La vente aux enchères aura lieu le 7 octobre, tout est bouclé. En ouvrant l'enveloppe, Camille a eu sous les yeux la liste des toiles proposées, le lieu, l'heure, le programme de la soirée entièrement consacrée à l'œuvre de Maud, avec des témoignages et des discours de circonstance.

Au début, de ne pas conserver une seule de ces toiles, il s'en est fait tout un roman, il a inventé des théories. La plus impressionnante raconte que disperser toute l'œuvre de sa mère, c'est lui rendre hommage. « Moi-même, pour voir une de ses toiles, je devrai aller au musée », expliquait-il alors avec une satisfaction mêlée de gravité. Bien sûr, c'est une connerie. La vérité, c'est qu'il a adoré sa mère au-delà de toute mesure et que, depuis qu'il est seul, a explosé en lui l'ambivalence de cet amour mêlé d'admiration et de rancune, d'amertume et de ressentiment. Cet amour empreint d'hostilité est aussi vieux que lui mais, pour vivre en paix aujourd'hui, il a besoin de se détacher de tout ça. La peinture était la cause indépassable de sa mère, elle lui a sacrifié sa vie et avec sa vie, elle a sacrifié aussi celle de Camille. Pas tout entière, non, mais la partie qu'elle a sacrifiée est devenue le destin de son fils. Comme si elle avait pensé faire un enfant sans imaginer que ce serait une personne. Camille ne se déchargera d'aucun fardeau, il veut seulement se débarrasser d'un poids.

Dix-huit toiles, couvrant principalement les dix dernières années de Maud Verhœven, vont être vendues. Toutes relèvent de l'abstraction pure. Devant certaines, Camille éprouve la même sensation que devant les toiles de Rothko, on dirait que la couleur vibre, qu'elle palpite, il faut avoir ressenti ça pour savoir ce que c'est que de la peinture vivante. Deux toiles ont été préemptées, elles iront dans des musées, deux toiles de l'extrême fin, qui hurlent la douleur, peintes dans la phase terminale du cancer de Maud et qui sont

180

l'apogée de son art. Ce que Camille aurait peut-être conservé est un autoportrait qu'elle a fait vers trente ans. Il montre un visage enfantin et préoccupé, presque grave. Le sujet regarde au-delà de vous, il y a quelque chose d'absent dans cette pose ; c'est un mélange très élaboré de féminité adulte et de naïveté enfantine, comme on en trouve sur le visage de ces femmes autrefois juvéniles et avides de tendresse, aujourd'hui rongées par l'alcool. Irène aimait beaucoup cette toile. Elle l'avait un jour photographiée pour Camille, le cliché, format 10 × 13, est toujours sur son bureau, avec le pot en pâte de verre pour les crayons qu'Irène, toujours elle, lui avait offert, la seule chose de réellement intime que Camille a conservée dans son environnement professionnel. Armand a toujours regardé cette photo d'un œil d'amoureux, c'est la seule toile de Maud Verhœven qu'il comprend parce qu'elle est suffisamment figurative. Camille s'était promis de lui donner un jour cette reproduction, il ne l'a jamais fait. Même ce tableau, il l'a joint à la vente. Quand l'œuvre de sa mère sera enfin dispersée, peut-être aura-t-il la paix, peut-être pourra-t-il enfin vendre le dernier maillon de cette chaîne qui ne le relie plus à rien, l'atelier de Montfort.

Le sommeil est venu avec d'autres images, bien plus urgentes et plus actuelles, celles de cette jeune femme enfermée et qui s'est libérée. Ce sont toujours des images de mort mais de mort à venir. Parce qu'il ne saurait pas dire d'où ça lui vient, il a eu l'intime certitude, devant le spectacle de cette caisse éventrée, de ces rats morts, des traces de cette fuite, que tout

181

cela masque autre chose, que derrière il y a encore de la mort.

En bas, la rue est déjà active. Pour quelqu'un qui comme lui dort peu, c'est égal mais jamais Irène n'aurait pu vivre ici. En revanche, c'est le grand spectacle de Doudouche, elle peut rester des heures à observer à travers la vitre le mouvement des péniches qui manœuvrent à l'écluse. Quand le temps le permet, elle a le droit de s'installer sur l'appui de la fenêtre.

Camille ne partira que lorsqu'il aura fait le clair dans son esprit. Et pour le moment, les questions abondent.

L'entrepôt de Pantin. Comment Trarieux l'a-t-il trouvé ? Est-ce important ou non ? Désaffecté depuis des années, l'immense hangar n'a jamais été squatté, les SDF ne s'en sont pas emparés. Son insalubrité a sans doute découragé les initiatives mais, surtout, la seule entrée possible, par une plaque assez étroite située presque au niveau du sol, contraint à emprunter un chemin long qui rend difficile le transport de matériel nécessaire pour s'installer. C'est peut-être pour cette raison que Trarieux a construit une cage aussi petite, la limite de la longueur des planches qu'il pouvait y faire passer. On imagine aussi ce qu'a pu être le transport de la fille. Il a fallu qu'il se montre sacrément motivé. Il était prêt à épuiser cette fille aussi longtemps qu'il le faudrait, pour lui faire avouer où elle avait mis son fils.

Nathalie Granger. On sait que ce n'est pas son nom mais on continue de l'appeler ainsi, faute de mieux. Camille préfère dire « la fille » mais il n'y arrive pas toujours. Entre un nom faux et pas de nom du tout, que choisir ?

182

Le juge a accepté de lancer l'affaire. Pourtant, jusqu'à preuve du contraire, celle qui a certainement dessoudé le fils Trarieux à coups de manche de pioche et lui a quasiment détaché la tête à l'acide sulfurique n'est recherchée que comme témoin. Sa colocataire de Champigny l'a formellement reconnue sur le portrait-robot mais le Parquet a besoin de preuves matérielles.

Dans l'entrepôt de Pantin, on a prélevé du sang, des cheveux et toutes sortes de matières organiques qui confirmeront vite qu'il s'agit bien de la fille dont on a retrouvé des traces dans le fourgon de Trarieux. Au moins, ce point-là sera acquis. Et ça n'est pas grand-chose, se dit Camille.

Seule solution pour conserver cette piste chaude, rouvrir le dossier des deux meurtres à l'acide sulfurique concentré trouvés dans les archives récentes, voir s'il est possible de les rattacher au même assassin. Malgré le scepticisme du divisionnaire, la conviction de Camille est absolue, c'est le même meurtrier et c'est une meurtrière. Les dossiers doivent remonter ce matin, il les trouvera en arrivant.

Camille médite un instant sur ce couple. Nathalie Granger et Pascal Trarieux. Drame passionnel ? Si c'est le cas, il l'imaginerait plutôt dans l'autre sens, Pascal Trarieux, pris d'une furieuse crise de jalousie ou ne supportant pas d'être quitté, assassinant Nathalie, coup de tête, folie soudaine, mais l'inverse… Accident ? Difficile à croire quand on considère la manière dont les choses se sont déroulées. La pensée de Camille ne parvient pas réellement à se concentrer sur ces hypothèses, quelque chose d'autre lui trotte dans la tête, tandis que Doudouche commence à se faire les griffes sur la manche de sa veste. C'est la manière dont la fille a quitté l'entrepôt. Que s'est-il passé exactement ?

Les analyses diront de quelle manière elle est parvenue à détacher la caisse suspendue mais ensuite, une fois dehors, comment s'y est-elle prise ?

Camille tente d'imaginer la scène. Et dans son film, il manque une séquence.

On le sait, la fille a récupéré ses vêtements. On a relevé la trace de ses chaussures jusqu'au boyau menant vers la sortie. Ce sont certainement ceux qu'elle portait lorsque Trarieux l'a enlevée, on voit mal pourquoi son geôlier lui en aurait apporté de neufs. Or il a battu cette fille, elle s'est défendue, il l'a propulsée dans son fourgon, attachée. Dans quel état sont-ils, ces vêtements ? Chiffonnés, déchirés, sales. En tout cas, pas frais…, diagnostique Camille. Dans la rue, une fille habillée comme ça, ça doit se remarquer, non ?

Camille imagine mal que Trarieux ait pris grand soin des affaires de la fille mais soit, se dit Camille. Abandonnons la piste des vêtements pour considérer la fille elle-même.

On connaît son état de saleté. Une semaine, nue comme un ver, dans une caisse à deux mètres du sol. Sur les photos, elle est plus qu'éprouvée, quasiment morte, on a trouvé des croquettes pour animaux, pour rats et souris d'appartement, c'est avec ça que Trarieux l'a nourrie. Elle a fait ses besoins sous elle pendant une semaine.

– Elle est épuisée, dit Camille à haute voix. Et sale comme un peigne.

184

Doudouche lève la tête, comme si, mieux que lui, elle se rendait compte que son maître parle encore tout seul.

Traces d'eau par terre, sur des chiffons, ses empreintes sur plusieurs bouteilles d'eau minérale, avant de sortir de l'entrepôt, elle a fait une toilette sommaire.

– Quand même... Quand on s'est fait dessus pendant une semaine, quelle toilette on fait avec trois litres d'eau froide et deux chiffons sales ?

On en revient à la question centrale, comment a-t-elle fait pour rentrer chez elle sans se faire repérer ?

– Qui te dit que personne ne l'a vue ? demande Armand.

Sept heures quarante-cinq. La Brigade. Même quand on n'a pas la tête à ça, c'est dingue de voir Armand et Louis côte à côte. Louis, costume gris acier Kiton, cravate Steffano Ricci, chaussures Weston, Armand, entièrement équipé au déstockage du Secours populaire. Bordel, se dit Camille en le détaillant, on dirait que pour économiser un peu plus, il achète une taille en dessous !

Il reprend une gorgée de café. C'est vrai, qui dit que personne ne l'a vue ?

– On va creuser, dit Camille.

La fille a été discrète, elle est sortie de l'entrepôt et elle a disparu dans la nature. Évaporée. Difficile à admettre.

– Elle a peut-être fait du stop ? propose Louis.

Lui-même ne croit pas à sa proposition. Une fille de vingt-cinq, trente ans qui fait du stop à quoi, une

185

heure, deux heures du matin ? Et si une voiture ne la prend pas tout de suite, elle reste là, au bord du trottoir, le pouce en l'air ? Pire, elle marche le long du trottoir en faisant signe aux voitures, comme une pute ?

– Le bus…

Possible. Encore que la nuit, il ne doit pas y en avoir beaucoup sur cette ligne, il faut qu'elle ait eu de la chance. Sinon la voilà plantée à un arrêt de bus pendant une demi-heure, trois quarts d'heure, épuisée, en loques peut-être. Peu probable. Est-ce qu'elle tenait seulement debout toute seule ?

Louis note de vérifier les horaires, d'interroger les chauffeurs.

– Le taxi… ?

Louis ajoute cette piste aux vérifications mais, là encore… Avait-elle de l'argent pour payer ? Et une allure assez présentable pour donner confiance à un chauffeur de taxi ? Quelqu'un l'a peut-être vue, dans la rue, marcher sur le trottoir.

On peut juste parier qu'elle est partie dans la direction de Paris. On va faire le voisinage. Que ce soit bus ou taxi, on devrait être fixé dans quelques heures.

À midi Louis et Armand se mettent en route. Camille les regarde partir, quel tandem.

Il passe derrière son bureau et jette un coup d'œil sur les deux dossiers qui l'attendent, Bernard Gattegno, Stefan Maciak.

28

Alex s'est avancée vers son immeuble de sa démarche pesante, empruntée et méfiante. Est-ce que Trarieux l'attend ? S'est-il aperçu de sa fuite ? Mais non, personne dans le hall. La boîte aux lettres ne déborde pas. Personne dans l'escalier. Personne sur le palier, c'est comme dans un rêve.

Elle a ouvert la porte de l'appartement, l'a refermée.

Vraiment, comme dans un rêve.

Chez elle, à l'abri. Il y a deux heures encore, menacée de se faire dévorer par les rats. Elle a failli s'effondrer, s'est tenue aux murs.

Tout de suite, manger.

Mais avant, se regarder.

Bon dieu, quinze ans de plus, facilement. Laide, sale. Vieille. Des cernes, des rides, des marques et une peau jaunie, des yeux de démente.

Du réfrigérateur, elle a vidé tout ce qui restait, yaourts, fromage, pain de mie, bananes, elle s'est empiffrée comme une naufragée pendant que le bain coulait. Et forcément, elle n'a eu que le temps de se précipiter aux toilettes pour vomir.

Elle a repris sa respiration, bu un demi-litre de lait.

Puis il a fallu nettoyer à l'alcool ses plaies aux bras, aux jambes, aux mains, aux genoux, au visage et, à la sortie du bain, où elle a résisté au sommeil, les enduire d'antiseptique, de pommade au camphre. Elle tombe de fatigue. Son visage est terriblement marqué, si les hématomes du jour de l'enlèvement se résorbent, les plaies aux bras et aux jambes sont assez vilaines, deux d'entre elles sont salement infectées. Elle va surveiller, elle a tout ce qu'il faut. Quand elle travaille, le dernier jour de chaque mission, au moment de partir, elle se sert toujours un peu dans les armoires à pharmacie. C'est même impressionnant tout ce qu'elle a pu glaner, pénicilline, barbituriques, anxiolytiques, diurétiques, antibiotiques, bêtabloquants...

Enfin, elle s'est allongée. A sombré tout de suite.

Treize heures consécutives.

L'atterrissage est une sortie de coma.

Plus d'une demi-heure pour comprendre où elle se trouve, recomposer d'où elle vient, les larmes remontent, elle se blottit dans le lit comme un bébé et se rendort en sanglotant.

Second réveil cinq heures plus tard, il est dix-huit heures. On est jeudi.

Alex, saoule de sommeil, se déplie, tout lui fait mal, elle prend tout son temps pour émerger sans violence puis elle exécute, très lentement, quelques exercices d'assouplissement, des pans entiers de son corps restent bloqués mais, effet progressif de la détente musculaire, l'ensemble remarche. Sortie du lit chancelante. Elle fait deux mètres, un étourdissement la balaye des pieds à la tête et elle doit se retenir à une étagère. Elle meurt de faim. Elle se regarde, il faut soigner ses plaies mais c'est une réaction d'autoprotection que lui souffle son cerveau. Avant tout, te mettre à l'abri.

Elle s'est échappée, Trarieux va tenter de la rattraper, de la poursuivre. Il sait où elle habite puisqu'il l'a enlevée sur le chemin de son appartement. À cette heure-ci,

188

il doit savoir. Un œil à la fenêtre, la rue semble calme. Aussi calme que le soir où il l'a enlevée.

Elle tend le bras, saisit l'ordinateur portable et le pose à côté d'elle, sur le canapé, ouvre une session, tape « Trarieux », elle ne connaît pas son prénom, seulement celui du fils, Pascal. C'est le père qu'elle cherche. Parce que son con de fils, ce débile, elle se rappelle très bien ce qu'elle en a fait. Et où elle l'a laissé.

Troisième résultat, le moteur de recherche mentionne un « Jean-Pierre Trarieux » sur le site de *Paris.news.fr*. Un clic. C'est bien celui-là.

Boulevard périphérique : une bavure policière ?

La nuit dernière, un homme d'une cinquantaine d'années, Jean-Pierre Trarieux, poursuivi par plusieurs véhicules de police, a brusquement arrêté son fourgon sur le pont qui enjambe le boulevard périphérique au niveau de la porte de la Villette, l'a quitté et s'est précipité sur le parapet par-dessus lequel il s'est jeté. Immédiatement percuté par un camion semi-remorque, il a été tué sur le coup.

Selon la police judiciaire, l'homme était soupçonné d'un enlèvement qui aurait eu lieu quelques jours plus tôt rue Falguière à Paris et tenu secret, déclare-t-on de source policière, « pour des raisons de sécurité ». Reste que l'identité de la personne enlevée n'est toujours pas connue et que le lieu présumé de son incarcération, « identifié » par la police, s'est révélé... parfaitement vide. En l'absence de charges précises, la mort de ce suspect – son « suicide » selon la police – reste évidemment mystérieuse et fortement sujette à caution. Le juge Vidard, en charge de l'instruction, a promis de faire toute la lumière sur cette affaire confiée, pour la Brigade criminelle, au commandant Verhœven.

189

L'esprit d'Alex fonctionne aussi vite qu'il le peut. Devant un miracle, on est toujours un peu réticent.

Voilà donc pourquoi elle ne l'a plus revu. Mort écrasé sur le boulevard périphérique, il ne risquait plus de venir la regarder. Ni d'apporter à manger aux rats. Ce fumier a préféré se tuer plutôt que de voir la police venir la libérer.

Qu'il grille en enfer, avec son connard de fils.

L'autre fait essentiel, la police ne sait pas qui elle est. On ne sait rien d'elle. Du moins, on ne savait rien d'elle en début de semaine.

Elle tape son nom sur le moteur de recherche, Alex Prévost, trouve des homonymes, rien sur elle, rien du tout.

C'est un soulagement d'un poids incalculable.

Elle regarde dans son portable si elle a des appels. Huit… Et plus de batterie. Elle se lève pour courir chercher le chargeur mais ça va trop vite pour le corps, il n'est pas encore prêt pour de telles accélérations, ça la rassoit sur le canapé comme sous l'effet d'une pesanteur massive. Éblouissement, lumières clignotantes devant les yeux, impression de tourner sur place à toute vitesse, le cœur se soulève, Alex serre les lèvres. Quelques secondes encore, le malaise se dissipe, elle se lève prudemment, prend le chargeur, le branche avec précaution et revient s'asseoir. Huit appels, Alex vérifie, elle respire mieux. Tous sont professionnels, des agences, certaines ont appelé deux fois. Il y a du travail. Alex n'écoute pas les messages, elle verra ça plus tard.

190

– Ah, c'est toi ? Je me demandais quand tu finirais par me donner des nouvelles.

Cette voix… Sa mère et ses éternels reproches. L'entendre lui fait chaque fois le même effet, une boule dans la gorge. Alex s'explique, sa mère pose toujours beaucoup de questions, c'est une femme sceptique quand il s'agit de sa fille.

– Un remplacement ? Orléans, c'est de là que tu m'appelles ?

Alex entend toujours du doute dans ses intonations, elle dit : oui, mais je n'ai pas trop de temps. La réponse fuse :

– Alors ça n'était pas la peine de me téléphoner.

Sa mère appelle rarement et quand c'est Alex qui le fait, c'est toujours comme ça. Sa mère ne vit pas, elle règne. Trouver quelque chose. Une conversation avec sa mère, c'est comme passer un examen, il faudrait préparer, réviser, se concentrer.

Alex ne réfléchit pas.

– Et je vais être absente quelque temps, partir en province, pour un remplacement. Je veux dire, un autre…

– Ah oui ? Où ?

– C'est un remplacement, répète Alex.

– Oui, tu me l'as déjà dit, un remplacement, en province ! Et elle n'a pas de nom ta province ?

– C'est pour une agence, on ne sait pas encore la destination, c'est… compliqué, on le saura au dernier moment.

– Ah, fait sa mère.

Pas disposée à y croire, à cette histoire. Instant de flottement. Puis :

191

– Tu vas remplacer, on ne sait pas où, quelqu'un mais on ne sait pas qui, c'est ça ?

Ce dialogue n'a rien d'exceptionnel, il est même parfaitement habituel mais cette fois, Alex est très faible, beaucoup, beaucoup moins cuirassée que d'habitude.

– Non, c'est p-pas ça…

De toute façon, avec sa mère, fatigue ou pas fatigue, elle bégaie toujours à un moment ou à un autre.

– C'est quoi alors ?

– Écoute, je n'ai plus beaucoup de b-batterie…

– Ah… Et la durée non plus, je suppose, on ne la connaît pas. Tu travailles, tu remplaces quelqu'un. Et un jour, on te dit que c'est fini, que tu peux rentrer chez toi, c'est ça ?

Il faudrait trouver quelque chose « de bien senti », c'est une expression de sa mère. Alex ne trouve pas. Ou plutôt si, elle trouve mais toujours après, trop tard, quand elle a raccroché, dans l'escalier, dans le métro. Elle se taperait dessus quand elle trouve. Elle se répète la phrase ratée, elle rejoue la scène revue et corrigée pendant des jours parfois, c'est aussi vain que nocif mais c'est plus fort qu'elle. Elle l'enjolive, au fil du temps ça devient une histoire totalement nouvelle, un combat dont Alex remporte chaque round et puis, dès qu'elle appelle de nouveau sa mère, elle est K-O dès le premier mot.

Sa mère attend, silencieuse, incrédule. Alex cède enfin :

– Il faut vraiment que je te laisse…

– D'accord. Ah si, Alex !

– Oui ?

192

– Je vais bien moi aussi, c'est très gentil de t'en inquiéter.

Elle raccroche.

Alex, le cœur lourd.

Elle s'ébroue, ne plus penser à sa mère. Se concentrer sur ce qu'il y a à faire. Trarieux, affaire classée. La police, hors du coup. Sa mère, terminé. Maintenant, un SMS à son frère.

« *Je pars pour* (elle réfléchit un court instant, cherche parmi les destinations possibles) *Toulouse : un remplacement. Préviens la reine mère, pas le temps de l'appeler – Alex.* »

Il mettra largement une semaine avant de transmettre l'information. S'il le fait.

Alex respire, ferme les yeux. Elle y arrive. Pas à pas, elle fait tout ce qu'il faut faire malgré la fatigue.

Elle refait ses pansements pendant que son estomac hurle à la faim. Elle va se regarder dans le miroir en pied de la salle de bains. Dix ans de plus, oui, facile.

Alors, une douche qu'elle termine presque froide, elle en tremble, dieu que c'est bon d'être vivante, une friction des pieds à la tête, la vie remonte, dieu que c'est bon quand ça fait mal de cette manière-là, un pull à même la peau, ça gratte, avant elle détestait, aujourd'hui c'est ça qu'elle veut, que ça gratte, ressentir son corps vivant, jusque sur sa peau. Un pantalon en lin, flottant, large, informe, une laideur mais de la souplesse, quelque chose de vague et de caressant, sa carte bancaire, la clé de l'appartement, au passage, bonjour madame Guénaude, oui revenue, en voyage c'est ça, très bien. Le temps ? Formidable, dans le Sud, forcément, oui. L'air épuisé ? Oui, mission dif-

193

ficile, pas beaucoup dormi ces derniers jours, oh rien, un torticolis, rien de grave, ah ça ? Elle montre son front, une chute idiote. L'autre : eh bien alors, on ne tient plus sur ses jambes ? Rire, oui bonne soirée à vous aussi. Et la rue, cette lumière bleutée de début de soirée, belle à pleurer. Alex est secouée d'une sorte de fou rire intérieur, la vie est magnifique, voici l'épicier arabe, très beau cet homme qu'elle n'a jamais regardé, il est très beau, elle s'écouterait, elle lui caresserait la joue en le fixant jusqu'au fond des yeux, elle rit de se sentir si pleine de vie. Tout ce qu'il faut pour tenir un siège, toutes ces choses dont elle se méfie et qui sont, à cet instant, comme des récompenses, des chips, des crèmes au chocolat, du fromage de chèvre, du saint-émilion, et même une bouteille de Bailey's. Retour à l'appartement. Le moindre effort l'épuise et pourrait la faire pleurer. Soudain un étourdissement. Elle se concentre, guette, parvient à le faire reculer, elle prend l'ascenseur avec toutes ses courses si lourdes. Tellement envie de vivre. Pourquoi la vie n'est-elle pas toujours comme à cet instant ?

Alex, nue dans sa vieille robe de chambre informe, passe devant le miroir en pied. Cinq ans de plus, bon, allez, six. Elle va remonter très vite, elle le sait, elle le sent. Retirez les plaies et les bosses, les cernes et les rides, les épreuves et le chagrin, qu'est-ce qui reste, Alex superbe. Elle ouvre le peignoir bien grand, se regarde nue, ces seins, ce ventre... Et forcément, elle se met à pleurer, debout, face à sa vie.

194

Elle en rit de pleurer parce qu'elle ne sait plus si elle est heureuse d'être toujours vivante ou malheureuse d'être encore Alex.

Elle sait s'y prendre, devant cette adversité qui vient des profondeurs. Elle renifle, se mouche, resserre le peignoir autour d'elle, se sert un grand verre de saint-émilion et un plateau infâme, une folie de nourriture, chocolat, pâté de lapin en bocal, biscuits sucrés.

Elle mange, mange, mange. Puis s'abandonne contre le dossier du canapé. Elle se penche pour se servir un grand verre de Bailey's. Un dernier effort pour aller chercher des glaçons. L'épuisement est tout proche mais le bien-être reste là, comme un bruit de fond.

Un regard au réveil. Totalement décalée, il est vingt-deux heures.

29

L'huile de vidange, l'encre, l'essence, difficile de répertorier tous les effluves qui convergent ici, sans compter le parfum vanillé de Mme Gattegno. La cinquantaine. Quand elle a vu entrer les policiers dans le garage, elle est aussitôt sortie de son bureau vitré et l'apprenti qui venait au-devant d'eux a disparu soudainement comme un chiot surpris par l'irruption de son maître.

– C'est au sujet de votre mari.

– Quel mari ?

Ça donne le ton, ce genre de réponse.

Camille pousse le menton en avant comme si son col de chemise le serrait et il se gratte le cou, perplexe, les yeux au ciel. Se demande comment on va s'en sortir parce que la patronne croise les bras sur sa robe imprimée, prête à faire barrage de son corps s'il le faut. On se demande bien ce qu'elle a à défendre.

– Bernard Gattegno.

Prise au dépourvu, ça se voit tout de suite, les bras se relâchent un peu, sa bouche s'ouvre sur un « O ». Elle ne s'y attendait pas et ne pensait pas à ce mari-là. Il faut dire, elle s'est remariée, l'an dernier, avec un fainéant de première, plus jeune, le meilleur ouvrier du garage, elle s'appelle Mme Joris aujourd'hui. Effet désastreux. Le mariage l'a aussitôt soulagé, le nouveau mari. Il peut passer son temps au bistro en toute impunité. Elle tourne la tête de droite et de gauche, quel gâchis.

– C'était pour le garage, vous comprenez. Toute seule…, explique-t-elle.

Camille comprend. Un grand garage, trois, quatre ouvriers, deux apprentis, sept ou huit voitures, capot ouvert, des moteurs tournent au ralenti, sur le pont élévateur une limousine décapotable rose et blanche, le genre Elvis Presley, c'est curieux de trouver ça à Étampes. L'un des ouvriers, un grand, moitié jeune, large d'épaules, qui s'essuie les mains dans un chiffon sale, s'approche et demande s'il peut aider, mâchoire menaçante. Il interroge la patronne du regard. Si le Joris succombe à une cirrhose, pas de doute, la relève est assurée. Ses biceps hurlent qu'il n'est pas du genre à se laisser impressionner par la police. Camille hoche la tête.

196

– Et pour les enfants aussi…, dit Mme Joris.

Elle en revient à son remariage, c'est peut-être ça qu'elle veut défendre depuis le début de l'entretien, cette idée de s'être remariée aussi vite et aussi mal.

Camille s'éloigne, laisse Louis manœuvrer. Il regarde, sur sa droite, trois voitures d'occasion qui portent leur prix de vente en lettres peintes en blanc sur le pare-brise. Il s'approche du bureau, tout en vitres, construit pour surveiller les ouvriers pendant qu'on fait la comptabilité. Ça marche toujours, ce genre de truc, l'un qui interroge, l'autre qui se promène, qui furète. Ça ne rate pas cette fois non plus.

– Vous cherchez quoi ?

Curieusement, il a une voix très aiguë, une articulation presque savante mais hargneuse, qui défend un territoire même si ce n'est pas le sien. Du moins, pas encore. Camille se retourne, son regard est à peu près au niveau du sternum de l'ouvrier musclé. Trois têtes de plus, facile. Du coup, il dispose d'une vue privilégiée sur ses avant-bras. Le garagiste continue de s'essuyer les mains machinalement dans son chiffon, comme un barman. Camille lève les yeux.

– Fleury-Mérogis ?

Le chiffon s'arrête. Camille pointe l'index sur l'avant-bras tatoué.

– Ce modèle-là, c'est les années 90, non ? T'as fait combien ?

– J'ai fait ma peine, dit le garagiste.

Camille fait signe qu'il comprend.

– Ça tombe bien que tu aies appris la patience.

Il désigne de la tête, derrière lui, la patronne qui continue de parler à Louis.

197

– ... parce que tu as raté le tour précédent, et maintenant, ça risque d'être long.

Louis vient d'exhiber le portrait de Nathalie Granger. Camille s'approche. Mme Joris écarquille les yeux, elle est soufflée de reconnaître la maîtresse de son ex-mari. Léa. « C'est un prénom de pute, vous trouvez pas ? » Camille reste perplexe sur la question, Louis hoche prudemment la tête. Léa comment, personne ne le sait. Léa, c'est tout. Elle ne l'a vue que deux fois mais elle s'en souvient parfaitement, « comme si c'était hier ». « Plus grosse. » Sur le dessin, elle fait toute gentille mais c'était une peste « avec de gros nichons ». Pour Camille, « gros nichons » est un concept assez relatif, surtout quand il remarque la poitrine extraordinairement plate de Mme Joris. Elle fait une fixation sur les nichons de la fille, comme si, à eux seuls, ils expliquaient le naufrage de son couple.

On recompose l'histoire qui est d'un vide inquiétant. Où Gattegno a-t-il rencontré Nathalie Granger ? Personne ne le sait. Pas même les ouvriers que Louis interroge, ceux qui étaient là il y a deux ans. « Une belle fille », dit l'un, il l'a croisée un jour qu'elle attendait le patron dans sa voiture, au coin de la rue. Ne l'a vue qu'une seule fois, pas possible de dire si c'est elle sur le portrait-robot. La voiture, par contre, le type se souvient de la marque, de la couleur, de l'année (il est garagiste), mais avec ça, on ne pourra pas faire grand-chose. « Des yeux noisette », dit l'autre, un homme près de la retraite qui ne regarde plus le derrière des filles, à qui les gros nichons ne font plus beaucoup d'effet, alors il regarde les yeux. Mais pour le portrait-robot, il ne jurerait pas. Ça sert

198

à quoi d'être observateur quand on n'a pas de mémoire ? se demande Camille.

Non, pour la rencontre, personne ne sait. L'histoire est fulgurante, en revanche, tout le monde est d'accord. Totalement asphyxié, le patron, « du jour au lendemain », n'était plus lui-même.

– Elle devait en connaître un bout, dit un autre qui trouve marrant de se montrer salace vis-à-vis de son ancien patron.

Gattegno commence à s'absenter du garage. Mme Joris confesse qu'elle les a suivis une fois, ça la rendait folle à cause des enfants, ils l'ont semée, le mari n'est pas rentré ce soir-là, seulement le lendemain, penaud, « la Léa » est venue le rechercher. « À la maison ! » hurle-t-elle. Deux ans après, elle s'étrangle encore. Le garagiste l'a vue par la fenêtre de la cuisine. D'un côté sa femme, les enfants étaient absents (« Ça tombait mal, ça l'aurait peut-être arrêté »), de l'autre, à la porte du jardin « cette salope » (Nathalie Granger, dite Léa, a décidément une réputation bien établie), bref, le mari balance, pas longtemps, il attrape son portefeuille, son blouson et le voilà parti, on l'a retrouvé mort dans une chambre du Formule 1 dans la nuit du lundi, ce sont les femmes de ménage qui ont fait la découverte. Dans ces hôtels, il n'y a pas d'accueil, pas d'hôtesse, le personnel est invisible, on entre avec une carte de crédit, c'est celle du mari qui a servi. Aucune trace de la fille. À la morgue, on ne lui a pas laissé voir le bas du visage de son mari, il ne devait pas être bien beau à regarder. L'autopsie a été formelle, aucune trace de coups, rien, le type s'allonge sur le lit, tout habillé, « avec ses chaussures », et il avale un demi-litre d'acide, « de celui qu'on se sert pour les batteries ».

À la Brigade, tandis que Louis rédige le rapport (il tape vite, avec tous ses doigts, très appliqué, régulier, on dirait qu'il fait des gammes), Camille vérifie le rapport d'autopsie qui ne dit rien sur la concentration de l'acide utilisé. Suicide sauvage, barbare, le type devait vraiment être au bout du rouleau. La fille l'a planté là. Aucune trace non plus des quatre mille euros que le garagiste a sortis dans la nuit en utilisant ses trois cartes de crédit, « même celle du garage ! ».

Pas de doute, Gattegno, Trarieux, même rencontre fatale avec Nathalie-Léa, chaque fois le vol, dérisoire. On fouille dans la vie de Trarieux, on fouille dans la vie de Gattegno, on cherche un point commun.

30

Le corps commence à revenir à lui, éprouvé mais entier. Les infections sont arrêtées, presque toutes les plaies refermées, les hématomes disparaissent.

Elle est allée voir Mme Guénaude, elle a expliqué : une obligation familiale soudaine, elle avait choisi le maquillage qui dit : « Je suis jeune mais j'ai le sens du devoir. »

– Je ne sais pas... Faut voir...

C'est un peu soudain pour Mme Guénaude, mais Mme Guénaude est très près de ses sous. Ancienne commerçante. Et comme Alex lui a proposé de payer deux mois de loyer rubis sur l'ongle, Mme Guénaude a dit qu'elle comprenait, elle a même juré :

– Si je trouve un locataire plus tôt, évidemment, je vous rembourse…

Vieille salope, a pensé Alex en souriant avec reconnaissance.

– C'est gentil, a-t-elle dit, mais elle n'a pas fait ses yeux de biche, elle est censée partir pour des raisons graves.

Elle a payé en espèces, laissé une fausse adresse. Au pire, Mme Guénaude va lui écrire, elle ne se mettra pas en quatre quand la lettre et le chèque reviendront, ce sera tout bénéfice.

– Pour l'état des lieux.

– Ne vous en faites pas pour ça, assure la propriétaire qui profite de la bonne affaire, je suis certaine que tout est en ordre.

Elle laissera les clés dans la boîte aux lettres.

Pour la voiture, pas de problème, elle paie par prélèvements mensuels le parking de la rue des Morillons, pas besoin de s'en occuper. C'est une Clio de six ans qu'elle a achetée d'occasion.

Elle a remonté les cartons vides de la cave, douze, démonté les meubles qui lui appartiennent, la table en pin, les trois éléments de bibliothèque, le lit. Elle ne sait pas pourquoi elle s'encombre encore de tout ça, sauf pour le lit, elle tient à son lit, ça, c'est quasiment sacré. Quand tout est à plat, elle regarde l'ensemble, dubitative, finalement, une vie, ça ne prend pas tant de volume qu'on croit. En tout cas, la sienne. Deux mètres cubes. Le déménageur a dit trois. Alex a dit d'accord, elle connaît les déménageurs. Une petite camionnette, même pas la peine de déplacer deux gars, un seul suffira. Elle a dit d'accord aussi pour le prix du garde-meubles et pour le petit supplément de tarif pour intervenir dès le lendemain. Alex, quand elle veut partir, c'est tout de suite. Sa mère dit souvent : « Avec toi, c'est toujours tout de suite, alors forcément, ça n'est jamais bien fait. » Parfois, quand elle est vraiment en forme, sa mère ajoute : « Ton frère, au moins... » mais il y a de moins en moins de sujets sur lesquels il gagne à la comparaison. Quoique ça ne fait rien, pour sa mère, il en reste toujours suffisamment, c'est un principe chez elle.

Malgré les douleurs et la fatigue, en quelques heures elle a fini de tout emballer, de tout démonter. Elle en a profité pour faire un peu de nettoyage par le vide, surtout des bouquins. Hormis quelques classiques, elle jette régulièrement. En quittant la porte de Clignancourt, elle a jeté tout Blixen, tout Forster, en partant de la rue du Commerce, ç'a été le tour de Zweig et Pirandello. Quand elle a quitté Champigny, elle a balancé tout Duras. Elle a des engouements, comme ça, quand elle aime, elle lit tout (sa mère dit qu'elle n'a pas de mesure), et après, ça pèse des tonnes dans les déménagements...

Ensuite, le reste du temps, elle vit dans les cartons, dort sur le matelas à même le sol. Il y a les deux petits cartons marqués « Personnel ». Dedans, ce qui est vraiment à elle. Ce sont des choses assez bêtes et même franchement futiles, des cahiers d'école, de collège, des relevés de notes, des lettres, des cartes postales, un bout de journal intime qu'elle a tenu par intermittence à douze ou treize ans, jamais bien longtemps, et des petits mots d'anciennes copines, des babioles finalement qu'elle aurait pu jeter, d'ailleurs

202

c'est ce qu'elle va faire un de ces jours. Elle sait à quel point ces choses sont puériles. Il y a aussi des bijoux fantaisie, des vieux stylos plume asséchés, des barrettes qu'elle aimait bien, des photos de vacances ou de famille avec sa mère, son frère, de quand elle était petite. Bon, il faudrait bazarder tout ça, ça ne sert à rien, c'est même dangereux de conserver ça, des tickets de cinéma, des pages arrachées à des romans... Un jour, elle jettera tout. Pour le moment, les deux petits cartons « Personnel » trônent au milieu de ce déménagement sommaire.

Quand tout a été terminé, Alex est allée au cinéma, dîner chez Chartier, acheter de l'acide pour batterie. Pour sa préparation, elle a son masque, ses lunettes de protection, elle branche son ventilateur et la hotte aspirante, porte de la cuisine fermée, fenêtre grande ouverte pour pousser les vapeurs à l'extérieur. Pour concentrer le produit à 80 % il faut le chauffer lentement jusqu'au dégagement de la fumée acide. Elle a fait six demi-litres. Elle les conditionne dans des flacons en plastique imputrescible achetés dans une droguerie vers la République. Elle en conserve deux, les autres, elle les range proprement dans un sac à compartiments.

La nuit, des contractions dans les jambes la saisissent, la réveillent en sursaut, ce sont peut-être les cauchemars, elle en fait beaucoup, des scènes avec des rats qui la dévorent vivante, Trarieux qui lui enfonce des tiges d'acier dans la tête avec sa visseuse électrique. Le visage du fils Trarieux la hante aussi, forcément. Elle revoit sa tête d'imbécile, des rats sortent de sa bouche. Parfois ce sont des scènes de la réalité, Pascal Trarieux est assis dans sa chaise dans le jardin de Champigny quand elle arrive derrière lui, la pelle haut levée au-dessus de sa tête, et son corsage la gêne parce qu'il est trop étroit aux manches, à cette époque, elle pèse douze kilos de plus qu'aujourd'hui, ça lui fait de ces nichons... Le crétin, ça le rendait fou. Elle le laissait trifouiller un peu dans son corsage, pas longtemps, et, quand il était bien excité, que ses mains commençaient à la palper avec ardeur, elle tapait un coup sec, comme une institutrice. Finalement, à une autre échelle, c'est un peu l'équivalent du coup de pelle qu'elle lui a appliqué de toutes ses forces sur l'arrière du crâne. Dans son rêve, le coup de pelle est extraordinairement sonore et, comme dans la réalité, elle ressent la vibration dans ses bras jusqu'aux épaules. Pascal Trarieux, à demi assommé, se retourne vers elle avec difficulté, il tangue et lui adresse un regard d'étonnement, d'incompréhension, un regard étrangement serein, dans lequel le doute serait incapable d'entrer. Alors Alex fait entrer le doute à coups de pelle, elle compte sept, huit, le buste de Trarieux s'est affaissé sur la table de jardin, ce qui facilite la tâche. Après, le rêve saute toute la séquence des liens, il en vient tout de suite au hurlement de Pascal quand il reçoit la première dose d'acide dans la bouche. Il hurle tellement fort qu'il va affoler le voisinage, ce con, elle est contrainte de se relever et de lui asséner un nouveau coup de pelle sur le visage, la pelle bien à plat. Qu'est-ce que c'est sonore ces instruments-là !

Ainsi, il y a les rêves, les cauchemars, les courbatures, les crampes, les contractions douloureuses mais, dans l'ensemble, le corps revient à lui. Alex en est certaine, ça ne s'effacera jamais tout à fait, on ne

204

vit pas une semaine dans une cage trop petite avec une colonie de rats excités sans conserver une dette vis-à-vis de l'existence. Elle fait beaucoup d'exercices, des étirements, des mouvements appris autrefois au stretching, elle recommence à courir aussi. Elle part tôt le matin et fait plusieurs fois le tour du square Georges-Brassens à petites foulées mais elle doit s'arrêter souvent parce que la fatigue la prend vite.

Enfin, le déménageur arrive et emporte le tout. Un grand type un peu hâbleur, qui essaye de flirter avec elle, on aura tout vu.

Alex va réserver sa place de train pour Toulouse, met sa valise à la consigne, et en sortant de la gare Montparnasse, regarde sa montre : 20 h 30. Elle peut retourner au Mont-Tonnerre, peut-être qu'il est là, avec ses amis qui font du chahut et qui racontent des histoires idiotes… Elle a compris qu'ils dînent en célibataires chaque semaine. Peut-être pas toujours dans le même restaurant.

Eh bien si, dans le même, parce qu'il est là, avec ses amis, ils sont plus nombreux encore que les fois précédentes, ça devient un petit club, ils sont sept aujourd'hui. Alex a l'impression que le patron du restaurant les sert la bouche pincée, pas certain que l'élargissement du club soit très à son goût, tellement de bruit, les autres clients tournent la tête. La jolie cliente rousse… Le personnel est toujours aux petits soins pour elle. Alex a été installée dans un endroit d'où il est moins facile de le voir que la dernière fois, elle doit se pencher un peu et, manque de chance, il

205

la voit faire, leurs regards se croisent, c'est évident qu'elle cherchait à le regarder, bon, c'est ainsi, se dit-elle en souriant. Elle boit du riesling glacé, mange des coquilles Saint-Jacques, des petits légumes frais *al dente*, de la crème brûlée, elle boit un café très fort, puis un second, le dernier est offert par le patron qui s'excuse pour le bruit des convives. Il propose même de la chartreuse, il pense que c'est un alcool de fille. Alex dit non merci mais du Bailey's frappé, je veux bien, le patron sourit, cette fille est absolument charmante. Elle prend son temps pour partir, oublie son livre sur la table, revient sur ses pas, le type n'est plus avec ses amis, il est debout, en train d'enfiler sa veste, ses copains font des plaisanteries lourdingues sur ce départ précipité, il est derrière elle quand elle quitte le restaurant, elle sent son regard sur ses fesses, Alex a un très beau cul et sensible comme une parabolique. Elle a fait à peine dix mètres, il est à ses côtés, il dit « Bonsoir », elle lui trouve un visage... enfin, ce visage fait naître en elle beaucoup de sensations.

Félix. Il ne dit pas son nom de famille, il ne porte pas d'alliance, elle l'a vu tout de suite, mais une trace autour du doigt, il vient peut-être de la retirer à l'instant.

– Et vous, c'est comment votre petit nom ?

– Julia, dit Alex.

– C'est joli.

Il aurait dit ça de toute manière. Ça l'amuse, Alex.

Il désigne du pouce, derrière lui, le restaurant :

– On est un peu bruyants...

– Un peu, dit Alex en souriant.

206

– On est entre garçons, alors forcément…

Alex ne répond pas. S'il persiste, il s'enfonce et il le sent.

Il a d'abord proposé un verre dans un bar qu'il connaît. Elle a dit non merci. Ils font quelques pas côte à côte, Alex ne marche pas vite, elle le regarde mieux. Il porte des vêtements de grande surface. Il sort de table mais ce n'est pas la seule raison pour laquelle les boutons de sa chemise sont aussi tendus, il n'y a personne pour lui dire qu'il faudrait acheter une taille au-dessus. Ou commencer un régime et reprendre le sport.

– Non, dit-il, je vous assure, c'est l'affaire de vingt minutes…

Il a dit que chez lui, ça n'est pas loin du tout pour prendre un dernier verre. Alex dit qu'elle n'a pas trop envie, qu'elle est fatiguée. Ils sont devant sa voiture, une Audi avec du désordre à l'intérieur.

– Vous faites quoi dans la vie ? demande-t-elle.

– Technicien de maintenance.

Alex traduit : réparateur.

– Scanners, imprimantes, disques durs…, précise-t-il comme si ça rehaussait son standing.

Puis il ajoute :

– Je dirige une équipe de…

Et il se rend compte comme c'est bête de se faire valoir, comme c'est vain. Pire, contreproductif.

Il esquisse un geste de balayage, difficile de savoir s'il balaye la fin de sa phrase comme si elle n'avait aucune importance ou le début comme s'il le regrettait.

Il a ouvert la portière, une bouffée de cigarette froide.

207

– Vous fumez ?

Le chaud et le froid, c'est sa technique, à Alex. Elle le fait très bien.

– Un peu, dit le type, embarrassé.

Il doit mesurer un mètre quatre-vingts, il est assez large d'épaules, châtain clair et des yeux très sombres, presque noirs. Quand elle l'a vu marcher à côté d'elle, elle a trouvé qu'il avait des jambes courtes. Il n'est pas très bien proportionné.

– Je ne fume qu'avec les gens qui fument, dit-il, gentleman.

Elle est certaine qu'à cet instant, il donnerait n'importe quoi pour une cigarette. Il la trouve vraiment jolie, il le lui dit, « je vous assure… », mais il ne la regarde pas vraiment parce qu'il la désire furieusement. C'est foncièrement sexuel, animal, ça l'aveugle complètement. Il ne saurait même pas dire comment elle est habillée. Il donne l'impression que si Alex ne couche pas avec lui, tout de suite, il rentre à la maison et tue toute sa famille au fusil de chasse.

– Vous êtes marié ?

– Non… Divorcé. Enfin, séparé…

Rien qu'à son ton Alex traduit, je ne m'en sors pas et en plus je suis en train de me faire étriller.

– Et vous ?

– Célibataire.

C'est l'avantage de la vérité, ça sonne comme la vérité. Il baisse les yeux, ça n'est pas de la gêne, de la pudeur, il regarde ses seins. Alex peut mettre ce qu'elle veut, tout le monde le voit immédiatement qu'elle a de jolis seins, voluptueux.

Elle sourit et en partant, elle lâche :

– Une autre fois, peut-être…

208

Il se précipite dans la brèche, quand quand quand ?
Il fouille ses poches. Un taxi passe. Alex lève le bras.
Le taxi s'arrête. Alex ouvre la portière. Quand elle se
retourne pour lui dire au revoir, il lui tend une carte
de visite. Elle est un peu froissée, ça fait négligé. Elle
la prend quand même et pour bien montrer qu'elle n'y
attache aucune importance, elle la fourre distraitement dans sa poche. Elle le voit par la lunette arrière,
debout au milieu de la rue, qui regarde le taxi s'éloigner.

31

Le gendarme a demandé si sa présence était nécessaire.
– Je préfère…, a dit Camille. Si vous avez le temps,
bien sûr.
Habituellement, la collaboration entre police et gendarmerie est plutôt rugueuse mais Camille aime bien
les gendarmes. Il se sent quelque chose de commun
avec eux. Ce sont des opiniâtres, des pugnaces, du
genre à ne jamais lâcher une piste, même froide. Le
gendarme apprécie la proposition de Camille, c'est un
maréchal des logis-chef. Camille l'appelle « chef »
parce qu'il connaît les usages, le gendarme se sent
respecté, il a raison. Il a quarante ans et porte une fine
moustache comme au siècle dernier, genre mousque-
taire, il y a tout un côté suranné chez lui, une sorte
d'élégance aussi, un peu raide, empruntée mais, on
s'en rend vite compte, l'homme est vraiment affûté. Il

se fait une haute idée de sa mission. Il faut voir ses chaussures, des miroirs.

Il fait un temps gris, maritime.

Faignoy-lès-Reims, huit cents habitants, deux rues principales, une place avec un monument aux morts démesuré, l'endroit est triste comme un dimanche au paradis. On va au bistro, c'est pour ça qu'on est venu. Le chef Langlois gare la voiture de la gendarmerie juste à l'entrée.

En entrant, l'atmosphère de soupe, de bouchon, de détergent vous prend tout de suite à la gorge. Camille se demande s'il ne devient pas ultrasensible aux odeurs. Déjà, au garage, Mme Joris, avec son parfum vanillé…

Stefan Maciak est mort en novembre 2005. Le nouveau patron est arrivé ici juste après.

– J'ai repris en janvier, en fait.

Ce qu'il en sait, c'est ce qu'on lui a raconté, comme à tout le monde. Ça l'a même fait hésiter pour la reprise de l'établissement, parce que le fait divers a fait pas mal de bruit ici. On voit bien des vols, des braquages, ce genre de choses, même des meurtres (le patron tente de prendre le chef Langlois à témoin, sans succès), mais des histoires comme celle-ci… En fait, Camille n'est pas venu pour entendre ça, il n'est même pas venu pour écouter, mais pour voir les lieux, pour ressentir cette histoire, préciser son idée. Il a lu le dossier, le chef Langlois n'a fait que lui confirmer ce qu'il savait déjà. À cette époque, Maciak a cinquante-sept ans, il est d'origine polonaise, célibataire. C'est un homme assez gros, aussi alcoolique qu'on peut l'être quand on gère des cafés pendant trente ans sans aucune discipline de vie. Sur sa vie justement, pas

210

grand-chose en dehors de son établissement. Côté sexuel, il fréquentait chez Germaine Malignier et sa fille, ici on dit les « quatre fesses ». Pour le reste, un type tranquille, sympa.

– Les comptes étaient corrects.

Pour le nouveau propriétaire, qui en ferme les yeux avec sérieux, c'est un blanc-seing pour l'éternité.

Et donc un soir de novembre… [C'est le chef Langlois qui raconte. Camille et lui sont sortis du café après avoir refusé poliment une tournée, ils marchent en direction du monument aux morts, un piédestal au sommet duquel un poilu penché en avant, face à la bourrasque, s'apprête à embrocher avec sa baïonnette un Boche invisible.] Un 28 novembre. Maciak ferme son établissement comme d'habitude, vers vingt-deux heures, tire le rideau de fer et commence à faire son frichti dans l'arrière-cuisine du café, il va sans doute dîner devant le téléviseur allumé dès sept heures du matin. Mais ce soir-là, il ne dîne pas, pas le temps, on pense qu'il est allé ouvrir la porte de derrière, il revient dans la salle, accompagné. Personne ne sait exactement ce qui s'est passé, la seule certitude c'est qu'un peu plus tard il reçoit un coup de marteau à l'arrière du crâne. Il est estourbi, mal en point mais pas mort, l'autopsie est formelle. Il est ensuite attaché avec les torchons du bar, ce qui exclut la préméditation. Le voilà allongé sur le carreau dans la salle du café, on tâche sans doute de lui faire dire où se trouvent ses économies, il résiste. On va certainement jusqu'au garage qui communique avec l'arrière-cuisine pour attraper l'acide sulfurique qui sert à recharger la batterie de la camionnette, on revient lui en vider un demi-litre dans la gorge, ce qui clôt rapidement la

211

conversation. On rafle la caisse de la fin de journée, cent trente-sept euros, on dévaste l'étage, on éventre un matelas, on vide les commodes et on ramasse les deux mille euros d'économies cachées dans les toilettes, avant de repartir, ni vu ni connu, en emportant le bidon d'acide, sans doute à cause des empreintes.

Camille machinalement lit le nom des morts de la Grande Guerre, trouve trois Malignier, le nom de famille qu'on a évoqué tout à l'heure. Gaston, Eugène, Raymond. Machinalement, Camille cherche le lien de parenté avec les quatre fesses.

– Il y a une femme dans l'histoire ?

– On sait qu'il y en a une, on ne sait pas si elle est liée à l'histoire.

Camille, petit frémissement dans l'échine.

– Bon, selon vous, ça se passe comment ? Maciak ferme à vingt-deux heures…

– Vingt et une heures quarante-cinq, rectifie le chef Langlois.

Ça ne change pas grand-chose. Le chef Langlois fait une petite moue, pour lui, ça change quelque chose.

– Vous voyez, commandant, dit-il, ce genre de commerçant aurait plutôt tendance à fermer un peu en retard sur son autorisation. Fermer quinze minutes plus tôt, ça n'est pas tellement fréquent.

Un « rendez-vous galant », ce sont les mots du chef Langlois, c'est son hypothèse. Une femme a été vue dans le café en fin de journée par des habitués. Comme ils étaient tous là depuis le milieu de l'après-midi, ils devaient flirter avec les trois ou quatre grammes d'alcool dans le sang, alors les uns l'ont vue jeune, les autres âgée, les uns petite, les autres

212

grosse, certains disent qu'elle était accompagnée, d'autres non, on parle d'un accent étranger mais, parmi ceux qui croient l'avoir discerné, aucun n'est capable de préciser de quel accent il s'agit, en fait, personne ne sait rien sauf qu'elle a discuté un long moment au bar avec Maciak qui semblait tout excité, qu'il pouvait être dans les vingt et une heures et que trois quarts d'heure plus tard, il fermait en expliquant aux habitués qu'il avait un coup de fatigue. La suite, on la connaît. Aucune trace d'une femme jeune ou vieille, petite ou grosse dans les hôtels des proches environs. On a fait un appel à témoins, ça n'a servi à rien.

– Il aurait fallu étendre le périmètre de recherche, dit le chef qui évite l'éternelle litanie sur le manque de moyens.

Pour le moment, on peut affirmer qu'il y a eu une femme dans les parages, au-delà…

Le chef Langlois a toujours un peu l'air au garde-à-vous. Raide, empesé.

– Quelque chose vous chagrine, hein, chef ? demande Camille, les yeux toujours sur la liste de défunts de la Grande Guerre.

– Eh bien…

Camille se tourne vers le chef Langlois et enchaîne, sans attendre la réponse :

– Moi, ce qui me surprend, c'est qu'on veuille faire avouer un type en lui versant de l'acide dans la gorge. On voudrait le faire taire, je pourrais comprendre, mais pour le faire parler…

Ça le libère, le chef Langlois. Le garde-à-vous semble s'assouplir, comme s'il oubliait un instant de le maintenir, il va même jusqu'à se permettre un petit clappement de bouche assez peu réglementaire. Camille hésite à le rappeler à l'ordre mais dans son plan de carrière, le chef Langlois n'a certainement pas choisi l'option humour.

– J'y ai pensé aussi, dit-il enfin. C'est étrange… À voir comme ça, on dirait un crime de rôdeur. Le fait que Maciak ouvre sa porte de derrière ne prouve pas qu'il connaissait la personne, ça prouve tout au plus que la personne a été assez convaincante pour qu'il lui ouvre, ça n'a pas dû être bien difficile. Donc un rôdeur. Le café est vide, personne ne l'a vu entrer, il attrape le marteau – Maciak avait une petite boîte à outils d'entretien sous le comptoir –, il assomme Maciak, l'attache, c'est ce qui est dans le rapport.

– Mais comme vous ne croyez pas vraiment à cette histoire d'acide pour lui faire avouer où sont ses économies, vous préférez une autre version…

Ils quittent le monument aux morts, reviennent vers la voiture, le vent s'est un peu levé et avec le vent, le froid de fin de saison, Camille assure son chapeau et resserre les pans de son imperméable.

– Disons que j'en trouve une plus logique. Je ne sais pas pourquoi on lui verse de l'acide dans la bouche et sur la gorge mais, à mon sens, ça n'a rien à voir avec le vol. En règle générale, les voleurs, quand ils sont aussi des assassins, font au plus simple, ils tuent, ensuite ils fouillent et après ils partent. Les acharnés torturent de façon classique, ça peut faire très mal mais ce sont des procédés connus. Tandis que là…

– Alors, pour l'acide, vous pensez à quoi ?

Petite moue. Il se décide enfin.

– Une sorte de rituel, je pense. Enfin, je veux dire…

214

Camille voit très bien ce qu'il veut dire.

– Quel genre de rituel ?

– Sexuel…, risque Langlois.

Plutôt fin, le chef.

Assis côte à côte, les deux hommes regardent, à travers le pare-brise de la voiture, la pluie ruisseler sur le poilu du monument aux morts. Camille explique la succession à laquelle on est parvenu : Bernard Gattegno le 13 mars 2005, Maciak le 28 novembre suivant, Pascal Trarieux le 14 juillet 2006.

Le chef Langlois hoche la tête.

– Le rapport, c'est que ce sont tous des hommes.

C'est aussi l'avis de Camille. Le rituel est sexuel. Cette fille, si c'est elle, hait les hommes. Elle séduit ceux qu'elle rencontre, peut-être même les choisit-elle et, à la première occasion, elle les trucide. Quant à comprendre pourquoi l'acide sulfurique, on saura ça quand on l'aura arrêtée.

– Ça fait un crime par semestre, conclut le chef Langlois. Sacré tableau de chasse, quand même.

Camille est d'accord. Le chef ne se contente pas d'émettre des hypothèses plus que plausibles, il pose aussi les bonnes questions. Mais non, à la connaissance de Camille, pas de rapport entre eux, Gattegno garagiste à Étampes, Maciak cafetier à Reims, Trarieux chômeur en banlieue nord. Sauf qu'ils sont morts à peu près de la même manière et certainement de la même main.

– On ne sait pas qui est cette fille, propose Camille, tandis que le chef Langlois fait démarrer la voiture pour le ramener à la gare, mais ce dont on est certains, c'est que, quand on est un homme, il vaut mieux ne pas croiser sa route.

215

Alex est d'abord descendue dans le premier hôtel qu'elle a trouvé. En face de la gare. Elle n'a pas fermé l'œil de la nuit. De toute manière, s'il n'y avait pas eu le raffut des trains, il y a toujours les rats pour hanter ses rêves et ça, quel que soit l'hôtel... La dernière fois, le gros rat noir et roux faisait bien un mètre de haut, il avait pointé ses moustaches et son museau luisant devant le visage d'Alex, et ses yeux noirs et brillants la transperçaient de part en part, on voyait ses dents affilées pointer sous ses babines.

Le lendemain, elle a trouvé ce qu'elle voulait dans les pages professionnelles. Hôtel du Pré Hardy. Par chance, il y avait des chambres libres pas trop chères. C'est bien, propre, même si c'est un peu loin de tout. La ville lui plaît, il y a une belle lumière, elle a fait des promenades agréables, un peu comme en vacances.

En arrivant à l'hôtel, pour un peu, elle serait repartie aussitôt.

À cause de la patronne de l'hôtel, Mme Zanetti, « mais ici, tout le monde m'appelle Jacqueline ». Déjà, Alex, ça ne lui a pas trop plu de copiner de but en blanc, et vous, c'est comment ? Alors bien obligée : Laura.

– Laura... ? a répété la patronne, médusée. C'est le nom de ma nièce !

Alex ne voyait pas du tout ce qu'il y avait de curieux là-dedans. Tout le monde doit avoir un prénom, les patronnes d'hôtel, les nièces, les infirmières, tout le monde, mais pour Mme Zanetti, ça semblait particulièrement surprenant. C'est ce qu'Alex n'a pas aimé chez elle, d'emblée, sa manière épouvantablement commerçante de s'inventer des liens avec tout le monde. C'est une femme « relationnelle » et, comme elle vieillit, elle renforce son talent communicatif d'un zeste d'élan protecteur. Alex trouve aussi agaçante cette façon de vouloir être la copine de la moitié de la terre et la mère de l'autre moitié.

Physiquement, c'est une femme qui a été belle, qui a voulu le rester et c'est ce qui a tout gâché. Le résultat des opérations esthétiques vieillit parfois mal. Ici, difficile de savoir ce qui ne va pas, on a l'impression que tout s'est déplacé et que le visage, tout en essayant de ressembler encore à un visage, échappe maintenant à toute exigence de proportion. C'est une sorte de masque hypertendu avec des yeux de serpent noyés dans les creux, des centaines de ridules qui convergent vers des lèvres d'un volume stupéfiant, le front est tellement tiré que les sourcils semblent arqués en force et les bajoues ont reculé loin vers l'arrière de la tête et pendouillent sur les côtés, comme des rouflaquettes. Sa coiffure, teinte en noir de jais, est d'un volume époustouflant. Vraiment, quand elle est apparue derrière son comptoir, Alex a réprimé un mouvement de recul, rien d'autre à dire, cette femme a une tête de sorcière. Avec cette monstruosité pour vous accueillir quand vous rentrez, ça encourage aux décisions rapides. Mentalement, Alex a décidé d'en finir vite avec Toulouse et de rentrer. Sauf que le premier soir, la patronne l'a invitée dans sa partie privative, pour boire un verre.

– Vous ne voulez pas causer un peu avec moi ?

Le whisky est excellent, son petit salon personnel est agréable, décoré années cinquante, avec un gros téléphone noir en bakélite et un électrophone Teppaz ouvert sur un microsillon des Platters. Somme toute, elle est assez gentille, elle raconte des histoires assez drôles sur ses anciens clients. Et puis, ce visage, finalement, on s'y fait. On l'oublie. Comme elle a dû l'oublier, elle aussi. C'est propre au handicap, à un certain moment, il n'y a plus que les autres pour s'en apercevoir.

On a ouvert ensuite une bouteille de bordeaux, « je ne sais pas ce qui me reste mais si ça vous tente de dîner ». Alex a dit oui, par facilité. La soirée s'étire agréablement, Alex est passée au feu roulant des questions et ment raisonnablement. L'avantage de ces conversations de rencontre, c'est qu'on n'est pas tenu à la vérité, ce qu'on dit n'a aucune importance pour personne. Quand elle s'est levée du canapé pour aller se coucher, il était plus d'une heure du matin. On s'embrasse comme du bon pain, on se dit qu'on a passé une soirée merveilleuse, ce qui est à la fois vrai et faux. En tout cas, l'heure a tourné sans qu'Alex s'en aperçoive. Elle se couche bien plus tard qu'elle l'a prévu, la fatigue la terrasse, elle a rendez-vous avec ses cauchemars.

Le lendemain, elle fait les librairies et, en fin de journée, elle s'offre une sieste inattendue d'une profondeur presque douloureuse.

L'hôtel « comporte vingt-quatre chambres, il a été rénové entièrement il y a quatre ans », *dixit* Jacqueline Zanetti, « appelez-moi Jacqueline, si, si, j'insiste ». Alex a une chambre au second étage, elle croise peu de monde, elle entend seulement les bruits des uns et des autres, la rénovation n'est pas allée jusqu'à l'insonorisation. Le soir, au moment où Alex tente de se glisser discrètement dehors, Jacqueline surgit derrière le comptoir de la réception. Impossible de refuser un verre, impossible. Jacqueline est plus en forme que jamais, elle se veut étincelante, rires, sourires, mimiques, va-et-vient, côté amuse-gueules, elle a carrément doublé la mise et vers vingt-deux heures, au troisième whisky, elle dévoile ses batteries : « Et si on allait danser… ? » La proposition est faite avec une gourmandise censée entraîner l'adhésion immédiate et ravie, sauf qu'Alex, la danse… En plus, ces endroits la laissent perplexe. « Mais, jure Jacqueline qui surjoue l'offusquée, pas du tout ! On y va uniquement pour danser, je vous assure ! » Affirmative. Comme si elle croyait vraiment à ce qu'elle dit.

Alex est devenue infirmière sur les instances de sa mère mais au fond, elle est infirmière dans l'âme. Elle aime faire le bien. Ce qui la fait céder, c'est que Jacqueline s'est vraiment donné un mal de chien pour mettre en scène sa proposition. Elle a apporté des brochettes, elle raconte l'établissement où on peut aller danser deux fois par semaine « vous verrez, c'est crevant », elle a toujours été folle de ça. Bon, elle avoue en minaudant, d'accord, c'est aussi pour les rencontres.

Alex sirote son bordeaux, elle ne s'est même pas rendu compte qu'on était passé à table et enfin il est vingt-deux heures trente, alors, on y va ?

33

Pour autant qu'on le sache, la route de Pascal Trarieux ne croise jamais celle de Stefan Maciak qui ne croise pas celle de Gattegno. Camille lit ses fiches à voix haute :

– « Gattegno, né à Saint-Fiacre, fait le lycée technique à Pithiviers où il entre en apprentissage. Après quoi, six ans plus tard, il ouvre son propre atelier à Étampes et reprend ensuite (il a alors vingt-huit ans) le garage de son ancien maître d'apprentissage, toujours à Étampes. »

Le bureau de la Brigade.

Le juge est passé pour ce qu'il appelle « le débriefing ». Il prononce le mot avec un accent anglais très souligné à mi-chemin de l'affectation et du ridicule. Aujourd'hui, il s'est vissé une cravate bleu ciel, le comble de l'extravagance vestimentaire dont il est capable. Les mains posées à plat devant lui comme des étoiles de mer, il reste impassible. Il veut faire de l'effet.

– Ce type n'a pas parcouru plus de trente bornes entre sa naissance et sa mort, poursuit Camille. Marié, trois enfants, et d'un coup, à quarante-sept ans, le démon de midi. Ça le rend dingue et après, ça le rend mort. Aucun rapport avec Trarieux.

Le juge ne dit rien, Le Guen ne dit rien, chacun garde ses cartouches, avec Camille Verhœven, on ne sait jamais exactement comment ça va tourner.

– Stefan Maciak, né en 1949. Famille polonaise, famille modeste, famille laborieuse, un exemple pour la France intégratrice.

Tout le monde sait déjà tout ça, faire le point d'une enquête pour une seule personne est assez pénible, on le sent à la voix de Camille qui s'impatiente. Dans ces cas-là, Le Guen ferme les yeux, comme s'il voulait lui communiquer de la sérénité par transmission de pensée. Louis aussi fait ça pour calmer son chef. Camille n'est pas un excité mais, de temps à autre, il a l'impatience un peu spontanée.

– Notre Maciak pousse l'assimilation jusqu'à devenir alcoolique. Il boit comme un Polonais donc c'est un bon Français. Du genre qui veut garder la nationalité française. Du coup, il fait dans le bistro. Il est plongeur, puis serveur, puis demi-chef de rang, nous avons sous les yeux un merveilleux exemple de montée sociale par la descente de gosier. Dans un pays laborieux comme le nôtre, l'effort est toujours récompensé. Maciak gère son premier café à trente-deux ans, à Épinay-sur-Orge. Il y reste huit ans et enfin, apogée de l'ascension sociale, il achète, avec un petit crédit de complément, le bistro des environs de Reims où il va trouver la mort dans les conditions que nous connaissons. Il n'a jamais été marié. Ceci explique peut-être le coup de foudre qui le terrasse lorsqu'une touriste de passage s'intéresse un jour à lui. Il y laisse 4 143,87 euros (les commerçants aiment les comptes précis), et la vie par la même occasion. Sa carrière a été laborieuse, mais sa passion a été fulgurante.

Silence. On ne sait pas si c'est dû à l'agacement (le juge), la consternation (Le Guen), la patience (Louis), la jubilation (Armand), mais tout le monde se tait.

– Selon vous, les victimes n'ont pas de point commun, notre meurtrière tue des gens au hasard, dit enfin le juge. Vous pensez qu'elle ne prémédite pas.

– Elle prémédite ou pas, je n'en sais rien. Je constate seulement que les victimes ne se connaissent pas et que ce n'est pas de ce côté-là qu'il faut chercher.

– Pourquoi alors notre meurtrière change-t-elle d'identité, si ce n'est pas « pour » tuer ?

– Ce n'est pas « pour » tuer mais « parce » qu'elle a tué.

Il suffit que le juge émette une hypothèse pour que Camille enclenche la marche arrière. Il s'explique :

– Elle ne change pas d'identité à proprement parler, elle se fait appeler autrement, ce n'est pas la même chose. On lui demande comment elle s'appelle, elle dit « Nathalie », elle dit « Léa » et personne ne va lui demander sa carte d'identité. Elle se fait appeler autrement parce qu'elle a tué des hommes, trois à notre connaissance, en réalité on ne sait pas combien. Elle brouille les pistes comme elle peut.

– Elle y arrive assez bien, je trouve, lâche le juge.

– Je reconnais…, dit Camille.

Il dit ça distraitement parce que son regard est ailleurs. Tous les yeux se sont tournés vers la fenêtre. Le temps a tourné. Fin septembre. Il n'est que neuf heures du matin mais la lumière est tombée d'un coup. L'averse qui cingle les vitres du palais de justice vient de redoubler et frappe les carreaux avec une violence rageuse ; elle a commencé ses ravages il y a plus de deux heures et on voit mal ce qui va l'arrêter. Camille regarde ce désastre avec inquiétude. Si les nuages n'ont pas encore l'aspect farouche du *Déluge* de Géricault, il y a tout de même plus qu'une menace dans l'air. Il faut se méfier, pense Camille, dans nos petites

222

vies, la fin du monde n'aura pas grande allure, ça pourrait bien commencer comme ça, bêtement.

– Le mobile ? demande le juge. L'argent, c'est peu probable…

– Nous sommes d'accord. Elle n'emporte que des sommes assez dérisoires, si elle faisait ça pour l'argent, elle calculerait mieux son coup, elle choisirait des proies plus riches. L'argent du père Trarieux, c'est six cent vingt-trois euros, Maciak, c'est la caisse de la journée. Avec Gattegno, elle vide ce qu'il a sur ses cartes bleues.

– Petit bénéfice au passage ?

– Possible. Je penche plutôt pour la fausse piste. Elle veut égarer un peu les recherches en simulant le vol crapuleux.

– Alors quoi ? la folie ?

– Peut-être. En tout cas, c'est sexuel.

Le grand mot. À partir de là, on peut tout dire, on le voit tout de suite. Le juge a son idée sur la question. Camille ne parierait pas grand-chose sur son expérience sexuelle mais il a fait les écoles et ça ne lui fait pas peur, de théoriser la question.

– Elle… (si c'est elle)…

Depuis le début, il raffole de cet effet, le juge. Il doit d'ailleurs en faire un leitmotiv dans toutes les affaires, le rappel à la règle, la présomption d'innocence, la nécessité de s'appuyer sur des faits tangibles, il se vautre avec ravissement dans ce côté donneur de leçons. Quand il émet un sous-entendu comme celui-ci, qui rappelle que rien n'est prouvé, il ménage toujours une petite seconde de silence pour que tout le monde saisisse bien la portée du sous-texte. Le Guen opine. Tout à l'heure, il dira : « Et encore ! Nous, on l'a adulte. Tu imagines ce type en terminale, ce qu'il devait être chiant ? »

– Elle verse de l'acide dans la gorge de ses victimes, poursuit enfin le juge. Si c'était sexuel comme vous dites, il me semble qu'elle l'utiliserait autrement, non ?

C'est une allusion, c'est de l'indirect. On théorise, ça met à distance du réel. Alors, ça ne rate pas :

– Vous pouvez préciser ? demande Camille.

– Eh bien…

C'est une seconde d'hésitation de trop, Camille saute dessus :

– Oui… ?

– Eh bien, l'acide, elle le verserait plutôt…

– Sur la queue ? le coupe Camille.

– Euh…

– Ou sur les couilles, peut-être ? Ou les deux ?

– Il me semble, en effet.

Le Guen lève les yeux au plafond. Quand il entend le juge reprendre la parole, il pense « second round » et ça le fatigue d'avance.

– Vous pensez toujours, commandant Verhœven, que cette femme a été violée, c'est bien ça ?

– Oui, violée. Je pense qu'elle tue parce qu'elle a été violée. Elle se venge des hommes.

– Et si elle verse de l'acide sulfurique dans la gorge de ses victimes…

– Je penche pour de mauvais souvenirs de fellation. Ça arrive, vous savez…

– Tout à fait, dit le juge. C'est même plus fréquent qu'on ne le pense. Mais heureusement, toutes les femmes choquées par cette pratique ne deviennent pas des

224

meurtrières en série. Ou du moins, pas de cette manière-là...

Étonnamment, le juge sourit, Camille est un peu dérouté. Ce sont des sourires à contretemps, c'est assez difficile à interpréter.

– En tout cas, quelles que soient ses raisons, reprend-il, c'est ce qu'elle fait. Oui, je sais, si c'est elle...

Disant cela, Camille tourne l'index en l'air très vite : on connaît la rengaine.

Le juge continue de sourire, approuve et se lève.

– En tout cas, que ce soit ça ou non, quelque chose lui est resté en travers de la gorge, à cette fille.

Tout le monde est surpris. Surtout Camille.

34

Alex a tenté une ultime manœuvre de résistance, je ne suis pas habillée, je ne peux pas sortir comme ça, je n'ai rien apporté, vous êtes parfaite et soudain, elles sont face à face, dans le salon, Jacqueline la regarde fixement, plonge son regard dans ses yeux verts et hoche la tête avec une admiration mêlée de regrets, comme si elle regardait une partie de sa propre vie, l'air de dire, ce que c'est bien d'être belle, d'être jeune, et elle dit, vous êtes parfaite, elle le pense vraiment et Alex n'a plus rien à dire, on prend un taxi, à peine le temps de réaliser, on y est. La salle de bal est très grande. En soi, Alex trouve déjà ça tragique, c'est comme le cirque, le zoo, le genre d'endroit qui vous

225

déclenche des tristesses immédiates et inexplicables mais en plus, pour remplir un endroit pareil, il faudrait être huit cents, ils sont cent cinquante. Un orchestre, accordéon, piano électrique, les musiciens ont cinquante ans, le chef d'orchestre porte une moumoute châtaine qui glisse avec la transpiration, on se demande si elle ne va pas finir par tomber dans son dos. Des chaises, une centaine, tout autour. Au centre, le parquet brille comme un sou neuf, une trentaine de couples passent et repassent, déguisés en boléro, en invités de mariage, en Espagnols de pacotille, en charleston. On dirait le carrefour des esseulés. Jacqueline ne le voit pas comme ça, elle est chez elle, elle adore et ça se voit. Elle connaît du monde, elle présente Alex : « Laura », clin d'œil vers elle, puis « ma nièce ». Ce sont des gens de quarante, cinquante ans. Ici, les trentenaires ont l'air d'orphelines quand ce sont des filles, vaguement louches quand ce sont des hommes. Et une dizaine de femmes toniques, de l'âge de Jacqueline, pomponnées, coiffées, maquillées, au bras de maris gentils et patients au pli de pantalon impeccable, des femmes bruyantes et blagueuses, le genre dont on dit qu'elles sont « toujours partantes ». On accueille Alex avec des embrassades comme si la rencontre était attendue de longue date avec impatience, mais très vite, on l'oublie parce que avant tout, on danse.

En fait, tout ça n'est qu'un immense prétexte parce qu'il y a Mario, c'est pour lui que Jacqueline est venue. Elle aurait dû le dire à Alex, ç'aurait été plus simple. Un type de trente ans, physique d'ouvrier maçon, un peu gauche mais incontestablement viril. Donc d'un côté Mario, le maçon, de l'autre, Michel, plutôt le style ancien dirigeant de PME, cravaté jusqu'en haut, le genre qui tire avec le bout des doigts sur les poignets de sa chemise et qui porte des boutons de manchettes à ses initiales. Un costume vert d'eau, très clair, avec un mince galon noir tout le long de la jambe, comme pas mal d'autres, on se demande où il pourrait exhiber un truc pareil en dehors d'ici. Il en pince pour Jacqueline et ça se voit sauf que, face à Mario, il porte lourd sa cinquantaine. Jacqueline s'en fout comme de l'an quarante de Michel. Alex observe ce ballet transparent. Ici, quelques rudiments d'éthologie suffisent pour interpréter toutes les relations.

Il y a un bar sur le côté de la salle, qui tient plutôt de la buvette, où on s'agglutine quand la danse fait moins recette, c'est là qu'on échange des plaisanteries. C'est là aussi que les hommes se rapprochent des femmes. À certains moments, ça fait toute une foule dans l'angle de la salle, les couples qui dansent encore semblent encore plus seuls, comme des figurines sur un gâteau de mariage. Le chef d'orchestre accélère un peu la cadence pour en finir plus vite et tenter sa chance sur un autre morceau.

Il est deux heures passées quand la salle commence à se vider, des hommes enlacent fiévreusement quelques femmes au centre de la piste parce qu'il leur reste très peu de temps pour conclure.

Mario disparaît, Michel propose de raccompagner les filles, Jacqueline dit non, on prend un taxi mais avant, on s'embrasse, on a passé une soirée formidable, on promet tout et n'importe quoi.

Dans le taxi, Alex se risque à évoquer Michel à une Jacqueline un peu pompette qui répond par une confidence qui n'a rien d'un secret : « Je n'ai toujours aimé

227

que les hommes plus jeunes. » Disant cela, elle fait une petite moue comme si elle disait qu'elle ne sait pas résister au chocolat. Les deux s'achètent, pense Alex, parce que tôt ou tard, Jacqueline l'aura son Mario, mais il lui coûtera cher, d'une manière ou d'une autre.

– Vous vous êtes ennuyée, hein ?

Jacqueline a pris la main d'Alex dans la sienne et la serre fort. Curieusement, elle a les mains froides, ce sont des mains longues, parcheminées, avec des ongles interminables. Dans cette caresse, elle met toute l'affection que l'heure et son état d'ébriété lui permettent.

– Non, assure Alex avec conviction, c'était amusant.

Mais elle décide de partir dès le lendemain. De bonne heure. Elle n'a pas de réservation, tant pis, elle trouvera bien un train.

On arrive. Jacqueline tangue sur ses talons hauts. Allons, il est tard. On s'embrasse dans l'entrée, on ne fait pas de bruit pour ne réveiller personne, à demain ? Alex dit oui à tout, elle monte à sa chambre, prend sa valise, redescend et la pose près de l'accueil, ne conserve que son sac à main, passe derrière le comptoir et pousse la porte du petit salon.

Jacqueline a retiré ses chaussures, elle vient de se servir un immense verre de whisky. Maintenant qu'elle est seule, rendue à elle-même, on lui donnerait cent ans de plus.

Quand elle voit Alex entrer, elle sourit, vous avez oublié quelque chose. Elle n'a pas le temps d'articuler la phrase, Alex a attrapé le combiné du téléphone et lui en assène un immense coup, à la volée, sur la tempe droite, Jacqueline se retourne sous le choc et s'écroule. Son verre valse à travers la pièce. Le temps de relever la tête, Alex lui abat, à deux mains cette fois, de toutes ses forces, le corps du gros téléphone en bakélite sur le sommet du crâne, c'est son truc de tuer les gens comme ça, en tapant sur la tête, et puis, c'est ce qui va le plus vite quand on n'a pas d'arme. Cette fois, trois, quatre, cinq coups massifs, en levant les bras le plus haut possible, et l'affaire est réglée. La tête de la vieille est déjà passablement cabossée, mais elle n'est pas morte, c'est le second avantage de la tête, ça estourbit mais ça laisse quand même profiter du dessert. Encore deux grands coups sur le visage et Alex se rend compte que Jacqueline porte un dentier. Il est aux trois quarts sorti de la bouche, tout de traviole, un modèle en résine, la plupart des dents de devant cassées, reste pas grand-chose. Le visage pisse le sang par le nez, Alex s'écarte avec précaution. Le fil du téléphone sert à lier les poignets et les chevilles, après quoi, même si la vieille remue encore un peu, pas de souci.

Alex se protège toujours bien le nez et le visage, elle procède de loin, à bout de bras, en tenant une large poignée de cheveux, et elle a d'autant plus raison que sur la résine des dents, l'acide sulfurique concentré provoque une effervescence d'une rare intensité.

Sous l'effet de la fusion de la langue, de la gorge, du cou, l'hôtelière pousse un cri rauque et sourd, très animal, son ventre se soulève, comme une baudruche gonflée à l'hélium. Ce cri, ce n'est peut-être qu'un réflexe, difficile de savoir. Alex espère quand même que c'est de la douleur.

Elle ouvre la fenêtre qui donne sur la cour et entrouvre la porte pour faire un courant d'air puis, quand l'atmosphère redevient respirable, elle referme la porte, laisse la fenêtre ouverte, cherche du Bailey's, n'en trouve pas, elle essaye la vodka, pas si mal, et s'installe dans le canapé. Un œil sur le corps de la vieille femme. Morte, on la dirait complètement désarticulée, et ce n'est rien à côté du visage, de ce qu'il en reste, les chairs fondues à l'acide ont provoqué des hémorragies de botox, ça fait une bouillie infâme.

Pouah.

Alex est fourbue.

Elle attrape une revue et entame les mots fléchés.

35

On piétine. Le juge, la météo, l'enquête, rien ne va. Même Le Guen s'énerve. Et cette fille, dont on ne sait toujours rien. Camille a terminé ses rapports, il traîne un peu. Il n'a jamais très envie de rentrer à la maison. S'il n'y avait pas Doudouche pour l'attendre...

Ils travaillent dix heures par jour, ils ont enregistré des dizaines de dépositions, relu des dizaines de rapports et de PV, recoupé des informations, demandé des précisions, vérifié des détails, des horaires, interrogé des gens. Et rien. C'est à se demander.

Louis passe d'abord la tête puis s'avance. En voyant les feuilles éparses sur le bureau, il fait un signe au commandant : je peux ? Camille fait : oui. Louis retourne les feuilles, ce sont des portraits de la fille. Le portrait-robot établi par l'Identité est suffisamment ressemblant pour permettre aux témoins de la reconnaître mais c'est un portrait sans vie, tandis qu'ici, de mémoire, Camille l'a recomposé, transfiguré. Cette fille n'a pas de nom mais sur ces dessins, elle a une âme. Camille l'a dessinée dix, vingt, trente fois peut-être, comme s'il la connaissait intimement, la voici à table, sans doute au restaurant, les mains croisées sous son menton, comme si elle écoutait quelqu'un raconter une anecdote, elle a des yeux clairs et rieurs. Ici elle pleure, elle vient de relever la tête, c'est assez poignant, on dirait qu'il lui manque les mots et que ses lèvres tremblent. Là, dans la rue, elle marche et cambre les reins en se retournant, elle vient d'être happée par une vitrine dans lequel son visage étonné se reflète. Sous le crayon de Camille, cette fille est incroyablement vivante.

Louis a envie de dire à quel point il trouve ça bien mais il ne le dit pas parce qu'il se souvient que Camille dessinait Irène ainsi, tout le temps, sur son bureau, il y avait toujours de nouveaux croquis, il les griffonnait en parlant au téléphone, c'était comme une production involontaire de sa pensée.

Donc Louis ne dit rien. Ils échangent quelques mots. Non, Louis va rester encore un peu, pas longtemps, il a des choses à finir. Camille comprend, se lève, enfile son manteau, prend son chapeau et sort.

Au passage, il croise Armand. Rarement au bureau à cette heure-ci, s'étonne Camille. Armand a coincé

231

deux cigarettes au-dessus de chaque oreille, le sommet d'un stylo quatre couleurs dépasse de la poche de sa veste élimée. C'est le signe qu'il y a un nouveau quelque part dans un étage. Une circonstance dans laquelle le flair d'Armand n'a jamais été pris en défaut. Un nouveau ne peut pas faire ses deux premiers pas dans le bâtiment sans tomber sur le vieux flic le plus sympa de la terre, prêt à le cornaquer dans le dédale des couloirs, des sympathies, des rumeurs, le type avec le cœur sur la main et qui comprend vachement bien les jeunes. Camille adore. Ça ressemble au numéro de music-hall où le spectateur malencontreusement monté sur scène se fait délester de sa montre et de son portefeuille sans s'en apercevoir. Au fil de la conversation, le nouveau se fait dépouiller de ses cigarettes, stylo, carnet, plan de Paris, tickets de métro, chèques-restaurant, carte de parking, menue monnaie, journal du jour, revue de mots croisés, Armand prend tout ce qui vient, le premier jour. Parce que ensuite, c'est trop tard.

Camille et Armand quittent la Brigade ensemble. Le matin, Camille serre la main de Louis mais jamais le soir. Avec Armand, ils se serrent la main le soir mais sans un mot.

Au fond, tout le monde le sait mais personne ne le dit, Camille est un homme recru d'habitudes, il les impose à tout son entourage, il en a toujours de nouvelles.

En fait, plus que des habitudes, ce sont des rituels. Des manières de se reconnaître. Avec lui, la vie est une perpétuelle célébration, sauf que personne ne sait ce qu'on célèbre. Et un langage. Même chausser ses lunettes, chez Camille, ne veut pas seulement dire : je chausse mes lunettes mais, selon les cas, j'ai besoin de réfléchir, foutez-moi la paix, je me sens vieux, ou vivement dans dix ans. Pour Camille, chausser ses lunettes est un peu l'équivalent de la remontée de la mèche chez Louis, un système de signes. Peut-être que Camille est ainsi parce qu'il est très petit. Besoin de s'ancrer dans le monde.

Armand serre la main de Camille et court au métro. Camille reste là. Un peu désœuvré. Doudouche a beau être gentille et faire tout ce qu'elle peut, rentrer le soir, quand ça n'est que ça...

Camille a lu quelque part, c'est au moment où on ne croit plus à rien que le signe arrive qui peut vous sauver.

Ça se passe justement là, à cet instant précis.

L'averse qui s'était un instant arrêtée vient de reprendre de plus belle. Camille retient son chapeau sur sa tête parce que le vent tourbillonne et s'avance vers la station de taxis, totalement déserte. Deux hommes avant lui, sous des parapluies noirs, agacés. Ils regardent au loin, penchés sur la chaussée, comme des passagers qui guettent avec impatience un train en retard. Camille consulte sa montre. Le métro. Demi-tour, quelques pas, demi-tour de nouveau. Il s'arrête et observe le petit manège autour de la station de taxis. Une voiture passe très lentement au large de la voie réservée, c'est même tellement lent que ça ressemble à une approche, à une invitation discrète, feutrée, la vitre est baissée... Et d'un coup, Camille est certain qu'il a trouvé. Ne lui demandez pas pourquoi. Peut-être simplement parce qu'il a épuisé toutes les autres solutions. Le bus, ça n'était pas possible à cause de l'heure, le métro, trop risqué, avec des caméras partout et, passé une certaine heure, quand c'est un peu désert, toujours quelqu'un pour vous dévisager de la tête aux pieds. Le taxi non plus. Pour être observée de près, il n'y a pas mieux.

Donc.

Donc, voilà comment c'est arrivé. Il ne prend pas le temps d'y réfléchir davantage, il plaque son chapeau sur sa tête, double le client qui s'avançait, grommelle un mot d'excuse et pointe la tête à travers la vitre baissée.

– Pour le quai de Valmy ? demande-t-il.

– Quinze euros ? risque le conducteur.

Pays de l'Est, mais lequel, Camille, lui, les accents… Il ouvre la portière arrière. La voiture démarre. Le chauffeur relève la vitre. Il porte un gilet en laine, du genre tricoté à la maison, avec une fermeture Éclair. Ça fait au moins dix ans que Camille n'a pas vu un truc pareil. Depuis qu'il a jeté le sien. Quelques minutes s'écoulent, Camille en ferme les yeux, soulagement.

– Non finalement, dit-il, ramenez-moi plutôt quai des Orfèvres.

Le chauffeur lève les yeux vers le rétroviseur.

Plein cadre : la carte de police du commandant Camille Verhœven.

Louis est sur le départ, en train d'enfiler son manteau Alexander McQueen, quand Camille rentre avec sa proie. Surpris, Louis.

– Tu as une seconde ? demande Camille mais il n'attend pas la réponse, installe le chauffeur dans une salle d'interrogatoire et se perche sur une chaise, en face de lui.

Ça ne va pas durer très longtemps. C'est d'ailleurs ce que Camille explique au type :

– Entre gens de bonne compagnie, on finit toujours par s'entendre, non ?

Le concept « gens de bonne compagnie », pour un Lituanien de cinquante ans, c'est un peu complexe. Alors Camille se réfugie dans des valeurs plus sûres, des explications plus rudimentaires et donc bien plus efficaces :

– Nous (la police, je veux dire), on va tous s'y mettre. Je peux mobiliser de quoi boucler les gares du Nord et de l'Est, Montparnasse, Saint-Lazare, et même les Invalides pour les départs vers l'aéroport de Roissy. On peut rafler les deux tiers des taxis sauvages de Paris en moins d'une heure et empêcher les autres de bosser pendant deux mois. Ceux qu'on ramasse, on les ramène ici, on trie les sans-papiers, les faux papiers, les vieux papiers, on leur colle une amende correspondant au prix de leur bagnole, mais les bagnoles, on les saisit. Ah bah oui, on ne peut pas faire autrement, c'est la loi, tu comprends. Et ensuite, on met la moitié d'entre vous dans des avions pour Belgrade, Tallinn, Vilnius (on s'occupe des réservations, pas d'inquiétude !), et ceux qui restent, on les fout en taule pour deux ans. Qu'est-ce que tu dis de ça, mon bonhomme ?

Il ne maîtrise pas bien le français, le taxi lituanien, mais il a compris l'essentiel. Plus qu'inquiet, il regarde son passeport posé sur la table, que Camille lisse avec application du tranchant de la main, comme s'il voulait le nettoyer.

235

– Je vais aussi garder ça, si tu veux bien. En souvenir de notre rencontre. Et je vais te rendre ça.

Il lui tend son téléphone portable. Le visage du commandant Verhœven change brusquement, on ne rigole plus. Il plaque violemment le téléphone sur la table en fer.

– Et maintenant, tu me fous un bordel noir dans la communauté. Je veux une fille, vingt-cinq-trente ans, pas mal mais crevée. Sale. L'un d'entre vous l'a chargée le mardi 11 entre l'église et la porte de Pantin. Je veux savoir où il l'a emmenée. Je te donne vingt-quatre heures.

36

Alex voit bien que l'épreuve dans la cage l'a considérablement secouée, qu'elle vit dans le sillage de l'événement. La peur de mourir de cette manière, avec ces rats… d'y penser, elle en a des frissons, et du coup, elle n'arrive pas à retrouver ses marques. À restaurer son équilibre, à se tenir droite. Son corps reste courbatu, des contractions musculaires fulgurantes la réveillent la nuit, c'est comme l'empreinte d'une douleur qui refuserait de s'effacer. Dans le train, en pleine nuit, elle a poussé un cri. On dit que, pour nous permettre de survivre, le cerveau chasse les mauvais souvenirs afin de ne conserver que les bons, c'est possible mais ça doit prendre du temps parce que Alex, dès qu'elle ferme les yeux trop longtemps, revit sa frayeur jusque dans ses entrailles, ces putains de rats…

Elle sort de la gare, il est près de midi. Dans le train, elle a fini par s'endormir et se retrouver sur le trottoir en plein Paris, c'est comme sortir d'un rêve mal organisé. Passablement ensuquée.

Elle tire sa valise à roulettes sous un ciel uniformément gris. Rue Monge, un hôtel, une chambre libre sur la cour avec une lointaine odeur de tabac froid. Tout de suite déshabillée, tout de suite sous la douche, très chaude puis tiède puis fraîche, après quoi l'inévitable peignoir blanc en tissu éponge qui transforme les hôtels sans gloire en palaces du pauvre. Les cheveux mouillés, ankylosée, affamée, la voici tout entière devant la glace. La seule chose qu'elle aime vraiment chez elle, c'est sa poitrine. En se séchant les cheveux, elle la regarde. Ses seins ont poussé très tard, elle ne les espérait plus, ils sont venus d'un coup, à quoi, treize ans, plus même, quatorze ans. Avant, « plate comme une limande », c'est ce qu'elle entendait toujours à l'école, au collège. Depuis des années, ses copines avaient déjà des décolletés, mettaient des pulls moulants, certaines avaient des pointes de seins qu'on aurait dites en titane, elle, rien. On disait aussi « planche à pain », elle n'a jamais su ce que c'était qu'une planche à pain, personne ne savait, sauf que ça servait à dénoncer sa poitrine plate aux yeux du monde entier.

Et le reste est arrivé encore plus tard, elle allait au lycée. À quinze ans, d'un coup, tout s'est mis en place, parfaitement, les seins, le sourire, les fesses, les yeux, la silhouette tout entière. La démarche. Avant Alex était franchement moche, avec ce qu'on appelle pudiquement un physique ingrat, un corps qui ne se décidait pas à exister, une sorte d'entre-deux, du genre qui n'évoque rien, sans grâce, sans personnalité, on voyait

237

juste que c'était une fille, rien d'autre, sa mère disait même « ma pauvre fille », elle paraissait navrée mais en fait elle trouvait, dans l'ingratitude de ce physique, la confirmation de tout ce qu'elle pensait d'Alex. Ni fait ni à faire. Lorsque Alex s'est maquillée pour la première fois, sa mère a éclaté de rire, pas un mot, rien, juste ça, Alex a couru à la salle de bains, s'est essuyé le visage, s'est regardée dans le miroir, elle avait honte. Lorsqu'elle est redescendue, sa mère n'a pas dit un mot. Juste un sourire en coin, très discret, ça valait tous les qualificatifs. Et puis quand Alex a commencé à changer réellement, sa mère a fait mine de ne rien remarquer.

Aujourd'hui, tout ça est loin derrière elle.

Elle enfile un slip, un soutien-gorge et fouille dans sa valise, impossible de se souvenir de ce qu'elle en a fait. Pas perdue, non, certainement pas, elle est certaine de la retrouver, elle retourne sa valise entièrement, étale tout sur le lit, fouille les poches de côté, tâche de se remémorer, elle se revoit sur le trottoir, bon, elle portait quoi ce soir-là, ça remonte d'un coup, elle plonge la main dans ses vêtements à la recherche d'une poche.

– Et voilà !

C'est une victoire incontestable.

– Tu es une femme libre.

La carte de visite est passablement froissée, écornée, elle l'était déjà lorsqu'il la lui a remise, avec un grand pli en travers. Le temps de composer le numéro. Elle dit, les yeux rivés sur la carte :

– Oui, bonjour, Félix Manière ?

– Oui, c'est qui ?

– Bonjour, c'est…

238

Le trou. Quel prénom elle a donné ?

– C'est Julia ? Allô, c'est Julia ?

Il a presque crié. Alex respire, sourit.

– Oui, c'est Julia.

Sa voix semble un peu lointaine.

– Vous êtes sur la route ? demande-t-elle. Je vous dérange ?

– Non, oui, enfin, non…

Il est vraiment content de l'entendre. Il en perd un peu les pédales.

– Alors, c'est oui ou c'est non ? demande Alex en riant.

Il est battu, sur ce coup-là mais beau joueur.

– Pour vous, c'est toujours « oui ».

Elle laisse filer quelques longues secondes, le temps d'apprécier la répartie, de savourer ce que ça veut dire, qu'il lui dise ça.

– Vous êtes gentil.

– Vous êtes où ? Chez vous ?

Alex s'assoit sur le lit et balance ses jambes devant elle.

– Oui et vous ?

– Au boulot…

Le petit silence qui suit est, entre eux, une sorte de valse-hésitation, chacun attend que l'autre se manifeste. Alex est très sûre d'elle. Ça ne rate pas.

– Ça me fait plaisir que vous m'appeliez, Julia, dit enfin Félix. Très plaisir.

Tu parles. Et comment que ça lui fait plaisir. Alex le revoit encore plus clairement maintenant qu'elle entend sa voix, ce physique d'homme un peu découragé par l'effort et qui commence à s'alourdir, cette silhouette aux jambes un peu courtes et ce visage… ça

239

la remue d'y repenser, son visage qui lui fait tellement d'effet, ses yeux vaguement tristes, un peu ailleurs.

– Et vous faites quoi, à votre travail ?

Disant cela, Alex s'allonge sur son lit, face à la fenêtre ouverte.

– Je fais les chiffres de la semaine parce que je pars demain et si je surveille pas tout, une semaine après, vous voyez…

Il s'arrête net. Alex continue de sourire. C'est drôle, elle n'a qu'à lever un cil ou se taire, pour l'arrêter ou le mettre en route. Si elle était en face de lui, il lui suffirait de sourire d'une certaine façon, de le regarder en tournant légèrement la tête pour qu'il interrompe sa phrase ou qu'il l'achève autrement. C'est d'ailleurs exactement ce qu'elle vient de faire. Elle s'est tue et il s'est arrêté tout seul, il a senti que ce n'était pas la bonne réponse.

– Bon, et puis peu importe, dit-il. Et vous, vous faites quoi ?

La première fois, en sortant du restaurant, elle lui a fait l'effet qu'elle sait provoquer chez les hommes. Elle connaît la recette. La façon de marcher un peu dolente, la manière de laisser filer légèrement les épaules, le regard avec la tête un peu penchée et les yeux écarquillés, presque naïfs, les lèvres fondant à l'œil nu… Ce soir-là, sur le trottoir, elle revoit Félix, hagard à l'idée de la posséder. Son avidité sexuelle transpirait par tous ses pores. Alors, ça n'est pas difficile :

– Je suis allongée, dit Alex. Sur mon lit.

Elle n'en a pas fait trop, pas de voix grave et suave, pas de folklore inutile, juste ce qu'il faut pour créer le doute, l'embarras. Pour le ton, c'est de l'information pure, pour le contenu, c'est un gouffre. Silence. Elle

240

croit entendre l'avalanche neuronale qui s'est déclenchée dans l'esprit de Félix, incapable de trouver un mot. Alors il rit bêtement et comme elle ne réagit pas, qu'elle met au contraire, dans son silence, toute la tension dont elle est capable, le rire de Félix s'étrangle et s'éteint :

— Sur votre lit…

Félix est sorti de lui-même. À la seconde même il est devenu son téléphone portable, il vient de fusionner avec les ondes qui se propagent à travers la ville, de lui vers elle, il est l'air qu'elle respire et qui fait gonfler lentement son ventre ferme couronné par ce slip blanc si petit, qu'il devine si petit, il est ce slip lui-même, il est le tissu de ce slip, il est l'atmosphère de la chambre, les microparticules de poussière qui l'entourent et la baignent, il ne peut plus rien dire, il en est incapable. Alex sourit doucement. Il l'entend.

— Pourquoi vous souriez ?

— Parce que vous me faites rire, Félix.

L'a-t-elle déjà appelé par son prénom ?

— Ah…

Il ne sait pas très bien comment le prendre.

— Vous faites quoi ce soir ? enchaîne Alex.

Il essaye par deux fois d'avaler sa salive.

— Rien…

— Vous m'invitez à dîner ?

— Ce soir ?

— Bon, dit Alex d'une voix ferme, je tombe mal, je suis désolée…

Et son sourire s'élargit en entendant le brutal torrent d'excuses, de justifications, de promesses, d'explications, de précisions, de raisons, de motifs pendant lequel elle jette un œil sur sa montre, il est dix-neuf heures trente, qu'elle interrompt d'un mot :

241

– Vingt heures ?

– Oui, vingt heures !

– Où cela ?

Alex ferme les yeux. Elle croise les jambes sur son lit, c'est vraiment trop facile. Félix a besoin de plus d'une minute pour proposer un restaurant. Elle se penche vers la table de nuit, note l'adresse.

– C'est très bien, assure-t-il. Enfin, c'est bien… Vous verrez vous-même. Et si vous n'aimez pas, on peut aller ailleurs.

– Si c'est bien, pourquoi nous irions ailleurs ?

– C'est… question de goût…

– Justement, Félix, ça m'intéresse de voir ce qui est à votre goût.

Alex raccroche et s'étire comme une chatte.

37

Le juge a exigé le ban et l'arrière-ban. Toute l'équipe, Le Guen en tête, Camille, Louis, Armand. Cette enquête piétine lamentablement.

Enfin, piétine… Pas tant que ça justement. Parce que voilà enfin du neuf. Du vrai, du grand, du radicalement nouveau et pour en faire bien profiter tout le monde, le juge a demandé à Le Guen de ratisser large. Il vient à peine d'entrer dans le bureau de la Brigade d'un pas austère que Le Guen tente déjà de calmer Camille par des regards appuyés. Camille, lui, sent la tension monter en lui à partir du ventre. Ses doigts, dans son dos, se frottent les uns aux autres comme

242

s'ils s'apprêtaient pour une opération de haute précision. Il regarde le juge entrer. À la manière dont il se conduit depuis le début de l'enquête, on devine que pour lui, la preuve de l'intelligence, c'est d'avoir le dernier mot. Et aujourd'hui, il n'a pas l'intention de laisser sa part aux chiens.

Côté vestimentaire, nickel, le juge. Costume sobre, gris, cravate sobre, grise, l'élégance efficace qui incarne la Justice réfléchie. À voir le costume, tchékhovien, Camille devine que Vidard va la jouer théâtral. Il n'a aucun mérite. Le rôle du juge est déjà écrit, la pièce pourrait s'intituler : « Chronique d'une nouvelle annoncée » parce que toute l'équipe sait déjà à quoi s'en tenir. Elle pourrait se résumer à : « Vous êtes vraiment des branquignols » parce que la théorie mise en avant par Camille vient d'en prendre au sacré coup sur la cafetière.

Deux heures plus tôt, l'annonce est tombée. L'assassinat d'une certaine Jacqueline Zanetti, hôtelière à Toulouse. Frappée violemment à la tête, avec un acharnement évident, puis ligotée et achevée à l'acide sulfurique concentré.

Camille a aussitôt appelé Delavigne. Ils se sont connus au début de leur carrière, deux décennies plus tôt, il est commissaire à la Criminelle de Toulouse. En quatre heures, ils se sont appelés sept ou huit fois, Delavigne est un type carré, serviable, solidaire et sacrément embêté pour son pote Verhœven. Toute la matinée Camille, de son bureau, a assisté aux premières constatations et aux interrogatoires à peu près comme s'il y était.

243

– Il n'y a pas de doute, dit le juge, il s'agit sans conteste de la même meurtrière. D'un meurtre à l'autre, la manière est à peu près invariable. Le rapport fait remonter la mort de Mme Zanetti à samedi, aux toutes premières heures du matin.

– Son hôtel est connu chez nous, a dit Delavigne, une maison *very quiet*.

Ah oui, il est comme ça, Delavigne, il émaille volontiers sa conversation d'anglicismes. C'est son genre. Camille, ça l'énerve pas mal.

– La fille est arrivée mardi à Toulouse, on a retrouvé sa trace dans un hôtel près de la gare où elle est descendue sous le nom d'Astrid Berma. Elle change d'hôtel le lendemain. Mercredi, elle descend chez Zanetti, à l'hôtel du Pré Hardy, sous le nom de Laura Bloch, jeudi *in the night*, elle lui donne plusieurs coups de téléphone. En pleine gueule. Après quoi, elle l'achève à l'acide sulfurique, et vide la caisse de l'hôtel, environ deux mille euros, avant de disparaître.

– Pas avare en identités, en tout cas…

– Non, pour ça, rien à dire.

– On ne sait pas si elle est en voiture, en train, en avion. On va faire la gare SNCF, la gare routière, les agences de location, les taxis mais il va nous falloir du temps.

– On trouve ses empreintes partout, souligne le juge, dans sa chambre, dans le salon de Mme Zanetti, visiblement, ça ne la dérange pas qu'on les trouve.

244

Elle n'est pas fichée, elle le sait, aucune raison de s'embarrasser. C'est à la limite de la provocation.

Le fait qu'il y ait, dans la pièce, un juge d'instruction et un commissaire divisionnaire n'empêche pas les flics d'obéir à la règle de Camille : aux réunions de synthèse, on reste debout. Adossé à la porte, Camille se tait. Il attend la suite.

– Ensuite ? demande Delavigne. Eh bien, jeudi soir, elle a accompagné Zanetti au bal du Central, c'est un truc assez *picturesque*…

– Dans quel sens ?

– Un bal de vieux, d'esseulés. Des célibataires, des amateurs de la danse. En tenue complète avec les costards blancs, cravates rubans et les robes à froufrous… Moi, je trouve ça plutôt *funny* mais toi, je pense que ça te ferait déprimer.

– Je vois.

– Non, je ne pense pas que tu voies vraiment…

– À ce point ?

– Tu n'imagines même pas. On devrait placer le Central dans le circuit des touristes japonais comme *pinnacle of achievement* !

– Albert !

– Quoi ?

– Tu peux me le jouer lifté avec tes anglicismes, je trouve ça vraiment chiant.

– *OK, boy*.

– C'est beaucoup mieux… Le meurtre est lié à cette sortie ?

– *A priori* non. Aucun témoignage ne va dans ce sens. La soirée a été « animée », « sympa », quelqu'un a même dit « formidable », bref une soirée chiante, mais en tout cas sans problème, sans dispute, sauf les inévitables histoires de drague, de couples auxquelles la fille n'a pas participé. Très en retrait, paraît-il. On aurait dit qu'elle était là pour faire plaisir à Zanetti.

– Elles se connaissaient ?

– Zanetti l'a présentée comme sa nièce. Il a fallu moins d'une heure pour vérifier qu'elle n'a ni frère ni sœur. Dans cette famille, il n'y a pas plus de nièce que de communiante dans un boxon.

– Pour les communiantes, tu n'en sais rien…

– Ah si, monsieur ! À Toulouse, côté communiantes, nos proxénètes sont inébranlables !

– Mais, dit le juge, je sais que vous avez déjà tous les éléments par vos collègues de Toulouse. Non, l'intéressant n'est pas là.

Allez, vas-y, pense Camille.

– L'intéressant, c'est qu'elle n'avait tué jusqu'ici que des hommes, plus âgés qu'elle et que ce meurtre d'une femme de plus de cinquante ans met à mal votre hypothèse. Je fais ici référence à la théorie du commandant Verhœven de meurtres sexuels.

– C'était aussi la vôtre, monsieur le juge.

C'est Le Guen. Lui aussi en a un peu marre.

– Absolument ! dit le juge.

Il sourit, presque content.

– Nous avons tous fait la même erreur.

– Ça n'est pas une erreur, dit Camille.

Tout le monde le regarde.

246

– Bref, dit Delavigne, elles vont ensemble au bal, on regorge de témoignages, les amis et relations de la victime. On décrit la fille comme gentille, *smiley* (*sorry*), tous reconnaissent le portrait-robot que tu m'as envoyé. Jolie, mince, les yeux verts, châtain-roux. Deux femmes sont certaines qu'il s'agit d'une perruque.

– Je pense qu'elles ont raison.

– Soirée au bal du Central, puis retour à l'hôtel, vers trois heures du matin. Le meurtre doit avoir eu lieu peu de temps après parce que (grosse louche, hein, il faut attendre l'autopsie pour être certain) le légiste fait remonter le décès aux environs de trois heures et demie.

– Dispute ?

– Possible, mais alors, ça devait être un sacré différend. Pour se terminer à l'acide sulfurique…

– Personne n'a rien entendu ?

– *No one. Sorry*… En même temps, qu'est-ce que tu veux, à cette heure-là, tout le monde roupille. Et puis, quelques coups de téléphone dans la gueule, ça fait pas tant de bruit que ça non plus.

– Elle vivait seule, cette Zanetti ?

– D'après ce qu'on sait, ça dépendait des périodes. Ces derniers temps, oui, elle était seule.

– Peu importe l'hypothèse, commandant. Vous pouvez vous accrocher à la théorie que vous voulez, ça ne nous fait pas avancer d'un pouce et ça ne change malheureusement rien au résultat. Nous avons sur les bras une meurtrière totalement imprévisible, qui se déplace vite et souvent, qui tue indifféremment

247

des hommes et des femmes et qui est absolument libre de ses mouvements et même pas inquiète puisqu'elle n'est pas fichée. Alors ma question est simple, monsieur le divisionnaire, comment comptez-vous vous y prendre ?

38

– Bon, si vous dites que c'est une demi-heure... Mais vous me ramenez ?

Il jurerait n'importe quoi, Félix. Il a pourtant l'impression que ça ne s'est pas si bien passé que ça avec Julia, qu'elle n'a pas trouvé sa conversation bien passionnante. Déjà la première fois, à la sortie du restaurant, il a senti qu'il n'était pas à la hauteur, tout à l'heure, au téléphone, il n'a pas l'impression d'avoir fait un très bon match non plus. À sa décharge, qu'elle le rappelle, ça l'a rendu dingue, il n'y croyait pas. Et maintenant cette soirée. Et d'abord ce restaurant, quelle idée il a eue. Pris au dépourvu, qu'est-ce que vous voulez dire... Cette fille vous appelle, allongée sur son lit, elle vous dit, ce soir, d'accord, ce soir, où ? Alors forcément, vous êtes désorienté, vous dites ce qui vous vient immédiatement à l'esprit et après...

Au début, elle a pris du plaisir à l'exciter. D'abord, cette robe qu'elle avait choisie. Elle sait l'effet que ça fait. Ça n'a pas raté, quand il l'a vue, on aurait dit que sa mâchoire inférieure allait tomber sur le trottoir. Ensuite, Alex a dit « Bonsoir Félix... » en posant sa main sur son épaule et elle a effleuré sa joue avec ses

248

lèvres, très vite, comme une familiarité. Il a fondu sur pied, le Félix, ça l'a retourné, cette manière de faire parce que ça pouvait aussi bien vouloir dire, « d'accord pour cette nuit », que « soyons bons camarades », comme si on travaillait ensemble. Alex fait très bien ce genre de choses.

Elle l'a laissé raconter sa vie professionnelle, les scanners, les imprimantes, l'entreprise, les chances de promotion à venir, les collègues qui ne lui arrivent pas à la cheville et le dernier chiffre du mois, Alex s'est même fendue d'un « Oh » admiratif, Félix s'est rengorgé, il avait l'impression de bien remonter la pente sur ce coup-là.

Non, Alex, ce qui l'a amusée chez cet homme, c'est son visage bien sûr qui lui procure des sensations fortes, déroutantes, mais c'est surtout de voir la violence de son désir. C'est pour ça qu'elle est là. Ça lui sort par tous les pores de la peau qu'il la veut dans son lit. Sa virilité est prête à exploser à la moindre étincelle. Quand elle lui sourit, il est tellement tendu, qu'on dirait qu'il va soulever la table. C'était déjà comme ça la première fois. Éjaculateur précoce ? Alex se demande.

Alors voilà, ils sont en voiture, Alex a relevé sa robe un peu plus haut qu'il ne faudrait et c'est plus fort que lui, ils sont en route depuis dix minutes, il pose déjà sa main sur sa cuisse, très haut. Alex ne dit rien, elle ferme les yeux, avec un sourire intérieur. Quand elle les rouvre, elle le voit bien, ça l'a rendu dingue, s'il pouvait la baiser là, tout de suite, sur le boulevard périphérique. Tiens, justement, le périphérique, on passe la porte de la Villette, c'est ici que Trarieux s'est fait écrabouiller par un semi-remorque, Alex est aux

249

anges, Félix remonte sa main, elle l'arrête. Le geste, calme, chaleureux, a plus l'air d'une promesse que d'un interdit. Elle retient son poignet d'une manière... S'il continue de bander comme ça, ce type ne va pas arriver entier, il va exploser en vol. Ils ne disent rien, l'atmosphère dans la voiture est palpable, chaude, ce silence est suspendu comme une fusée éclairante au-dessus d'un détonateur. Félix conduit vite, Alex n'est pas inquiète. Et après la voie rapide, une immense cité, une barre d'immeubles, d'un triste. Il gare sa voiture à la volée, se tourne vers elle mais déjà elle est dehors, lissant sa robe du plat de la main. Il marche vers l'immeuble avec sa bosse à la braguette qu'elle fait mine de ne pas remarquer. Elle lève les yeux, la barre doit faire au moins vingt étages.

— Douze, dit-il.

C'est passablement déglingué, les murs sont sales, couverts d'inscriptions obscènes. Quelques boîtes aux lettres sont éventrées. Il a honte, on dirait qu'il pense seulement maintenant que, tout de même, il aurait pu l'emmener à l'hôtel. Mais le mot « hôtel », tout de suite, à la sortie du restaurant, ça voulait vraiment dire : « je veux vous baiser », il n'a pas osé. Et du coup, il a honte. Elle lui sourit pour lui montrer que ça n'a aucune importance et c'est vrai, pour Alex, ça n'a aucune importance. Pour le rassurer, elle pose à nouveau sa main sur son épaule et, tandis qu'il cherche sa clé, elle pose un baiser très court, très chaud au bas de sa joue, à la limite du cou, ça fait des frissons à cet endroit-là. Il s'arrête net, se reprend, ouvre la porte, allume la lumière, il dit « Entre, je reviens. »

250

Appartement de célibataire. De divorcé. Il s'est précipité dans la chambre. Alex retire sa veste, la pose sur le canapé et revient pour le regarder. Le lit n'est pas fait, rien n'est fait d'ailleurs, il déblaye avec de grands gestes. Quand il l'aperçoit sur le seuil, il sourit maladroitement, s'excuse, tâche de faire vite, il est vraiment pressé de ranger, d'en finir, Alex le voit se dépêtrer comme il peut. Une chambre sans génie, une chambre d'homme sans femme. Un ancien ordinateur, des vêtements épars, un attaché-case passé de mode, un vieux trophée de foot sur une étagère, dans un cadre la reproduction industrielle d'une aquarelle comme on en trouve dans les chambres d'hôtel, des cendriers débordants, il est à genoux sur le lit, retape le drap en se penchant loin devant, Alex s'est approchée, elle est juste derrière lui, elle lève le trophée de foot à deux mains au-dessus de sa tête, le lui abat sur l'arrière du crâne, dès le premier coup, le coin du socle en marbre s'enfonce d'au moins trois centimètres. Ça fait un bruit sourd et comme une vibration dans l'air. La violence du choc déséquilibre Alex, elle fait un pas sur le côté, revient vers le lit, cherche un meilleur angle, lève à nouveau les bras au-dessus de sa tête et abat le trophée de toutes ses forces, en visant bien. L'arête du socle défonce l'os occipital, Félix est vautré sur le ventre, saisi de brusques convulsions... Pour ce qui le concerne, c'est cuit. Autant s'économiser.

Peut-être même qu'il est déjà mort et que c'est le système neurovégétatif qui continue de l'agiter.

Elle s'approche, se baisse avec curiosité, le soulève par l'épaule, eh bien non, il semble seulement inconscient. Il geint, mais il respire. Il bat même des pau-

251

pières, c'est réflexe. Il a le crâne tellement défoncé que cliniquement, il est déjà à moitié mort. Disons, aux deux tiers.

Donc pas tout à fait mort.

Et tant mieux d'ailleurs.

En tout cas, avec ce qu'il a pris sur le carafon, il ne représente pas un grand danger.

Elle le retourne sur le dos, il est lourd, sans résistance. Il y a des cravates, des ceintures, tout ce qu'il faut pour lui attacher les poignets, les chevilles, l'affaire de quelques minutes.

Alex va jusqu'à la cuisine, elle attrape son sac au passage, revient dans la chambre, elle sort son flacon, s'installe à califourchon sur sa poitrine, lui casse quelques dents en lui forçant les mâchoires avec le pied de lampe, tord en deux une fourchette et la lui enfonce dans la bouche pour la maintenir ouverte, elle s'écarte, lui enfonce le goulot au fond de la gorge et lui déverse tranquillement un demi-litre d'acide sulfurique concentré dans le larynx.

Le Félix, forcément, ça le réveille.

Pas pour longtemps.

Elle aurait juré que ces immeubles étaient du genre bruyant. En fait, la nuit, c'est tranquille, la ville tout autour est même assez belle, comme ça, vue du douzième étage. Elle cherche des repères mais il est difficile de s'y retrouver dans ce paysage nocturne. Elle n'avait pas vu non plus que l'autoroute passe tout près, ce doit être la voie rapide qu'ils ont empruntée, si ça se trouve Paris est de l'autre côté. Alex et le sens de l'orientation…

L'appartement, le ménage sont passablement négligés mais Félix prend soin de son ordinateur portable, une belle sacoche bien rangée, avec des compartiments pour les dossiers, les stylos, le câble d'alimentation. Alex relève l'écran, démarre une session, se connecte à l'Internet, jette un œil amusé sur l'historique : sites pornographiques, jeux en ligne, elle se retourne vers la chambre : « Quel coquin, ce Félix… », puis elle tape son nom. Rien, la police ne connaît toujours pas son identité. Elle sourit. Elle s'apprête à refermer le portable, se reprend, tape : *police – avis de recherche – meurtres*, passe les premiers résultats et trouve enfin. On cherche une femme, plusieurs meurtres, on appelle à témoin, Alex est réputée « dangereuse ». À en juger par l'état de Félix, dans la pièce d'à côté, le qualificatif n'est pas usurpé. Et honnêtement, son portrait-robot est plutôt réussi. Ils ont dû se servir des photos prise par Trarieux pour réaliser ça. Pas de doute, ils s'y prennent bien. Avec ce type de regard, absent, ça fait toujours des visages un peu morts. Changez la coiffure et la couleur des yeux, vous avez quelqu'un d'autre. Et c'est exactement ce qu'elle va faire. Alex referme le portable d'un geste sec.

Avant de partir, elle va jeter un œil dans la chambre. Le trophée de foot traîne sur le lit. Le coin est ensanglanté avec pas mal de cheveux collés. Ça représente un footballeur saisi pendant un tir qu'on devine gagnant. Le gagnant, sur le plumard, a l'air beaucoup moins victorieux. L'acide a fait fondre toute sa gorge qui n'est plus qu'un amas de chairs dissoutes blanches et roses. On dirait qu'en tirant un peu fort, on pourrait détacher la tête d'un seul coup. Il a gardé les yeux ouverts, écarquillés mais on sent bien qu'une ombre est passée dessus, un voile terne a éteint le regard, comme les yeux de verre des ours en peluche, Alex en a eu un comme ça.

Sans le retourner, Alex fouille par-dessous, dans sa veste pour prendre ses clés. La voici dans l'escalier, puis sur le parking.

Elle déclenche l'ouverture au dernier instant, quand elle est prête à monter dans la voiture.

En cinq secondes elle démarre. Elle ouvre la vitre en grand, l'odeur de tabac froid, c'est pénible. Alex pense que Félix vient de s'arrêter de fumer, c'est une bonne nouvelle pour lui.

Un peu avant d'arriver à la porte de Paris, elle fait un petit détour et arrête la voiture un instant le long du canal, face à l'entrepôt des Fonderies Générales. L'immense bâtiment, plongé dans la nuit, ressemble à un animal préhistorique. Alex en a froid dans le dos, rien que de repenser à ce qu'elle a vécu là-dedans. Elle ouvre la portière, fait quelques pas, balance l'ordinateur portable de Félix dans le canal et remonte en voiture.

À cette heure-là, il faut moins de vingt minutes pour arriver au parking de la Cité de la Musique.

Elle range la voiture au second sous-sol, jette les clés dans un égout avant de descendre dans le métro.

39

Trente-six heures pour loger le taxi sauvage qui a chargé la fille à Pantin.

Le délai est dépassé de douze heures mais le résultat est là.

Derrière, trois véhicules banalisés. On roule vers la rue Falguière. Pas très loin de l'endroit où elle a été enlevée, finalement. Ça inquiète Camille. Le soir de l'enlèvement, ils ont passé la majeure partie de la nuit à interroger les riverains, sans le moindre résultat.

– Ce soir-là, on a raté quelque chose ? demande-t-il à Louis.

– Pas forcément.

Quand même…

Cette fois, ils sont dans un taxi slovaque. Un type long, au visage en lame de couteau avec des yeux fiévreux. Trente ans peut-être, calvitie précoce, centrée sur l'arrière, comme les moines. Sur le portrait-robot, il a reconnu la fille. Sauf les yeux, il a dit. Normal, ici on a dit des yeux verts, avant on a dit des yeux bleus, la fille utilise certainement des lentilles de couleur. Mais c'est elle.

Le taxi conduit au-delà de toute prudence. Louis s'apprête à intervenir, Camille le devance. D'un coup de reins, il se propulse vers le siège avant, ses pieds touchent enfin le sol, dans cette voiture, une sorte de 4 × 4, il pourrait quasiment tenir debout, ça l'énerve encore plus. Alors il pose sa main sur l'épaule du conducteur :

– Tu peux y aller, mon pote, personne t'arrêtera pour excès de vitesse.

Soupe au lait, le Slovaque. Il accélère brutalement, Camille se retrouve allongé dans le fond du siège arrière, les quatre fers en l'air, pas le genre de chose qu'il faut faire, le chauffeur le comprend tout de suite, il ralentit, torrent d'excuses, il donnerait sa paie, sa voiture et sa femme pour que le commandant oublie l'incident. Camille voit rouge, Louis pose sa main sur son bras et tourne la tête, est-ce qu'on a vraiment le temps pour ce genre de conneries ; son regard ne prononce pas des mots pareils ; il dit plutôt quelque chose comme : Nous manquons un peu de temps pour nous livrer à une colère, même passagère, vous ne pensez pas ?

Rue Falguière, rue Labrouste.

En chemin, le chauffeur a raconté. Le tarif était fixé à vingt-cinq euros. Quand il l'a abordée, près de la station de taxis déserte de l'église de Pantin, la fille n'a pas discuté, elle a ouvert la portière et s'est effondrée sur la banquette. Elle était épuisée, elle sentait mauvais, la transpiration, la saleté, allez savoir. Ils ont roulé en silence, elle dodelinait de la tête comme si elle résistait au sommeil, ça ne lui disait rien qui vaille, au Slovaque. Shootée ? Arrivé dans ce quartier, il s'est retourné vers elle, mais la fille ne le regardait pas, elle fixait la rue à travers le pare-brise, elle s'est retournée, à son tour, comme si elle cherchait quelque chose ou qu'elle était soudain désorientée, et elle a dit :

256

– On va attendre un peu… Garez-vous.

Et elle a désigné un endroit quelque part sur sa droite. Ça n'était pas convenu comme ça. Le chauffeur est monté sur ses grands chevaux. À la manière dont il raconte la scène, on sent l'atmosphère, la fille au fond, derrière, qui ne dit rien, le chauffeur hors de lui, il a l'habitude des coups fourrés, pas le genre à se laisser emmerder, par une fille en plus. Mais elle dit seulement, sans le regarder :

– Me fais pas chier, on attend ou je m'en vais.

Inutile de dire qu'elle ne paiera pas. Elle aurait pu dire « on attend ou j'appelle les flics », mais non, tous deux savent à quoi s'en tenir, ils sont tous les deux en situation irrégulière. Égalité des forces, le taxi redémarre, elle lui montre l'endroit, il se gare.

– J'attends quelqu'un, ça ne sera pas long, ajoute-t-elle.

Le chauffeur n'aime pas ça, rester sans but, avec cette fille qui sent mauvais. On ne sait pas ce qu'on attend. Elle a voulu qu'il se place face à la rue, elle fixe un endroit (il montre devant lui, on ne sait pas quoi regarder, on sait que c'est devant, c'est tout). La venue de quelqu'un, le coup du rendez-vous, il n'y croit pas une seconde. Ne semble pas dangereuse. Inquiète plutôt. Camille écoute le chauffeur raconter l'attente. Il devine qu'avec l'inactivité, il a sans doute commencé à se raconter des histoires sur cette fille, des histoires de jalousie, d'amour raté, qu'elle devait guetter un homme, ou une femme, une rivale, ou bien une histoire de famille, c'est plus fréquent qu'on ne le croit. Un œil dans le rétroviseur. Pas laide, cette fille,

257

si elle était propre. Et éreintée à ce point-là, on se demande d'où elle sort.

On reste un long moment à guetter. Elle est sur le qui-vive. Rien ne se passe. Camille comprend qu'elle guette pour savoir si Trarieux s'est rendu compte de sa fuite, s'il l'attend près de chez elle.

Au bout d'un moment, elle a sorti trois billets de dix euros et elle est sortie sans explication. Le chauffeur l'a vue partir dans cette direction mais il n'a pas regardé où elle allait, il ne voulait pas rester à cet endroit, en pleine nuit, il a détalé. Camille descend. Le soir de l'enlèvement, on a ratissé jusque-là, que s'est-il passé ?

On sort des voitures. Camille désigne les immeubles devant lui.

– Elle habite un immeuble dont l'entrée est visible d'ici. Louis, tu me demandes deux équipes supplémentaires, tout de suite. Les autres…

Camille distribue les rôles. Tout le monde, déjà pressé. Camille s'appuie sur la portière du taxi, pensif.

– Je peux y aller ? demande le chauffeur à voix basse, comme s'il craignait d'être entendu.

– Hein ? Non, toi, je te garde.

Camille le regarde, avec sa tête longue comme un jour sans pain. Il lui sourit.

– T'es monté en grade. Tu es chauffeur personnel d'un commandant de police. Tu es au pays de l'ascenseur social, tu savais pas ?

258

40

– Très gentille ! a dit l'épicier arabe.

Armand s'est chargé de l'épicier arabe. Avec les commerçants, il est toujours volontaire, surtout avec les épiciers, une aubaine qui ne se produit pas tous les jours. Quand il interroge, il fait un peu peur avec sa dégaine de SDF, il marche entre les rayons, se montre impressionnant avec des sous-entendus inquiétants et mine de rien, ça lui permet de piller le magasin, il attrape ici un paquet de chewing-gums, là une canette de Coca, puis une seconde, il pose ses questions à la cantonade, le commerçant le voit remplir ses poches en picorant des plaquettes de chocolat, des sachets de bonbons, des biscuits, des barres chocolatées, il aime le sucre, Armand. Sur la fille, il n'apprend pas grand-chose, il insiste tout de même. S'appelait comment ? Payait en espèces, jamais de carte, jamais de chèques ? Elle venait souvent ? Habillée comment ? Et l'autre soir, elle a acheté quoi exactement ? Et quand il a les poches archipleines, il dit merci pour votre collaboration et va vider son chargement dans le coffre de la voiture où il a toujours des sacs plastique usagés pour des occasions de ce genre.

Et Mme Guénaude, c'est Camille qui l'a trouvée. La soixantaine, lourde, avec un serre-tête. Ronde et sanguine comme une bouchère, avec des yeux fuyants. Et très embêtée. Vraiment très très très embêtée, elle se tortille comme une écolière à qui on viendrait de proposer la botte, le genre qui agace les commandants de police. Le genre aussi à appeler la police facilement, à se draper dans sa dignité de propriétaire. Alors, non, ça n'était pas seulement une voisine, comment dire, elle la connaissait oui et non, on a du mal à comprendre ses réponses qui n'en sont pas, énervant.

Il faut quatre minutes pour que Camille la foute quasiment à poil, la mère Guénaude. Gabrielle. Elle empeste le mensonge, la mauvaise foi et l'hypocrisie. La malveillance. Boulangers-pâtissiers, avec son mari. Le 1er janvier 2002, Dieu est descendu sur terre, Il s'est incarné sous la forme du passage à l'euro. Et quand Il se déplace en personne, Dieu n'est pas le genre de type à lésiner sur les miracles. Après la multiplication des pains, multiplication du pognon. Par sept. Du jour au lendemain. Dieu est un génial simplificateur.

Devenue veuve, la mère Guénaude loue au noir tout ce qu'elle possède, elle assure que c'est pour rendre service, « ça ne serait que de moi... ». Absente le jour où les flics ont pris quasiment le quartier d'assaut. J'étais chez ma fille à Juvisy. N'empêche. Quand elle a appris, à son retour, que la fille qu'on cherchait ressemblait furieusement à son ancienne locataire, pas d'appel à la police, je ne pouvais pas savoir que c'était elle, si j'avais pu deviner, vous pensez bien.

– Je vais vous foutre en taule, dit Camille.

Elle arrive à pâlir, c'est dire si la menace lui fait de l'effet. Pour la rassurer, Camille ajoute :

– En taule, avec vos économies, vous pourrez vous offrir tous les suppléments de la cantine.

260

La fille, ici, c'était Emma. Pourquoi pas. Après Nathalie, Léa, Laura, Camille est prêt à tout. Mme Guénaude doit s'asseoir pour regarder le portrait-robot. Elle ne s'assoit pas, elle s'effondre. Oui, c'est elle, c'est bien elle, ah, que d'émotions, elle se tient la poitrine, Camille se demande si elle ne va pas aller rejoindre son mari au paradis des malfaisants. Elle n'est restée que trois mois, Emma, ne recevait jamais personne, elle s'absentait des fois, justement la semaine passée, elle a dû partir rapidement, elle revenait d'un déplacement en province, avec un torticolis, elle avait fait une mauvaise chute, elle a dit dans le Sud, elle a payé ses deux mois, une affaire de famille, a-t-elle expliqué, très ennuyée de partir si vite. Elle débite tout ce qu'elle sait, la boulangère, elle ne sait plus quoi faire pour satisfaire le commandant Verhœven. Si elle osait, elle proposerait de l'argent. En regardant le petit flic au regard froid, elle sent confusément que ça n'est pas pertinent. Camille recompose l'histoire malgré le désordre des informations. Elle désigne le tiroir du buffet, un papier bleu, l'adresse qu'elle a donnée. Camille ne se précipite pas, il n'a aucune illusion à ce sujet, il ouvre tout de même le tiroir en tirant son portable.

– C'est son écriture ?

– Non, c'est la mienne.

– Je me disais aussi...

Il dicte l'adresse et reste en ligne. Devant lui, au-dessus du buffet, encadré, un tableau au canevas exhibe un cerf dans un sous-bois vert pomme.

– Il a vraiment l'air con, votre cerf...

– C'est ma fille qui l'a fait, risque la Guénaude.

261

– Vous êtes vraiment des nuisibles.

La mère Guénaude gratte le fond de sa mémoire. Emma travaillait dans la banque, laquelle, on ne sait pas, une banque étrangère, bah voyons. Camille interroge mais il connaît déjà toutes les réponses, la mère Guénaude palpait un loyer démesuré pour ne pas poser de questions, c'est le contrat implicite quand on loue au noir.

L'adresse est fausse, Camille raccroche.

Louis arrive avec deux techniciens de l'Identité. Les jambes coupées, la propriétaire ne peut pas les accompagner quand ils montent à l'étage. Elle n'a pas encore trouvé à relouer. On sait déjà ce qu'on va trouver dans l'appartement d'Emma : les empreintes de Léa, l'ADN de Laura, les traces de Nathalie.

Camille lâche :

– J'ai oublié, vous rendrez aussi des comptes pour complicité de meurtres. Meurtres au pluriel…

Bien qu'assise, Gabrielle Guénaude cherche tout de même un appui en saisissant le bord de la table. Elle est en sueur, presqu'en transe.

– Si ! hurle-t-elle soudain. Le déménageur, je le connais !

Camille revient aussitôt sur ses pas.

Des cartons, des meubles démontés, elle n'avait pas grand-chose, vous savez, commente-t-elle, pincée. Camille comprend que pour la Guénaude, quelqu'un qui ne possède rien n'est rien ou pas grand-chose. On est aussitôt en communication avec le déménageur, la secrétaire ne se montre pas très empressée, au téléphone, non, vraiment, elle ne peut pas donner de renseignements, on ne sait pas à qui on a affaire.

262

– OK, dit Camille, je vais venir prendre les renseignements moi-même ! Mais je vous préviens, si je me déplace, je ferme votre boutique pour l'année, je vous balance un contrôle fiscal qui remontera à votre entrée en maternelle et vous, vous personnellement, je vous fous en taule pour obstruction à la justice et si vous avez des mômes, ils vont direct à la DDASS !

Ça a beau être bidon au-delà du raisonnable, ça fait de l'effet, la secrétaire s'excite, donne l'adresse du garde-meubles où la fille a fait entreposer toutes ses affaires, son nom : Emma Szekely.

Camille se fait épeler.

– S, Z, au début, c'est ça ? Vous interdisez tout accès à ce box, vous m'entendez ? Personne ! Je suis clair ?

C'est à dix minutes d'ici. Camille raccroche et hurle de nouveau :

– Une équipe ! Tout de suite !

Il se rue dans l'escalier.

41

Alex, par précaution, est descendue dans le parking par les escaliers. Sa Clio démarre au quart de tour. L'habitacle est frais. Elle se regarde un instant dans le rétroviseur avant de démarrer. Quand même bien fatiguée, elle passe l'index sous chaque œil, se fait un sourire qui tourne à la grimace. Elle se tire la langue et démarre.

Mais ça n'est pas tout à fait terminé. Alex passe son badge. En haut de la rampe d'accès, la barrière rouge et blanc s'ouvre, elle pile. Un flic en uniforme est devant elle et lève un bras bien haut, en pointant l'autre vers elle, index tendu, les jambes écartées, il la somme de s'arrêter et se retourne aussitôt, les bras cette fois à l'horizontale pour souligner l'interdiction, on voit passer un cortège de voitures banalisées toutes sirènes hurlantes.

Dans la seconde, à l'arrière, une tête chauve dépasse à peine, à la hauteur de la vitre latérale. C'est comme un cortège présidentiel. Après quoi, le flic lui fait signe de passer. Elle tourne tout de suite à droite.

Elle a démarré un peu sèchement, dans le coffre les deux petits cartons marqués « Personnel » se bousculent mais Alex est tranquille, les bouteilles d'acide sont toujours soigneusement calées. Aucun risque.

42

Presque vingt-deux heures. Le fiasco. Camille a retrouvé son calme mais de haute lutte. Il ne faut surtout pas qu'il repense au visage hilare du concierge du garde-meubles, un crétin au teint blafard avec des verres épais et sales, de vraies lunettes en peau de saucisson.

Côté communication : la fille, quelle fille, la voiture, quelle voiture, les cartons, quels cartons. On a ouvert le box dans lequel sont entreposées ses affaires, tout le monde reçoit un coup au cœur. Tout est là, dix cartons scotchés, les affaires de la fille, ses affaires personnelles. On se rue dessus, Camille voudrait tout ouvrir maintenant. Mais il y a la procédure, l'inventaire, c'est accéléré par un appel au juge, on emporte tout, les cartons, les meubles démontés, finalement, ça ne fait pas lourd, on a quand même bon espoir de trouver des choses personnelles, en clair, son identité. L'affaire vit un tournant essentiel.

Le mince espoir du côté des bandes de vidéosurveillance qui couvrent chaque étage ne fait pas long feu. La question de la durée de leur conservation n'est pas en cause, les caméras sont factices.

– C'est décoratif, si vous voulez mieux, dit le concierge en se marrant.

Il faut la soirée pour établir l'inventaire et pour que les techniciens fassent les relevés indispensables. On a laissé de côté les meubles, du tout-venant, vendu partout, des éléments de bibliothèque, une table de cuisine carrée, un lit avec sommier, matelas, les techniciens se sont jetés dessus avec leurs tiges en coton et leurs pinces à épiler. Après quoi, on détaille le contenu des cartons. Vêtements de sport, vêtements de plage, vêtements d'été, vêtements d'hiver.

– Tout ça est vendu en grande surface dans tous les pays du monde, dit Louis.

Des livres, presque deux cartons. Des poches, exclusivement. Céline, Proust, Gide, Dostoïevski, Rimbaud. Camille lit les titres, *Voyage au bout de la nuit*, *Un amour de Swann*, *Les Faux-Monnayeurs*, mais Louis reste songeur.

– Quoi ? demande Camille.

Louis ne répond pas tout de suite. *Les Liaisons dangereuses, Le Lys dans la vallée, Le Rouge et le Noir, Gatsby, L'Étranger.*

– On dirait l'étagère d'une lycéenne.

En effet, le choix semble appliqué, exemplaire. Tous les livres ont été lus et souvent relus, certains tombent littéralement en charpie, des passages entiers sont soulignés, jusqu'à la dernière page parfois. On trouve des points d'exclamation, d'interrogation, des croix grandes, petites, le plus souvent au stylo bleu, parfois l'encre a presque entièrement passé.

– Elle lit ce qu'il faut lire, elle veut bien faire, elle est appliquée, renchérit Camille. Immature ?

– Je ne sais pas. Régressive peut-être.

Camille, lui, les finasseries de Louis, il s'y perd un peu mais il saisit le message essentiel. La fille n'est pas entière. Ou pas finie.

– Elle parle un peu d'italien, un peu d'anglais. Elle a commencé des classiques étrangers mais ne les a pas terminés.

Camille a noté ça aussi. *Les Fiancés, L'Amant sans domicile fixe, Le Nom de la rose* ainsi que *Alice, Dorian Gray, Portrait de femme* ou *Emma* sont en langue originale.

– La fille dont il est question dans le meurtre de Maciak, on a parlé d'un accent étranger, non ?

Des documentations touristiques confirment.

– Elle n'est pas bête, elle fait des études, elle parle deux langues, certainement pas couramment mais ça

266

veut dire des séjours linguistiques… Tu la vois avec Pascal Trarieux, toi ?

– Ou séduisant Stefan Maciak ? complète Louis.

– Ou assassinant Jacqueline Zanetti ?

Louis prend des notes rapides. Grâce aux imprimés, il pourra peut-être recomposer l'itinéraire de la fille ou du moins une partie, il y a des dates de parution sur certains catalogues d'agences de voyages, on doit pouvoir procéder à des recoupements, mais dans tout ça, pas un nom. Pas un document officiel. Pas une trace identifiante. Quelle vie a une fille qui possède si peu de choses ?

À la fin de la soirée, la conclusion tombe avec le poids d'une certitude.

– Elle a fait le tri. Rien de personnel. Pour le cas où la police tomberait dessus. Rien ne peut nous aider.

Les deux hommes se sont relevés, Camille a enfilé sa veste, Louis hésite encore, il resterait bien là encore un peu, à fouiller, à chercher.

– T'échine pas mon grand…, lâche Camille. Elle a déjà une jolie carrière derrière elle et à voir la manière dont elle s'organise, elle a aussi pas mal d'avenir.

C'est aussi l'avis de Le Guen.

Samedi en début de soirée. Quai de Valmy.

Il a passé un coup de fil à Camille, on s'est installé à la terrasse de La Marine. C'est peut-être l'effet du canal, qui fait penser aux poissons, on a opté pour deux verres de blanc sec. Le Guen s'est assis prudemment. Il en a connu, des chaises incapables de le soutenir. Celle-ci tient le choc.

267

Quand leur conversation se tient hors du bureau, c'est souvent ce schéma, ils parlent de tout, de rien et pour le boulot, c'est dans les dernières secondes, deux ou trois phrases.

Évidemment, ce qui traîne dans la tête de Camille, aujourd'hui, c'est la vente aux enchères. Demain matin.

– Tu ne conserves rien ? s'étonne Le Guen.

– Non, je solde, dit Camille. Je vais tout donner.

– J'avais compris que tu les vendais.

– Les tableaux, je les vends. C'est l'argent que je vais donner. Tout.

Impossible pour Camille de savoir depuis quand il a pris cette décision, c'est sorti comme ça et il sent que c'est une décision mûre. Le Guen retient un commentaire. Mais, quand même, c'est plus fort que lui.

– À qui ?

Ça, en revanche, Camille n'y a pas pensé. Il veut donner cet argent mais il ne sait pas à qui.

43

– Ça s'accélère ou j'ai la berlue ? a demandé Le Guen.

– Non, c'est le rythme normal, répond Camille. Faut s'y habituer, c'est tout.

Il dit ça d'un ton léger mais vraiment cette histoire tourne mal. On a trouvé le corps d'un nommé Félix Manière, tué à son domicile. Un camarade de travail a donné l'alerte en ne le voyant pas arriver pour cette

268

« réunion cruciale » qu'il avait lui-même convoquée. On l'a retrouvé tout ce qu'il y a de plus mort, la tête quasiment détachée du tronc, le cou fondu à l'acide sulfurique, l'affaire a filé directement dans les mains du commandant Verhœven, lui-même convoqué par le juge en fin de journée. L'affaire est grave.

Le circuit est rapide. Le portable du mort donne l'historique de ses appels. Le dernier, reçu le soir de sa mort, provenait d'un hôtel de la rue Monge. Vérification faite, c'est celui où la fille est descendue à son retour de Toulouse. Elle lui a donné rendez-vous pour dîner le soir même. C'est ce que le futur mort a dit à l'un de ses collègues en quittant le bureau précipitamment.

À la coiffure près, aux yeux près, la réceptionniste de l'hôtel de la rue Monge a reconnu le portrait-robot, elle est formelle. La fille a disparu le lendemain matin. Faux nom. Paiement en espèces.

– Le loustic, là, le Félix, c'est qui ? demande Le Guen.

Sans attendre la réponse, il feuillette le rapport de Camille.

– Quarante-quatre ans…

– Oui, confirme Camille. Technicien dans une boîte d'informatique. Séparé. Divorce en cours. Alcoolique, certainement.

Le Guen se tait, il parcourt le document à toute vitesse, en poussant des « hmmm » qui ressemblent parfois à des gémissements. On gémirait à moins.

– C'est quoi, cette histoire d'ordinateur portable ?

– Il a disparu. Mais je te rassure, ça n'est certainement pas pour le lui prendre qu'on l'a assassiné à

269

coups de statuette et qu'on lui a balancé un demi-litre d'acide dans l'entonnoir.

– C'est la fille ?

– Sans doute. Peut-être qu'elle a échangé des mails avec lui. Ou qu'elle s'est servie de l'ordinateur et qu'elle n'a pas voulu qu'on voie ce qu'elle a fait avec…

– Bon et alors ? Alors ?

Le Guen s'énerve, ce n'est pas son genre. La presse nationale, qui n'avait pas encore frémi à l'annonce de la mort de Jacqueline Zanetti (l'assassinat d'une hôtelière à Toulouse fait quand même un peu province), vient enfin de s'émouvoir. Le décor de la Seine-Saint-Denis manque un peu d'éclat mais la finition à l'acide, ça plaît. C'est un fait divers, mais la manière a quelque chose de nouveau, d'exotique presque. Pour l'instant, deux morts. Presque une série, pas tout à fait. Moyennant quoi, on en parle mais sans allégresse. Une troisième victime et on jubilera réellement. L'affaire sera propulsée à la une du JT, Le Guen propulsé au dernier étage du ministère de l'Intérieur, le juge Vidard au dernier étage du ministère de la Justice et les engueulades commenceront à pleuvoir comme à Gravelotte. On n'ose pas penser à la fuite qui livrerait à la presse les précédents crimes de Reims et d'Étampes… On verrait bientôt une carte de France (la même à peu près que celle que Camille a déjà dans son bureau parsemée de petites épingles de couleur) avec une biographie bouleversante des victimes et la promesse d'un *road movie* meurtrier « à la française ». Joie. Liesse.

Pour le moment, Le Guen n'est encore sujet qu'à de « fortes tensions descendantes », ça n'est pas le pire mais c'est déjà difficile à supporter. Or, pour ça, Le

270

Guen est un bon chef, les ennuis avec la hiérarchie, il les garde pour lui. Tout ce qui transparaît, c'est seulement le trop-plein, sauf qu'aujourd'hui Camille le voit déborder de partout.

– On t'emmerde là-haut ?

Le Guen est comme foudroyé par la question.

– Mais, Camille, qu'est-ce que tu imagines ?

C'est le problème des couples, les scènes sont un peu répétitives.

– On a une fille enlevée et enfermée dans une cage avec des rats, dont le ravisseur se suicide en bloquant le périphérique la moitié d'une nuit…

Celle-ci par exemple, Le Guen et Camille l'ont jouée au moins cinquante fois au cours de leur carrière commune.

– … la fille qu'il a enlevée se libère avant qu'on la retrouve, on apprend qu'elle a déjà trucidé trois types à l'acide sulfurique…

Camille trouve que ça fait un peu théâtre de boulevard, il va pour le dire mais Le Guen a déjà enchaîné :

– … le temps de prendre le dossier, elle envoie une Toulousaine au paradis des hôteliers, revient à Paris…

Alors Camille attend la fin, prévisible et écrite :

– … et dégomme un célibataire qui se proposait sans doute de la baiser tranquillement et tu me demandes…

– … si on m'emmerde là-haut ? termine Camille à sa place.

Il est déjà debout Camille, il est déjà à la porte, il l'ouvre, lassé.

– Où tu vas ? hurle Le Guen.

– Quitte à me faire engueuler par quelqu'un, je préfère le juge Vidard.

– Tu n'as vraiment aucun goût.

44

Alex a laissé passer deux camions puis un troisième. D'où elle est garée, elle distingue parfaitement les manœuvres des semi-remorques qui se succèdent devant le quai de chargement. Depuis deux heures, les caristes y enfournent des palettes hautes comme des maisons.

La nuit précédente, elle est allée voir. Il a fallu faire le mur, pas facile, elle a dû monter sur le toit de sa voiture, si elle s'était fait surprendre, fin de l'histoire. Mais non, elle a pu rester quelques minutes en haut du mur. Chaque véhicule porte un écriteau avec un numéro d'ordre peint au pochoir à l'avant droit et sa destination. Ils vont tous vers l'Allemagne, Cologne, Francfort, Hanovre, Brême, Dortmund. Elle, c'est celui qui va à Munich dont elle a besoin. Elle a noté son numéro d'immatriculation, son numéro d'ordre, de toute manière, de face, il est reconnaissable. À la limite du toit, un autocollant BOBBY balaye toute la largeur du pare-brise. Elle a quitté le mur quand elle a entendu arriver le chien de garde qui a fini par renifler sa présence.

Il y a une trentaine de minutes, elle a repéré le chauffeur, monté dans sa cabine pour y poser ses

272

affaires, prendre des papiers. Un type grand et sec, une salopette bleue, la cinquantaine, avec des cheveux très courts et une grosse moustache comme un balai-brosse. Peu importe le physique, ce qui compte, c'est qu'il la prenne. Elle a dormi dans sa voiture jusqu'à ce que l'entreprise ouvre, vers quatre heures du matin. L'agitation a réellement commencé une demi-heure plus tard et depuis ça n'arrête plus. Alex est tendue parce qu'elle ne peut pas rater son coup sans quoi, adieu toute stratégie, elle en serait réduite à quoi, à attendre la police dans sa chambre d'hôtel ?

Enfin, un peu avant six heures du matin, le type s'approche de son camion dont le moteur tourne déjà au ralenti depuis un quart d'heure, vérifie des papiers, Alex voit qu'il échange des plaisanteries avec un cariste et deux autres chauffeurs et, enfin, il monte dans sa cabine, c'est le moment qu'elle choisit pour quitter sa voiture, faire le tour, ouvrir le coffre, prendre son sac à dos, s'assurer, à l'abri du coffre ouvert, qu'un autre camion ne vient pas s'intercaler et, quand elle en est certaine, elle se met à courir vers la sortie des véhicules.

— Je ne fais jamais de stop sur la route. Trop dange-reux.

Bobby acquiesce. Pour une fille, ce ne serait pas prudent. Il apprécie sa débrouillardise, attendre pru-demment à la porte d'une entreprise spécialisée plutôt que de lever le pouce sur le bord de la route.

— Et vu le nombre de camions, vous êtes certaine d'en trouver au moins un !

Émerveillé, il n'en finit pas de découvrir les innombrables vertus de la technique d'Alex. Pas Alex. Pour lui, c'est Chloé.

– Moi, c'est Robert, a-t-il dit en tendant la main à travers le siège. Mais tout le monde dit « Bobby », complète-t-il en désignant l'autocollant.

Quand même, le stop, il est étonné.

– On trouve des billets d'avion à pas cher. Sur le Net, il paraît qu'on en trouve à quarante euros. Bon, c'est toujours à des horaires pas possibles mais quand on a le temps !

– Je préfère garder mon argent pour vivre sur place. Et puis, si on voyage, c'est pour faire des rencontres, non ?

Le type est simple et chaleureux, il n'a pas hésité à la prendre, dès qu'il l'a vue en bas de sa cabine. Alex guettait, non pas sa réponse, mais la tonalité de sa réponse. Ce qu'elle redoutait, c'est le regard concupiscent. Pas envie de se battre pendant des heures contre un don juan de station-service. Bobby a accroché une figurine de la Vierge à son rétroviseur et un petit appareil sur son tableau de bord, un écran qui affiche des photos avec des effets de fondu, de store qui s'ouvre et qui se ferme, de page qu'on tourne. Ça passe en boucle, c'est épuisant à regarder. Il l'a acheté à Munich. Trente euros. Bobby donne souvent le prix des choses, pas tant pour se faire admirer que pour se montrer précis, scrupuleux dans ses explications. Et il en donne, des explications. On passe quasiment une demi-heure à commenter le diaporama, sa famille, sa

274

maison, le chien, il y a surtout beaucoup de photos de ses enfants, trois.

– Deux garçons, une fille. Guillaume, Romain, Marion. Neuf, sept et quatre ans.

Toujours la précision. Il sait se tenir quand même, il ne charge pas la conversation d'anecdotes familiales.

– Les affaires des autres, au fond, on s'en fout, hein ?

– Non, ça m'intéresse…, proteste Alex.

– Vous êtes bien élevée.

La journée se poursuit plutôt bien, le camion est incroyablement confortable.

– Si vous voulez piquer un petit roupillon, pas de problème.

Du pouce, il a désigné derrière lui la couchette.

– Moi je suis obligé de tracer, mais vous…

Alex a accepté, elle a dormi plus d'une heure.

– On est où ? a-t-elle demandé en se recoiffant et en regagnant son siège.

– Ah vous voilà ? Eh ben, vous aviez du retard de sommeil. Sainte-Menehould !

Alex fait mine d'être admirative… que de chemin parcouru. Son sommeil a été agité. Pas seulement l'angoisse habituelle, il y avait aussi de la détresse. Ce voyage vers la frontière, c'est tout de même un tournant douloureux. Le début de la fuite. Le début de la fin.

Quand la conversation retombe, on écoute la radio, les nouvelles, les chansons. Alex guette les arrêts, les repos obligatoires, les moments où Bobby va vouloir

275

boire un café. Il a un Thermos, des victuailles, tout ce qu'il faut pour la route mais on a besoin de s'arrêter, c'est abrutissant ce boulot, vous pouvez pas savoir. Lorsqu'un arrêt se profile, Alex est aux aguets. Si c'est une aire de repos, elle fait semblant de dormir, trop peu de gens et donc trop de risques de se faire repérer. Si c'est une station-service, moins de risques, elle descend faire quelques pas, elle offre du café à Bobby, ils sont devenus bons copains. Justement, en buvant un café il a abordé le pourquoi du voyage, un peu plus tôt :

– Vous êtes étudiante ?

Il n'y croit pas lui-même qu'elle puisse être étudiante. Elle fait jeune mais enfin, la trentaine quand même et puis, fatiguée comme elle est, ça ne doit pas arranger. Elle choisit de rire.

– Non, je suis infirmière, je vais tâcher de travailler là-bas.

– Pourquoi l'Allemagne, si c'est pas indiscret ?

– Parce que je ne parle pas l'allemand, répond Alex avec toute la conviction dont elle est capable.

Robert rigole, pas sûr de comprendre.

– Vous auriez pu aller en Chine, alors. Sauf si vous parlez le chinois. Vous parlez le chinois ?

– Non. En fait, mon ami est de Munich.

– Ah…

Il fait l'homme qui a tout compris. Sa grosse moustache va et vient tandis que sa tête dodeline d'un côté à l'autre.

– Et il fait quoi, votre ami ?

– Informatique.

– Il est allemand ?

Alex fait signe que oui, elle ne sait pas où on va comme ça, elle n'a que deux longueurs d'avance sur la conversation, elle n'aime pas ça.

– Et votre femme à vous, elle travaille ?

Bobby jette son gobelet dans la poubelle. La question sur sa femme, ça ne l'a pas froissé, ça l'a peiné. On est de nouveau en route, il remonte dans le diaporama sur la photo de sa femme, une femme très quelconque d'environ quarante ans avec des cheveux plats. L'air malade.

– Sclérose en plaques, dit Bobby. Avec les enfants, vous imaginez ? Maintenant, on est dans les mains de la Providence.

Disant cela, il désigne la statuette de la Vierge qui se balance doucement sous le rétroviseur.

– Vous pensez qu'elle va faire quelque chose pour vous ?

Alex ne voulait pas dire ça. Il se tourne vers elle, il n'y a aucun ressentiment dans son attitude, c'est l'expression d'une évidence :

– La récompense de la rédemption, c'est le pardon. Vous ne pensez pas ?

Alex n'a pas bien compris, la religion, elle… Elle ne s'est pas rendu compte tout de suite, de l'autre côté du tableau de bord, Bobby a fixé un autocollant : « Il revient. Êtes-vous prêt ? »

– Vous ne croyez pas en Dieu, dit Bobby en riant, ça se voit tout de suite.

Il n'y a pas de reproche dans ce constat.

– Moi, si j'avais pas ça…, dit-il.

– Pourtant, dit Alex, le Bon Dieu, il vous a bien arrangé. Vous n'êtes pas rancunier.

Bobby fait un geste, oui, je sais, on m'a déjà servi ça.

277

– Dieu nous éprouve.

– Ça, dit Alex, on peut pas dire le contraire...

Du coup, la conversation s'éteint d'elle-même, on regarde la route.

Un peu plus tard, Bobby dit qu'il doit se reposer. Une station-service grande comme une ville.

– C'est ici que j'ai mes habitudes, dit-il en souriant. C'est l'affaire d'une heure.

On est à vingt kilomètres de la sortie vers Metz.

Bobby est d'abord descendu un long moment pour se détendre, respirer, il ne fume pas. Alex le voit faire des allers et venues sur le parking, il fait des mouvements avec les bras, elle pense que c'est un peu parce qu'elle le regarde. En fait-il autant quand il est tout seul ? Puis il regagne le camion.

– Si vous permettez, dit-il en grimpant dans sa couchette. Vous inquiétez pas, j'ai mon réveil, là.

Il désigne son front.

– Je vais en profiter pour faire quelques pas, dit Alex. Et pour téléphoner.

Il croit amusant d'ajouter : « Embrassez-le pour moi ! » en tirant le rideau de la couchette.

Alex sur le parking, entre les innombrables camions. Besoin de marcher.

Plus le temps passe, plus elle a le cœur lourd. L'effet de la nuit, se dit-elle, en sachant très bien qu'il n'en est rien. C'est l'effet du voyage.

Sa présence sur cette autoroute n'a qu'un sens, souligner à quel point la partie est en passe de se terminer.

Elle fait semblant mais elle a quand même peur de la vraie fin. C'est demain, c'est tout à l'heure.

278

Alex se met à pleurer, doucement, les bras croisés sur sa poitrine, debout entre les énormes camions rangés côte à côte comme de gros insectes endormis. La vie nous rattrape toujours, rien à faire, on ne s'échappe pas, jamais.

Elle se répète ces mots, renifle, se mouche, tente de respirer à fond pour chasser ce poids dans sa poitrine, pour faire redémarrer ce cœur pesant, fatigué mais c'est vraiment difficile. Quitter tout ça, voilà ce qu'elle se répète pour se donner du courage. Après, elle n'y pensera plus, tout sera nettoyé. C'est pour ça qu'elle est ici, sur cette autoroute, parce qu'elle est en train de quitter tout ça. Sa poitrine s'allège un peu à cette idée. Elle marche, l'air frais la ranime, la calme, la vivifie. Encore quelques longues aspirations et les choses vont mieux.

Un avion passe, on le devine par ses lumières clignotantes en triangle.

Elle reste même un long moment à le regarder, il traverse le ciel à une lenteur démesurée, pourtant il file et finit par disparaître.

Les avions, souvent, ça pousse à la réflexion.

La station-service enjambe l'autoroute par un large pont aux extrémités duquel sont groupés des snacks, des Maisons de la presse, des supérettes, des boutiques de toutes sortes. De l'autre côté du pont, c'est le sens inverse, le retour sur Paris. Alex remonte dans la cabine et ferme la portière avec précaution pour ne pas réveiller Bobby. Son retour a interrompu son sommeil mais quelques secondes plus tard, elle perçoit de nouveau sa respiration lourde dont chaque vague s'achève par un petit chuintement.

Elle rapproche son sac à dos, enfile son blouson, vérifie qu'elle n'oublie rien, qu'elle n'a pas fait tomber quelque chose de ses poches, non, tout est en ordre, tout va bien.

Elle se met à genoux sur le siège et tire doucement le rideau.

– Bobby…, appelle-t-elle en chuchotant.

Elle ne veut pas le réveiller en sursaut. Mais il a le sommeil lourd. Elle se retourne, ouvre la boîte à gants, rien, la referme. Fouille sous son siège, rien. Sous le siège conducteur, une trousse plastifiée, elle la tire à elle.

– Bobby ? dit-elle alors, de nouveau penchée.

Cette fois, elle obtient plus de succès.

– Quoi ?

Il n'est pas franchement réveillé. Il a posé la question de façon réflexe, son esprit n'est pas encore remonté à la surface. Tant pis. Alex tient le tournevis comme un poignard et, d'un seul geste, le lui plante dans l'œil droit. Très précis, le geste. Naturellement, une infirmière… Et comme elle y a mis beaucoup de force, le tournevis a fait un chemin incroyable à l'intérieur de la tête, on dirait qu'il s'enfonce jusque dans le cerveau. Évidemment, il n'en est rien mais il s'enfonce tout de même assez profondément pour ralentir la réaction de Bobby qui tente de se soulever, ses pieds se mettent à battre dans tous les sens. Il hurle. Alex lui plonge alors le second tournevis dans la gorge. Très précis mais, là encore, elle a peu de mérite, elle a eu largement le temps de viser. Juste en dessous de la pomme d'Adam. Le hurlement devient

280

une sorte de borborygme assez brouillon. Alex penche d'ailleurs un peu la tête en fronçant les sourcils, je ne comprends rien à ce qu'il dit, ce type-là. Elle évite toutefois les mouvements désordonnés des bras de Bobby, c'est qu'il assommerait un bœuf d'un seul coup de patte, l'animal. Il commence à s'asphyxier sérieusement. Malgré le désordre de la situation, Alex suit son idée. Elle retire en force le tournevis de l'œil droit, se protège et le plante dans le cou, sur le côté, ça pisse le sang aussitôt. Elle prend ensuite le temps de se retourner vers son sac à dos. De toute manière, avec un tournevis en travers de la gorge, le Bobby, où voulez-vous qu'il aille ? Il est à moitié moribond quand elle revient auprès de lui. Même pas la peine de l'attacher, il respire mais c'est tout juste, ses muscles semblent tétanisés, il râle déjà. Le plus dur, c'est de lui ouvrir la bouche, ça, c'est difficile, si vous n'y allez pas à coups de marteau, vous y passez la journée. Donc, le marteau. Il y a tout ce qu'il faut dans cette trousse, c'est épatant, ces trucs-là. Alex casse les dents du haut et du bas, juste ce qu'il faut pour enfoncer le goulot de la bouteille d'acide sulfurique dans la bouche de Bobby. Difficile de comprendre ce que ressent le type, il est dans un tel état, comment savoir ce que ça lui fait, l'acide se déverse dans la bouche, dans la gorge, personne ne saura rien de ce qu'il a réellement ressenti et, d'ailleurs, peu importe. Comme dit l'autre, c'est l'intention qui compte.

Le temps de prendre toutes ses affaires, Alex est prête à partir. Un dernier regard sur Bobby, parti remercier le Seigneur de toutes Ses bontés. Sacré chantier. Le sectionnement de la jugulaire l'a vidé de la moitié de son sang en quelques minutes, il est déjà blanc comme un linge, du moins pour le haut de la tête parce que le bas, c'est de la bouillie, il n'y a pas d'autre mot. Toute la couchette est imbibée d'un sang rouge carmin. Quand ça va coaguler, ça va faire un sacré spectacle.

Impossible de tuer un homme de cette manière sans se salir. La jugulaire, ça arrose pas mal. Alex fouille son sac à dos, change de tee-shirt. Avec le reste de sa bouteille d'eau minérale elle se lave rapidement les mains, les avant-bras, les essuie sur l'ancien tee-shirt qu'elle abandonne sous le siège. Après quoi, sac sur le dos, Alex traverse le pont et gagne la station-service de l'autre côté de l'autoroute dont les voies se dirigent vers Paris.

Elle choisit une voiture rapide parce qu'elle ne veut pas traîner. Immatriculée dans les Hauts-de-Seine. Elle ne connaît pas les marques mais elle se doute que celle-ci est rapide. La conductrice est une femme jeune, trente ans, élégante, mince, brune qui sent très fort l'argent, c'en est même incommodant. Elle dit oui, tout de suite, tout sourires. Comme sur des roulettes. Alex jette son sac sur la banquette arrière et s'assoit. La jeune femme est déjà au volant.

– En route ?

Alex sourit et tend la main :

– Moi, c'est Alex.

282

Le temps de récupérer sa voiture, Alex se rend à Roissy-Charles-de-Gaulle. Elle observe un long moment le panneau des départs, l'Amérique du Sud est trop chère pour son budget, l'Amérique tout court est un pays de flics, reste quoi, l'Europe et en Europe, pour elle, reste quoi : la Suisse. De toutes les destinations, c'est la meilleure. Plateforme internationale, lieu de passage et d'anonymat d'où on peut s'organiser tranquillement. On y blanchit les criminels de guerre et l'argent de la drogue, un pays très accueillant pour les assassins. Alex achète un billet pour Zurich, départ le lendemain, huit heures quarante, et profite de son passage dans l'aéroport pour descendre aux boutiques et s'acheter une belle valise. Au fond, elle n'a jamais osé s'offrir des choses vraiment luxueuses. C'est la première fois, il n'y aura jamais de meilleure occasion. Elle renonce à une valise et préfère un joli sac de voyage en cuir végétal naturel avec un beau monogramme en relief. Une fortune. Elle est ravie. Elle attrape aussi une bouteille de Bowmore à la boutique *duty free*. Elle paie tous ses achats avec sa carte bancaire. Mentalement, elle fait ses comptes et se rassure, c'est limite mais ça passe.

Après quoi, elle opte pour Villepinte, des zones industrielles à n'en plus finir, truffées de parkings industriels où sont posés des tas d'hôtels industriels. Hormis quelques déserts, il n'y a pas d'endroit plus anonyme sur terre, plus esseulé aussi. Hôtel Volubilis. Une chaîne impersonnelle qui annonce : « Confort et intimité ». Le confort, c'est cent places de parking, l'intimité, c'est cent chambres identiques qu'on paie à l'avance, la confiance ne fait pas partie du contrat. Alex donne un nouveau coup de carte bancaire. Combien de temps pour Roissy, demande-t-elle, le réceptionniste donne la réponse habituelle, vingt-cinq minutes. Alex compte large et commande le taxi pour le lendemain à huit heures.

Ça se voit qu'elle est épuisée, dans le miroir de l'ascenseur, à peine si elle se reconnaît.

Troisième étage. La moquette, elle aussi, commence à s'épuiser. La chambre échappe à toute description. Le nombre de voyageurs qui sont passés ici est incalculable, le nombre de soirées solitaires, le nombre de nuits agitées ou lourdes. Combien de couples illégitimes sont entrés ici, tout fièvre et flamme, ont roulé sur le lit et sont ressortis avec le sentiment d'avoir gâché leur vie. Alex à son tour lâche son sac près de la porte et regarde ce décor écœurant en se demandant par quel bout le prendre.

Il est pile vingt heures, pas besoin de regarder sa montre, il suffit d'entendre l'amorce du journal télévisé qui vient de la chambre de droite. La douche sera pour plus tard, elle ôte sa perruque blonde, prend dans sa valise son nécessaire de toilette, retire ses lentilles outremer qu'elle jette dans la cuvette des W-C. Elle se change ensuite, un jean sans forme et un pull à même la peau. Elle vide toutes ses affaires sur le lit, enfile son sac à dos vide et quitte la chambre, emprunte le couloir puis l'escalier. Elle attend quelques secondes en haut des dernières marches que le réceptionniste s'éloigne de son comptoir pour se faufiler vers le parking et gagner sa voiture. Elle

284

trouve qu'il fait un froid de loup subitement. La nuit est déjà noire. Elle a la chair de poule. Au-dessus du parking, on entend des avions dont le ronflement arrive amorti par les lourds nuages qui courent dans le ciel comme des fous.

Elle a acheté un rouleau de sacs-poubelle. Elle ouvre le coffre de sa voiture. Des larmes montent qu'elle ne veut pas voir. Elle ouvre les deux petits cartons marqués PERSONNEL et, s'interdisant de réfléchir, elle empoigne tout ce qui s'y trouve, sans regarder, des sanglots se pressent qu'elle ne veut pas entendre, elle fourre tout ce qui lui tombe sous la main dans les sacs-poubelle, les cahiers de collège, les lettres, les morceaux de journal intime, les pièces de monnaie mexicaines, de temps en temps elle s'essuie les yeux du revers de sa manche, renifle mais elle ne veut pas s'arrêter, elle ne peut plus, c'est impossible, il faut aller au bout, quitter tout ça, les bijoux fantaisie, les photos, tout abandonner, sans compter, sans se souvenir, les pages de romans, tout jeter, tout, la petite tête de nègre en bois noir, la mèche de cheveux blonds serrée dans un élastique rouge, le porte-clés, c'est un cœur avec « Daniel » imprimé dessus, son premier grand amour à l'école primaire, l'inscription est presque effacée, enfin, voilà, Alex ferme le troisième sac avec la ligature blanche mais tout ça est un peu trop pour elle, trop fort, trop violent, alors elle se tourne, s'assoit pesamment, s'effondre quasiment sur le coffre ouvert de la voiture et prend sa tête dans ses mains. Ce qu'elle voudrait maintenant, c'est hurler. Hurler. Si elle pouvait. Si elle en avait encore la force. Une voiture avance au pas dans l'allée du parking, Alex se relève précipitamment, fait mine de fouiller

285

dans le coffre, la voiture passe, se gare plus loin, plus près de la réception, c'est toujours mieux quand on a moins à marcher.

Les trois sacs-poubelle sont au sol. Alex ferme son coffre à clé, ramasse les sacs et quitte le parking à grandes enjambées résolues. La grille coulissante censée en fermer l'accès n'a pas dû être manipulée depuis des années, elle rouille sous l'épaisse peinture autrefois blanche. La rue dans la zone industrielle, peu de passage, quelques voitures égarées à la recherche d'un hôtel sosie, puis un scooter, pas de piétons, pourquoi voulez-vous marcher dans ce désert si vous n'êtes pas quelqu'un comme Alex. Où peut-on aller d'ailleurs à partir de l'une de ces rues qui conduisent à une autre, aussi parfaitement identique ? Les conteneurs d'ordures sont alignés sur les trottoirs, en face de la grille de chaque entreprise, il y en a des dizaines. Alex marche plusieurs minutes puis d'un coup, elle décide. Celui-là. Elle ouvre le conteneur, jette les sacs à l'intérieur, se défait de son sac à dos qui part les rejoindre, elle rabat violemment le couvercle et revient vers l'hôtel. Ci-gît la vie d'Alex, fille malheureuse, meurtrière souvent, organisée, faible, séductrice, perdue, inconnue des services de police, Alex qui est cette nuit une grande fille, Alex qui sèche ses larmes, qui respire profondément au rythme de sa marche décidée, qui regagne son hôtel, passe cette fois sans précaution devant le réceptionniste absorbé par le téléviseur, Alex qui remonte à sa chambre, se déshabille et vient fondre entièrement sous une douche chaude, puis très chaude, la bouche grande ouverte sous le jet.

286

C'est parfois mystérieux, les décisions. Celle-ci par exemple, Camille serait incapable de l'expliquer.

Au début de la soirée, il a pensé à l'affaire, au nombre de crimes que cette fille va encore accomplir avant qu'on la mette hors d'état de nuire. Mais il a surtout longuement pensé à la fille elle-même, à son visage qu'il a mille fois dessiné, à tout ce qu'elle a ranimé dans sa vie. Ce soir, il sait où est son erreur. Cette fille n'a rien à voir avec Irène, il a simplement confondu la personne et la situation. Son enlèvement, bien sûr, l'a reliée immédiatement à Irène et Camille ensuite n'a cessé de les associer parce qu'il retrouvait, tellement proches de la réalité, des émotions et des terreurs similaires qui faisaient naître en lui une culpabilité assez ressemblante. C'est tout ce qu'on craint quand on préconise qu'un flic ne doit pas enquêter sur une affaire affectivement trop proche. Mais Camille voit bien qu'en réalité, il n'est pas tombé dans un piège, il l'a provoqué. Son ami Le Guen n'a fait que lui proposer de se confronter enfin à la réalité. Camille aurait pu passer la main, il ne l'a pas fait. Ce qui lui arrive, il l'a voulu. Il en avait besoin.

Camille enfile ses chaussures, met sa veste, prend ses clés de voiture et, une heure plus tard, il aborde au ralenti les rues endormies qui conduisent en bordure de la forêt de Clamart.

Une rue à droite, une autre à gauche puis la ligne droite qui s'enfonce entre les grands arbres. La dernière fois qu'il est venu ici, il avait posé son arme de service entre ses cuisses.

À une cinquantaine de mètres apparaît le bâtiment. La lumière des phares se reflète sur les vitres sales. Ce sont des petites vitres verticales, serrées les unes contre les autres, comme sur les toits en pente de certaines usines. Camille arrête la voiture, le moteur, laisse les phares allumés.

Ce jour-là, il a un doute. Et s'il s'était trompé ?

Il éteint les phares et sort de la voiture. La nuit ici est plus fraîche qu'à Paris, c'est peut-être lui qui a froid. Il laisse sa portière ouverte et marche vers le pavillon. Il devait être à peu près ici quand l'hélicoptère a soudainement percé la cime des arbres. Camille en a été presque renversé, du bruit, du souffle, il s'est mis à courir. Il ne se souvient plus s'il avait encore son arme à la main. Sans doute, oui, c'est loin, difficile de se souvenir des détails.

L'atelier est un bâtiment sans étage, le pavillon de gardien d'une propriété aujourd'hui disparue et, de loin, il ressemble un peu à une isba, avec une véranda à claire-voie sur laquelle on attend un rocking-chair. Le chemin que Camille suit est le même exactement qu'il a emprunté des centaines de fois, enfant, adolescent, lorsqu'il venait rejoindre sa mère, la voir travailler, travailler auprès d'elle. Enfant, il n'était pas attiré par la forêt, il y faisait tout juste quelques pas, il disait qu'il préférait rester à l'intérieur. C'était un garçon solitaire. Nécessité fait vertu, parce que c'était difficile de trouver des camarades de jeux, à cause de sa taille. Il ne voulait pas être un objet perpétuel de plaisanteries. Il préférait ne jouer avec personne. En réalité, il avait peur de la forêt.

Aujourd'hui encore, ces grands arbres... Il a cinquante ans, Camille, ou pas loin. Alors le coup du Roi des Aulnes, il a passé l'âge. Mais il est haut comme à treize ans et, du plus fort qu'il y résiste, cette nuit, cette forêt, ce pavillon esseulé, ça lui fait de l'effet. Il faut dire, c'est là que travaillait sa mère et c'est là aussi qu'Irène est morte.

47

Dans la chambre. Alex a croisé les bras sur sa poitrine. Appeler son frère. Quand il va reconnaître sa voix, il va dire : « Ah, c'est toi ? Qu'est-ce que tu veux encore ? », il sera déjà en colère, dès la première seconde mais tant pis. Elle décroche le téléphone de la chambre, regarde ce qu'il faut faire sur l'autocollant, le 0, pour avoir l'extérieur. Elle a repéré un endroit où elle peut lui donner rendez-vous, tout à côté de la zone industrielle, elle a noté l'adresse sur un papier. Elle la cherche, la trouve, prend sa respiration et compose le numéro. Le répondeur. Surprenant, il n'éteint jamais son portable, même la nuit, il dit que le boulot, c'est sacré. Il passe peut-être sous un tunnel ou il l'a laissé sur le guéridon de l'entrée, allez savoir, au fond, ça n'est pas plus mal, elle laisse un message : « *C'est Alex. J'ai besoin de te voir. C'est urgent. 137, boulevard Jouvenel à Aulnay, 23 h 30. Attends-moi si je suis en retard.* »

Elle va pour raccrocher, se reprend et ajoute : « *Mais ne me fais pas attendre.* »

289

Maintenant, elle est rattrapée par l'atmosphère de la chambre. Allongée sur le lit, elle reste un long moment à rêver, le temps passe lentement, les pensées s'enchaînent toutes seules, mues par leur propre mouvement, elle entend les échos du téléviseur d'à côté, les gens ne se rendent pas compte combien ils écoutent fort, combien ils peuvent gêner. Elle pourrait le faire taire, si elle voulait. Elle sortirait de sa chambre, sonnerait à la porte voisine, l'homme ouvrirait, surpris, ce serait un homme ordinaire comme elle en a tué combien déjà, cinq ? Six ? Davantage ? Elle sourirait comme elle sait le faire, gentiment, elle dirait, je suis votre voisine de chambre en faisant de la tête un petit signe, je suis seule, je peux entrer ? L'homme, abasourdi, s'écarterait, elle dirait aussitôt, vous voulez me voir toute nue ? du même ton que pour dire, vous voulez bien tirer les rideaux ? La bouche de l'homme s'ouvrirait de stupéfaction, il aurait un peu de ventre, forcément, passé trente ans, ils sont tous comme ça, tous ceux qu'elle a tués avaient un peu de ventre, même Pascal Trarieux, la bière, lui, que le diable le torture en Son Infinie Cruauté. Elle écarterait aussitôt les deux pans de son peignoir et demanderait : vous me trouvez comment ? Ce serait vraiment le rêve de pouvoir faire ça, une fois, juste une fois. D'écarter son peignoir, et nue de demander comment me trouvez-vous en étant certaine de la réponse, certaine qu'on va ouvrir les bras et qu'elle pourra s'y blottir. Dans la réalité, elle dirait : d'abord, vous ne voulez pas éteindre le téléviseur ? L'homme se précipiterait en balbutiant des excuses, tu parles, il farfouillerait mala-

290

droitement pour trouver le bouton, tellement excité, cette survenue si miraculeuse. Bon, il est de dos, penché en avant, elle n'a plus qu'à saisir la lampe de chevet en aluminium et à lui en asséner un coup, à deux mains, juste derrière l'oreille droite, rien de plus facile, une fois qu'il est groggy, c'est un jeu d'enfant, elle sait où frapper pour estourbir pendant quelques secondes et avoir le temps nécessaire pour aligner les coups suivants, là-dessus, les draps pour faire les liens, un demi-litre d'acide concentré dans le cornet et l'affaire est pliée, le téléviseur ne fait plus aucun bruit, le client n'est pas près de remonter le son, on peut enfin passer une soirée tranquille.

Voilà le genre de rêve éveillé que fait Alex, allongée sur son lit, les mains derrière la tête. Elle s'abandonne à elle-même. Des souvenirs de sa vie remontent. Vraiment, ils sont sans regret. Tous ses morts, d'une certaine manière, il les lui fallait, elle en avait besoin. Besoin de les faire souffrir, de les faire mourir, oui c'est sans regret vraiment. Il aurait même pu y en avoir plus, bien plus. L'histoire s'est écrite ainsi.

Voici venue l'heure de goûter un peu d'alcool. Elle pense à se servir une rasade de Bowmore dans le verre à dents en plastique mais elle se ravise et boit directement au goulot. Alex regrette, elle aurait dû acheter des cigarettes aussi. Puisque c'est fête. Il y a près de quinze ans qu'elle n'a pas fumé. Elle ne sait pas pourquoi elle en aurait acheté ce soir parce qu'au fond elle n'a jamais aimé ça. Elle voulait faire comme tout le monde, elle poursuivait le rêve de toutes les jeunes filles, être comme les autres. Elle est assez sensible au whisky, il lui en faut peu pour tanguer. Elle chantonne des airs dont elle ignore les paroles, et tout en fredonnant, elle reprend toutes ses affaires, plie ses vêtements un à un, avec application, et entreprend de faire soigneusement son sac de voyage. Elle aime que les choses soient nettes, son appartement, fallait voir, tous ses appartements du reste, toujours impeccables. Dans la salle de bains, sur la petite étagère branlante en plastique crème tachée de brûlures de cigarette, elle range ses produits de toilette, dentifrice, brosse à dents. De sa trousse de toilette, elle extrait son tube de molécules du bonheur. Un cheveu est pris sous le couvercle, elle ouvre le tube, saisit le cheveu, lève la main bien haut et le fait tomber comme une feuille morte, elle adorerait qu'il y en ait une poignée, pour faire comme une pluie, comme une neige, chez une amie autrefois, elles jouaient souvent à ça, sur la pelouse, à s'arroser en pluie avec le tuyau d'arrosage. C'est le whisky. Parce que tout en faisant ainsi son petit ménage, elle a continué de siroter à même la bouteille mais aussi gentiment qu'elle s'y soit prise, ça tourne vite.

Le rangement est terminé, Alex titube légèrement. Elle n'a rien mangé depuis longtemps, un petit peu trop d'alcool et c'est tout de suite la descente en piqué. Pas pensé. Ça la fait rire, un rire nerveux, tendu, un rire inquiet, elle est toujours ainsi, l'inquiétude est sa seconde nature, avec la cruauté. Petite, elle ne se serait jamais crue capable de tant de cruauté, se dit-elle en rangeant son beau sac de voyage dans l'armoire murale, elle réfléchit à cela. Elle a été une enfant tout ce qu'il y a de plus gentil, les gens disaient même toujours : Alex est très mignonne, vraiment adorable.

292

Il faut dire qu'elle était assez laide, petite, et que les gens se ruaient volontiers sur son caractère pour trouver un compliment à faire.

Ainsi, la soirée passe. Les heures.

Et Alex a siroté, siroté, et finalement beaucoup pleuré aussi. Elle ne pensait pas qu'elle avait encore une telle réserve de larmes.

Parce que cette nuit est une grande solitude.

48

Comme un coup de pistolet dans la nuit. Le craquement de la marche en bois qui casse dès qu'il pose le pied dessus. Camille manque de tomber, se rattrape, reste quand même debout, le pied droit prisonnier de la planche cassée. Il s'est fait mal. Il peine à se dégager, obligé de s'asseoir. Et du coup, le voici dos à l'atelier, face à sa voiture tous phares allumés, c'est ainsi qu'il a vu arriver les secours. Il n'était plus lui-même, on l'a ramassé hagard à peu près là où il se trouve, assis, comme aujourd'hui. Ou peut-être était-il plutôt là, debout près de la rambarde.

Camille se lève, s'avance prudemment sur les planches de la véranda qui grincent et menacent de s'effondrer à leur tour. Il ne parvient pas à se souvenir où il était exactement.

À quoi ça sert, d'essayer de se souvenir ? À gagner du temps.

Alors Camille retourne vers la porte. Elle a été clouée à la va-vite mais ça ne sert plus à rien parce que les deux fenêtres du pignon ont été cassées, il ne reste pas un carreau. Il enjambe la fenêtre, retombe de l'autre côté, la vieille tomette rouge branle toujours sous les pieds, ses yeux commencent à accommoder.

Son cœur bat vite et fort, ses jambes peinent à le porter. Il s'avance de quelques pas.

Les murs, passés à la chaux, sont couverts d'inscriptions. Le lieu a été visité, squatté, on a posé un matelas, aujourd'hui éventré, deux assiettes, par terre portent des bougies brûlées jusqu'au bout et çà et là, des bouteilles vides, des canettes. Le vent s'engouffre dans la pièce. Un pan du toit est effondré, à l'angle de l'atelier, on a la vue sur la forêt.

Tout ça est terriblement triste parce qu'il ne reste plus rien à quoi accrocher son chagrin. Le chagrin lui-même est différent. Quelque chose lui revient, violemment, d'un coup, sans prévenir.

Le corps d'Irène, le bébé.

Camille tombe à genoux et fond en larmes.

49

Dans la chambre, Alex tourne lentement sur elle-même, nue, silencieuse, les yeux fermés, elle tient son tee-shirt à bout de bras comme un ruban de danse ou de gymnastique et elle laisse les images remonter, elle les revoit un à un, ses morts, dans un ordre étrange, aléatoire. Tandis que le tee-shirt, son étendard, effleure au passage les murs de la chambre en de grands tourbillons, revient à sa mémoire le visage bouffi de ce cafetier de Reims dont elle a oublié le nom, ses yeux exorbités, d'autres souvenirs remontent, Alex danse, tourne, tourne et son étendard devient son arme, voici maintenant le rictus épouvanté du chauffeur routier. Bobby. Elle se souvient de son nom à celui-là. Son tee-shirt roulé en boule autour de son poing s'abat sur la porte de la chambre et glisse lentement, comme pour planter un tournevis dans un œil imaginaire puis elle appuie, frotte pour faire entrer l'outil plus loin encore, la poignée de la porte semble hurler sous la pression, fait résistance, Alex tourne vigoureusement le poignet, l'arme s'enfonce et disparaît, Alex est heureuse, elle tourne et vole, danse et rit, et ainsi, un long moment, de son arme roulée en boule autour de son poing, Alex tue et retue, vit et revit. Puis la danse enfin s'épuise, comme la danseuse. Tous ces hommes l'ont-ils vraiment désirée ? Assise sur son lit, la bouteille de whisky serrée entre les genoux, Alex imagine le désir des hommes, tiens Félix, elle revoit ses yeux fiévreux. Lui, du désir, il en était plein. S'il était en face d'elle, elle le regarderait bien au fond des yeux, les lèvres légèrement entrouvertes, elle ferait comme ça, avec son tee-shirt dans les mains, elle caresserait lentement, savamment, la bouteille de whisky coincée entre ses genoux comme un phallus géant, il exploserait, le Félix, d'ailleurs c'est ce qu'il a fait, explosé en plein vol, l'ogive a volé de l'autre côté du lit. Détachée du corps de la fusée.

Alex jette dans les airs son tee-shirt qu'elle imagine sanguinolent et qui atterrit mollement, comme un oiseau de mer, sur le fauteuil défoncé, près de l'entrée.

Plus tard, la nuit est complètement tombée, le voisin a éteint son téléviseur et dort sans se rendre compte du miracle que c'est que de rester vivant à côté d'Alex.

Debout devant le lavabo, le plus loin possible pour se voir tout entière dans le miroir, nue, grave et un peu solennelle, Alex se regarde, sans rien faire, rien que ça, pour se voir.

Alors, c'est ça, Alex. Ça n'est que ça.

Il est impossible de ne pas pleurer quand vous êtes exactement en face de vous-même.

En elle, la fêlure craque, elle sent que ça s'effondre, qu'elle est rattrapée.

Cette image d'elle dans le miroir, c'est tellement fort.

Elle se retourne alors brusquement, dos au miroir, se met à genoux et, sans hésiter, se cogne violemment l'arrière de la tête contre la faïence du lavabo, une fois, deux, trois, quatre, cinq fois, très fort, chaque fois plus puissante que la précédente, au même endroit du crâne. Les chocs font un bruit infernal, comme un gong, parce que Alex y met toute son énergie. Au dernier coup, elle est assommée, désorientée, totalement en larmes. Il y a des choses fêlées, cassées dans ce crâne mais ça n'est pas d'aujourd'hui. Cassées depuis longtemps. Elle se lève en titubant, s'avance jusqu'au lit, s'effondre. Sa tête lui fait un mal incroyable, les douleurs arrivent en vagues serrées, elle en ferme les yeux, se demande si ça saigne en dessous, sur l'oreiller. De la main gauche elle attrape, avec toute la précision dont elle est encore capable, le tube de barbituriques, le pose sur son ventre, fait glisser avec précaution (quelle torture dans la tête !) le contenu

296

complet dans sa main, avale tout d'un seul coup. Elle s'accoude maladroitement, se tourne vers la table de nuit, vacille, attrape la bouteille de whisky, la serre fort, le plus fort qu'elle le peut, et boit, au goulot, boit, boit, aussi longtemps que sa respiration le lui permet, elle vide plus de la moitié de la bouteille en quelques secondes, la lâche enfin, l'entend qui roule sur la moquette.

Alex s'effondre comme une masse sur le lit.

Elle contient à grand-peine les nausées qui l'assaillent.

Elle fond en larmes mais elle ne s'en rend pas compte.

Son corps est ici mais son esprit est déjà ailleurs.

Il roule sur lui-même. Tout s'enroule autour de sa vie, ce qu'il en reste se replie sur soi.

Son cerveau est soudain saisi de panique, c'est purement neuronal.

Ce qui va se passer maintenant ne concerne plus que son enveloppe ; instants comptés, instants sans retour, la conscience d'Alex est déjà ailleurs.

S'il y a un ailleurs.

50

L'établissement est sens dessus dessous. Accès bloqués, parking ceinturé, gyrophares, voitures, uniformes. Pour les clients, on dirait une série TV, sauf qu'il ne fait pas nuit. Dans les séries, ces choses-là, souvent, c'est la nuit. Il est sept heures du matin, le

297

moment du coup de feu, les départs, l'agitation est à son comble. Depuis une heure le patron se désole pour la clientèle, se confond en excuses, distribue des assurances de toutes sortes, on se demande bien ce qu'il peut promettre.

Le patron de l'hôtel est à l'entrée lorsque Camille et Louis arrivent. Dès qu'il comprend la situation, Louis précède son chef, il a l'habitude, il préfère parler au patron de l'hôtel le premier, dans ce genre de circonstances, si on laisse faire Camille, c'est la guerre civile dans la demi-heure.

Alors, Louis, le geste bienveillant et compréhensif, éloigne le patron et le passage est libre. Camille suit un agent du commissariat local, c'est lui qui est arrivé le premier.

– J'ai tout de suite reconnu la fille de l'avis de recherche.

Il s'attend à des félicitations mais rien, ce petit flic est tout sauf aimable, il marche vite et on dirait qu'il est tout rassemblé à l'intérieur de lui-même, comme enfermé. Il refuse l'ascenseur, on monte à pied dans l'escalier en béton que personne n'emprunte et qui résonne comme une cathédrale.

L'agent ajoute tout de même :

– Tant que vous n'étiez pas là, on n'a laissé entrer personne.

Les choses se passent curieusement. Comme on a interdit l'accès à la chambre en attendant les techniciens de l'Identité, que Louis est resté au rez-de-chaussée pour contenir le patron, Camille entre seul dans cette pièce, comme quelqu'un de la famille, comme s'il venait au chevet d'un proche et que, par pudeur, on respectait son intimité en le laissant seul quelques secondes auprès de la dépouille.

Dans les lieux sans grandeur, la mort est toujours assez triviale. La jeune femme n'a pas échappé à cela. Elle s'est enroulée dans le drap, les convulsions ensuite l'y ont entortillée, on dirait le corps d'une Égyptienne promis à la momification. Sa main pend en dehors du lit, languide, terriblement humaine et féminine. Son visage, lui, est marqué. Le regard figé se perd vers le plafond. À la commissure des lèvres, des traces des vomissures dont on devine que l'essentiel est retenu par les lèvres. Il y a beaucoup de douleur dans tout cela.

Comme devant tous les morts, on sent dans la pièce la présence d'un mystère. Camille reste à l'entrée de la chambre. Il a pourtant l'habitude des cadavres, il en a vu beaucoup, vous parlez, vingt-cinq ans de carrière, un jour il faudrait compter, l'équivalent d'un village. Il y a ceux qui lui font quelque chose et ceux qui ne lui font rien. L'inconscient fait le tri. Or celui-là lui fait du mal. Le fait souffrir. Il ne sait pas pourquoi.

Il a d'abord pensé que décidément, il arrivait toujours trop tard. C'est à cause de ça qu'Irène est morte, il n'a pas eu le bon réflexe, il s'est entêté, il est arrivé trop tard, elle était morte. Mais non, maintenant qu'il est là, il sait que ce n'est pas ça, que l'histoire ne se répète pas bêtement, que n'importe quelle morte ne peut pas prendre la place d'Irène. Et d'abord parce que Irène était innocente et qu'ici, c'est loin d'être le cas.

Pourtant, il reste inquiet. Incapable d'expliquer.

Il sent, il sait qu'il y a quelque chose qu'il n'a pas compris. Depuis le début, peut-être même. Or cette fille a certainement emporté ses secrets avec elle. Camille aimerait pouvoir s'approcher, la regarder de plus près, se pencher sur elle, comprendre.

Il a couru après elle vivante, il la voit morte et il ne sait toujours rien d'elle. Quel âge a-t-elle ? D'où vient-elle ?

Au fait, comment s'appelle-t-elle réellement ?

Près de lui, sur la chaise, le sac à main. Il sort de sa poche des gants de caoutchouc et les enfile. Il prend le sac, l'ouvre, un sac à main de fille, tout ce qu'il peut y avoir là-dedans, c'est incroyable, il trouve la carte d'identité, l'ouvre.

Trente ans. Les morts ne ressemblent jamais aux vivants qu'ils ont été. Il regarde la photo officielle puis la jeune femme morte, sur le lit. Aucun de ces deux visages ne ressemble aux innombrables portraits qu'il a faits d'elle au cours des dernières semaines en se fiant au portrait-robot. Du coup, le visage de cette femme reste insaisissable. Lequel est le bon ? Celui, daté, de la photo d'identité ? Elle a peut-être vingt ans, la coiffure est démodée, elle ne sourit pas et regarde en face de soi sans intention. Ou le portrait-robot de la tueuse en série, froid, fixe, lourd de menaces et dupliqué à des milliers d'exemplaires ? Ou le vrai est-il celui, inhabité, de la jeune morte allongée là, dont le corps, comme détaché d'elle, est habité par des douleurs incommunicables ?

Camille la trouve étrangement ressemblante à *La Victime* de Fernand Pelez ; l'effet sidérant que fait la mort quand elle s'abat.

300

Fasciné par ce visage, Camille en a oublié qu'il ne sait comment l'appeler. Il se repenche sur la carte d'identité.

Alex Prévost.

Camille se répète ce nom.

Alex.

Donc plus de Laura, de Nathalie, de Léa, ni d'Emma.

C'est Alex.

Enfin, c'est... C'était.

III

51

Il est très content, le juge Vidard. Ce suicide est le résultat logique de son analyse, de son habileté, de son opiniâtreté. Comme toujours les hommes vaniteux, ce qu'il doit à la chance, aux circonstances, il l'attribue à son talent. Contrairement à Camille, il exulte. Mais avec calme. Plus il est réservé, plus on le sent intensément victorieux. Camille le voit à ses lèvres, à ses épaules, à sa manière concentrée d'enfiler les protections, ça lui fait une drôle de touche, à Vidard, le bonnet de chirurgien et les chaussons bleus.

Il aurait pu se contenter de regarder tout ça du couloir puisque les techniciens sont déjà au travail mais non, une multimeurtrière de trente ans, surtout morte, c'est comme un tableau de chasse, ça s'observe de près. Il est satisfait. Quand il entre dans la chambre, c'est un empereur romain. Au-dessus du lit, il a un petit mouvement des lèvres, genre bien, bien, bien et quand il ressort il a une tête qui signifie, affaire classée. Il désigne à Camille les techniciens de l'Identité :

– Il me faut les conclusions rapidement, vous comprenez…

Ça veut dire qu'il veut communiquer. Vite. Camille est d'accord. Vite.

– Il faudra tout de même faire toute la lumière, n'est-ce pas ? ajoute le juge.

– Bien sûr, dit Camille, toute la lumière.

Le juge s'apprête à partir. Camille entend la cartouche monter dans le canon.

– Il était vraiment temps que ça se termine, dit le juge. Pour tout le monde.

– Vous voulez dire, pour moi ?

– Pour dire les choses sincèrement, oui.

Disant cela, il retire ses protections. Le bonnet, les chaussons ne sont pas conformes à la dignité de son propos.

– Dans cette affaire, reprend-il enfin, vous avez manqué singulièrement de lucidité, commandant Verhœven. Vous avez couru derrière les événements, à plusieurs longueurs. Vous vous rendez compte, même l'identité de la victime, ce n'est pas à vous qu'on la doit mais à elle. Vous êtes sauvé par le gong mais vous étiez vraiment loin et, sans cet... « incident » heureux (il désigne la chambre), je ne suis pas certain que vous auriez conservé l'affaire. Je pense que vous n'étiez pas...

– À la hauteur ? propose Camille. Si, si, monsieur le juge, dites-le, vous l'avez sur les lèvres.

Le juge, vexé, fait quelques pas dans le couloir.

– C'est bien de vous, ça, commente Camille. Pas assez de courage pour dire ce que vous pensez, pas assez de sincérité pour penser ce que vous dites.

– Alors, je vais vous dire le fond de ma pensée...

– J'en tremble.

306

– Je crains que vous ne soyez plus fait pour les affaires lourdes.

Il prend un temps pour souligner qu'il réfléchit, qu'en homme intelligent, conscient de son importance, il ne dit rien à la légère.

– Votre reprise d'activité n'est pas très concluante, commandant. Vous devriez peut-être reprendre un peu de distance.

52

Tous les objets sont d'abord passés au Labo. Ensuite, on les a entreposés dans le bureau de Camille. On ne se rend pas compte au premier coup d'œil mais, en fait, ça fait du volume. On a dû faire venir deux grandes tables qu'Armand a recouvertes d'une nappe, pousser le bureau, le portemanteau, les chaises, les fauteuils, et on a tout étalé. C'est difficile d'avoir devant soi des choses si infantiles et de penser qu'elles appartenaient à une femme de trente ans. Impression qu'elle n'avait pas grandi. À quoi bon garder si longtemps une barrette de pacotille, rose, avec du strass, tout usée ou un ticket de cinéma.

On a ramassé toutes ces choses à l'hôtel, quatre jours plus tôt.

Après avoir quitté la chambre de la jeune femme morte, Camille est redescendu au rez-de-chaussée où Armand prenait la déposition du réceptionniste, un jeune homme avec les cheveux couchés au gel sur le côté, comme si on venait de le gifler. Pour des raisons

307

qui semblent purement pratiques, Armand s'est installé dans la salle du restaurant où les clients prennent leur petit déjeuner. Il a dit :

– Vous permettez ?

Sans attendre la réponse, il s'est servi un pot de café, quatre croissants, un verre de jus d'orange, une assiette de céréales, un œuf dur, deux tranches de jambon et quelques portions de fromage fondu. Tout en mangeant, il pose ses questions et il écoute très attentivement les réponses parce que même la bouche pleine, il peut rectifier :

– Vous m'avez dit vingt-deux heures trente tout à l'heure.

– Oui, dit le réceptionniste, effaré par l'appétit d'un flic aussi maigre, mais à cinq minutes près, on ne peut jamais dire…

Armand fait signe qu'il comprend. À la fin de l'interrogatoire, il va dire :

– Vous n'auriez pas une boîte ou quelque chose ?

Mais sans attendre la réponse, il va étaler trois serviettes en papier, y renverser un panier entier de viennoiseries et refermer proprement les quatre coins, faire un joli nœud, on dirait un petit baluchon pour faire un cadeau. Il dit au réceptionniste, préoccupé :

– Pour ce midi… Avec cette affaire, on n'aura pas le temps d'aller manger.

Il est sept heures et demie du matin.

Camille entre dans une salle destinée aux séminaires que Louis a réquisitionnée pour les dépositions. Il y interroge la femme de ménage qui a découvert Alex, une femme de cinquante ans au visage pâle, usée par le travail. Elle fait la maintenance après le repas du soir, rentre chez elle mais parfois, manque de personnel, elle doit revenir le matin, dès six heures pour le premier service de ménage. Elle est lourde, avec le dos creusé.

Normalement, elle n'entre dans les chambres qu'en fin de matinée et seulement après avoir longuement frappé et écouté à la porte parce qu'elle en a vu de ces scènes... Elle pourrait en raconter mais la présence du petit flic qui est entré et qui les observe, ça la glace un peu. Il ne dit rien, il reste là, les mains dans les poches de son manteau qu'il n'a pas quitté depuis son arrivée, il doit être malade ou frileux, cet homme. Sauf que ce matin, elle s'est trompée. Sur son papier, on lui a noté « 317 », le client est censé avoir quitté l'hôtel, c'est le feu vert pour le ménage.

– C'était mal écrit. J'ai lu « 314 », explique-t-elle.

Elle est assez véhémente, elle ne veut pas que ce soit sa faute, toute cette histoire. Elle n'y est pour rien.

– Si on avait bien écrit le numéro de la chambre, ça ne serait pas arrivé.

Pour calmer, pour rassurer, Louis pose sa belle main manucurée sur son avant-bras et ferme les yeux, il a vraiment des allures de cardinal, parfois. Pour la première fois depuis son entrée inopinée dans la chambre 314, la femme prend conscience qu'au-delà de cet impair regrettable, qu'elle ne cesse de ressasser, il y a avant tout une jeune femme de trente ans qui s'est donné la mort.

– J'ai tout de suite vu qu'elle était morte.

Elle se tait, cherche des mots, elle en a déjà vu, des cadavres dans sa vie. N'empêche, chaque fois, c'est inattendu, ça vous fauche.

– Ça m'a fait un de ces coups !

309

Elle pose sa main en travers de sa bouche, rien qu'à ce souvenir. Louis compatit silencieusement, Camille ne dit rien, il regarde, il attend.

– Une belle jeune fille comme ça. Qui avait l'air si vive…

– Vous lui avez trouvé l'air vif, vous ?

C'est Camille qui a posé la question.

– Bah, dans la chambre, non, évidemment… C'est pas ça que je veux dire…

Et, comme les deux hommes ne rebondissent pas, elle complète, elle veut bien faire, elle veut aider, en somme. Avec cette histoire de numéro de chambre, elle ne se défait pas de l'idée qu'on va finir par lui reprocher quelque chose. Elle veut se défendre.

– Quand je l'ai vue, la veille, elle avait l'air vive ! C'est ça que je veux dire ! Elle marchait d'un air décidé, quoi, je ne sais pas comment vous dire, moi !

Elle s'énerve. Louis reprend calmement :

– La veille, vous l'avez vue marcher où ?

– Bah, sur la rue là-bas devant ! Elle sortait avec ses sacs-poubelle.

Elle n'a pas eu le temps de terminer sa phrase, les deux hommes ont déjà disparu. Elle les a vus courir vers la sortie.

Camille a harponné au passage Armand et trois agents, tout le monde court vers la sortie. À droite et à gauche, de chaque côté de la rue, à une cinquantaine de mètres, un camion-poubelle avale les conteneurs que les employés chargent en courant, les flics hurlent mais de loin personne ne comprend ce qu'ils veulent. Camille remonte la rue avec Armand en gesticulant, Louis la descend, on brandit les cartes de police, les agents soufflent de toutes leurs forces dans leurs sif-

310

flets, ça a un effet paralysant sur les éboueurs, chacun suspend son geste. Les flics arrivent, hors d'haleine. Des flics qui arrêtent des poubelles, de carrière d'éboueur, on n'avait pas encore vu ça.

La femme de ménage, impressionnée, est conduite sur place comme une célébrité débutante entourée de reporters et d'admirateurs. Elle désigne l'endroit où elle se trouvait la veille au soir quand elle a croisé la jeune femme.

– J'arrivais en scooter, de là. Je l'ai vue ici. À peu près, hein ! je peux pas dire exactement.

On fait rouler une vingtaine de conteneurs jusque sur le parking de l'hôtel. Le patron s'affole aussitôt.

– Vous ne pouvez pas…, commence-t-il.

Camille l'interrompt :

– Qu'est-ce que je ne peux pas ?

Le patron renonce, vraiment une sale journée, les poubelles éventrées sur le parking, comme si ça ne suffisait pas, un suicide.

C'est Armand qui découvre les trois sacs.

Le flair. L'expérience.

53

Le dimanche matin, Camille ouvre la fenêtre à Doudouche pour qu'elle regarde le marché, elle adore. Et dès qu'il a terminé de déjeuner, il n'est même pas huit heures et il a très mal dormi, il entre dans une de ces longues périodes d'hésitation comme il en a toujours eu, où toutes les solutions semblent se balancer, où

311

faire et ne pas faire revêt le même intérêt. Le terrible, dans ces incertitudes, c'est de savoir au fond de soi ce qui va finalement l'emporter. Faire mine de s'interroger n'est qu'une manière de recouvrir une décision discutable d'un semblant de rationalité.

C'est le jour de la vente aux enchères des œuvres de sa mère. Il a dit qu'il n'irait pas. Maintenant, il en est certain.

C'est presque comme si la vente était passée, Camille se projette dans l'après. Sa réflexion concerne maintenant son produit. Et cette idée de ne pas conserver cet argent, de le donner. Jusqu'ici, il s'est refusé à se demander combien il touchera. S'il ne veut pas compter, son cerveau a tout de même aligné les chiffres, c'est plus fort que lui. Il ne sera jamais aussi riche que Louis, mais tout de même. Pas loin de cent cinquante mille euros, selon lui. Peut-être plus, deux cents. Ça le fâche contre lui-même de faire ce genre de compte mais qui ne le ferait pas. À la mort d'Irène, les assurances ont payé l'appartement qu'ils avaient acheté et qu'il a aussitôt revendu. Avec le produit, il a acheté celui-ci, pris un petit crédit de complément que la vente des œuvres de sa mère pourrait rembourser. Ce genre de pensée est la première faille dans les meilleures résolutions. Il va se dire, je pourrais au moins payer les traites et donner le reste. Puis il se dira, payer les traites et changer de voiture et donner le reste. L'engrenage. Jusqu'à ce qu'il n'y ait plus de reste. Il finira par envoyer deux cents euros à la recherche contre le cancer.

Allons, se dit Camille en s'ébrouant. Concentre-toi sur l'essentiel.

312

Il abandonne Doudouche vers dix heures, traverse le marché et comme il fait froid et beau, il se rend à la Brigade à pied, ça prendra le temps que ça prendra. Camille marche aussi vite qu'il le peut mais il a de petites jambes. Et donc, passé l'obstination et la bonne résolution, il prend le métro.

C'est dimanche mais Louis a dit qu'il le rejoindrait à la Brigade vers treize heures.

Depuis son arrivée dans les locaux, Camille est en conversation silencieuse avec les objets alignés sur la grande table. On se croirait devant l'étal d'une petite fille le jour d'un vide-grenier.

Le soir de la découverte, après que le frère d'Alex eut procédé à la reconnaissance du corps à l'Institut médico-légal, on a demandé à Mme Prévost, la mère, de commenter ce qu'elle reconnaissait.

C'est une femme assez petite, énergique, au visage anguleux qui revendique ses cheveux blancs et ses vêtements usagés. Tout, chez elle, véhicule le même message : nous sommes de milieu modeste. Elle n'a pas voulu retirer son manteau ni poser son sac, elle avait vraiment hâte de repartir.

– Ça lui a fait quand même pas mal de nouvelles à digérer d'un seul coup, a dit Armand qui a été le premier à la recevoir. Votre fille s'est suicidée la nuit dernière après avoir assassiné au moins six personnes, c'est un peu désarmant, on peut comprendre.

Camille lui a longuement parlé dans le couloir pour la préparer à l'épreuve, elle va se trouver face à tant de choses personnelles de sa fille petite, puis jeune, puis adolescente, le genre d'objets sans grande valeur

313

qui vous font un mal infini le jour où votre enfant meurt. Mme Prévost prend sur elle, ne pleure pas, dit qu'elle comprend mais quand elle se retrouve devant la table aux souvenirs, elle s'effondre, on lui apporte une chaise. Ces instants-là sont pénibles quand on est spectateur, on danse d'un pied sur l'autre, condamné à la patience, à l'inaction. Mme Prévost n'a pas lâché son sac, comme si elle était en visite, elle va rester assise, désigner les objets, il y en a beaucoup qu'elle ne connaît pas ou dont elle ne se souvient pas. Elle est souvent perplexe, incertaine, on dirait qu'elle est devant un portrait chinois de sa fille et qu'elle ne la reconnaît pas. Pour elle, ce sont comme des pièces détachées. Réduire sa fille disparue à cet étalage incohérent de broutilles revêt quelque chose d'injuste, l'émotion cède la place à l'indignation, elle tourne la tête dans tous les sens :

– Pourquoi elle gardait toutes ces saloperies, d'abord ? Vous êtes sûr que c'est à elle ?

Camille écarte les bras. Il met cette réaction au rang des défenses devant la violence de la situation, on rencontre souvent ça, chez les gens choqués, une certaine brutalité.

– Remarquez, reprend-elle, oui, ça, c'est bien à elle.

Elle désigne la petite tête de nègre en bois noir. Elle va pour raconter l'histoire mais elle renonce. Puis les pages des romans.

– Elle lisait beaucoup. Tout le temps.

Quand Louis arrive enfin, il est presque quatorze heures. Il commence par les feuillets. *Demain dans la bataille pense à moi. Anna Karénine.* Des passages sont soulignés à l'encre violette. *Middlemarch, Le Docteur Jivago.* Louis les a tous lus, *Aurélien, Les Buddenbrook*, on avait parlé de Duras, des œuvres complètes, mais dans le lot, il n'y a qu'une page ou deux de *La Douleur.* Louis ne fait pas de rapprochements entre les titres, il y a pas mal de romantisme dans tout ça, on s'y attendait, les jeunes filles sentimentales et les grandes meurtrières sont des êtres au cœur fragile.

Ils vont déjeuner. Pendant le repas Camille reçoit l'appel de l'ami de sa mère qui a organisé la vente aux enchères de ce matin. Ils n'ont pas grand-chose à se dire, Camille remercie à nouveau, il ne sait pas comment faire, il propose discrètement de l'argent. On devine qu'à l'autre bout, l'ami dit qu'on parlera de ça plus tard, qu'avant tout, il a fait ça pour Maud. Camille se tait, on convient de se voir bientôt en sachant qu'on ne le fera pas. Camille raccroche. Deux cent quatre-vingt mille euros. La vente aux enchères a fait exploser toutes les espérances. Le petit autoportrait, œuvre mineure, à lui seul, dix-huit mille euros.

Louis n'est pas surpris. Il connaît les cours, les cotes, il a l'expérience.

Deux cent quatre-vingt mille. Camille n'en revient pas. Il voudrait faire le calcul, ça fait combien de salaires ? Beaucoup. Ça le met mal à l'aise, l'impression que ses poches sont lourdes, en fait ce sont ses épaules. Il ploie un peu.

– J'ai fait une connerie de tout vendre ?

– Pas nécessairement, dit Louis, circonspect.

Camille se demande tout de même.

315

Rasé de près, visage rectangulaire, volontaire, des yeux vifs et une bouche expressive, charnue, gourmande. Il se tient très droit, avec un côté vaguement militaire s'il n'y avait ces cheveux bruns, ondulés, ramenés en arrière. La ceinture à boucle argentée souligne le volume d'un ventre qui se veut proportionnel à la position sociale, résultat des repas d'affaires ou du mariage ou du stress ou des trois. Il fait quarante ans passés. Il en a trente-sept. Il mesure plus d'un mètre quatre-vingts, il est large d'épaules. Louis n'est pas gros mais il est grand, et pourtant, à côté, on dirait un adolescent.

Camille l'a déjà vu à l'Institut médico-légal quand il est venu reconnaître le corps. Il a penché sur la table en aluminium un visage compassé, douloureux, il n'a rien dit, juste fait un signe de tête, oui c'est elle, on a rabattu le drap.

Ce jour-là, à l'IML, ils ne se sont pas parlé. C'est difficile de présenter des condoléances quand la défunte est une tueuse en série qui a ravagé la vie d'une demi-douzaine de familles. On ne sait pas quoi dire ; heureusement, ce n'est pas le rôle des flics.

Dans le couloir, au retour, Camille se taisait. Louis a dit :

– Je l'ai connu plus facétieux…

C'est vrai, s'est souvenu Camille, c'est Louis qui l'a rencontré la première fois lors de l'enquête sur la mort du fils Trarieux.

Lundi dix-sept heures. Les locaux de la Brigade criminelle.

Louis (costume Brioni, chemise Ralph Lauren, chaussures Forzieri) est à son bureau. Armand est à côté de lui, ses chaussettes tirebouchonnent sur ses chaussures.

Camille est assis sur une chaise assez loin, au fond du bureau, les pieds ballants, il est penché sur un bloc comme si l'affaire ne le concernait pas. Pour l'instant, il esquisse, de mémoire, le portrait ombrageux de Guadalupe Victoria qu'il a vu sur une pièce mexicaine.

– Le corps nous sera rendu quand ?

– Bientôt, dit Louis. Très bientôt.

– Ça fait déjà quatre jours...

– Oui, je sais, c'est toujours très long.

Objectivement, dans cet exercice, Louis atteint la perfection. Il a dû apprendre très tôt cette expression inimitable de commisération, un héritage de famille, héritage de caste. Ce matin, Camille le peindrait en saint Marc présentant le doge de Venise.

Louis attrape son carnet, son dossier. L'air de vouloir en finir rapidement avec des formalités pénibles.

– Donc, Thomas Vasseur, né le 16 décembre 1969.

– C'est dans le dossier, je crois.

Pas agressif mais cassant. Agacé.

– Oh oui, oui ! assure Louis avec une sincérité débordante. On doit juste vérifier que tout est en ordre. Pour boucler le dossier, rien d'autre. Votre sœur, à notre connaissance, a tué six personnes, cinq hommes et une femme. Sa mort nous empêche de reconstituer les événements. Il faut bien dire quelque chose aux familles, vous comprenez. Sans compter le juge.

Tiens, pense Camille, le juge, précisément. Il mourait d'envie de communiquer, celui-là, il n'a pas tardé à obtenir l'aval de sa hiérarchie, tout le monde mourait d'envie de communiquer. Ça n'est pas glorieux, une meurtrière en série qui se donne la mort, c'est moins valorisant qu'une arrestation, mais côté sécurité publique, tranquillité des citoyens, paix civile et tout le bordel, c'est toujours bon à prendre. La meurtrière est morte. C'est comme l'annonce de la mort du loup au Moyen Âge, on sait bien que ça ne change pas la face du monde mais ça soulage et ça donne le sentiment qu'une justice supérieure nous protège. La justice supérieure s'est donc vautrée. Vidard s'est rendu, comme à son corps défendant, devant les journalistes. À l'écouter, la meurtrière était tellement acculée par la police qu'elle n'avait pas d'autre possibilité que se rendre ou mourir. Camille et Louis ont vu ça sur le téléviseur du bistro. Louis était résigné, Camille rigolait en dedans. Depuis cet instant de gloire, le juge s'est calmé. Il a péroré devant les micros mais, à présent, la tâche d'en finir revient quand même aux flics.

Donc, il est question d'informer les familles des victimes. Thomas Vasseur comprend, il fait oui de la tête mais il reste irrité.

Louis s'absorbe un instant dans son dossier puis relève la tête, remonte sa mèche de la main gauche :

– Donc, né le 16 décembre 1969 ?

– Oui.

– Et vous êtes directeur des ventes dans une entreprise de location de jeux ?

– C'est ça, jeux de casinos, brasseries, boîtes de nuit, on loue des machines. Partout en France.

– Vous êtes marié, vous avez trois enfants.

– Voilà, vous savez tout.

Louis prend scrupuleusement note. Puis il relève la tête :

318

– Et vous aviez donc... sept ans de plus qu'Alex.

Cette fois, Thomas Vasseur fait simplement signe qu'il est d'accord.

– Alex n'a pas connu son père, dit Louis.

– Non. Mon père est mort assez jeune. Ma mère a eu Alex bien plus tard mais elle n'a pas voulu refaire sa vie avec cet homme-là. Il a disparu.

– Somme toute, comme père, elle n'a eu que vous.

– Je me suis occupé d'elle, oui. Pas mal. Elle en avait besoin.

Louis laisse filer. Le silence dure. Vasseur reprend :

– Alex était déjà, je veux dire, Alex était très instable.

– Oui, dit Louis. Instable, c'est ce que nous a dit votre maman.

Il fronce légèrement les sourcils.

– Nous n'avons retrouvé aucun épisode psychiatrique, il ne semble pas qu'elle ait été hospitalisée ou mise en observation.

– Alex n'était pas folle ! Elle était instable !

– Le manque de père...

– Le caractère, surtout. Très jeune, elle n'arrivait pas à se faire des amies, elle était renfermée, solitaire, ne parlait pas beaucoup. Et puis, pas de suite dans les idées.

Louis fait signe qu'il comprend. Et comme rien ne vient, il propose :

– Besoin d'être encadrée...

Difficile de savoir si c'est une question, une affirmation, un commentaire. Thomas Vasseur choisit d'entendre une question.

– Absolument, répond-il.

– Votre mère n'y suffisait pas.

– Ça ne remplace pas un père.

– Alex en parlait, de son père ? Je veux dire, elle posait des questions ? Elle demandait à le voir ?

– Non. Elle avait ce qu'il lui fallait à la maison.

– Vous et votre mère.

– Ma mère et moi.

– L'amour et l'autorité.

– Si vous voulez.

Le divisionnaire Le Guen s'occupe du juge Vidard. Il fait écran entre Camille et lui, il a tout ce qu'il faut pour ça, la stature, l'inertie, la patience. On peut penser ce qu'on veut de ce juge, il est peut-être désagréable mais Camille est vraiment encombrant. Depuis plusieurs jours, depuis le suicide de la fille, on entend des bruits. Verhœven n'est plus ce qu'il était, il est impossible dans le travail, plus à sa place dans les enquêtes d'envergure. Tout le monde se passe le mot, l'histoire de cette fille qui dézingue six personnes en deux ans, sans compter la manière, forcément, ça attire l'attention de tous et c'est vrai que Camille donne l'impression d'avoir toujours eu un train de retard. Jusqu'à la fin.

Le Guen relit les conclusions, le dernier rapport de Camille. Ils se sont vus, une heure avant. Il a demandé :

– Tu es sûr de ton coup, Camille ?

– Absolument.

Le Guen hoche la tête.

– Si tu le dis…

– Si tu préfères, je peux…

320

– Non non non non, le coupe Le Guen, je m'en occupe ! Je vais voir le juge moi-même, je lui explique, je te tiens au courant.

Camille lève les mains en signe de reddition.

– Quand même, Camille, qu'est-ce que tu as avec les juges ? Toujours en conflit, tout de suite, tout le temps ! On dirait que c'est plus fort que toi.

– C'est aux juges qu'il faut poser la question !

Derrière la question du divisionnaire, il y a tout de même un sous-entendu embarrassant : est-ce sa taille qui conduit ainsi Camille à s'opposer à l'autorité ?

– Et Pascal Trarieux, donc, vous l'avez connu au collège.

Thomas Vasseur, impatient, souffle en l'air, comme pour éteindre une bougie au plafond. Il montre qu'il prend sur lui et lâche un « oui » ferme, dense, le genre de oui qui, normalement, décourage de poser une autre question.

Cette fois, Louis ne se retranche pas derrière le dossier. Il a un avantage, c'est lui qui l'a interrogé, un mois plus tôt.

– À l'époque vous m'avez dit, je cite : « Si Pascal nous a cassé les couilles avec sa copine, sa Nathalie… ! Remarquez, pour une fois qu'il en avait une ! »

– Et… ?

– Et nous savons aujourd'hui que cette Nathalie était en fait votre sœur Alex.

– Vous le savez aujourd'hui, mais moi, à l'époque, je ne pouvais pas me douter…

Comme Louis ne dit rien, Vasseur se pense contraint de développer un peu :

– Vous savez, Pascal, c'était un garçon pas compliqué. Des filles, il n'en a jamais eu beaucoup. J'ai même pensé qu'il se vantait. Il en parlait tout le temps, de sa Nathalie, mais il ne la présentait à personne. Ça nous faisait plutôt marrer, en fait. Moi, en tout cas, je n'ai pas pris ça tellement au sérieux.

– C'est pourtant vous qui lui avez présenté Alex, à votre ami Pascal.

– Non. Et d'abord, ça n'était pas mon ami !

– Ah bon, c'était quoi ?

– Écoutez, je vais être franc. Pascal était une vraie buse, ce type avait un QI d'oursin. Alors, c'était un copain de collège, copain d'enfance si vous voulez mieux, je le croisais ici et là mais c'est tout. Ça n'était pas « un ami ».

Là-dessus, il rigole, assez fort, pour souligner le ridicule de cette hypothèse.

– Vous le croisiez simplement ici et là…

– De temps en temps, je le rencontrais au café quand je m'arrêtais pour dire bonjour. Je connais encore pas mal de monde là-bas. Je suis né à Clichy, il est né à Clichy, on a été à l'école ensemble.

– À Clichy.

– Voilà. On était comme qui dirait des copains de Clichy. Ça vous va ?

– Très bien ! Très très bien.

Louis replonge dans son dossier, affairé, soucieux.

– Pascal et Alex étaient aussi des « copains de Clichy » ?

– Non, eux n'étaient pas des « copains de Clichy » ! Oh et puis vous commencez à m'emmerder avec vos histoires de Clichy ! Si vous…

– On se calme.

322

C'est Camille qui a dit ça. Il n'a pas élevé la voix. Comme un gamin qu'on a installé avec des dessins au fond du bureau pour l'occuper, on avait fini par l'oublier.

– On vous pose des questions, dit-il, vous donnez des réponses.

Thomas s'est retourné vers lui mais Camille ne lève pas la tête, il continue de dessiner. Il ajoute seulement :

– C'est comme ça que ça se passe, ici.

Il lève enfin les yeux, éloigne son dessin à bout de bras pour le juger en le penchant légèrement et il ajoute, le regard juste au-dessus de la feuille, pointant Thomas :

– Et si vous recommencez, je vous colle un outrage à personne dépositaire de l'autorité publique.

Camille pose enfin son dessin sur la table et, juste avant de se pencher de nouveau dessus, il ajoute :

– Je ne sais pas si je suis clair.

Louis laisse passer une seconde.

Vasseur a été cueilli à froid. Il regarde tour à tour Camille et Louis, la bouche légèrement entrouverte. L'atmosphère rappelle les fins de journée d'été, quand l'orage s'annonce brutalement, que personne ne l'a vu arriver et que, tout à coup, on se rend compte qu'on est sorti sans précaution, que le ciel est déjà noir et qu'on est encore loin de la maison. On dirait que Vasseur va remonter le col de sa veste.

– Et donc ? demande Louis.

– Donc, quoi ? répond Vasseur, désorienté.

– Alex et Pascal Trarieux étaient-ils, eux aussi, des « copains de Clichy » ?

Quand il parle, Louis fait toutes les liaisons. Même dans les situations les plus tendues. Là, il a clairement prononcé : « eux z'aussi ». Tout à son dessin, Camille dodeline de la tête, admiratif, ce type est vraiment incroyable.

– Non, Alex n'a pas vécu à Clichy, dit Vasseur. On a déménagé, elle avait, je ne sais pas moi, quatre, cinq ans.

– Alors comment a-t-elle rencontré Pascal Trarieux ?

– Je ne sais pas.

Silence.

– Donc, votre sœur rencontre votre « copain » Pascal Trarieux par le plus grand des hasards…

– Faut croire.

– Et elle se fait appeler Nathalie. Et elle le tue à Champigny-sur-Marne à coups de manche de pioche. Et ça n'a aucun rapport avec vous.

– Qu'est-ce que vous voulez exactement ? C'est Alex qui l'a tué, pas moi !

Il s'énerve, sa voix monte dans les aigus puis il s'arrête aussi soudainement qu'il a commencé. Très froid, il articule lentement :

– Pourquoi vous m'interrogez, d'abord ? Vous avez quelque chose contre moi ?

– Non ! s'empresse Louis. Mais vous allez comprendre. Après la disparition de Pascal, son père, Jean-Pierre Trarieux, se lance à la recherche de votre sœur. On sait qu'il la retrouve, qu'il l'enlève pas très loin de chez elle, qu'il la séquestre, qu'il la torture, qu'il veut sans doute la tuer. Elle parvient miraculeusement à s'échapper, on connaît la suite. Or, ce qui nous intéresse, c'est justement ça. Il est déjà étonnant qu'elle

324

sorte avec son fils sous un nom d'emprunt. Qu'a-t-elle donc à cacher ? Mais largement aussi surprenant, c'est de savoir comment Jean-Pierre Trarieux parvient à la retrouver ?

– Je ne sais pas.

– Eh bien, nous, nous avons une hypothèse.

Une phrase comme celle-là, Camille en ferait tout un effet. Ça pèserait comme une menace, une accusation, ça serait saturé de sous-texte. Avec Louis, ça apparaît simplement comme une information. Ils ont opté pour une stratégie. C'est l'avantage avec Louis, son côté soldat anglais, ce qui est décidé, il le fait. Rien ne peut le distraire, ni l'arrêter.

– Vous avez une hypothèse, répète Vasseur. On peut savoir ?

– M. Trarieux a rendu visite à toutes les relations de son fils qu'il a pu retrouver. Il leur montrait une photo de mauvaise qualité où l'on voit Pascal accompagné de Nathalie. Enfin, d'Alex. Mais de tous ceux qu'il a interrogés, il n'y a que vous qui pouviez y reconnaître votre sœur. Et nous pensons que c'est exactement ce qui s'est passé. Et que vous lui avez donné son adresse.

Pas de réaction.

– Or, poursuit Louis, vu l'état d'excitation de M. Trarieux et son attitude ouvertement violente, ça revenait à une autorisation de passage à tabac. Au minimum.

L'information fait tranquillement le tour de la pièce.

– Pourquoi j'aurais fait ça ? demande Vasseur, sincèrement intrigué.

– Justement, nous aimerions le savoir, monsieur Vasseur. Son fils, Pascal, avait, dites-vous, un QI

325

d'oursin. Le père n'était guère plus évolué et il n'était pas nécessaire de l'observer bien longtemps pour comprendre ses intentions. Je dis que c'est comme si vous aviez condamné votre sœur à se faire tabasser. Mais, en fait, il était facile de voir qu'il pouvait même la tuer. C'est ce que vous vouliez, monsieur Vasseur ? Qu'il tue votre sœur ? Qu'il tue Alex ?

– Vous avez des preuves ?

– Haaaa !

Là, c'est Camille de nouveau. Son cri a commencé comme une exclamation de joie et finit par un rire admiratif :

– Ha ha ha, ça, j'adore !

Vasseur se retourne.

– Quand un témoin demande si on a des preuves, reprend Camille, c'est qu'il ne conteste plus les conclusions. Il cherche simplement à se mettre à l'abri.

– Bon.

Thomas Vasseur vient de prendre une décision. Il le fait calmement, en posant les deux mains bien à plat sur le bureau, devant lui. Il les y laisse et les regarde fixement en disant :

– Est-ce que vous pouvez me dire ce que je fais ici, s'il vous plaît ?

Voix puissante, la phrase s'achève comme un ordre. Camille s'est levé, plus de dessin, plus de ruse, plus de preuve, il s'avance et se plante devant Thomas Vasseur.

– Alex, vous avez commencé à la violer à quel âge ?

Thomas lève la tête.

– Ha, c'est ça ?

Il sourit.

– Vous ne pouviez pas le dire plus tôt ?

326

Alex, enfant, tient son journal de manière très épisodique. Quelques lignes ici et là puis plus rien pendant longtemps. Elle n'écrit même pas toujours sur le même cahier. On trouve un peu de tout, dans les affaires jetées dans le conteneur, un cahier de brouillon dont elle n'a couvert que les six premières pages, un carnet à couverture rigide qui montre un cheval au galop dans un soleil couchant.

Écriture enfantine.

Camille lit seulement ceci : « *Thomas vient dans ma chambre. Presque tous les soirs. Maman le sait.* »

Thomas s'est levé.

– Bien. Maintenant, messieurs, si vous permettez…

Il fait quelques pas.

– Je ne pense pas que ça va se passer comme ça, dit Camille.

Thomas se retourne :

– Ah bon ? Et ça va se passer comment, d'après vous ?

– D'après moi, vous allez vous rasseoir et répondre à nos questions.

– À quel sujet ?

– Vos relations sexuelles avec votre sœur.

Vasseur regarde tour à tour Louis et Camille et, faussement alarmé :

– Pourquoi, elle a porté plainte ?

Maintenant, il est franchement rigolard.

– Vous êtes vraiment des marrants, vous. Je ne vais pas vous faire des confidences, vous n'aurez pas ce plaisir.

327

Il croise les bras et penche la tête sur le côté comme un artiste qui cherche l'inspiration. Il prend un ton câlin :

– Pour dire la vérité, j'aimais beaucoup Alex. Vraiment beaucoup. Énormément. C'était une petite fille charmante, vous n'imaginez pas. Un peu maigrelette, visage ingrat mais tellement délicieuse. Et douce. Instable, certes. Elle avait besoin de beaucoup d'autorité, vous comprenez. Et de beaucoup d'amour. Souvent, les petites filles.

Il se tourne vers Louis et ouvre les mains, paumes en l'air, souriant :

– Comme vous l'avez dit, j'ai été un peu son papa !

Après quoi, il croise les bras de nouveau, satisfait :

– Alors, messieurs, Alex a déposé plainte pour viol ? Je peux en avoir une copie ?

55

D'après les calculs de Camille, les recoupements qu'il a faits, quand Thomas « vient dans sa chambre », Alex doit avoir un peu moins de onze ans. Lui, dix-sept. Pour arriver à ce résultat, il a fallu faire pas mal d'hypothèses et de déductions. Demi-frère. Protecteur. Ce qu'il y a comme violence dans cette histoire, se dit Camille. Et on me reproche d'être brutal...

Il revient à Alex. On a quelques photos de cette époque mais elles ne sont pas datées, on doit se référer aux éléments du décor (les voitures, les vêtements) pour les situer. Et au physique d'Alex. D'une image à l'autre, elle grandit.

Camille a pensé et repensé à l'histoire familiale. La mère, Carole Prévost, aide-soignante, épouse François Vasseur, ouvrier imprimeur, en 1969. Elle a vingt ans. Naissance de Thomas la même année. Mort de l'imprimeur en 1974. Le gamin a cinq ans et sans doute aucun souvenir de son père. Naissance d'Alex en 1976.

Du père inconnu :

« Il ne valait pas le coup », a dit Mme Vasseur d'un ton définitif, sans se rendre compte de l'énormité de ce qu'elle disait.

Pas trop le sens de l'humour. En même temps, être la mère d'une fille six fois meurtrière, ça n'incite pas à la plaisanterie. Camille n'a pas voulu lui montrer les quelques photos trouvées dans les affaires d'Alex, il les a retirées de la table. Au contraire, il lui en a demandé d'autres. Il en a obtenu tout un lot. Avec Louis, ils les ont classées, ils ont noté les lieux, les années, les personnages que Mme Vasseur leur a indiqués. Thomas, lui, n'a fourni aucune photo, il dit qu'il n'en a pas.

Sur celles d'Alex enfant, on voit une petite fille d'une maigreur insensée, au visage creux. Les os des pommettes font saillie dans le visage et les yeux sont sombres, la bouche, mince, reste pincée. Elle pose sans envie. C'est à la plage, on voit des ballons, des parasols, le soleil est de face. Le Lavandou, a dit Mme Vasseur. Les deux enfants. Alex, dix ans, Thomas, dix-sept. Il la domine de la tête et des épaules. Elle porte un maillot de bain deux pièces, elle pourrait se passer du haut, c'est une coquetterie. On ferait le tour de ses poignets avec deux doigts. Les jambes sont si maigres qu'on ne voit que les genoux. Les pieds ne sont pas parallèles, ils rentrent un peu en dedans. Maladive, souffreteuse, ça ne serait rien encore mais ses traits sont disgracieux. Rien que ses épaules, il faut voir. C'est franchement bouleversant quand on sait.

C'est à cette époque à peu près que Thomas commence à venir dans sa chambre. Un peu avant ou un peu après, ça ne change rien. Parce que les photos de la période suivante ne sont pas plus encourageantes. Voici Alex, disons treize ans. Photo de groupe, photo de famille. Alex à droite, sa mère au centre, Thomas à gauche. La terrasse d'un pavillon de banlieue. Un anniversaire. « Chez mon défunt frère », a dit Mme Vasseur, en disant cela, elle s'est signée rapidement. Un simple geste ouvre parfois des perspectives inouïes. Dans la famille Prévost, on croit, ou on a cru, en tout cas on se signe. Selon Camille, ça ne présage rien de bon pour la petite. Alex a un peu grandi, pas beaucoup mais elle pousse tout en hauteur, toujours aussi maigre, dégingandée, on sent la fille maladroite, mal à l'aise dans son corps. Elle déclenche inévitablement chez vous un désir de protection. Sur cette photo, elle est un peu derrière les autres. Au dos, bien plus tard, écriture adulte, Alex a écrit : « *La reine mère* ». Elle ne fait pas très royale, Mme Vasseur, plutôt femme de ménage endimanchée, elle tourne la tête et sourit à son fils.

– Robert Praderie.

Armand a pris le relais. Il note les réponses avec un stylo à bille neuf, sur un carnet neuf. Jour de fête à la Criminelle.

– Connais pas. C'est une des victimes d'Alex, non ?

330

– Oui, dit Armand. Il était chauffeur routier. Son corps a été retrouvé sur une aire de l'autoroute de l'Est, dans son camion. Alex lui a planté un tournevis dans l'œil, un autre dans la gorge et lui a déversé un demi-litre d'acide sulfurique dans le larynx.

Thomas réfléchit.

– Elle avait peut-être une dent contre lui…

Armand ne sourit pas. C'est sa force, on dirait qu'il ne comprend pas ce qu'on lui dit ou que ça l'indiffère, en fait, il est concentré.

– Oui, sans doute, dit-il. Alex était un peu colérique, à ce qu'il semble.

– Les filles…

Sous-entendu, vous savez comment elles sont. Vasseur est du genre à dire quelque chose de salace et à chercher du regard la complicité des autres. On trouve ça chez les vieux beaux, chez les impuissants, chez les pervers, en fait, on le voit souvent chez les hommes.

– Et donc, Robert Praderie, reprend Armand, ça ne vous dit rien de particulier ?

– Rien du tout. Ça devrait ?

Armand ne répond pas, fouille dans son dossier.

– Et Gattegno, Bernard ?

– Vous allez les passer en revue un par un ?

– Ça n'en fait que six, ça ira vite.

– Quel rapport j'ai avec tout ça, moi ?

– Eh bien, le rapport avec vous, c'est que Bernard Gattegno, lui, vous le connaissiez.

– M'étonnerait !

– Mais si, rappelez-vous ! Gattegno, garagiste à Étampes. Vous lui avez acheté une moto en… (il vérifie dans son dossier)… en 1988.

Vasseur réfléchit et concède :

331

– Peut-être. Ça remonte à loin. En 1988, j'avais dix-neuf ans, vous parlez si je me souviens de ça…

– Pourtant…

Armand feuillette une à une les pages volantes de son dossier.

– Voilà. Nous avons un témoignage d'un ami de M. Gattegno qui se souvient très bien de vous. Vous étiez de grands amateurs de moto, à l'époque, vous avez fait des sorties, des virées…

– Quand ?

– Années 88, 89…

– Et vous vous souvenez de tous les gens que vous avez connus en 1988, vous ?

– Non, mais ce n'est pas à moi que la question est posée, c'est à vous.

Thomas Vasseur prend un air fatigué.

– Bon, admettons. Des virées en moto. Il y a vingt ans. Et alors ?

– Et alors, c'est un peu comme une chaîne. Vous ne connaissiez pas M. Praderie mais vous connaissiez M. Gattegno, qui, lui, connaissait M. Praderie…

– Montrez-moi deux personnes qui n'ont absolument aucun rapport entre elles.

Armand pressent une finesse qui lui échappe. Il se tourne vers Louis.

– Oui, répond Louis, nous connaissons cette théorie, elle est très séduisante. Mais je crains qu'elle nous éloigne un peu de notre sujet.

Mlle Toubiana a soixante-six ans. Bon pied bon œil. Elle souligne « Mademoiselle », elle le revendique. Elle a reçu Camille avant-hier. Elle sortait de la pis-

332

cine municipale, ils ont discuté dans la salle d'un café, juste en face, dans ses cheveux mouillés on distinguait pas mal de fils blancs. Le genre de femme qui se plaît à vieillir parce que ça met en valeur sa tonicité. Avec le temps, difficile de ne pas confondre un peu les élèves. Elle rit. Quand elle croise des parents qui lui parlent de leurs enfants, elle fait semblant de s'intéresser. Non seulement elle ne s'en souvient pas mais, de plus, elle s'en fout. Je devrais avoir honte. Mais Alex, elle s'en souvient mieux que d'autres, oui, elle la reconnaît sur les photos, cette maigreur. Une enfant très attachante, toujours fourrée près de mon bureau, elle venait souvent me voir à la récréation, oui, on s'entendait bien toutes les deux. Pourtant Alex parlait peu. Quand même, elle avait des copines, elle était joueuse mais ce qui frappait, c'était sa manière de devenir très sérieuse « d'un coup, comme ça, sérieuse comme un pape », l'instant d'après elle parlait de nouveau, « c'était comme une absence soudaine, on aurait dit qu'elle tombait dans un trou, c'était étrange ». Quand elle était en difficulté, elle bégayait un peu. Mlle Toubiana dit qu'elle « boulait les mots ».

– Je ne m'en suis pas rendu compte tout de suite. C'est rare. Pour ces choses-là, généralement, j'ai l'œil.

– C'est peut-être arrivé en cours d'année.

Mademoiselle le pense aussi, elle secoue la tête. Camille lui dit qu'elle va attraper froid comme ça, avec les cheveux mouillés. Elle dit que de toute manière, tous les automnes, elle tombe malade, « c'est un vaccin, ça m'assure une bonne santé tout le reste de l'année ».

– Qu'est-ce qui a pu se passer selon vous en cours d'année ?

Elle ne sait pas, elle hoche la tête, les yeux fixés sur une énigme, elle n'a pas de mot, pas d'idée, elle ne sait pas, ne pense à rien, la petite fille, jusqu'alors proche d'elle, s'est éloignée.

– Vous avez parlé de son bégaiement à sa mère ? Conseillé un orthophoniste ?

– J'ai pensé que ça passerait.

Camille observe avec intensité cette femme vieillissante. Du caractère. Pas le genre à n'avoir aucune idée sur une question pareille. Il sent quelque chose de faux, sans savoir quoi. Alors le frère, Thomas. Il venait la chercher, oui, très régulièrement. C'est aussi ce qu'a dit Mme Vasseur : « Son frère s'est toujours beaucoup occupé d'Alex. » Un grand garçon, « un beau garçon », ça, elle s'en souvient bien, Mademoiselle, Camille ne sourit pas. Thomas était au lycée technique.

– Elle était heureuse qu'il vienne la chercher comme ça ?

– Non, forcément, vous parlez, une petite fille a toujours envie d'être grande, elle veut venir seule, rentrer seule, ou avec ses copines. Son frère, c'était un adulte, vous comprenez…

Camille se lance :

– Alex était violée par son frère, à l'époque où elle était dans votre classe.

Il laisse retomber les mots. Ce n'est pas une déflagration. Mademoiselle regarde ailleurs, vers le comptoir, vers la terrasse, vers la rue, comme si elle attendait quelqu'un.

– Alex a essayé de vous parler ?

Mademoiselle balaye la question d'un revers de main agacé.

334

– Un peu, oui, mais si on devait écouter tout ce que disent les enfants ! Et puis, ce sont des affaires de famille, ça ne me regardait pas.

– Donc Trarieux, Gattegno, Praderie…
Armand semble satisfait.
– Bien…
Il retourne des papiers.
– Ah, Stefan Maciak. Vous ne le connaissez pas non plus…
Thomas ne dit rien. Il attend visiblement de voir comment les choses vont tourner.
– Un cafetier de Reims…, dit Armand.
– Jamais mis les pieds à Reims.
– Avant, il avait un café à Épinay-sur-Orge. D'après les registres de Distrifair, votre employeur, il était sur votre tournée de 1987 à 1990, il avait deux flippers de chez vous en dépôt.
– Possible.
– Certain, monsieur Vasseur, absolument certain.
Thomas Vasseur change de stratégie. Il regarde sa montre, paraît faire un rapide calcul, puis il se cale dans son fauteuil, croise ses mains sur sa ceinture, prêt à patienter pendant des heures s'il le faut.
– Si vous me disiez où vous voulez en venir, je pourrais peut-être vous aider.

1989. Sur la photo, une maison en Normandie, entre Étretat et Saint-Valery, tout en brique et pierre avec des toits en ardoises, de la pelouse verte devant, une balancelle, des arbres fruitiers, la famille réunie, la famille Leroy. Il paraît que le père disait : « Leroy, en un seul mot », comme si le doute était permis. Il avait des goûts grandiloquents. Enrichi dans le matériel de bricolage, il avait acheté la propriété à une famille écartelée dans un héritage contentieux, depuis il se croyait châtelain. Il faisait des barbecues, lançait à son personnel des invitations qui ressemblaient à des convocations. Il avait des vues sur la mairie, rêvait de politique pour la carte de visite.

Sa fille, Reinette. Oui, c'est très con comme prénom, cet homme était vraiment capable de tout.

Reinette parle d'ailleurs de son père avec sévérité. C'est elle qui raconte cette histoire à Camille qui n'a d'ailleurs rien demandé.

Elle figure sur la photo avec Alex, les deux jeunes filles s'enlacent en riant. La photo a été prise par le père au cours d'un week-end ensoleillé. Il fait chaud. Derrière elles, un tourniquet asperge le jardin avec de grands jets qui tracent des éventails dans la lumière. Le cadrage est idiot. Pas doué pour la photo, Leroy. Lui, en dehors du commerce…

On est près de l'avenue Montaigne. Dans les bureaux de RL Productions. Aujourd'hui, elle se fait appeler « Reine » plutôt que « Reinette », sans se rendre compte que ça la rapproche encore davantage de son père. Elle produit des séries TV. Quand son père est mort, avec l'argent de la maison de Normandie, elle a fondé sa société de production. Elle reçoit Camille dans un grand salon qui sert aussi aux réunions, on voit passer des jeunes gens préoccupés par des affaires dont on devine toute l'importance qu'ils y attachent.

336

Rien qu'à voir la profondeur des fauteuils, Camille n'a pas voulu s'asseoir. Il est resté debout. Il a simplement montré la photo. Au dos, Alex a écrit : « *Ma Reinette adorée, la reine de mon cœur.* » Écriture de gamine, avec des pleins et des déliés, à l'encre violette. Il a vérifié, il a ouvert le stylo plume asséché, il y a encore la cartouche vide d'encre violette, un stylo à trois sous, violet lui aussi, ça devait être la mode ou une tentative de singularité comme on en trouve pas mal dans les affaires d'Alex.

Elles sont en quatrième. Reinette est en retard d'un an mais avec le jeu des dates de naissance elles sont dans la même classe alors que Reinette a deux ans de plus, presque quinze. Sur la photo, on dirait une Ukrainienne avec ses tresses fines et serrées, ramenées tout autour de la tête. Aujourd'hui, en se regardant, elle soupire :

– Qu'est-ce qu'on avait l'air tarte…

Grandes amies, Reinette et Alex. Comme on l'est à treize ans.

– On ne se quittait pas. On était ensemble toute la journée, le soir on s'appelait des heures entières. Nos parents nous retiraient le téléphone.

Camille pose des questions. Reinette a du répondant. Pas le genre à se laisser intimider.

– Oui, Thomas ?

Camille est vraiment au bout du rouleau avec cette histoire. Plus ça avance et plus… Il fatigue.

– Il a commencé à violer sa sœur en 1986, dit-il.

Elle allume une cigarette.

– Vous la connaissiez à cette époque, elle vous en a parlé ?

– Oui.

337

C'est une réponse ferme. Genre, je vois où vous voulez en venir, on ne va pas y passer des heures.

– Oui… et quoi ? demande Camille.

– Oui et rien. Vous vouliez quoi, que je porte plainte à sa place ? À quinze ans ?

Camille se tait. Il aurait bien des choses à dire s'il n'était pas aussi épuisé mais il a besoin de renseignements.

– Que vous disait-elle ?

– Qu'il lui faisait mal. Chaque fois, il lui faisait mal.

– Vous étiez intimes… comment ?

Elle sourit.

– Vous voulez savoir si on couchait ensemble ? À treize ans ?

– Alex avait treize ans. Vous, quinze.

– C'est vrai. Alors, oui. J'ai fait son éducation, comme on dit.

– Votre relation a duré combien de temps ?

– Je ne sais plus, pas longtemps. Vous savez, Alex n'était pas vraiment… motivée, vous voyez ?

– Non, je ne vois pas.

– Elle faisait ça… pour se distraire.

– Une distraction ?

– Je veux dire… Ça ne l'intéressait pas vraiment, une relation.

– Mais vous avez su la convaincre.

Ça ne lui plaît pas trop, cette sentence, à Reine Leroy.

– Alex faisait ce qu'elle voulait ! Elle était libre !

– À treize ans ? Avec le frère qu'elle avait ?

338

– Volontiers, reprend Louis. Je pense en effet que vous pouvez nous aider, monsieur Vasseur.

Il semble toutefois assez préoccupé.

– Mais d'abord, juste un point de détail. Vous ne vous souvenez pas de M. Maciak, cafetier à Épinay-sur-Orge. Pourtant, d'après les registres de Distrifair, en quatre ans, vous avez fait pas moins de sept visites chez lui.

– J'en visitais, des clients…

Reine Leroy écrase sa cigarette.

– Je ne sais pas ce qui s'est exactement passé. Un jour, Alex a disparu, plusieurs jours. Et quand elle est revenue, c'était fini. Elle ne m'a même plus adressé la parole. Ensuite, mes parents ont déménagé, nous sommes partis, je ne l'ai plus jamais revue.

– C'était quand ?

– Je ne pourrais pas vous dire, c'est loin, tout ça. Une fin d'année. 1989, par là… Je ne saurais pas dire.

56

Au fond du bureau, Camille continue d'écouter. Et il dessine. De mémoire, toujours. Le visage d'Alex, treize ans à peu près, sur la pelouse de la maison de Normandie, elle pose avec sa copine, elles se tiennent par la taille, un gobelet en plastique à la main. Camille essaye de retrouver le sourire qu'il y a sur cette photo. Le regard, surtout. C'est ce qui lui manque le plus.

Dans la chambre de l'hôtel, elle avait les yeux éteints. Le regard, ça lui manque.

– Ah, dit Louis. Jacqueline Zanetti maintenant. Elle, vous la connaissez mieux ?

Pas de réponse. La nasse se referme. Louis ressemble à l'idée qu'on se ferait d'un notaire de province, scrupuleux, attentionné, méticuleux, ordonné. Chiant.

– Dites-moi, monsieur Vasseur, vous travaillez pour Distrifair depuis combien de temps ?

– J'ai commencé en 1987, vous le savez très bien. Je vous préviens, si vous avez été voir mon employeur…

– Oui ? interrompt Camille du fond du bureau.

Vasseur se retourne, furieux.

– Si on a été le voir, dites-vous, répète Camille. J'ai l'impression qu'il y a une nuance de menace dans votre phrase. Allez-y, poursuivez, ça m'intéresse beaucoup.

Vasseur n'a pas le temps de répondre.

– Vous êtes entré à quel âge chez Distrifair ? demande Louis.

– Dix-huit ans.

Camille intervient de nouveau :

– Dites-moi…

Vasseur ne cesse de se tourner vers Louis et Armand, de se retourner vers Camille, alors, il se soulève, pose rageusement sa chaise de biais pour pouvoir les affronter ensemble sans se déhancher.

– Oui ?

– Ça se passait bien avec Alex, à cette époque ? demande Camille.

Thomas sourit :

340

– Mes rapports avec Alex se sont toujours bien passés, commissaire.

– Commandant, corrige Camille.

– Commandant, commissaire, capitaine, je m'en fous, moi.

– Et vous partez en formation, reprend Louis, la formation organisée par votre entreprise, nous sommes en 1988, et…

– Bon, ça va, OK, Zanetti, je la connais. Je l'ai baisée une fois, on va pas en faire un plat !

– Vous êtes en formation à Toulouse trois fois une semaine…

Thomas fait une moue, je n'en sais rien, si vous pensez que je me souviens de ça…

– Si si, l'encourage Louis, je vous assure, on a vérifié, trois fois une semaine : du 17 au…

– Bon, OK, trois fois, OK !

– On reste calme…

C'est Camille, à nouveau.

– Votre truc, ça fait un peu vieux sketch, dit Thomas. Le golden boy qui dépouille le dossier, le clodo qui interroge et le nain qui fait ses coloriages au fond de la classe…

Le sang de Camille ne fait qu'un tour. Il se propulse hors de sa chaise, se précipite. Louis s'est levé, il a posé sa main sur la poitrine de son chef et fermé les yeux comme un type qui prend sur soi, c'est souvent sa manière de faire avec Camille, il mime le comportement à adopter en espérant que le commandant va se synchroniser mais, cette fois, ça ne sert à rien.

– Et toi, gros con, ton sketch : « Oui, je la baisais à dix ans et c'était vachement bon », tu penses que ça va te conduire où ?

341

– Mais… je n'ai jamais dit ça !

Offensé, Thomas.

– Vous me prêtez des propos, vraiment…

Il est très calme mais semble très contrarié.

– Je n'ai jamais dit des horreurs pareilles. Non, ce que j'ai dit…

Même assis, il est plus grand que Camille, ça fait drôle. Il prend son temps. Il appuie sur les mots.

– Ce que j'ai dit, c'est que j'aimais beaucoup ma petite sœur. Énormément. Il n'y a rien de mal à ça, j'espère. Ça n'est pas puni par la loi, au moins ?

Air offusqué. Il ajoute, stupéfait :

– L'amour fraternel tombe sous le coup de la loi ?

Horreur et putréfaction. C'est ce qu'il a l'air de dire. Mais son sourire évoque tout autre chose.

Anniversaire. Cette fois, on a une date certaine. Au dos, Mme Vasseur a écrit : « *Thomas 16 décembre 1989* ». Ses vingt ans. La photo est prise devant la maison.

– Une Seat Malaga, a dit fièrement Mme Vasseur. D'occasion, hein, sinon je n'aurais pas eu les moyens.

Thomas est accoudé à la portière grande ouverte, pour qu'on voie les sièges en simili, sans doute. Alex est à côté de lui. Pour la photo, il a passé son bras autour des épaules de sa sœur, protecteur. Quand on sait, on voit les choses différemment. Comme la photo est assez petite, Camille a dû regarder le visage d'Alex à la loupe. La nuit, il ne dormait pas, il l'a dessiné de mémoire, il a eu du mal à le retrouver. Elle ne sourit pas sur cette photo. C'est en hiver, elle est vêtue d'un

342

manteau épais mais on sent qu'elle est encore très maigre, elle a treize ans.

– Et ça se passait comment entre Thomas et sa sœur ? a demandé Camille.

– Oh, très bien, a dit Mme Prévost. Il s'est toujours beaucoup occupé de sa sœur.

« *Thomas vient dans ma chambre. Presque tous les soirs. Maman le sait.* »

Thomas regarde sa montre avec agacement.

– Vous avez trois enfants…, dit Camille.

Thomas sent le vent tourner. Réticent.

– Oui, trois.

– Il y a des filles dans le paquet ? Deux, je crois, non ?

Il se penche sur le dossier ouvert devant Louis.

– C'est ça. Camille, tiens, comme moi ! Et Élodie… Ça leur fait quel âge maintenant, à ces petites puces ?

Thomas serre les dents, se tait. Louis décide de meubler le silence, il pense qu'une diversion s'impose :

– Donc Mme Zanett…, commence-t-il, il n'a pas le temps d'achever.

– Neuf et onze ans ! interrompt Camille.

Il a posé l'index sur une page du dossier, victorieux. Son sourire se referme brutalement. Il se penche vers Thomas.

– Et vos filles, monsieur Vasseur, vous les aimez comment ? Je vous rassure, l'amour paternel n'est pas puni par la loi.

Thomas serre les dents, on voit ses maxillaires se contracter.

– Sont-elles instables ? Ont-elles besoin d'autorité ? Quoique, parfois, besoin d'autorité, chez les petites filles, c'est souvent un besoin d'amour. Tous les papas savent ça…

Vasseur fixe Camille un long moment puis la pression semble retomber d'un seul coup, il sourit au plafond et pousse un profond soupir.

– Vous êtes vraiment lourd, commandant… Pour un homme de votre taille, c'est même surprenant. Penser que je vais céder à vos provocations. Que je vais vous mettre mon poing dans la gueule et vous donner l'occasion de…

Il élargit le cercle :

– Vous n'êtes pas seulement mauvais, messieurs, vous êtes médiocres.

Là-dessus, il se lève.

– Vous faites un pas hors de ce bureau…, dit Camille.

À cet instant, plus personne ne sait où on en est. Le ton a monté, tout le monde est debout, même Louis, c'est bloqué.

Louis cherche l'issue.

– Mme Zanetti, à l'époque où vous descendiez dans son hôtel, avait Félix Manière comme petit ami. M. Manière était plus jeune. Ils avaient une bonne douzaine d'années de différence. Vous-même, vous aviez quoi, dix-neuf, vingt ans.

– On ne va pas tourner autour du pot. La Zanetti, c'était une vieille salope ! Tout ce qu'elle faisait dans la vie, la seule chose qui l'intéressait, c'était s'envoyer des jeunes. Elle a dû éponger la moitié de sa clientèle, moi, elle m'a sauté dessus à peine la porte ouverte.

344

– Et donc, conclut Louis, Mme Zanetti connaissait M. Félix Manière. C'est toujours un peu le même système, Gattegno, que vous connaissiez, connaissait Praderie que vous ne connaissiez pas et Mme Zanetti, que vous connaissiez, connaissait M. Manière que vous ne connaissiez pas.

Louis se tourne alors vers Camille, inquiet :

– Je ne suis pas certain d'être très clair.

– Non, pas très clair, confirme Camille, soucieux lui aussi.

– Je m'en doutais, je vais clarifier.

Il se tourne vers Vasseur.

– Vous connaissiez directement ou indirectement toutes les personnes que votre sœur a assassinées. Et comme ça ? ajoute-t-il en se tournant vers son chef.

Pas emballé, Camille :

– Écoute, Louis, je ne veux pas être désobligeant mais ta formulation n'est pas parfaitement limpide.

– Vous trouvez ?

– Oui, je trouve.

Vasseur tourne la tête de droite à gauche, quelle bande de cons…

– Tu permets ?

Louis fait un geste de grand seigneur. Camille :

– En fait, monsieur Vasseur, votre sœur, Alex…

– Oui ?

– Combien de fois vous l'avez vendue ?

Silence.

– Je veux dire : Gattegno, Praderie, Manière… on n'est pas certains de les avoir tous, vous comprenez. Donc on a besoin de votre aide, parce que vous, en tant qu'organisateur, vous savez, forcément, combien vous en avez invité à venir se servir de la petite Alex.

Vasseur est outré.

– Vous traitez ma sœur de putain ? Vous n'avez vraiment aucun respect pour les morts !

Un sourire se dessine ensuite sur son visage :

– Dites-moi, messieurs, vous comptez vous y prendre comment pour prouver ça ? Vous allez faire témoigner Alex ?

Il laisse les flics apprécier son humour.

– Vous allez appeler les clients à la barre ? Ça ne va pas être facile. Sont pas très frais, à ce que j'ai compris, les soi-disant clients, hein ?

Cahier ou carnet, Alex ne note jamais les dates. Les textes sont vagues, elle a peur des mots, même seule, devant son petit carnet, elle n'ose pas. C'est à se demander si elle les connaît, les mots. Elle écrit :

Jeudi, Thomas est venu avec son copain Pascal. Ils ont été à l'école ensemble. Il a l'air vraiment bête. Thomas m'a fait mettre debout, devant lui, il m'a fait ses yeux. Son copain rigolait. Après, dans la chambre, il rigolait encore, il rigole tout le temps, Thomas a dit tu vas être bien sage avec mon ami. Après c'était dans la chambre, son ami, je le voyais rigoler au-dessus de moi, même quand j'avais mal comme si il pouvait pas s'arrêter de rigoler. Je ne voulais pas pleurer devant lui.

Camille l'imagine bien, le crétin, en train de besogner la petite fille, en rigolant. On devait pouvoir lui faire croire n'importe quoi, qu'elle aimait ça, peut-être même. Somme toute, avant tout, et bien plus que sur Pascal Trarieux, ça en dit long sur Vasseur.

346

– C'est pas tout ça, dit Thomas Vasseur en se tapant sur les cuisses, mais il se fait tard. On a fait le tour, messieurs ?

– Encore un point ou deux, s'il vous plaît.

Thomas consulte ostensiblement sa montre, il hésite longuement et accède à la requête de Louis.

– Bon, d'accord mais alors vite fait, on va s'inquiéter à la maison.

Il croise les bras, je vous écoute.

– Je vous propose de faire le point sur nos hypothèses, dit Louis.

– Parfait, moi aussi j'aime que les choses soient nettes. Essentiel, la clarté. Surtout avec les hypothèses.

Il semble vraiment content.

– Lorsque vous couchez avec votre sœur, Alex a dix ans, vous dix-sept.

Vasseur, préoccupé, cherche le regard de Camille puis celui de Louis.

– Nous sommes bien d'accord, messieurs, que nous faisons simplement le point de vos conjectures !

– Tout à fait, monsieur Vasseur ! dit aussitôt Louis. Il s'agit ici de nos hypothèses et je vous demande seulement de nous dire si elles renferment des contradictions internes… des impossibilités… ce genre de choses.

On pourrait croire que Louis en fait des tonnes mais pas du tout, c'est quasiment son style ordinaire.

– Parfait, dit Vasseur. Donc, vos hypothèses…

– La première est que vous avez abusé sexuellement de votre sœur alors qu'elle n'avait qu'une dizaine

347

d'années. L'article 222 du code pénal punit cette pratique de vingt ans de réclusion criminelle.

Thomas Vasseur, l'index en l'air, professoral :

– S'il y a plainte, si les faits sont démontrés, si…

– Bien sûr, le coupe Louis sans sourire, c'est une supposition.

Vasseur est satisfait, le genre de type qui tient à ce que les choses soient faites dans les règles.

– Notre seconde hypothèse est qu'après avoir abusé d'elle, vous l'avez prêtée, et même sans doute louée, à d'autres. Le proxénétisme aggravé est prévu à l'article 225 du même code pénal et il est passible d'une peine de dix ans de réclusion.

– Attendez, attendez ! Vous dites « prêtée ». Monsieur, tout à l'heure (il désigne Camille, à l'autre bout du bureau), a dit « vendue »…

– Je vous propose « louée », dit Louis.

– Vendu ! Je plaisante ! OK, allons-y pour « louée ».

– Louée donc à d'autres. M. Trarieux d'abord, un camarade de collège, puis M. Gattegno, que vous avez connu comme garagiste, M. Maciak, un client (dans les deux sens du terme puisqu'il louait aussi vos machines de jeu pour son café). M. Gattegno a sans doute recommandé chaudement vos excellents services à son ami, M. Praderie. Quant à Mme Zanetti, que vous avez intimement connue comme hôtelière, elle n'a pas hésité à offrir ces mêmes excellents services à son jeune ami, M. Félix Manière, une façon sans doute de lui être agréable. Peut-être même de se l'attacher.

– Ce n'est plus une hypothèse, c'est un faisceau !

– Toujours rien à voir avec la réalité ?

348

– À ma connaissance, rien du tout. Mais vous ne manquez pas de logique. Et même, d'imagination. Alex elle-même vous féliciterait certainement.

– De quoi ?

– Du mal que vous vous donnez pour une morte…

Il regarde les deux policiers alternativement :

– … à qui aujourd'hui les choses sont bien égales.

– Ce serait égal aussi à votre mère ? À votre femme ? À vos enfants ?

– Ah non !

Il regarde alternativement Louis et Camille, droit dans les yeux.

– Là, messieurs, une accusation comme celle-ci, proférée sans aucune preuve, sans aucun témoignage, ce serait de la calomnie pure et simple. Ça tombe sous le coup de la loi, vous savez ?

Thomas me dit qu'il me plaira parce qu'il a un nom de chat. C'est sa maman qui lui offre le voyage. Mais il n'a pas du tout une tête de chat. Pendant tout le temps, il me regarde, fixement, il ne dit rien. Seulement, il sourit d'une drôle de façon, on dirait qu'il veut me manger la tête. Après, longtemps, je revoyais encore sa tête et ses yeux.

On ne trouve plus mention de Félix dans ce carnet mais ensuite, on trouve ça dans le cahier. C'est très bref :

Le chat est revenu. Il m'a encore regardée très longtemps, en souriant comme la première fois. Et après, il m'a dit de me mettre autrement et il m'a fait très mal. Thomas et lui, ils n'étaient pas contents que je pleure aussi fort.

Alex a douze ans. Félix vingt-six.

349

Le malaise persiste un long moment.

– Dans ce faisceau d'hypothèses, reprend enfin Louis, il ne nous reste, je crois, qu'une chose à tirer au clair.

– Finissons-en.

– Comment Alex a-t-elle retrouvé toutes ces personnes ? Parce que tout de même, ces faits remontent à près de vingt ans.

– Vous voulez dire, cette hypothèse ?

– C'est cela, oui, excusez-moi. Nous faisons l'hypothèse que ces faits remontent à près de vingt ans. Alex a beaucoup changé, nous savons qu'elle utilise d'autres noms, qu'elle prend son temps, elle a une stratégie. Elle a très bien organisé ses rencontres avec chacun d'eux. Elle a joué, auprès de chacun, un rôle très crédible. Une fille plutôt grosse et négligée pour Pascal Trarieux, une femme plutôt classique pour Félix Manière… Mais, question : comment Alex a-t-elle retrouvé tous ces gens ?

Thomas se tourne vers Camille, puis vers Louis, de nouveau vers Camille, comme un type qui ne sait plus où donner de la tête.

– Ne me dites pas…

Horrifié :

– Ne me dites pas que vous n'avez pas d'hypothèse ?

Camille s'est retourné. Il faut vraiment payer de sa personne, dans ce métier.

– Eh bien si, dit Louis d'un ton modeste, nous avons une hypothèse.

– Aaahhhh… Dites-moi tout.

– De la même façon que nous supposons que vous avez donné à M. Trarieux l'identité et l'adresse de

350

votre sœur, nous supposons que vous avez aussi aidé votre sœur à retrouver toutes ces personnes.

– Mais avant qu'Alex ne zigouille tous ces gens… En supposant que je les connaisse (il agite l'index : attention…), comment j'aurais su où ils étaient, vingt ans plus tard ?

– D'abord, certains n'ont pas bougé depuis vingt ans. Ensuite, je pense qu'il vous a suffi de lui donner les noms, les anciennes adresses et qu'ensuite Alex a conduit ses propres enquêtes.

Thomas fait un petit geste d'applaudissement admiratif mais il s'interrompt brusquement :

– Et pourquoi j'aurais fait ça ?

57

Mme Prévost exprime clairement qu'elle ne craint pas l'adversité. Elle vient du peuple, n'a jamais roulé sur l'or, elle a élevé seule ses deux enfants, n'a de merci à dire à personne, etc., toutes ces maximes transpirent dans sa manière de se tenir bien droite sur sa chaise. Décidée à ne pas s'en laisser conter.

Lundi seize heures.

Son fils est convoqué à dix-sept heures.

Camille a coordonné les convocations pour qu'ils ne se croisent pas, ne se parlent pas.

La première fois, le jour de la reconnaissance à la morgue, elle a été invitée. Cette fois, elle est convoquée, c'est autre chose mais ça ne change rien, cette femme a construit sa vie comme une citadelle, elle se veut imprenable. Ce qu'elle protège est à l'intérieur. Et il y a rude à faire. Sa fille, elle n'est pas allée la reconnaître à la morgue, elle a fait comprendre à Camille que c'était trop pour elle. À la voir aujourd'hui, campée en face de lui, Camille doute un peu qu'elle puisse avoir de ces faiblesses. Reste que malgré ses airs pincés, le regard sans concession, le silence de résistance, toutes ces manières de femme intraitable, ces locaux de la police l'impressionnent, ce flic minuscule aussi, assis à côté d'elle les pieds à vingt centimètres du sol, qui la regarde fixement et qui demande :

– Que savez-vous exactement des relations entre Thomas et Alex ?

Mine surprise, qu'est-ce qu'il y a donc à savoir « exactement » sur les relations entre un frère et une sœur. Cela dit, elle cligne des yeux un peu vite. Camille laisse passer du temps mais c'est un jeu à somme nulle. Il sait et elle sait qu'il sait. C'est pénible. Et Camille n'a plus la patience.

– Votre fils, il a commencé à violer Alex à quel âge exactement ?

Elle pousse les hauts cris. Tu parles.

– Madame Prévost, dit Camille en souriant, ne me prenez pas pour un con. Je vais même vous conseiller de m'aider très activement parce que sinon, votre fils, je vais le foutre en taule pour le restant de ses jours.

La menace sur son fils fait de l'effet. À elle, on peut faire ce qu'on veut mais qu'on ne touche pas à son fils. Elle campe tout de même sur ses positions.

– Thomas aimait beaucoup sa sœur, il n'aurait jamais touché un seul de ses cheveux.

– Je ne parle pas de ses cheveux.

352

Imperméable à l'humour de Camille, Mme Prévost. Elle fait non de la tête, difficile de savoir si ça veut dire qu'elle ne sait pas ou qu'elle ne veut pas dire.

– Si vous avez été au courant et que vous avez laissé faire, vous êtes complice de viol aggravé.

– Thomas n'a jamais touché sa sœur !

– Qu'est-ce que vous en savez ?

– Je connais mon fils.

On va tourner en rond. Insoluble. Pas de plainte, pas de témoin, pas de crime, pas de victime, pas de bourreau.

Camille soupire et fait « oui » de la tête.

« *Thomas vient dans ma chambre. Presque tous les soirs. Maman le sait.* »

– Votre fille, vous la connaissiez bien aussi ?

– Autant qu'une mère peut connaître sa fille.

– Ça promet.

– Quoi ?

– Non, rien.

Camille sort un mince dossier.

– Le rapport d'autopsie. Puisque vous connaissez bien votre fille, vous savez ce qu'il y a dedans, je suppose.

Camille chausse ses lunettes. Signification : je suis épuisé mais j'y vais.

– C'est assez technique, je vais traduire.

Mme Prévost ne bouge pas d'un cil, depuis le début, raide. Rigide jusque dans les os, tous les muscles tendus, l'organisme tout entier est entré en résistance.

– Elle était dans un sale état votre fille, hein ?

Elle fixe la cloison d'en face. On la dirait en apnée.

– Le médecin légiste, poursuit-il en feuilletant le rapport, signale que l'appareil génital de votre fille a

353

été brûlé à l'acide. Je dirais, sulfurique. Pour faire court, ce qu'on appelle aussi du vitriol… Les brûlures étaient très profondes. Elles ont entièrement détruit le clitoris – c'est d'abord une forme d'excision, semble-t-il –, l'acide a fondu les grandes et les petites lèvres et il a atteint le vagin, assez loin… On a dû verser de l'acide à l'intérieur en quantité suffisante pour tout foutre en l'air. Les muqueuses ont été en grande partie dissoutes, les chairs ont littéralement fondu, transformant l'appareil génital en une sorte de magma.

Camille lève les yeux vers elle, la fixe :

– C'est le mot qu'emploie le médecin légiste. « Magma de chairs ». Tout ça remonterait à loin, Alex devait être très jeune. Ça vous dit quelque chose ?

Mme Prévost regarde Camille, elle est très pâle, elle fait non de la tête, un automate.

– Votre fille ne vous en a jamais parlé ?

– Jamais !

Le mot a sonné, d'un coup, comme sous la bourrasque soudaine, le claquement du drapeau familial.

– Je vois. Votre fille n'a pas voulu vous embêter avec ses petites histoires. Ça a dû lui arriver un beau jour, quelqu'un lui a versé un demi-litre d'acide sulfurique dans le vagin, puis elle est rentrée à la maison comme si de rien n'était. Un modèle de discrétion.

– Je ne sais pas.

Rien n'a changé, ni le visage ni la pose, mais la voix est grave.

– Le légiste signale une chose très curieuse, reprend Camille. Toute cette zone génitale a été atteinte profondément, terminaisons nerveuses laminées, déformations irréversibles des voies naturelles, tissus abîmés, dissous, privant définitivement votre fille de

354

tout rapport sexuel normal. Je ne parle même pas des autres espérances qu'elle aurait pu avoir. Oui, donc, une chose très curieuse…

Camille s'arrête, il lâche le rapport, retire ses lunettes et les pose devant lui, croise les mains et fixe la mère d'Alex.

– C'est que les voies urinaires ont été, en quelque sorte, « réaménagées ». Parce qu'il y avait là un risque mortel. Si elles avaient fondu, c'était la mort assurée en quelques heures. Notre expert évoque une technique rudimentaire, presque sauvage, une canule enfoncée assez loin par le méat pour préserver le canal urinaire.

Silence.

– Selon lui, le résultat tient littéralement du miracle. Et de la boucherie. Dans le rapport, il ne le dit pas comme ça, mais c'est l'esprit.

Mme Prévost avale sa salive mais la gorge est sèche, on pense qu'elle va s'étrangler, tousser mais non, rien.

– Alors lui, vous comprenez, c'est un médecin. Moi, je suis un policier. Lui, il constate. Moi, je tente d'expliquer. Et mon hypothèse, c'est qu'on a fait ça à Alex dans l'urgence. Pour éviter de passer par l'hôpital. Parce qu'il aurait fallu donner des explications, donner le nom de l'auteur de l'acte (je le mets au masculin, ne m'en veuillez pas), parce que l'étendue des lésions montrait que l'acte ne pouvait pas être accidentel, qu'il était intentionnel. Alex n'a pas voulu faire des histoires, la brave petite, pas son genre, vous la connaissiez, discrète comme elle était…

Mme Prévost avale enfin sa salive.

355

– Dites-moi, madame Prévost… Depuis combien de temps êtes-vous aide-soignante ?

Thomas Vasseur baisse la tête, concentré. Il a écouté les conclusions du rapport d'autopsie dans le plus parfait silence. Il regarde maintenant Louis qui lui en a fait lecture et commentaires. Et comme rien ne se passe :

– Votre réaction ? demande Louis.

Vasseur écarte les mains.

– C'est très triste.

– Vous étiez au courant.

– Alex, dit Vasseur en souriant, n'avait aucun secret pour son grand frère.

– Vous allez donc pouvoir nous éclairer sur ce qui lui est arrivé, n'est-ce pas ?

– Malheureusement, non. Alex m'en a parlé, c'est tout, vous comprenez, ce sont des choses intimes… Elle a été très évasive.

– Et vous ne pouvez donc rien nous en dire ?

– Hélas…

– Aucune information…

– Aucune.

– Aucune précision…

– Pas davantage.

– Aucune hypothèse…

Thomas Vasseur soupire.

– Disons, je suppose que… quelqu'un s'est peut-être un peu énervé. Une grosse colère.

– Quelqu'un… Vous ne savez pas qui ?

Vasseur sourit.

– Aucune idée.

356

– Donc « quelqu'un », en colère, dites-vous. À quel sujet ?

– Je l'ignore. C'est seulement ce que j'ai cru comprendre.

C'est un peu comme si, jusqu'à présent, il avait prudemment testé la température de l'eau et que, finalement, il la trouvait à son goût. Les flics ne sont pas agressifs, ils n'ont rien contre lui, aucune preuve, voilà ce que disent son visage, son allure.

De toute manière, la provocation, c'est dans son tempérament.

– Vous savez… Alex pouvait être très pénible parfois.

– Comment ça ?

– Eh bien, elle avait son petit caractère. Le genre qui la ramène facilement, vous voyez ?

Et comme personne ne rebondit, Vasseur n'est pas certain d'avoir été compris.

– Je veux dire, avec ce genre de fille, forcément, on finit toujours par se mettre plus ou moins en colère. C'était peut-être le manque de père mais, en fait, elle avait des côtés… assez rebelles. Au fond, je crois qu'elle n'aimait pas l'autorité. Alors de temps à autre, comme ça, ça lui prenait, elle vous disait « non » et, à partir de là, on ne pouvait plus rien tirer d'elle.

On a un peu le sentiment que Vasseur revit une scène plus qu'il ne l'évoque. Sa voix a monté d'un ton :

– Elle était de ce genre-là, Alex. D'un seul coup, sans qu'on comprenne pourquoi, elle était debout sur le frein. Je vous jure, elle pouvait être vraiment crispante.

357

– C'est ce qui est arrivé ? demande Louis d'une voix faible, presque inaudible.

– Je n'en sais rien, dit Vasseur avec application. Je n'étais pas là.

Il sourit aux policiers.

– Je dis seulement qu'Alex était bien le genre de fille à qui ce genre de truc finit par arriver. Elle fait sa tête de mule, elle s'entête... On finit par perdre patience, vous comprenez...

Armand, qui n'a pas prononcé un mot depuis une heure, est statufié.

Louis est blanc comme un cierge, il perd un peu son sang-froid. Chez lui, ça prend des formes extrêmement civilisées.

– Mais... nous ne parlons pas d'une vulgaire fessée, monsieur Vasseur ! Nous parlons... d'actes de torture, de barbarie, sur une enfant de moins de quinze ans, qui a été prostituée à des hommes adultes !

Il a dit cela en appuyant chaque mot, chaque syllabe. Camille sait à quel point il est bouleversé. Mais Vasseur, de nouveau, parfaitement maître de lui-même, lui a fait boire la tasse et il est bien décidé à lui appuyer sur la tête :

– Si votre hypothèse de prostitution était juste, je dirais que ce sont les risques du métier...

Louis, cette fois, est perdu. Il cherche Camille du regard. Camille, lui, sourit. Il est en quelque sorte passé de l'autre côté. Il hoche la tête comme s'il comprenait, comme s'il partageait la conclusion de Vasseur.

– Et votre mère était au courant ? demande-t-il.

– De quoi ? Oh non ! Alex n'a pas voulu l'embêter avec ces petites histoires de fille. Et puis, notre mère

358

a eu son lot de soucis… Non, notre mère n'a jamais rien su.

– C'est dommage, reprend Camille, elle aurait pu être de bon conseil. En tant qu'aide-soignante, je veux dire. Elle aurait pu prendre des mesures immédiates, par exemple.

Vasseur se contente de hocher la tête, l'air faussement navré.

– Que voulez-vous, commente-t-il, fataliste. On ne va pas refaire l'histoire.

– Et lorsque vous avez appris ce qui était arrivé à Alex, vous n'avez pas voulu porter plainte ?

Vasseur regarde Camille avec surprise :

– Mais… contre qui ?

Camille entend : « Pour quoi ? »

58

Il est dix-neuf heures. La lumière est tombée de manière si insidieuse que personne ne s'est rendu compte qu'on discute depuis un moment dans une demi-pénombre qui donne à cet interrogatoire un caractère irréel.

Thomas Vasseur est fatigué. Il se lève lourdement, comme après une nuit passée à jouer aux cartes, met ses mains sur ses reins, se cambre et pousse un douloureux soupir de soulagement, lève des jambes ankylosées. Les flics restent assis. Armand baisse la tête sur son dossier pour se donner contenance. Louis balaye avec précaution son bureau du revers de la

359

main. Camille, lui, s'est levé à son tour, il est allé jusqu'à la porte puis demi-tour et d'un air las :

– Votre demi-sœur, Alex, vous faisait chanter. On va repartir de ça, si vous voulez bien.

– Non, désolé, dit Vasseur en bâillant.

Son visage exprime le regret, il aimerait faire plaisir, on le voit bien, rendre service mais ça n'est pas possible. Il déroule ses manches de chemise.

– Il faut vraiment que je rentre maintenant.

– Vous n'avez qu'à téléphoner…

Le geste de la main, comme s'il refusait une dernière tournée.

– Vraiment…

– Il y a deux solutions, monsieur Vasseur. Vous vous asseyez et vous répondez à nos dernières questions, c'est l'affaire d'une heure ou deux…

Vasseur pose les mains à plat sur la table :

– Ou bien… ?

Là, il regarde par en dessous, en contre-plongée, comme dans les films quand le héros s'apprête à dégainer, mais ici, ça tombe complètement à plat.

– Ou bien je vous place en garde à vue, ce qui m'autorise à vous garder au minimum vingt-quatre heures. On peut même pousser à quarante-huit heures, le juge adore les victimes, il ne verra pas d'inconvénient à ce qu'on vous garde un peu plus longtemps.

Vasseur écarquille les yeux.

– Mais… en garde à vue… pour quel motif ?

– N'importe quoi. Viol aggravé, torture, proxénétisme, meurtre, actes de barbarie, je m'en fous, ce que vous voulez. Si vous avez une préférence…

– Mais vous n'avez aucune preuve ! De rien !

360

Il explose, il a été patient, très patient, mais maintenant c'est terminé, les flics abusent de leur position.

– Vous me faites chier. Moi, maintenant, je me barre.

À partir de là, les choses s'accélèrent brutalement.

Thomas Vasseur s'est levé, comme un ressort, il a dit quelque chose que personne n'a compris, il a ramassé sa veste et avant même que quiconque puisse esquisser un geste, il était à la porte et l'avait ouverte, un pied dehors. Les deux agents en uniforme en poste dans le couloir se sont immédiatement interposés, Vasseur s'est arrêté, retourné.

Camille a dit :

– Il me semble que le mieux, en effet, c'est de vous placer en garde à vue. On va dire pour meurtre. Ça vous convient ?

– Vous n'avez rien contre moi. Vous avez simplement décidé de m'emmerder, hein, c'est ça ?

Il ferme les yeux, prend de nouveau sur lui, revient dans le bureau, d'un pas traînant. De guerre lasse.

– Vous avez le droit de passer un coup de téléphone à l'un de vos proches, dit Camille. Et de voir un médecin.

– Non, moi, c'est un avocat que je veux voir.

59

Le juge est informé par Le Guen du placement en garde à vue et c'est Armand qui se charge des formalités. C'est toujours un peu la course contre la montre, la garde à vue est limitée à vingt-quatre heures.

Vasseur ne s'oppose à rien, qu'on en finisse, il va falloir qu'il s'explique avec sa femme, il mettra tout ça sur le compte de ces connards, il va retirer ses lacets, sa ceinture, accepter le relevé d'empreintes, le prélèvement ADN, tout ce qu'on veut, ce qui lui importe, c'est que ça aille vite, il ne dit rien dans l'attente de la venue de l'avocat, il va répondre aux questions administratives mais pour le reste, il ne dira rien, il attend.

Et il appelle sa femme. Le boulot. Rien de grave mais je ne peux pas rentrer tout de suite. T'inquiète pas. Je suis retenu. Dans le contexte, le mot lui semble malheureux, il tâche de se rattraper mais il n'a rien préparé, pas habitué à se justifier. Du coup, faute d'arguments, il adopte une voix autoritaire, du genre qui dit clairement : maintenant ne m'emmerde pas avec tes questions. Il y a des blancs, à l'autre extrémité, de l'incompréhension. Je ne peux pas, je te dis ! Eh bien, tu n'as qu'à y aller toute seule ! Il a crié, ç'a été plus fort que lui. Camille se demande s'il la frappe, sa femme. Je suis là demain. Il ne dit pas quand. Allez, il faut que j'y aille. Oui, moi aussi. Oui, je te rappelle.

Il est vingt heures quinze, l'avocat arrive à vingt-trois heures. C'est un jeune homme au pas rapide et décidé, que personne n'a encore jamais vu mais qui connaît son affaire. Il dispose de trente minutes pour informer son client, lui expliquer la manière de se conduire, lui conseiller la prudence, la prudence avant tout, et lui souhaiter bonne chance, parce que en trente minutes, sans droit d'accès au dossier, c'est à peu près tout ce qu'on peut faire.

Camille a décidé de rentrer, de se doucher, se changer. Le taxi le dépose en bas de chez lui en quelques

362

minutes. Il prend l'ascenseur, il faut vraiment qu'il soit fatigué pour renoncer à l'escalier.

Le paquet l'attend devant sa porte, enveloppé dans un papier kraft, fermé par une ficelle. Camille comprend tout de suite, il le saisit et rentre. Doudouche n'a droit qu'à une caresse distraite.

Ça lui fait drôle, c'est l'autoportrait de Maud Verhœven.

Dix-huit mille euros.

C'est Louis, évidemment, absent dimanche matin, arrivé à quatorze heures. Pour lui, un tableau à dix-huit mille euros, ça n'est pas grand-chose. Ça met tout de même Camille mal à l'aise. Dans une situation pareille, vous ne savez pas ce que vous devez à l'autre, ce qu'il attend implicitement, ce qu'il faut faire. Accepter, refuser, dire quelque chose et quoi. Le don suppose toujours un remboursement, quelle que soit sa forme. Qu'attend Louis avec cette offrande ? Tandis qu'il se déshabille et passe sous la douche, Camille reprend, sans le vouloir, sa réflexion sur le produit de la vente. Cette donation à des œuvres humanitaires est un geste terrible, un geste qui dit à sa mère : de toi, je ne veux plus rien.

Il est un peu âgé pour en être encore là mais on n'en finit jamais avec les parents, ça dure autant que vous, voyez Alex. Il se sèche, se raffermit dans sa résolution.

Ce sera calme, ce n'est pas un désaveu que de se séparer de cet argent.

Juste une manière de solder.

Est-ce que je vais vraiment le faire, tout donner ?

L'autoportrait, en revanche, il va le garder, il le regarde en finissant de s'habiller, il l'a posé sur le

363

canapé, face à lui, il est content de l'avoir. C'est un très beau tableau. Il n'est pas fâché avec sa mère, voilà ce que prouve son désir de le conserver. Pour la première fois, lui à qui on a répété toute sa jeunesse qu'il tenait de son père, se trouve dans ce tableau une ressemblance avec Maud. Ça lui fait du bien. Il est en train de nettoyer sa vie. Il ne sait pas où ça mène.

Juste avant de repartir, Camille pense à Doudouche et lui ouvre une boîte.

Lorsque Camille revient à la Brigade, il croise l'avocat qui vient de terminer, c'est Armand qui a sonné la cloche de la fin de l'entretien. On retrouve Thomas Vasseur dans le bureau, Armand en a profité pour aérer, il fait même froid maintenant.

Louis arrive à son tour, Camille lui adresse un petit signe de connivence, Louis l'interroge du regard, Camille fait signe, on parlera ensemble plus tard.

Thomas Vasseur est assez raide, on a l'impression que sa barbe a poussé en accéléré, comme dans une publicité pour engrais, mais il garde une once de sourire quelque part sur son visage. Vous voulez m'user mais vous n'avez rien et vous n'aurez rien. La guerre d'usure, j'y suis prêt, vous me prenez vraiment pour un con. L'avocat lui a conseillé d'attendre et de voir venir, c'est la bonne technique, de peser ses réponses, de ne pas se précipiter. C'est une course contre la montre à l'envers, l'idée c'est de durer, un jour entier. Sans doute pas deux. L'avocat dit que, pour prolonger la garde à vue, il faudra qu'ils apportent du nouveau au juge et ils n'auront rien, rien. Camille lit tout ça dans sa manière d'ouvrir la bouche, de la refermer, de bomber la poitrine, de faire des exercices respiratoires.

On dit que les premières minutes d'une rencontre renferment en miniature ce que sera toute la relation, Camille se souvient qu'il a pris Vasseur en aversion à l'instant même où il l'a vu. Une grande partie de la manière dont il a décidé de conduire cette affaire tient à ça. Le juge Vidard le sait.

Camille et le juge ne sont pas si dissemblables, au fond. C'est déprimant de constater des choses comme ça.

Le Guen a confirmé que le juge Vidard approuvait la stratégie de Camille. On aura tout vu. En ce moment, Camille est bousculé par toutes sortes d'émotions. Le juge, à son tour, se joint au concert. En se plaçant ainsi résolument de son côté, il oblige Camille à rectifier ses représentations. Agaçant de recevoir des leçons comme ça.

Armand annonce le jour et l'heure, comme le récitant dans les tragédies grecques, le nom et le grade des personnes présentes.

C'est Camille qui commence :

– Et avant tout, vous arrêtez de me faire chier avec vos « hypothèses ».

Changement de style. Camille, à la manœuvre, rassemble ses pensées, regarde sa montre.

– Donc, Alex vous faisait chanter.

Il a dit ça d'une voix tendue, qu'on dirait préoccupée par autre chose.

– Expliquez-moi ça, répond Vasseur.

Un Thomas Vasseur appliqué, prêt à en découdre.

Camille se tourne vers Armand, pris au dépourvu, Armand qui se précipite, fouille son dossier, ça prend encore un temps fou, on a l'impression de voir voler les notes collées, les feuilles éparses, c'est vraiment à se demander si la république a placé sa confiance dans les hommes qu'il fallait. Mais il trouve. Armand trouve toujours.

– Emprunt à votre employeur, Distrifair, vingt mille euros, le 15 février 2005. Vous êtes trop endetté par votre pavillon pour avoir pu emprunter à votre banque, alors vous vous êtes tourné vers votre patron. Vous remboursez chaque mois, en fonction de vos résultats.

– Je ne vois pas le rapport avec le chantage, vraiment !

– On a retrouvé, reprend Camille, dans la chambre d'Alex, une somme de douze mille euros. Des liasses très propres, directement sorties de la banque avec les petites bandes plastifiées.

Vasseur fait une moue dubitative.

– Et alors ?

Camille désigne Armand, geste de M. Loyal : Armand dans ses œuvres :

– Votre banque nous a confirmé l'encaissement d'un chèque de vingt mille euros de votre employeur le 15 février 2005, et la sortie de la même somme en espèces, le 18.

Camille applaudit en silence, en fermant les yeux. Les rouvre :

– Alors, pour quelle raison aviez-vous besoin de vingt mille euros, monsieur Vasseur ?

Flottement. On a beau s'y attendre, le pire prend des formes sans cesse renouvelées. C'est la conclusion qui se lit dans le regard de Vasseur. Ils sont allés chez son employeur. La garde à vue a commencé depuis moins de cinq heures, il en reste dix-neuf à tenir. Vasseur a

366

fait toute sa carrière dans la vente, pour la résistance aux chocs, pas de meilleure formation. Il encaisse.

– Dette de jeu.

– Vous avez joué contre votre sœur et vous avez perdu, c'est ça ?

– Non, pas avec Alex, avec... quelqu'un d'autre.

– Qui ?

Vasseur respire mal.

– On va gagner un peu de temps, dit Camille. Ces vingt mille euros étaient bien destinés à Alex. Il lui en restait un peu moins de douze mille qu'on a retrouvés dans sa chambre. Plusieurs bandes plastifiées portent vos empreintes.

Ils sont allés jusque-là. Jusqu'où, exactement, sont-ils remontés ? Que savent-ils ? Que veulent-ils ?

Camille lit ces questions dans les rides du front de Vasseur, dans ses pupilles, dans ses mains. Rien de professionnel là-dedans, jamais il ne le dira, à personne, mais Camille hait Vasseur. Il le hait. Il veut le tuer. Il va le tuer. Il a pensé ça quelques semaines plus tôt à propos du juge Vidard. Tu n'es pas ici par hasard, peut-il se dire, tu es un meurtrier en puissance.

– OK, choisit Vasseur, j'ai prêté de l'argent à ma sœur. C'est interdit ?

Camille se détend, comme s'il venait de mettre une croix à la craie sur le mur. Il sourit mais ce n'est pas un bon sourire.

– Vous savez bien que ça n'est pas interdit, alors pourquoi mentir ?

– Ça ne vous regarde pas.

La phrase à ne pas prononcer.

– Dans la situation où vous vous trouvez, qu'est-ce qui ne regarde pas la police, monsieur Vasseur ?

367

Le Guen appelle. Camille sort du bureau. Le divisionnaire veut savoir où on en est. Difficile à dire, Camille opte pour le plus rassurant :

– Pas mal, ça suit son chemin…

Le Guen ne rebondit pas.

– De ton côté… ? demande Camille.

– Le délai, ça va être juste, mais on va y arriver.

– Alors, on se concentre.

– Votre sœur n'était…

– Demi-sœur ! corrige Vasseur.

– Demi-sœur, ça change quelque chose ?

– Oui, ça n'est pas pareil, vous devriez faire preuve d'un peu de rigueur.

Camille regarde Louis puis Armand, l'air de dire, vous avez vu ? Il se défend pas mal, hein ?

– Alors disons, Alex. En fait, nous ne sommes pas du tout certains qu'Alex avait l'intention de se suicider.

– C'est pourtant ce qu'elle a fait.

– Certes. Mais vous qui la connaissiez mieux que personne, vous allez peut-être nous expliquer. Si elle voulait mourir, pourquoi avait-elle préparé sa fuite à l'étranger ?

Vasseur lève les sourcils. Ne comprend pas très bien la question.

Camille, cette fois, se contente d'un petit geste vers Louis.

– Votre sœur… pardon, Alex a acheté, à son nom, la veille de sa mort, un billet pour Zurich, départ le

368

lendemain, le 5 octobre à huit heures quarante. Elle a même profité de son passage à l'aéroport pour acheter un sac de voyage que l'on a retrouvé, parfaitement rangé, prêt pour le départ, dans sa chambre.

– Vous me l'apprenez… Elle a sans doute changé d'avis. Je vous l'ai dit, elle était vraiment instable.

– Elle a choisi un hôtel proche de l'aéroport, elle a même commandé un taxi pour le lendemain matin, alors qu'elle avait sa voiture sur place. Sans doute pas envie de s'encombrer, de chercher une place de parking, de manquer son vol. Elle voulait partir facilement. Elle s'est également débarrassée d'un tas de choses lui appartenant, elle ne voulait rien laisser derrière elle, y compris des bouteilles contenant de l'acide. Nos techniciens l'ont d'ailleurs analysé, c'est le même produit qu'utilisé lors de ses crimes, de l'acide sulfurique concentré aux environs de 80 %. Elle partait, elle quittait la France, elle s'enfuyait.

– Qu'est-ce que vous voulez que je vous dise ? Je ne peux pas répondre pour elle. D'ailleurs, personne ne peut plus répondre pour elle !

Vasseur se tourne alors vers Armand, vers Louis, en quête d'assentiment, mais le cœur n'y est pas.

– Alors si vous ne pouvez pas répondre pour Alex, propose Camille, vous allez au moins pouvoir répondre pour vous.

– Si je peux…

– Bien sûr que vous pouvez. Que faisiez-vous le 4 octobre, le soir de la mort d'Alex, disons, entre vingt heures et minuit ?

Thomas hésite, Camille s'engouffre :

– Nous allons vous aider… Armand ?

369

Curieusement, peut-être pour souligner l'aspect dramatique de la situation, Armand se lève, comme à l'école quand la maîtresse vous appelait pour la récitation. Il lit ses notes avec application.

– Vous avez reçu un appel téléphonique à vingt heures trente-quatre, vous étiez à votre domicile. Votre femme nous a déclaré : « Thomas a reçu un message de son travail, une urgence. » Il paraît qu'un appel, aussi tard, dans le cadre de votre travail, ça n'arrive pratiquement jamais… « Il était très contrarié », nous a-t-elle précisé. Selon votre épouse, vous êtes sorti vers vingt-deux heures, vous n'êtes rentré qu'après minuit, elle ne peut pas être plus précise, elle dormait et n'a pas fait très attention à l'heure. Mais pas avant minuit, c'est certain, c'est l'heure à laquelle elle s'est couchée.

Thomas Vasseur a des tas d'éléments à intégrer. Sa femme interrogée. Il y a pensé tout à l'heure. Quoi d'autre ?

– Or, continue Armand, tout cela, nous savons que ce n'est pas vrai du tout.

– Pourquoi dis-tu ça, Armand ? demande Camille.

– Parce qu'à vingt heures trente-quatre, c'est un appel d'Alex que M. Vasseur a reçu. L'appel a été enregistré parce qu'elle a composé ce numéro depuis sa chambre d'hôtel. Nous vérifierons auprès de l'opérateur de M. Vasseur mais l'employeur, de son côté, est formel, aucune urgence ce soir-là. Il a même ajouté : « Dans notre boulot, on voit mal ce que ça serait une urgence de nuit. On n'est pas le SAMU. »

– Très fin comme réflexion, dit Camille.

Il se tourne vers Vasseur, mais n'a pas le temps de profiter de son avantage. Vasseur le coupe :

370

– Alex m'a laissé un message, elle voulait me voir, elle m'a donné rendez-vous. À vingt-trois heures trente.

– Ah, ça vous revient !

– À Aulnay-sous-Bois.

– Aulnay, Aulnay, attendez… mais, c'est tout prêt de Villepinte, tout prêt de l'endroit où elle est morte. Alors, il est vingt heures trente, votre petite sœur adorée vous appelle et vous faites quoi ?

– J'y vais.

– C'était habituel entre vous, ce genre de rendez-vous ?

– Pas vraiment.

– Que voulait-elle ?

– Elle m'a demandé de venir, elle m'a donné une adresse, une heure, c'est tout.

Thomas continue de peser toutes ses réponses mais, dans le feu de l'action, on sent qu'il veut se libérer, les phrases sortent vite, il doit sans cesse se maîtriser pour s'en tenir à la stratégie qu'il s'est fixée.

– Et que voulait-elle, selon vous ?

– Je n'en sais rien.

– Bah bah bah bah, vous n'en savez rien… !

– En tout cas, elle ne m'a rien dit.

– Récapitulons. L'an dernier, elle vous extorque vingt mille euros. À notre avis, pour obtenir ça, elle menace de foutre le bordel dans votre petite famille, de raconter que vous l'avez violée à dix ans, que vous l'avez prostituée…

– Vous n'avez aucune preuve !

Thomas Vasseur s'est levé, il a hurlé. Camille sourit. Vasseur perd son sang-froid, c'est du bénéfice net.

371

– Asseyez-vous, dit-il, très calmement. Je dis « à notre avis », c'est une hypothèse, je sais que vous adorez ça.

Il laisse passer quelques secondes.

– D'ailleurs, puisqu'on parle de preuve, Alex en a une de belle et bonne, de preuve, que sa jeunesse ne s'est pas très bien passée, il lui suffit d'aller voir votre femme. Entre filles, on peut se raconter ces choses-là, on peut même se les montrer. Si Alex avait exhibé quelques secondes son intimité à votre femme, on peut parier qu'il y aurait eu de l'émotion dans la famille Vasseur, non ? Alors, pour conclure, « à notre avis », comme elle avait programmé son départ pour le lendemain et qu'elle n'avait quasiment plus d'argent sur son compte et à peine douze mille euros en espèces… elle vous a appelé pour vous redemander de l'argent.

– Son message ne parlait absolument pas de ça. D'ailleurs, en pleine nuit, où j'aurais trouvé de l'argent, moi ?

– Nous pensons qu'Alex vous prévenait que vous alliez devoir en trouver prochainement, le temps pour elle de s'organiser à l'étranger. Et que vous alliez devoir vous aussi vous organiser parce qu'elle avait certainement de gros besoins… Une cavale coûte très cher. Mais nous reparlerons de cela, j'en suis certain. Pour le moment, vous partez de chez vous en pleine nuit… et que faites-vous ?

– Je vais à l'adresse qu'elle m'a laissée.

– Quelle adresse ?

– Boulevard Jouvenel. Au 137.

– Et qu'est-ce qu'il y a, boulevard Jouvenel, au 137 ?

– Rien, justement.

– Comment ça, rien ?

– Bah non, rien.

Louis n'a même pas eu besoin que Camille se tourne vers lui, il est déjà à son clavier, tape l'adresse sur un site de plans et d'itinéraires, attend quelque secondes et fait enfin signe à Camille qui s'approche.

– Bah non, vous avez raison, il n'y a rien… Le 135, des bureaux, le 139, un pressing, et au milieu, le 137, une boutique à vendre. Fermée. Vous pensez qu'elle voulait acheter une boutique ?

Louis manœuvre la souris pour examiner les environs, l'autre côté de la rue. À son visage, on voit qu'il va rentrer bredouille.

– Évidemment non, dit Vasseur. Mais je ne sais pas ce qu'elle voulait parce qu'elle n'est pas venue.

– Vous n'avez pas essayé de la joindre ?

– Sa ligne était résiliée.

– C'est vrai, nous l'avons vérifié. Alex avait fermé sa ligne trois jours plus tôt. En prévision de son départ, sans doute. Et vous êtes resté combien de temps devant la boutique à vendre ?

– Jusqu'à minuit.

– Vous êtes patient, c'est bien. Quand on aime, on a toutes les patiences, c'est bien connu. Quelqu'un vous a vu ?

– Je ne pense pas.

– C'est embêtant.

– C'est surtout embêtant pour vous parce que c'est vous qui avez quelque chose à prouver, pas moi.

– Ça n'est embêtant ni pour vous ni pour moi, c'est embêtant tout court, ça fait des zones d'ombre, ça crée du doute, ça fait un peu « histoire inventée ». Mais peu importe. Je suppose que l'incident est clos et que donc, vous êtes rentré chez vous.

373

Thomas ne répond pas. Un scanner montrerait certainement la vitesse à laquelle ses neurones tentent de trouver la bonne configuration.

– Alors ? insiste Camille. Vous êtes rentré chez vous ?

Le cerveau de Vasseur a beau mobiliser toutes ses ressources, il ne trouve pas de solution satisfaisante.

– Non, je suis allé à l'hôtel.

Il s'est jeté à l'eau.

– Tiens donc, dit Camille, estomaqué. Mais vous saviez dans quel hôtel elle se trouvait ?

– Non, Alex m'avait appelé, j'ai simplement recomposé le numéro.

– Astucieux ! Et donc… ?

– Ça ne répondait pas. Je suis tombé sur un message enregistré.

– Oh, quel dommage ! Et donc, vous êtes rentré chez vous.

Les deux hémisphères cérébraux, cette fois, entrent quasiment en collision. Thomas en ferme les yeux. Quelque chose le prévient que cette dynamique n'est pas la bonne mais il ne voit pas comment faire.

– Non, dit-il enfin, je suis allé à l'hôtel. C'était fermé. Il n'y avait pas de réceptionniste.

– Louis ? demande Camille.

– La réception est ouverte jusqu'à vingt-deux heures trente. Après, il faut un code pour entrer. On le donne aux clients quand ils arrivent.

– Et donc, reprend Camille pour Vasseur, vous êtes rentré chez vous.

– Oui.

Camille se retourne vers ses adjoints.

– Eh bien, quelle aventure ! Armand… Tu me sembles avoir un doute.

374

Cette fois, Armand ne se lève pas :

– Le témoignage de M. Leboulanger et de Mme Farida.

– T'es sûr ?

Armand plonge précipitamment dans ses notes.

– Non, tu as raison. Farida, c'est son prénom. Mme Farida Sartaoui.

– Excusez mon collègue, monsieur Vasseur, il a toujours eu un problème avec les noms étrangers. Et donc, ces gens-là… ?

– Des clients de l'hôtel, poursuit Armand. Qui sont rentrés vers minuit et quart.

– Bon, ça va, ça va ! explose Vasseur. C'est bon !

60

Le Guen décroche à la première sonnerie.

– On plie pour cette nuit.

– Tu as quoi ? demande Le Guen.

– Tu es où ? demande Camille.

Le Guen hésite. Ça veut dire : chez une femme. Ça veut dire Le Guen amoureux – sans quoi il ne couche pas, ce n'est pas son genre –, ça veut dire…

– Jean, je t'ai prévenu la dernière fois, je ne veux plus être ton témoin, tu le sais ! En aucun cas.

– Je sais, Camille, pas d'inquiétude. Je me tiens à la rampe.

– Je te fais confiance ?

– Absolument.

– Là, tu me fais vraiment peur.

– Toi, de ton côté ?

Camille consulte l'heure.

– On a prêté de l'argent à la sœur, on a été appelé par la sœur, on est entré dans l'hôtel de la sœur.

– Bien. Ça va tenir ?

– Ça va aller. Maintenant, c'est une question de patience. J'espère que le juge...

– Sur ce coup-là, il est parfait.

– Bien. Alors, pour le moment, le mieux, c'est de dormir.

Et c'est la nuit.

Il est trois heures du matin. Ç'a été plus fort que lui et pour une fois, il a réussi. Cinq coups, pas un de plus. Les voisins aiment bien Camille, mais tout de même, sortir un marteau et taper dans les murs à trois heures du matin... Le premier coup surprend, le deuxième réveille, le troisième interroge, le quatrième scandalise, le cinquième décide à taper du poing sur le mur... mais pas de sixième, tout se tait, Camille peut accrocher l'autoportrait de Maud au mur de son salon, le clou tient bon. Camille aussi.

Il a voulu attraper Louis à la sortie de la Brigade mais Louis était déjà parti, s'est défilé. Il le verra demain. Que lui dira-t-il ? Camille fait confiance à son intuition, à la situation, il va garder le tableau, il va remercier Louis, beau geste, et le rembourser. Ou peut-être pas. Cette histoire de deux cent quatre-vingt mille euros lui tourne dans la tête.

Depuis qu'il vit seul, il dort toujours les rideaux ouverts, il aime bien que le jour le réveille. Doudouche est venue contre lui. Pas moyen de trouver le sommeil. Il passe le reste de la nuit dans le canapé, face au tableau.

L'interrogatoire de Vasseur est une épreuve, bien sûr, mais ce n'est pas la seule chose.

Ce qui est né en lui, l'autre nuit, dans l'atelier de Montfort, ce qui l'a assailli dans la chambre d'hôtel face au cadavre d'Alex Prévost est maintenant devant lui.

Cette affaire lui a permis d'exorciser la mort d'Irène, de solder ses comptes avec sa mère.

L'image d'Alex, petite fille au visage ingrat, l'envahit à pleurer.

Son écriture maladroite dans son journal, ces objets dérisoires, cette histoire, tout cela lui brise le cœur.

Il a le sentiment qu'au fond, il est comme les autres.

Pour lui aussi, Alex a été un instrument.

Il s'est servi d'elle.

Au cours des dix-sept heures suivantes, Vasseur est extrait trois fois de cellule, reconduit dans le bureau de la Brigade. Armand le reçoit deux fois, puis Louis. On vérifie des détails. Armand lui soumet les dates exactes de ses séjours à Toulouse.

– Vingt ans plus tard, quelle importance ? explose Vasseur.

Armand répond du regard, vous savez, moi, je fais ce qu'on me dit de faire.

Vasseur signe tout ce qu'on veut, reconnaît tout ce qu'on veut.

– Vous n'avez rien contre moi, rien du tout.

– Dans ce cas, répond Louis lorsque c'est lui qui mène l'interrogatoire, vous n'avez rien à craindre, monsieur Vasseur.

Le temps s'étire, les heures passent, Vasseur sent que c'est de bon augure. On l'a extrait une dernière fois pour lui soumettre les dates auxquelles il a rencontré Stefan Maciak, dans le cadre de ses tournées.

– Rien à foutre, a décrété Vasseur en signant.

Il regarde l'horloge murale. Personne n'a rien à lui reprocher.

Il ne s'est pas rasé. La toilette, du vite fait.

On vient de le faire monter, une nouvelle fois. C'est au tour de Camille de parler. Tout de suite, dès l'entrée, regard à l'horloge murale. Il est vingt heures. La journée a été longue.

Vasseur est victorieux et s'apprête au triomphe.

– Alors, capitaine ? demande-t-il tout sourires. On va devoir se quitter bientôt, c'est sans regret ?

– Pourquoi bientôt ?

Il ne faudrait pas prendre Vasseur pour un être primaire, il a une sensibilité de pervers, aiguisée, il a des antennes. Et il sent le vent, tout de suite. La preuve, il ne dit rien, il blêmit, croise les jambes nerveusement. Il attend. Camille le regarde un long moment sans un mot. Ça ressemble à ces épreuves où le perdant est celui qui ne tient plus. Le téléphone sonne. Armand se lève, s'avance, décroche, dit allô, écoute, dit merci, raccroche, Camille, qui n'a toujours pas quitté Vasseur du regard, dit simplement :

– Le juge vient d'accepter notre demande de prolonger la garde à vue de vingt-quatre heures, monsieur Vasseur.

– Je veux le voir, le juge !

– Hélas, monsieur Vasseur, trois fois hélas ! Le juge Vidard est désolé de ne pouvoir vous recevoir mais sa charge de travail ne le permet pas. Nous allons devoir cohabiter encore un peu, c'est sans regret ?

Vasseur tourne la tête dans tous les sens, il se veut démonstratif. Il étouffe un rire, c'est pour eux qu'il est navré.

– Et après, vous ferez quoi ? demande-t-il. Je ne sais pas ce que vous avez dit au juge pour obtenir cette prolongation, quel mensonge vous avez employé, mais que ce soit maintenant ou dans vingt-quatre heures, vous allez devoir me relâcher. Vous êtes...

Il cherche le mot.

– Pathétiques.

On le reconduit. On ne l'interroge quasiment plus. On pourrait tenter de l'user, Camille pense que c'est mieux de cette manière. Service minimum. Ce sera le plus efficace. Ne rien faire, ou presque, c'est pourtant bien difficile. Chacun se concentre sur ce qu'il peut. On imagine l'issue, on imagine Vasseur enfilant sa veste, resserrant sa cravate, on pense au sourire qu'il adressera à l'équipe, aux mots qu'il trouvera et dont il doit déjà rêver.

Armand a déniché deux nouveaux stagiaires, l'un au deuxième, l'autre au quatrième. Il va faire le plein de cigarettes, de stylos, ça lui prend pas mal de temps. Ça l'occupe.

En milieu de matinée a commencé un étrange chassé-croisé. Camille essaye de prendre Louis à part, pour cette histoire de tableau, mais les choses ne se passent pas comme prévu. Louis est appelé plusieurs fois à l'extérieur, Camille sent la gêne monter entre eux. Tandis qu'il tape ses rapports, l'œil la moitié du temps rivé à la pendule, il comprend que l'initiative de Louis complique bigrement leur relation. Camille va dire merci, mais quoi ? Il va le rembourser, et après ? Dans le geste de Louis, il discerne un peu de paternalisme. Plus le temps passe, plus il a l'impression que Louis lui donne une leçon, avec cette histoire de tableau.

Vers quinze heures, ils se trouvent enfin seuls dans le bureau. Camille ne réfléchit pas, il dit merci, c'est le premier mot qui vient.

– Merci, Louis.

Il faut ajouter quelque chose, on ne peut pas se contenter de ça.

– Ça…

Mais il s'arrête. À l'attitude interrogative de Louis, il comprend l'ampleur de son erreur. Cette histoire de tableau, Louis n'y est pour rien.

– Merci, pour quoi ?

Camille improvise :

– Pour tout, Louis. Pour ton aide… dans tout ça.

Louis fait « oui », étonné, ça n'est pas dans leurs habitudes de se dire des choses comme ça.

Camille espérait dire quelque chose de juste, il vient de le faire, surpris lui-même de cet aveu auquel il ne s'attendait pas.

– C'est un peu mon retour, cette affaire. Et je ne suis pas un type très facile à vivre, alors…

La présence de Louis, ce garçon mystérieux qu'il connaît si bien et dont il ne sait rien, l'émeut soudain, plus peut-être que la réapparition du tableau.

380

On a remonté Vasseur une nouvelle fois, pour contrôler des détails.

Camille monte chez Le Guen, il frappe brièvement, il entre. Le divisionnaire s'attend à une mauvaise nouvelle, ça se lit sur son visage, Camille lève tout de suite les mains bien haut pour le rassurer. On parle de l'affaire. Chacun a fait le nécessaire. On attend. Camille évoque la vente des œuvres de sa mère.

– Combien ? demande Le Guen éberlué.

Camille répète le chiffre, qu'il trouve de plus en plus abstrait. Le Guen fait une moue admirative.

Camille ne parle pas de l'autoportrait. Il a eu le temps de réfléchir, il sait. Il va appeler l'ami de sa mère qui a organisé la vente. Il a dû tirer son petit profit dans cette affaire, il a remercié Camille avec le tableau. C'est terre à terre. Camille est soulagé.

Il appelle, laisse un message et retourne dans son bureau.

Les heures passent.

Camille a décidé. Ce sera à dix-neuf heures.

Le moment est maintenant venu. Il est dix-neuf heures.

Vasseur entre dans le bureau. S'assoit, le regard délibérément braqué sur l'horloge murale.

Il est très fatigué, il n'a quasiment pas dormi au cours de ces quarante-huit heures et maintenant ça se voit cruellement.

61

– Voyez-vous, a dit Camille, nous avons des incertitudes concernant la mort de votre sœur. Demi-sœur, pardon.

Vasseur ne réagit pas. Il cherche ce que ça veut dire. Ça patine un peu, forcément, la fatigue. Il fait le tour de la question et de toutes celles qui se posent logiquement à la suite de la première. Il se tranquillise. Dans la mort d'Alex, il n'a rien à se reprocher. Toute sa physionomie répond à sa place. Il respire, se détend, croise les bras, pas un mot, juste un regard à l'horloge et puis finalement, si, il passe du coq à l'âne et demande :

– La garde à vue se termine bien à vingt heures, non ?

– Je vois que la mort d'Alex ne vous trouble pas.

Vasseur lève les yeux au plafond, comme s'il cherchait l'inspiration, ou qu'à table, on lui avait demandé de choisir entre deux desserts. Vraiment embêté, il plisse les lèvres.

– Elle me peine, si, dit-il enfin. Beaucoup même. Vous savez ce que c'est, la famille, ce sont des liens très forts. Mais que voulez-vous… C'est le problème des dépressifs.

– Ce n'est pas de sa mort que je vous parle, c'est de la manière dont elle est morte.

Il comprend, il approuve.

– Les barbituriques, oui, c'est terrible. Elle disait qu'elle avait des problèmes de sommeil, que sans eux, elle ne pouvait pas fermer l'œil.

Il entend l'expression au moment où il la prononce, même épuisé, on sent qu'il résiste pour ne pas dire une gaudriole sur cette histoire d'« yeux fermés ». Il opte finalement pour un ton exagérément soucieux :

– Ces histoires de médicaments, ça devrait être mieux encadré, vous ne trouvez pas ? Remarquez, elle était infirmière, elle pouvait se procurer tout ce qu'elle voulait.

Vasseur devient pensif, d'un coup.

– Je ne sais pas quel genre de mort, ça provoque, les barbituriques, ça doit être assez… convulsif, non ?

– Si le sujet n'est pas ventilé à temps, dit Camille, il entre dans un coma profond, perd les réflexes de protection des voies aériennes. Il vomit dans ses poumons, il étouffe et il meurt.

Vasseur fait une moue de dégoût. Pouah. Selon lui, ça manque de dignité.

Camille fait signe qu'il comprend. À le voir, si ce n'était ses doigts qui tremblent légèrement, on croirait même qu'il partage l'opinion de Thomas Vasseur. Il renverse la tête sur son dossier, prend sa respiration.

– Nous allons revenir sur votre entrée dans l'hôtel, si vous le voulez bien. Nous sommes la nuit de sa mort, il est minuit passé, c'est bien ça ?

– Vous avez des témoins, vous n'avez qu'à leur demander.

– C'est ce que nous avons fait.

– Et alors ?

– Minuit vingt.

– Allons-y pour minuit vingt, je ne suis pas contrariant.

Vasseur se cale dans le fond de son fauteuil. Ses regards répétitifs à l'horloge sont des messages clairs.

– Donc, reprend Camille, vous entrez derrière eux, ça leur a semblé naturel. Le hasard… Un autre client

383

qui rentre à la même heure. Les témoins disent que vous attendez l'ascenseur. Après, ils ne savent pas. Leur chambre est au rez-de-chaussée, ils vous perdent de vue. Donc, vous prenez l'ascenseur.

– Non.

– Ah bon ? Pourtant...

– Bah non, où vouliez-vous que j'aille ?

– C'est bien la question que nous nous posons, monsieur Vasseur. Où allez-vous à ce moment-là ?

Vasseur fronce les sourcils.

– Écoutez, Alex m'appelle, me demande de venir, elle ne me dit pas pourquoi et, en plus, elle ne vient pas ! Je vais à son hôtel mais sans réceptionniste, que voulez-vous que je fasse ? Que je frappe à toutes les portes des deux cents chambres en disant, excusez-moi, je cherche ma sœur ?

– Votre demi-sœur !

Vasseur serre les maxillaires, respire, fait comme s'il n'avait pas entendu.

– Bon, j'attends dans ma voiture depuis une plombe, l'hôtel d'où elle m'appelle est à deux cents mètres, n'importe qui aurait fait comme moi. J'y suis allé parce que j'ai cru que je pourrais trouver une liste à la réception, son nom quelque part, un tableau d'affichage, j'en sais rien, moi ! Mais quand je suis arrivé, rien à la réception. Tout était bouclé. J'ai bien vu que je ne pouvais rien faire, alors je suis rentré chez moi. Voilà.

– Vous n'avez pas réfléchi, en somme.

– Voilà, je n'ai pas réfléchi. Pas suffisamment.

Camille est embarrassé, il hoche la tête de droite à gauche.

– Bah, ça change quoi ? demande Vasseur, outré.

384

Il se tourne vers Louis et vers Armand, les prend à témoin.

– Hein, ça change quoi ?

Les flics ne bougent pas, le fixent calmement.

Son regard monte alors vers la pendule. L'heure tourne. Il se calme. Il sourit.

– On est d'accord, dit-il, sûr de lui. Ça ne change rien. Sauf que…

– Oui ?

– Sauf que si je l'avais trouvée, tout ça ne serait pas arrivé.

– C'est-à-dire ?

Il croise le bout des doigts, comme un homme soucieux de faire le bien.

– Je pense que je l'aurais sauvée.

– Mais hélas, c'est arrivé. Et elle est morte.

Vasseur écarte les mains, fatalité. Sourire.

Camille se concentre :

– Monsieur Vasseur, annonce-t-il lentement, pour tout vous dire, nos experts ont des doutes sur le suicide d'Alex.

– Des doutes… ?

– Oui.

Camille laisse l'information se frayer un chemin.

– Nous pensons plutôt que votre sœur a été tuée et que ce meurtre a été déguisé en suicide. Assez maladroitement d'ailleurs, si vous voulez mon avis.

– C'est quoi, cette connerie ?

Toute sa personne exprime la surprise.

– Tout d'abord, dit Camille, Alex n'a pas vraiment l'attitude de quelqu'un qui va se suicider.

– L'attitude…, répète Vasseur, les sourcils froncés.

On dirait qu'il ne connaît pas le mot.

– Son billet pour Zurich, la préparation de ses bagages, la commande d'un taxi, tout ça ne serait rien encore, mais nous avons d'autres raisons de douter. Par exemple, sa tête a été frappée contre le lavabo de la salle de bains. À plusieurs reprises. À l'autopsie, son crâne montre des lésions qui attestent de la brutalité des coups. Selon nous, il y avait quelqu'un d'autre avec elle. Qui l'a frappée… très violemment.

– Mais… qui ça ?

– Eh bien, monsieur Vasseur, pour être franc, nous pensons que c'est vous.

– Quoi ?

Vasseur est debout. Il a hurlé.

– Je vous conseille de vous rasseoir.

Il lui faut pas mal de temps mais Vasseur se rassoit. Sur l'extrémité de sa chaise. Prêt à redémarrer.

– Il s'agit de votre sœur, monsieur Vasseur, et je comprends à quel point tout cela est douloureux pour vous. Mais si je ne craignais pas de froisser votre sensibilité en me montrant un peu technique, je dirais que les gens qui se suicident font un choix de méthode. Ils se jettent par la fenêtre ou ils s'ouvrent les veines. Parfois ils se mutilent, parfois ils avalent des médicaments. Mais ils font rarement les deux.

– Qu'est-ce que j'ai à voir là-dedans, moi ?

Il n'est plus question d'Alex, ça s'entend dans l'urgence de sa voix. Son attitude balance de l'incrédulité à l'indignation.

– Comment ça ? demande Camille.

– Bah oui, en quoi ça me concerne ?

Camille regarde Louis, Armand, l'air impuissant de celui qui désespère d'être compris puis il se tourne de nouveau vers Vasseur.

386

– Mais, ça vous concerne, à cause des empreintes.

– Les empreintes, quelles empreintes ! Hein, qu…

Il est coupé par la sonnerie du téléphone mais ça ne l'arrête pas. Pendant que Camille décroche et répond, il se tourne vers Armand et Louis :

– Hein ? Quelles empreintes ?

En réponse, Louis fait la moue de quelqu'un qui ne comprend pas non plus, qui s'interroge. Armand, lui, est ailleurs. Il désosse trois mégots sur une feuille de papier blanc pour recomposer une cigarette, absorbé, il ne le regarde même pas.

Vasseur se retourne alors vers Camille qui, toujours au téléphone, le regard perdu vers la fenêtre, écoute son interlocuteur, concentré. Vasseur boit le silence de Camille, cet instant semble interminable. Camille finit par raccrocher, lève le regard vers Vasseur, on en était où déjà ?

– Quelles empreintes ? demande encore Vasseur.

– Ah oui… Les empreintes d'Alex, d'abord, dit Camille.

Vasseur a sursauté.

– Bah, quoi, les empreintes d'Alex ?

C'est vrai que les messages de Camille ne sont pas toujours faciles à comprendre.

– Dans sa chambre, dit Vasseur, ses empreintes, c'est quand même normal, non ?

Il rit, trop fort. Camille tape dans ses mains, tout à fait d'accord avec cette remarque.

– Justement, dit-il en cessant d'applaudir. Elles sont quasiment absentes !

Vasseur sent qu'un problème se pose à lui mais il ne voit pas clairement lequel.

387

Camille adopte un ton charitable, il vient à son secours :

– On trouve très peu d'empreintes d'Alex dans sa chambre, comprenez-vous ? À notre avis, quelqu'un a voulu effacer ses propres traces et, du coup, il a aussi effacé pas mal de celles d'Alex. Pas toutes, mais enfin… Certaines sont très significatives. Celles de la poignée de la porte, par exemple. La poignée qu'aurait utilisée la personne qui aurait rejoint Alex…

Vasseur enregistre, il ne sait plus où donner de la tête.

– Enfin, monsieur Vasseur, quelqu'un qui se suicide n'efface pas ses propres empreintes, ça n'a pas de sens !

Les images et les mots se bousculent, Vasseur avale sa salive.

– C'est pourquoi, confirme Camille, nous pensons qu'il y avait quelqu'un d'autre dans la chambre d'Alex au moment de sa mort.

Camille laisse le temps à Vasseur de digérer l'information, mais à voir son visage, il va en falloir.

Camille se fait pédagogue.

– Question empreintes, la bouteille de whisky nous pose aussi beaucoup de questions. Alex en a absorbé près d'un demi-litre. L'alcool potentialise puissamment les barbituriques, c'est la mort presque assurée. Eh bien, la bouteille a été soigneusement essuyée (on a prélevé dessus des fibres d'un tee-shirt retrouvé sur le fauteuil). Plus curieux encore, les empreintes d'Alex qui y figurent sont littéralement écrasées, comme si quelqu'un avait saisi sa main et l'avait appliquée de force sur la bouteille. Sans doute *post*

388

mortem. Pour nous faire croire qu'elle l'avait tenue elle-même, toute seule. Qu'en dites-vous ?

– Mais… je n'en dis rien, qu'est-ce que vous voulez que j'en sache, moi !

– Ah si ! crie Camille d'un ton offensé. Vous devriez le savoir, monsieur Vasseur, puisque vous étiez présent !

– Pas du tout ! Je n'étais pas dans sa chambre ! Je vous l'ai expliqué, je suis rentré chez moi !

Camille ménage un très court instant de silence. Autant que le permet sa taille, il se penche vers Vasseur.

– Si vous n'étiez pas là, demande-t-il d'une voix calme, comment expliquez-vous qu'on retrouve vos empreintes dans la chambre d'Alex, monsieur Vasseur ?

Vasseur reste interdit. Camille se recule sur sa chaise.

– C'est parce qu'on trouve vos empreintes dans sa chambre au moment de sa mort, que nous pensons que vous avez tué Alex.

Chez Vasseur, un son s'arrête quelque part entre le ventre et la gorge, comme une virgule flottante.

– Ça n'est pas possible ! Je ne suis pas entré dans cette chambre. Mes empreintes, où ça, d'abord ?

– Sur le tube de barbituriques qui a servi à tuer votre sœur. Vous aurez sans doute oublié de les effacer. L'émotion peut-être.

Sa tête fait des va-et-vient, comme celle d'un coq, les mots se bousculent. Soudain, il hurle :

– Je sais ! J'ai vu ce tube ! Des cachets roses ! Je l'ai touché ! Avec Alex !

Le message est assez brouillon. Camille fronce les sourcils. Vasseur avale sa salive, il tente d'exposer les choses calmement mais la pression, la peur l'en empêchent. Il ferme les yeux, serre les poings, prend une longue inspiration, se concentre du mieux qu'il peut.

Camille l'encourage en approuvant de la tête, comme s'il voulait l'aider à s'exprimer.

– Quand j'ai vu Alex…

– Oui.

– … la dernière fois…

– C'était quand ?

– Je ne sais plus, trois semaines, un mois peut-être.

– Bien.

– Elle a sorti ce tube !

– Ah ! C'était où ?

– Dans un café, près de mon travail. Le Moderne.

– Très bien, expliquez-nous ça, monsieur Vasseur.

Il souffle. Une fenêtre vient de s'ouvrir, enfin ! Ça va aller mieux maintenant. Il va s'expliquer, c'est assez simple, ils vont devoir admettre. C'est tout bête, cette histoire de médicament. On ne peut pas bâtir une accusation sur ça. Il tente de prendre son temps mais sa gorge se serre. Il détache chaque mot :

– Il y a un mois, à peu près. Alex a demandé à me voir.

– Elle voulait de l'argent ?

– Non.

– Elle voulait quoi ?

Vasseur ne sait pas. En fait, elle ne lui a pas vraiment dit pourquoi, leur entretien a tourné court. Alex a pris un café, lui un demi. Et c'est à ce moment-là qu'elle a sorti son tube de médicament. Vasseur lui a

390

demandé ce que c'était, oui, il reconnaît qu'il était un peu agacé.

– La voir prendre des saloperies comme ça…

– La santé de votre petite sœur, forcément, ça vous souciait…

Vasseur fait mine de ne pas entendre l'allusion, il s'applique, il veut en sortir.

– J'ai pris le tube de médicament, je l'ai pris dans ma main ! C'est pour ça qu'il y a mes empreintes dessus !

L'étonnant, c'est que les flics n'ont pas l'air convaincu. Ils attendent, suspendus à ses lèvres, comme s'il devait y avoir une suite, comme s'il n'avait pas tout dit.

– De quel médicament s'agissait-il, monsieur Vasseur ?

– Je n'ai pas regardé le nom ! J'ai ouvert le tube, j'ai vu des comprimés roses, je lui ai demandé ce que c'était, c'est tout.

Brusque relâchement chez les trois flics. D'un coup, l'affaire s'éclaire enfin d'un jour nouveau.

– D'accord, dit Camille, je comprends mieux. Ce n'est pas le même tube. Ce sont des cachets de couleur bleue qu'Alex a avalés. Rien à voir.

– Ça change quoi ?

– Que ça n'est sans doute pas le même tube.

Vasseur est de nouveau très excité. Il fait non non non, l'index en l'air, les mots se précipitent :

– Ça ne tiendra pas, votre truc, ça ne tiendra pas !

Camille se lève.

– Faisons le point, voulez-vous.

Il compte sur ses doigts.

– Vous disposez d'un mobile puissant. Alex vous faisait chanter, elle vous avait déjà extorqué vingt mille euros et s'apprêtait sans doute à vous en demander davantage pour lui permettre de tenir le coup à l'étranger. Vous disposez d'un très mauvais alibi, vous mentez à votre femme sur la nature de l'appel que vous recevez. Vous prétendez avoir attendu à un endroit où personne ne vous a vu. Puis vous reconnaissez que vous êtes allé rejoindre Alex à son hôtel, et d'ailleurs, nous avons deux témoins qui le confirment.

Camille laisse Vasseur saisir l'ampleur du problème qui se dessine.

– Ça ne fait pas des preuves !

– Ça fait déjà, un mobile, une absence d'alibi, votre présence sur place. Si on ajoute Alex frappée violemment à la tête, des empreintes effacées, et les vôtres bien présentes… Ça commence tout de même à faire beaucoup…

– Non, non, non, ça ne suffira pas !

Mais il a beau remuer l'index avec force, on sent de l'interrogation au fond de cette certitude affichée. C'est sans doute pour cela que Camille complète :

– Nous avons également trouvé votre ADN sur place, monsieur Vasseur.

L'effet de sidération est total.

– Un cheveu récupéré sur le sol, près du lit d'Alex. Vous avez tenté d'effacer vos traces mais vous n'avez pas fait le ménage assez efficacement.

Camille se lève et se plante devant lui :

– Et maintenant, monsieur Vasseur, avec votre ADN, pensez-vous que ce sera suffisant ?

Jusqu'ici, Thomas Vasseur s'est montré très réactif. Ainsi formulée, l'accusation portée par le comman-

392

dant Verhœven devrait le faire sauter en l'air. Or, pas du tout. Les flics le regardent, incertains de la conduite à adopter parce que Vasseur est maintenant plongé dans une réflexion très intense, il s'est absenté de l'interrogatoire, il n'est plus là. Il a posé ses coudes sur ses genoux, les mains grandes ouvertes se rejoignent dans un mouvement spasmodique, comme s'il applaudissait du bout des doigts. Son regard balaye le sol, très rapidement. Il tape du pied nerveusement. On deviendrait presque inquiet pour sa santé mentale mais il se relève brutalement, fixe Camille, il a arrêté tout mouvement.

– Elle l'a fait exprès…

On dirait vraiment qu'il se parle à lui-même. Mais c'est bien aux flics qu'il s'adresse :

– Elle a tout organisé pour me mettre ça sur le dos… Hein, c'est ça ?

Il est redescendu sur terre. Sa voix vibre d'excitation. Normalement, les flics devraient se montrer surpris par cette hypothèse, mais pas du tout. Louis reclasse minutieusement son dossier, Armand se cure consciencieusement les ongles avec un demi-trombone. Seul Camille est encore présent dans la conversation mais, pas décidé à intervenir, il a croisé ses mains à plat sur son bureau et il attend.

– J'ai giflé Alex…, dit Vasseur.

C'est une voix sans timbre, il regarde Camille mais c'est comme s'il se parlait à lui-même.

– Au café. Quand j'ai vu ses médicaments, ça m'a mis en colère. Elle a voulu me calmer, elle a passé sa main dans mes cheveux mais sa bague s'y est prise… Quand elle l'a retirée, elle m'a fait mal. Il y avait des cheveux accrochés. Ç'a été un réflexe, je l'ai giflée. Mes cheveux…

Vasseur sort de sa torpeur.

– Depuis le début, elle a tout organisé, c'est ça ?

Il cherche du secours dans les regards. Il n'en trouve aucun. Armand, Louis, Camille, tous trois le fixent simplement.

– Vous savez que c'est un coup monté, hein ? C'est une manipulation pure et simple, vous le savez ! Cette histoire de billet pour Zurich, l'achat de la valise, le taxi qu'elle commande… c'est pour vous faire croire qu'elle voulait s'enfuir. Qu'elle n'avait pas l'intention de se suicider ! Elle me donne rendez-vous là où personne ne me verra, elle se frappe la tête contre le lavabo, elle essuie ses empreintes, elle laisse le tube de médicament avec les miennes, elle dépose un de mes cheveux par terre…

– Ce sera difficile à prouver, je le crains. Pour nous, vous étiez sur place, vous deviez vous débarrasser d'Alex, vous l'avez frappée, vous l'avez forcée à ingurgiter de l'alcool puis des barbituriques, vos empreintes et votre ADN confirment notre thèse.

Camille se lève.

– J'ai une bonne nouvelle et une mauvaise. La bonne, c'est que la garde à vue est levée. La mauvaise, c'est que vous êtes en état d'arrestation pour meurtre.

Camille sourit. Vasseur, effondré sur sa chaise, relève tout de même la tête.

– C'est pas moi ! Vous savez que c'est elle, hein ? Vous le savez !

Cette fois, c'est Camille qu'il apostrophe, personnellement :

– Vous savez parfaitement que ça n'est pas moi !

Camille continue de sourire.

– Vous avez montré que vous n'êtes pas ennemi de l'humour noir, monsieur Vasseur, je vais donc me permettre une pointe d'esprit. Je dirais que cette fois, c'est Alex qui vous a baisé.

À l'autre bout du bureau, Armand, qui vient de placer sa cigarette artisanale sur son oreille, s'est enfin levé, il est allé vers la porte, deux agents en uniforme entrent. Camille conclut simplement, sincèrement embêté :

– Désolé de vous avoir retenu ainsi aussi longtemps en garde à vue, monsieur Vasseur. Deux jours, je sais c'est très long. Mais les tests et les comparatifs ADN… Le Labo est un peu débordé. Deux jours, en ce moment, c'est quasiment le minimum.

62

C'est la cigarette d'Armand, allez savoir pourquoi, qui a servi de déclic, c'est inexplicable. Peut-être à cause de la pauvreté qu'évoque une cigarette fabriquée à partir de mégots. Camille marque le pas, tellement cette découverte le bouleverse. À aucun moment il ne doute, ça non plus ne s'explique pas, il est certain, voilà tout.

Louis marche dans le couloir, derrière lui, Armand, les épaules éternellement voûtées, le pas traînant, avec ses chaussures éculées, toujours les mêmes, propres mais vieilles, épuisées.

Camille rentre précipitamment dans son bureau et rédige un chèque de dix-huit mille euros. Il en tremble.

Puis il ramasse ses documents, reprend le couloir à pas rapides. Il est très ému, il réfléchira plus tard aux sentiments que ça implique.

Le voici presque aussitôt devant le bureau de son collègue. Il pose le chèque devant lui.

– C'est très gentil, Armand, ça m'a fait vraiment plaisir.

Armand arrondit la bouche, il en fait tomber le cure-dent en bois qu'il suçotait, regarde le chèque.

– Ah non, Camille, dit-il, presque offensé. Un cadeau, c'est un cadeau.

Camille sourit. Il approuve. Danse d'un pied sur l'autre.

Il fouille sa sacoche, prend le cliché qui représente l'autoportrait et le lui tend. Armand le saisit.

– Oh, c'est sympa, Camille. Vraiment sympa !

Il est sincèrement content.

Le Guen reste debout, deux marches plus bas que Camille. Il fait froid de nouveau, il est tard, c'est comme une nuit d'hiver avant l'heure.

– Bien, messieurs…, dit le juge en tendant la main au divisionnaire.

Puis il descend d'une marche et tend la main à Camille.

– Commandant…

Camille lui serre la main.

– Monsieur Vasseur va parler de machination, monsieur le juge. Il dit qu'il « va exiger la vérité ».

– Oui, j'ai cru comprendre, dit le juge.

Il semble absorbé un moment par cette pensée puis il se remue :

396

– Bah, la vérité, la vérité… Qui peut dire ce qui est vrai et ce qui ne l'est pas, commandant ! Pour nous, l'essentiel, ce n'est pas la vérité, c'est la justice, non ?

Camille sourit en hochant la tête.

REMERCIEMENTS

Merci à Samuel pour son infatigable gentillesse, à Gérald pour sa relecture toujours éclairée, à Joëlle pour ses conseils en matière médicale et à Cathy, mon affectueux sponsor.

Et à toute l'équipe des Éditions Albin Michel.

Enfin, bien sûr, à Pascaline, l'évidence.

Comme toujours, je dois beaucoup à bien des auteurs.

Dans l'ordre alphabétique : Louis Aragon, Marcel Aymé, Roland Barthes, Pierre Bost, Fédor Dostoïevski, Cynthia Fleury, John Harvey, Antonio Muñoz Molina, Boris Pasternak, Maurice Pons, Marcel Proust et quelques autres trouveront ici, pour le léger emprunt que je leur fais, l'expression de ma gratitude.

Pierre Lemaitre
dans Le Livre de Poche

Cadres noirs   n° 32253

Alain Delambre est un cadre de cinquante-sept ans usé et humilié par quatre
années de chômage.
Aussi, quand un employeur accepte enfin
d'étudier sa candidature, il est prêt à
tout. Trahir sa famille, voler, se disqua-
lifier aux yeux de tous et même partici-
per à un jeu de rôle sous la forme d'une
prise d'otages… Dans cette course à la
sélection, il s'engage corps et âme pour
retrouver sa dignité. Mais s'il se rendait compte que les dés
sont pipés, sa fureur serait sans limites. Et le jeu de rôle
pourrait alors tourner au jeu de massacre…

Robe de marié

Nul n'est à l'abri de la folie. Sophie, une jeune femme qui mène une existence paisible, commence à sombrer lentement dans la démence : mille petits signes inquiétants s'accumulent, puis tout s'accélère. Est-elle responsable de la mort de sa belle-mère, de celle de son mari infirme ? Peu à peu, elle se retrouve impliquée dans plusieurs meurtres dont, curieusement, elle n'a aucun souvenir. Alors, désespérée mais lucide, elle organise sa fuite, elle va changer de nom, de vie, se marier, mais son douloureux passé la rattrape… L'ombre de Hitchcock et de Brian De Palma plane sur ce thriller diabolique.

Travail soigné

Dès le premier meurtre, épouvantable et déroutant, Camille Verhœven comprend que cette affaire ne ressemblera à aucune autre. Et il a raison. D'autres crimes se révèlent, horribles, gratuits… La presse, le juge, le préfet se déchaînent bientôt contre la « méthode Verhœven ». Policier atypique, le commandant Verhœven ne craint pas les affaires hors normes, mais celle-ci va le laisser totalement seul face à un assassin qui semble avoir tout prévu. Jusque dans le moindre détail. Jusqu'à la vie même de Camille qui n'échappera pas au spectacle terrible que le tueur a pris tant de soin à organiser, dans les règles de l'art…

Du même auteur :

TRAVAIL SOIGNÉ, Le Masque, prix Cognac 2006, Le Livre de Poche, 2010.

ROBE DE MARIÉ, Calmann-Lévy, prix du Polar francophone 2009, Le Livre de Poche, 2010.

CADRES NOIRS, Calmann-Lévy, prix du Polar européen 2010, Le Livre de Poche, 2011.

SACRIFICES, Albin Michel, 2012.

AU REVOIR LÀ-HAUT, Albin Michel, prix Goncourt 2013.

Le Livre de Poche s'engage pour l'environnement en réduisant l'empreinte carbone de ses livres. Celle de cet exemplaire est de : 400 g éq. CO_2 Rendez-vous sur www.livredepoche-durable.fr

PAPIER À BASE DE FIBRES CERTIFIÉES

Composition réalisée par NORD COMPO

Achevé d'imprimer en janvier 2014 en France par
CPI BRODARD ET TAUPIN
La Flèche (Sarthe)
N° d'impression : 3003365
Dépôt légal 1re publication : mai 2012
Édition 11 – janvier 2014
LIBRAIRIE GÉNÉRALE FRANÇAISE
31, rue de Fleurus – 75278 Paris Cedex 06

31/6644/4

MANDIE®
AND THE GRADUATION MYSTERY

Lois Gladys Leppard

BETHANY HOUSE PUBLISHERS
MINNEAPOLIS, MINNESOTA 55438

Mandie and the Graduation Mystery
Copyright © 2004
Lois Gladys Leppard

MANDIE® and SNOWBALL® are registered trademarks
of Lois Gladys Leppard.

Cover illustration by Chris Wold Dyrud

Published by Bethany House Publishers
11400 Hampshire Avenue South
Bloomington, Minnesota 55438
www.bethanyhouse.com

Bethany House Publishers is a division of
Baker Publishing Group, Grand Rapids, Michigan.

Printed in the United States of America

ISBN 0-7642-2643-6

"Bring up a child in the way he should go and when he is old he will not depart from it."

—Proverbs 22:6 KJV

About the Author

LOIS GLADYS LEPPARD worked in Federal Intelligence for thirteen years in various countries around the world. She now makes her home in South Carolina.

The stories of her mother's childhood as an orphan in western North Carolina are the basis for many of the incidents incorporated in this series.

Visit with Mandie at *www.Mandie.com*

Contents

Dedication

Thank You . . .

. . . to all those wonderful people who have "worked" for Mandie for the past twenty-one years, including Bethany House Publishers, the salesmen, the bookstore owners, the many reviewers, teachers, book clubs, librarians, and the millions of readers who purchased the books.

Dear Friends/Readers:

For the past twenty-one years you have read about Mandie in forty numbered books, two special books, and her cookbook. You have written thousands of letters to me about her, and I have saved every single one. My closets are full of mail. Over the years I have received many little gifts and photos tucked into letters from you, and birthday and Christmas cards, and I have kept and treasured all of these.

The first two books were published in 1983, and Mandie was eleven years old in Book #1. Now in Book #40 she is only sixteen. In twenty-one years she has aged just five years, whereas some of you have grown up and married and are still reading about Mandie!

Mandie and Celia are graduating from the Misses Heathwood's School for Girls in #40, and we are planning a new series in which Mandie goes to college and falls in love. These additional stories are especially for you readers who have patiently waited for Mandie to grow up.

We will post information about this new series as soon as the first book is ready. Check Mandie's Web site, www.Mandie.com, now and then for news, or write to me in care of the Mandie Fan Club. When the first story comes out and you have read it, I would love to hear what you think of it.

Mandie and her cat, Snowball, have solved many mysteries, and you readers were right there with her, cheering along the way. Mandie has had many sorrows, and some of you have written over the years to tell me of yours. Mandie has also had much happiness, which you have shared with her. And Mandie has learned many lessons. Many of you have written to say you have also learned right along with Mandie.

Chris Wold Dyrud has illustrated all the beautiful covers for Mandie's books, which you have written to say you liked. You can write to her and thank her in care of Bethany House Publishers. I'm sure she would love to hear from you.

Let's stay friends and help Mandie along the way as she grows older. You are all so special.

I love you all,

Lois Gladys Leppard

Lois Gladys Leppard
% Mandie Fan Club
P.O. Box 5945
Greenville, SC 29606

Very Important P.S.: The previous MANDIE BOOKS will continue to be published, and you can still buy any number from 1 to 40.

Chapter 1 / Home for Christmas

"I can't believe this will be our last Christmas holiday at this school," Mandie said with a loud sigh. "It seems like time has really just flown by." She slid down comfortably in the chair in their room.

"I agree," Celia said. "I wonder what college will be like." She sat in the other chair.

Mandie straightened up to ask, "You did ask your mother to mail in your application, didn't you? When Grandmother sent mine in during the Thanksgiving holidays I thought you were sending yours, too."

"Yes, Mother wrote last week that she had mailed it for me. But Mandie, you got ahead of me. When your grandmother sent yours in I thought we were still just considering the College of Charleston. I didn't know you had definitely decided to go there," Celia told her.

"I'm glad you finally agreed to at least try the College of Charleston for a year," Mandie said, smiling. "Then we can decide whether to stay or transfer to another college."

"It might be nice," Celia said.

"There's one good thing about going all the way to Charleston, South Carolina, to college. It's too far from Asheville, North Carolina, for my grandmother to try to run things," Mandie said with a little laugh.

"At least you won't be in the same town with her, but you know, Mandie, I believe your grandmother really does love you. She just likes to be the boss when it comes to making plans," Celia said.

"Oh, I don't doubt that my grandmother loves me, and I love her, too, but she wants to control everything all the time and I'm old enough now to have some opinions of my own," Mandie replied.

Celia laughed and said, "I know that very well— all the scrapes you've gotten us into since we came to school here, solving all those mysteries you get tangled up in. When I think about all the things we've done it's a wonder we didn't get seriously injured, or even killed, like that time you went out on the roof and almost slid off."

Mandie grinned and said, "But I didn't slide off." She stood up and stretched as she added, "Let's go down and sit in the parlor. It's almost time for supper."

Celia rose and the two looked around the room. Their luggage was packed and standing in a corner and all their personal items were missing from the bureau.

"I'm going to leave a lot of my things at home this time because I won't need all of it for the rest of the school year. When we come back from the Christmas holidays it will be 1904 and less than five months to our graduation," Mandie remarked as they walked toward the door.

Celia stopped and looked back. "You know, Mandie, I'm going to miss this place, and I hate going to a new school."

"Oh, come on, Celia," Mandie said, opening the door. "We can't stay here in this school forever. I'm going to enjoy feeling really grown up in college."

"I'll remind you of what you just said when we get down there at that strange college where everyone is a stranger and you can't even find a mystery to solve," Celia said with a big grin, following Mandie out into the hallway.

As they headed for the staircase Mandie said, "The only bad thing about going to Charleston is that Grandmother has been insisting that she be the one to go and check me in, and since my mother has already been down there with us to see the place, she will probably agree that Grandmother accompany me when we go back."

"Yes, but remember your grandmother knows how to get things done," Celia said with a grin.

"Yes, I know that very well," Mandie replied with a frown.

They stopped at the foot of the staircase to talk a minute before mingling with the other girls at the school.

"Have you heard yet whether your aunt Rebecca will be coming to my house and bringing Mollie for Christmas?" Mandie asked.

"As far as I know right now she will be coming with my mother and me," Celia replied.

"Celia, please don't take too long to get there so we can have some time with all our friends before you have to go home," Mandie told her. "The last I heard everyone else will be coming right after I get home. And we are going to have a houseful." She smiled.

"When I get home I'll do my best to get Mother and Aunt Rebecca to come right on to your house," Celia promised.

"Grandmother is coming to get me right after breakfast in the morning and we'll be getting the train to Franklin, so I won't be here when your aunt Rebecca comes for you, but please tell her I said to hurry," Mandie said with a smile.

"I will, I promise," Celia replied.

Later on the train the next day with her grandmother, Mrs. Taft, and her white cat, Snowball, Mandie eagerly anticipated the coming holidays where all her friends would gather at her house for Christmas. She wondered if they would have enough beds for all those people, but then the house had three stories plus an attic. She would have Celia and Sallie stay in her room with her. Joe and Jonathan could share a room. Then there were all those adults, Uncle Ned; his wife, Morning Star; Dr. and Mrs. Woodard; Jane Hamilton, Celia's mother; Celia's aunt Rebecca and Mollie, the orphan they had brought home from Ireland when Mrs. Taft took them to Europe; Jonathan's father, Lindall Guyer; Senator Morton, her grandmother's friend; Jacob Smith, her father's old friend, who would be bringing Riley O'Neal, the schoolmaster at the Cherokee school. And no telling who else might show up at her house during the holidays.

The train ride with her grandmother seemed unusually long because Mandie was in a great hurry to get home to Franklin, North Carolina.

When they finally reached the depot in Franklin, they were met by Jason Bond, her uncle John's caretaker. As he put their luggage in the rig, Mandie excitedly asked questions.

"Mr. Jason, has anyone arrived at our house yet for the holidays?" she eagerly asked.

"Why, yes, little lady, they have in fact," Mr. Bond replied. He helped Mrs. Taft into the rig and they were on their way to the house. "Dr. and Mrs.

Woodard and their son, Joe, came in last night."

"Joe is already here!" Mandie excitedly repeated. "His college must have let out earlier than our school did for the holidays."

Mr. Bond glanced back at her with a smile and said, "And he's been asking about you, when you're going to get home, and who else is coming to visit."

"Oh, everybody is coming, Mr. Jason," Mandie told him.

"So I've heard," he replied.

Joe Woodard was sitting on the front porch waiting for them. He rushed down the long walkway to help Mr. Bond with the luggage.

"I'm glad to see you finally made it home," Joe teased as he reached for a piece of luggage.

"You didn't beat me by much, just one night, according to Mr. Bond," Mandie replied as she held on to her white cat.

Mrs. Taft walked ahead up to the house. Mandie followed Joe, who had the luggage.

Elizabeth Shaw, Mandie's mother, and Uncle John Shaw, Mandie's uncle who had married her mother after her father died, were waiting for them in the parlor with Dr. and Mrs. Woodard.

Mandie put Snowball down and hugged her mother, then greeted everyone else. "I want to change out of this traveling suit. I'll be back down in a few minutes," she told them as she left the parlor and hurried up the stairs to her room.

She quickly took down a blue gingham dress from the huge wardrobe in her room, removed the traveling clothes, and put on the dress. She thought about Joe as she brushed out her long blond hair and tied it back with a blue ribbon.

Mandie and Joe had grown up together at Charley Gap when Mandie's father was living and then she had come to her uncle's house in Franklin to live when her father died. Joe was her dearest friend.

Instead of going directly back to the parlor, Mandie quickly stopped by the kitchen to see Aunt Lou.

"Well, there's my chile." Aunt Lou greeted her as she put down the spoon she was using in a pot on the iron cookstove and came hurrying to embrace Mandie.

"Oh, Aunt Lou, I'm so glad to see you," Mandie replied as she squeezed her hand. "And I'm so glad to be back home where I can get some decent food." She glanced at the pot on the stove.

"Decent food? Dem people at dat school don't give my chile no decent food?" Aunt Lou asked, frowning.

"You know what I mean, Aunt Lou. The food at the school is cooked in such huge quantities for so many people it doesn't taste like what you cook at all," Mandie explained.

"Well, we gwine cook in big quantities for de holidays 'cause all dem people comin', you know," Aunt Lou replied.

"I hope you have some extra help. You and Jenny and Liza can't cook for all those people who are coming to stay a few days," Mandie said.

"Don't worry 'bout dat," Aunt Lou told her. "Miz Lizbeth done rounded up de Burnses and a couple more to help us. In fact, dey gwine be so many workers I kin jes' stand back and be de boss." She laughed.

Mandie laughed, too, and said, "You are the boss, Aunt Lou. You shouldn't have to do so much work yourself."

Liza, the young maid, came hurrying through the door and exclaimed, "Dere you be! I ben huntin' fo' you all over dis heah house." She danced around the room.

"Yes, here I am, Liza, and I'm glad to be home," Mandie told her.

"I'se jes' wantin' to tell you dat Miss Pritty Thang, she done come home yesterday," Liza leaned over to say in a loud whisper.

Mandie smiled as she knew Liza was talking about their next-door neighbor's daughter, Polly Cornwallis, who went to the same school as Mandie. "I don't know how she does it but she is always getting special concessions for time off from the school," Mandie said. "She probably won't come over here after the trouble she got into back in the summer with that newspaper reporter trying to get into our tunnel."

"Dat girl ain't got no memory," Liza said, shaking her head. "Betcha she be over here when she hear Joe is here."

"There are going to be a lot of boys here this time," Mandie told her. "Besides Joe, there will be Jonathan, Riley O'Neal from the Cherokee school, Dimar, my Cherokee friend, and possibly some others."

"My, my! Wid all dem boys dat Miss Pritty Thang, she be comin' over here," Liza replied.

Mandie turned back to Aunt Lou and said, "I have to go back to the parlor now because everyone else is in there, but I'll be back to visit as soon as I get a chance."

"You do dat, my chile. Now git on in dere wid dem people," Aunt Lou said, shaking her big white apron at Mandie. " 'Sides, we'se got to git some food cooked heah now."

Mandie blew her a kiss as she went out into the hall. When she got back to the parlor, all the adults were talking and Joe was sitting on a nearby settee waiting for her.

"Your college must give you extra days for the holidays," Mandie remarked as she sat down beside him. "We weren't dismissed until today."

Joe smiled at her and said, "That's because I go to college and you're still in that young ladies' school." Then he quickly added, "I hope you have decided to come to my college next year." He seemed to be holding his breath as he waited for her reply, Mandie noticed.

"Sorry, Joe, but Celia and I have both signed up for the College of Charleston," Mandie said with a weak smile. "We decided to get out completely on our own, with no old friends around, and see if we can rush through college and be done with all that education."

"Oh, Mandie," Joe said, his face showing his disappointment.

"You know that the main reason for my going to college is to learn how to handle the family business, which I will inherit someday—if I survive all those mysteries I get in to—even though it is a business I don't really want. It sounds overpowering just to think about it," Mandie told him, blowing out her breath. Leaning closer to him she whispered, "And don't dare tell Grandmother, but once I get all that money I'll probably give it all away."

"If you marry me, Mandie, remember I will be an attorney someday and I could handle your business for you," Joe replied, gazing into her blue eyes.

Mandie straightened up and moved back into her seat. She finally looked him in the eye and said, "Now, Joe Woodard, we keep going through this every now and then and I keep telling you I may never get married. I have decided lately I might just hang out my own shingle and become a lady detective." She grinned at him.

Joe smiled and quickly said, "Yes, you would make a good lady detective, but you could still be married."

"No, I don't think so," Mandie said. "Being a detective would require odd hours of work, which would be hindered by being married."

"Mandie, it's a long time before you graduate from college and you could change your mind about a whole lot of things," Joe remined her, then added, "At least I hope so." He smiled at her.

"Amanda," Elizabeth Shaw, Mandie's mother, spoke across the room to her. "Aunt Lou has your graduation dress all done except for the hemming. She needs to measure the length to be sure you haven't grown a few inches, which I don't believe you have. So when you find her with a few minutes free you need to try it on and let her measure it."

"Oh, really, Mother?" Mandie said excitedly. "I'll ask her about it." Turning back to Joe, she said, "I'm going to have the prettiest dress in my class if Aunt Lou has made my dress like we talked about."

"Now, how do you know that? All the girls are having their dresses made and I understand none of them are alike," Joe replied with a smile.

"No, we don't have to wear the same dress to graduate at our school, you know, like a uniform, or something. After Miss Hope ran away and got married, she managed to change some of the rules. She doesn't wear black now, either, and in fact doesn't even look like a schoolteacher is supposed to look anymore."

"I'm glad to hear that. Do Miss Hope and her new husband still live in that old house they fixed up?" Joe asked.

"Oh yes, and they have made it a beautiful place," Mandie replied.

There was a knock on the front door down the hall, and Mandie listened to see who was there as Liza came hurrying by the doorway to answer it.

"Y'all come right in now, you heah?" Liza was saying.

Then she heard Uncle Ned, her father's old Cherokee friend, say, "I put wagon in barn. Be right back."

Liza said, "And de rest of y'all come right in de parlor. Everybody in dere."

Mandie quickly stood up as Uncle Ned's wife, Morning Star, and his granddaughter, Sallie, and their friend Dimar Walkingstick appeared in the doorway.

Elizabeth met them across the room, "Oh, how nice to see y'all. Come on in and sit down, Morning Star and Sallie and Dimar. We're so glad you were able to come." She motioned to seats.

Mandie ran to Sallie and Dimar. "Come over here with Joe and me," she said, motioning to the other side of the parlor.

Morning Star, who could understand most English but could not speak much English, replied as she took a seat near the other adults. "Thank you," she said with a nod and a smile.

Sallie and Dimar sat down near Joe. Mandie was excited to see her friends, whom she very seldom saw during the school year because they all lived out at Deep Creek. Only Uncle Ned managed to travel wherever Mandie was because he had promised her father when he died that he would look after Mandie. He had been a lifetime friend of Jim Shaw, Mandie's father.

Mandie and Sallie tried to bring each other up-to-date on everything since they had last seen each other. Joe and Dimar talked.

"Did Riley O'Neal not come with y'all?" Mandie asked. Riley was the schoolmaster for the Cherokee school.

Sallie shook her head and said, "He got delayed and said he would join us tomorrow."

"Are you still helping teach at the school?" Joe asked her.

"Yes, I still help, and the children are learning fast, most of them," Sallie replied. "Their parents finally relented and let the children come to the school when they saw what a wonderful thing it was to be educated. In fact some of the parents come and sit with us and listen and watch." She smiled, looked at Mandie, and said, "That school is the best thing that ever happened to the Cherokee people and I know they all thank you, Mandie, for getting it built for us."

"Oh, remember the gold we found really belonged to the Cherokee people, and when your people wouldn't accept it I decided the school would be a way to give it to them," Mandie replied. "I'm coming over to visit as soon as I get out of school in the spring."

"Before you go to Europe?" Joe asked.

Mandie looked at him in surprise and said, in a whisper, as she glanced across the room where Mrs. Taft was deep in conversation with the other adults, "But Grandmother hasn't said yet whether she will take us to Europe."

"She'd better say so soon or all your friends will have other plans for the summer," Joe reminded her.

"You know I can't rush Grandmother. She has to at least think whatever we do for the summer was her idea," Mandie said, grinning at her friends, and then asked, "Sallie and Dimar, I do hope you can both go with us if we go to Europe. Have y'all discussed it with your families yet?"

Sallie quickly nodded and said, "Yes, my grandfather and my grandmother say I may go with you."

"I'm so glad," Mandie said with a big smile, and then turning to Dimar, she waited for his reply.

Dimar nodded and said, "My mother gave me permission to go with all of you, but I am not sure I will go."

"Why not?" Joe asked. "You have to go. I can't go all around the world with just girls."

Dimar smiled and said, "I will think about it and let you know. I have never been so far away from my home in the mountains."

"I have not, either, Dimar," Sallie quickly told him. "You must go because you may never have another opportunity to do so, to see the other side of the world."

Dimar smiled at her and said, "I am thinking on it."

Uncle Ned came into the parlor and Mandie quickly rose and went to greet him. "Come on in, Uncle Ned," she said. "Thank you for bringing Morning Star and Sallie and Dimar." She took his old hand in hers as she looked up at him. Uncle Ned was well over six feet tall.

"Papoose, glad to see you," he said and waved at Joe as Elizabeth and John Shaw both rose to come and greet him. He went over to sit with the adults.

Mandie looked across the room at her mother and asked, "Mother, is anyone else coming tonight?"

"No, dear, but I imagine the train tomorrow will

bring quite a few more of our friends," Elizabeth Shaw answered.

Mandie would be glad when everyone who was expected finally arrived. She hoped Celia and her mother would be on the train the next day, and Jonathan Guyer and his father, Lindall Guyer, and Senator Morton, Mrs. Taft's special friend. The other friends expected would probably travel across the mountain on horseback or by wagon.

"This is going to be the best Christmas I ever had," Mandie said to her friends.

"Yes," they all agreed together. But no one knew the mystery that would befall them before the holidays were over.

Chapter 2 / Trouble

The train the next day brought Celia Hamilton; her mother, Jane; her aunt Rebecca and Mollie; Senator Morton; Jonathan; and his father, Lindall Guyer.

John Shaw went with Jason Bond in the rig to meet the train. Abraham, the Shaws' handyman, drove the wagon to pick up the luggage. Mandie, with her friends, Joe, Sallie, and Dimar, were allowed to go to the depot with the understanding they would have to walk home if too many of their guests arrived to fit into the rig.

The young people eagerly waited on the platform as they heard the train's whistle in the distance, and it soon came flying down the track, slowing to a creep as it neared the station.

"Let's stand back here where we can see who gets off," Mandie told her friends as they moved back against the wall of the building on the platform.

"Oh, I see Lindall Guyer is on here. That's his special train car up there," John Shaw remarked as he walked toward it.

Mandie squealed with delight and she and her friends followed. "Jonathan is here," she said.

The doors of the train opened and they watched the private car. Sure enough, Lindall Guyer was stepping down and helping Celia's mother, Jane Hamilton, down the steps. As she stepped aside, Mr. Guyer reached up to assist Aunt Rebecca down. Mollie held tightly to her hand. Celia came close behind them, then Senator Morton hurriedly descended to the platform with Jonathan following and anxiously looking around. Seeing Mandie and her friends, he yanked at Celia's hand and said, "Over here. They're all over here."

Everyone was talking at once until John Shaw stepped over to them and said to Mandie, "Straight home now and don't take too long."

"Yes, sir, we'll hurry," Mandie replied with a big grin.

They didn't exactly hurry back to Mandie's house because they kept stopping along the way to talk. After all, it was impossible for six people to walk along together and everyone had to talk to everyone else, she explained to John Shaw when they finally reached the house and found him on the porch watching the road for them. The rig and the wagon were not in sight so all the luggage and guests were already in the house.

"I was beginning to think I should send Mr. Bond back with the rig to pick you all up and get you back here," John Shaw told the young people with a smile.

As they all began to answer at once, he interrupted to say, "If y'all want coffee and chocolate cake you'd better make haste to the parlor." He went inside.

Mandie and her friends gathered at one end of the huge parlor and watched and waited as Liza pushed the tea cart into the room and began serving the adults.

Mollie stayed right beside Aunt Rebecca and

seemed shy of the whole room full of people. She was usually talking all the time and curious about everything.

"I'm glad Mollie is behaving," Mandie remarked to Celia.

"Aunt Rebecca has been quite successful at teaching her to be still and to stop asking a question every time she breathes," Celia replied with a smile. She looked at Mandie and asked, "What have y'all been doing? Did everyone else get here yesterday?"

"Yes, everyone who is here now came yesterday. However, we're still expecting Mr. Jacob Smith and Riley O'Neal," Mandie replied.

"They will be coming on horseback," Sallie added.

"I hope they get here before it starts to snow," Joe remarked, glancing out the window near where he sat.

"Snow?" Mandie asked, turning to look outside.

"Yes, didn't you notice the clouds when we were outside?" Joe replied.

"Not really. I was too busy greeting everyone to notice," Mandie said.

"Oh, I hope it does snow. Christmas without snow wouldn't seem like Christmas," Celia said.

"Don't forget your uncle said yesterday that we would wait until everyone got here to go cut a tree for Christmas," Joe reminded Mandie.

"It won't matter if it snows on us while we do that," Mandie said with a laugh. "This may be our last Christmas together for a while since we will be going off in different directions."

Jonathan quickly asked. "Did you girls decide to come to New York and go to college with me?"

Joe quickly spoke, "No, they didn't, and they aren't going to my college, either. They've decided to abandon all of us and go down to Charleston, South Carolina, to college.''

''To the College of Charleston,'' Mandie explained.

"Aha! There are lots of boys down there at the Citadel. Are you girls aware of that?" Jonathan said, pretending to be serious.

"Yes, and Tommy Patton lives down there, also," Joe added.

"Oh, phooey on y'all," Mandie said. "Tommy Patton won't be in Charleston because he will be away at college."

"And I had not even thought about the Citadel. There will also be boys at our college, you know," Celia said, smiling at the boys.

"All right, enough about college," Jonathan said. "What mystery are we involved in this time?"

"Mystery?" Mandie and Celia said in unison, with surprise.

"You know, one of those problem things you girls are always trying to solve," Jonathan replied with a big grin. "Now don't tell me you don't have a mystery here to solve."

"Now, why did you mention such a thing, Jonathan?" Joe said with a loud groan. "Now they'll be chasing all over the place looking for one."

Liza finally got to them with the tea cart. She reached down on the bottom shelf and began passing out plates of chocolate cake. "Y'all see, I done went and looked out fo' you. I hid these heah pieces with the extra outside icing on them, jes' fo' y'all."

"Oh, Liza, we thank you," Jonathan quickly replied as he accepted one of the plates and a cup of coffee.

"Thank you, Liza, we appreciate that," Mandie said with a big grin as the other young people took cake and coffee from the tea cart.

Liza bent over to look at all the young people and whispered, "I'se lookin' out fo' y'all 'bout Missy Pritty Thang, too."

"Polly hasn't been over here, has she?" Mandie asked in surprise.

"No, but she's wantin' to," Liza whispered.

"How do you know?" Joe asked.

"Have you seen her?" Jonathan asked.

"I kin read dat girl's mind," Liza replied, "Once she find out you boys are heah, she'll be right over."

All the young people laughed.

"I don't think she'd dare after all the trouble she caused with that newspaper reporter when they tried to get into our tunnel," Mandie said.

"The tunnel where my ancestors hid during the terrible removal," Sallie added.

Aunt Lou appeared in the doorway to the parlor and called, "Liza."

Liza quickly straightened up and said, "I jes' leave dat cart heah wid y'all. I'se got to go to work." She hurried from the room and disappeared with Aunt Lou.

"What if her mother decides to come over and visit? I doubt whether she knew anything about what Polly was doing when the men were working on y'all's tunnel," Celia said to Mandie.

"Well, if Polly does come over here, let's all just sit around like dummies and not speak a word to her," Mandie said with a laugh.

"That would be a good idea," Dimar agreed.

"You are a quiet one anyhow. You never talk much," Mandie said.

"Sometimes it is more enlightening to sit and listen rather than to talk," Dimar replied with a smile.

"You are right about that," Joe agreed, sipping his coffee.

"That depends on who is talking," Jonathan said with a big grin as he glanced at Mandie, then quickly changed the subject. "Has your grandmother decided whether she is going to Europe this coming summer?"

"She has probably already decided but is taking her own good time to tell me," Mandie answered.

"I'd like to go back to Europe with all of you as a passenger and not a stowaway this time," Jonathan said with a big grin.

"It's nice to have a grandmother who owns a ship line," Celia said.

"Yes, but she always wants to arrange everything her way," Mandie said, and blowing out her breath, she added, "Seems like she would give in for one time at least, for our graduation present, and let us have some say-so in the plans." She glanced across the room. The adults were deep in conversation, but Mandie couldn't hear what they were talking about.

John Shaw stood up and came across the room to speak to Mandie. "We need to get the tree before the snow gets too thick," he told her.

"Snow?" the whole group said together as everyone turned to look out the window. Snow was falling fast and thick outside. Huge snowflakes swirled in the wind.

"Riley O'Neal and Mr. Jacob Smith aren't here yet, are they?" Mandie asked.

"No sign of them yet. They might have encountered a lot of snow in the mountains, which would slow them up," John Shaw replied. "I'd say if they aren't here in the next hour we'd better go ahead and get the tree."

"Yes, sir," Mandie agreed. "I was hoping everyone would be here to go out together to find a tree," Mandie said. She glanced out the window. "Maybe they'll make it in time."

But when the hour passed, they still had not arrived. John Shaw motioned across the room for Mandie and her friends to come with him and Jonathan's father, Lindall Guyer, and Uncle Ned.

As she caught up with him, she asked, "Is Mother not coming? Or Grandmother and the others?"

"No, they will get things ready to put the tree up while we find one," John Shaw explained.

Wrapped up in warm coats, gloves, scarves, and hats, the young people stepped out into the white wonderland. Everything was already covered with snow. Their shoes pressed deep footprints into the white covering.

John Shaw led the way and they walked all the way to the woods at the back line of his property.

"Amanda, you and your friends pick a tree and we'll cut it," John Shaw told her.

"Yes, sir," Mandie replied. She looked at her friends and said, "Now remember we will only cut one tree so we have to agree on one together."

"How about some of that mistletoe up there?" Joe asked, gazing above them at the bunches growing on the trees.

"Yes, mistletoe," Jonathan said laughing.

"If you would like mistletoe, I will climb the tree and get it for you," Dimar offered.

"All right," Joe agreed, and looking at Jonathan, he added, "I'd trust you ahead of Jonathan anytime climbing a tree."

Dimar smiled and went to get a hatchet from the men's tools.

"You don't think I can climb a tree?" Jonathan asked with a big grin. "Just because I live in New York is no reason to think I'm that dumb."

"All right, maybe you can climb a tree, but please don't try it today. We don't need any accidents today."

Mandie, afraid that Jonathan might just try climbing the tree, quickly said, "Oh, Jonathan, we need you down here on the ground to catch the mistletoe when Dimar cuts it and throws it down."

"Sure," Jonathan agreed and went to stand under the tree that Dimar was already climbing.

"You catch it and I will put it in the croker sacks to carry it," Sallie told him.

"Then Celia and I will help the men find a tree to cut," Mandie said. She and Celia went ahead to catch up with the men.

"I'm always afraid Joe and Jonathan are going to have a real argument some day," Mandie said as they walked along.

"I don't think so. I believe they both know the other one is kidding all the time," Celia replied. "Do you think Riley O'Neal and Mr. Smith will get here in all this snow?"

"Oh yes. Remember Mr. Smith was born and raised in the country and is used to it. And I think Riley O'Neal has been in the South long enough to know how to get around in all kinds of terrain, not like where he came from back in Boston."

"I'm wondering if Sallie likes Riley O'Neal," Celia said.

"If Sallie likes Riley O'Neal? Of course she does. She is helping him teach the Cherokee children," Mandie replied.

"That's not exactly what I meant," Celia said.

"Oh, oh, oh!" Mandie said with a laugh. "I understand what you mean, but no, I believe Sallie likes Dimar." She turned to look at Celia as they tramped along in the snow. "Don't you think they would make a nice couple?"

"Well, I suppose, but Sallie wants to travel around other places and all that and Dimar wants to stay right where he was born and raised."

"Uncle Ned and Morning Star certainly will miss Sallie if she ever leaves home," Mandie remarked. "With both her parents dead, Sallie is all they've got. I wish Uncle Ned was my grandpa."

They had caught up with the men by then and Uncle John asked, "Which tree? We've located four about the right size." He pointed to four different trees nearby. "Your mother told me to remind y'all that the limbs shouldn't be too long or they will take up too much room in the hallway."

"Celia, help me decide," Mandie said as she walked around the area.

"They look pretty much alike, don't they?" Celia asked as she looked at the cedar trees John Shaw had picked. "Maybe we should compare the branches and see which one has the shortest, like your mother wanted."

"All right," Mandie agreed and began examining the branches of the nearest one. "This one won't do. You see this branch is awfully long—in fact, longer than all the branches on this tree, and if you trim it the shape of the tree might not look right."

"How about this one?" Celia said as she examined the next tree.

"Yes, that's a better one, but let's look at the other two," Mandie said.

As they were examining the other two trees, Mandie heard horses' hooves in the distance and someone yelling. She quickly looked at her uncle. He had heard it, too.

John Shaw stood listening for a few seconds, then called to Lindall Guyer and Uncle Ned, who were looking at trees ahead of them, "Sounds like trouble."

"I go see," Uncle Ned called back and quickly turned to go back the way they had come.

"Let's cut the tree quickly now and get back," Uncle John told Mandie.

"Yes, sir, this one," she indicated the one she and Celia had decided on.

As John Shaw began chopping at the trunk of the tree, Joe and Jonathan came to join them.

"I can cut that, Mr. Shaw, if you'd like to go with Uncle Ned to see what the trouble is," Joe offered.

John Shaw quickly handed him the axe and said, "Thank you, Joe." Looking at Lindall Guyer, he said, "If you don't mind, I'd appreciate your staying here to see they get it down and back to the house all right."

"Of course, John, I'll be glad to," Lindall Guyer replied. "Now, boys, let's make a quick job of this."

John Shaw quickly disappeared through the trees to join Uncle Ned and to investigate the yelling they had heard.

"Yes, please hurry, Joe, so we can get back to the house and find out what is going on," Mandie urged.

"I'll have it down in no time," Joe promised.

The tree began to topple and everyone stayed out of the way until it was far enough down, lying on other branches, that they pulled it free. And then the boys shouldered it and they began their way back to the house.

By the time they got to the back door, Mandie

saw that the riders were Mr. Jacob Smith and Riley O'Neal.

"What's happening?" she anxiously asked as John Shaw and Uncle Ned stood talking to the two men.

"House on fire," Riley O'Neal told her.

"Where?" all the young people asked at once.

The boys dragged the tree up onto the huge porch out of the falling snow and came back to listen.

"Over the mountain," Jacob Smith told the group.

"Just let me tell Elizabeth where I'm going and I'll be ready to go," John Shaw told the men.

"And I go, too," Uncle Ned added.

Everyone went in the back door and on down the hallway to the parlor. Elizabeth immediately stood up as she saw the new visitors. "Welcome," she said.

John Shaw quickly told her and the others in the parlor, Dr. and Mrs. Woodard, Senator Morton, Mrs. Taft, Morning Star, and Jane Hamilton the news.

Dr. Woodard insisted on going with them. "After all, I am a doctor and might be needed," he said.

"Senator Morton, would you please stay here with the ladies? I have no idea how long we'll be gone," John Shaw said, and turning to look at the boys, he said, "No, you cannot go. You fellows need to stay here with the ladies . . ."

The men, John Shaw, Uncle Ned, Dr. Woodard, Lindall Guyer, Riley O'Neal, and Jacob Smith quickly left.

Mandie and her friends began removing their coats and hanging them on the hall tree. They went back into the parlor to sit down.

"Someone's house is burning up, right here at

Christmas," Mandie said with a frown. "I just hope no one is hurt in the fire."

"Yes, they were in and out in such a hurry we didn't really find out much," Celia added.

"I would imagine there was no one in the house or Riley and Mr. Smith would have stopped long enough to try to rescue them," Joe said.

"We at least got the tree," Jonathan said. "And the mistletoe."

Liza came to the doorway to announce, "Miz Lizbeth, Aunt Lou, she say de food be on de table."

"Thank you, Liza," Elizabeth Shaw said, rising. "We should go on in and eat. It may be hours before the men are back."

Everyone agreed and they all went to the dining room where the table was loaded with food. But Mandie noticed that no one seemed to have an appetite at the moment.

Senator Morton returned thanks and said a prayer for whoever the house belonged to. The others joined him.

Mandie and her friends didn't even discuss the Christmas tree. They talked about the terrible disaster that had befallen someone on this snowy night.

Chapter 3 / Waiting

Supper was slow as everyone waited for the men to return from the fire. Mandie and her friends kept watching the door.

Finally Liza stuck her head in the doorway and told Elizabeth Shaw, "Dem thangs whut you hang on de Christmas tree all down from de attic, sittin' in de hallway."

"Thank you, Liza," Elizabeth Shaw replied as the girl left. Then looking down the table at Mandie, Elizabeth said, "I believe we should go ahead and decorate the tree when everyone is finished with supper here. Abraham can bring it in and set it up in the hallway for us."

"Yes, ma'am," Mandie said, trying to get excited about the tree again. She looked down the table and saw Mollie, who was sitting beside Aunt Rebecca, about half asleep. "Should we include Mollie in our decorating or let her go on to bed?"

Elizabeth glanced at Mollie and said, "Rebecca, I believe Mollie needs to go to bed, don't you think? That long journey has worn her out. I don't believe she has even eaten much supper."

"You're right," Aunt Rebecca replied. "I'll take her upstairs and tuck her in for the night."

Everyone rose and left the room. Rebecca managed to get Mollie up the stairs with help from Joe and Jonathan. Mandie, Celia, and Sallie opened the boxes of decorations in the hall. Elizabeth went to the kitchen to ask for Abraham's help in getting the tree inside.

And after much huffing and puffing, Abraham managed, with the help of the boys, to get the tree standing in the hall, ready for decorating. The adults watched and supervised now and then as the young people decorated the huge tree.

"Some of these decorations are older than I am," Mandie told her friends as she picked up a wooden cross with a red ribbon threaded through it and found a branch to hang it on.

"Y'all have so many decorations," Celia remarked as she looked at the boxes sitting around the hallway.

"Yes, and of course we never use them all. We just pick and choose every year," Mandie replied.

Joe and Jonathan volunteered to climb up on a ladder and attach the silver angel to the top of the tree. Dimar held the ladder since it was a little shaky.

"This ladder needs tightening up or something," Jonathan remarked as he stood on a rung halfway up.

"That's because it's old and so many heavy people have used it," Mandie said, standing back to survey the ornament at the top.

"Did y'all put up a tree in your house in New York?" Mandie asked Jonathan.

"Yes, we did," Jonathan said, coming down the ladder. "My father has so many business friends coming and going all the time, he decided to decorate even though we won't be there for Christmas Day."

Joe followed him down. "We did, too, because all our people who work for us will be there during Christmas," he said.

"Well, we didn't even put a tree up, just a huge wreath on the front door," Celia said. "All the help have been given the holidays off, so there is no one there."

"Grandmother put up a tree last week, but I didn't help decorate because I had to stay at the school until we left for home here," Mandie said.

"Dimar got us a tree and helped put it up, then everyone went up to his house to help put up one for his mother," Sallie said.

"And Sallie and I put one up for the Cherokee school," Dimar said, picking up one of the wooden ornaments and examining it.

"So everybody has a tree except my mother and me," Celia remarked, handing a silvery ornament to Joe to hang near the top of the tree.

Mandie glanced through the open doorway to the parlor. The adults had finally gone in there to sit down. "I wish Uncle John and the others would hurry up and come on back," she said.

At that moment Snowball came racing down the hall and headed straight for the ornaments hanging on the lower limbs of the tree. Mandie quickly grabbed him. "Don't you dare touch anything on that tree, Snowball," Mandie told the white cat.

Liza hurried toward her. "Sorry, dat cat he got out of de kitchen," she said. "Give me him and I take him back." She reached for him.

"Thank you, Liza," Mandie said, handing over the white cat. "Please keep him out of here until we at least finish decorating. I don't think he'll bother the tree after we finish and no one is hanging ornaments. He always thinks we are playing with him when we decorate."

"I sho will keep him in de kitchen," Liza said, turning back toward the kitchen. She stopped and looked back as she said, "De men done come up in de yard out dere. Dey all back."

"They'll come through the hallway here," Mandie told her friends. "Then we can catch them and find out what happened at the fire." She stepped over to the doorway of the parlor, looked across the room at her mother, and said, "Liza said the men are back, Mother."

"Ask your uncle John to stop in here as he comes through," Elizabeth told her.

"Yes, ma'am," Mandie replied, and went back to her friends.

The young people kept watching the hall door and finally John Shaw, Uncle Ned, Lindall Guyer, Jacob Smith, Riley O'Neal, and Dr. Woodard came through it. They were all dirty and rumpled.

"Uncle John, did y'all save the house?" Mandie quickly asked.

"No, it was too far gone, but we did manage to save the occupants," John Shaw replied as he and the men walked on toward the parlor.

"Who was in it, Mr. Shaw?" Jonathan asked.

John Shaw turned back with a big smile and said, "We brought the occupants home with us. Abraham took them to his house in the backyard." He walked on.

The young people followed.

"They are at Abraham's house?" Mandie repeated, slightly puzzled with this. Why didn't he bring them to the Shaws' house?

John Shaw stopped at the parlor door, looked inside, and said, "We just wanted y'all to know we got back all right and we need to clean up and will be right back down."

"All right, I'll ask Aunt Lou to get y'all some supper ready," Elizabeth said, rising.

"She saw us come in," John Shaw said, turning into the hallway. He and the other men quickly went down the hall and up the main staircase to their rooms.

The young people looked at each other and said, "Well!"

"Shall we go out to Abraham's house and see who it was that they brought back with them?" Jonathan asked with a big grin.

Mandie thought about that for a second and replied, "No, I don't believe we had better do that. We might get in trouble. We'll just have to wait for them to come back downstairs so we can ask some more questions."

They quickly finished decorating the tree, picked up the odds and ends left over, and placed them in the boxes. Abraham would take them back to the attic when he had time.

The young people hung around the parlor doorway, waiting for the men to return.

Mandie heard her mother say, "Now, I wonder just who was living in the house."

"If Abraham took them to his house, they must have been some servants of some kind," Mrs. Taft said. "Otherwise John would have brought them here."

"This is a puzzling situation," Jane Hamilton said.

"I'm sure he has a good explanation for his actions," Senator Morton told the ladies.

"At least they didn't say anything about anyone being injured in the fire," Mrs. Woodard said.

Mandie whispered to her friends, "I have an idea. Let's go ask Aunt Lou if she knows anything about this. We can do it real fast and be back by the time Uncle John and the other men come back downstairs."

"All right," Jonathan agreed.

Mandie started down the long hallway toward the kitchen door and all her friends followed. Pushing open the door they stepped into the kitchen at the same time Abraham came in the back door. He was carrying a large basket.

Aunt Lou looked at him and said, "Put dat behind de stove for right now." She turned and saw the young people. "Now y'all git out of my kitchen. Gotta git supper on de table fo' de men." She shook her big white apron at them.

Mandie watched as Abraham set the basket behind the stove, and suddenly Snowball came running across the room making a loud purring noise and headed straight for the basket.

Abraham stood back and watched Snowball. "He's a boy and dis heah cat she's a girl." He laughed. "I cleaned dem up best I could."

Mandie ran across the room to look in the basket. There was a large black cat lying in it with two tiny kittens. "Look!" she excitedly told her friends. "It's a mother cat and two kittens!" She quickly picked up Snowball, not knowing whether he intended fighting the other cat. Snowball squirmed to get down, but Mandie held him tight.

The other young people quickly came to look in the basket.

"Oh, so these were the occupants of that house that burned down," Jonathan said with a laugh.

"Mandie, suppose Snowball is jealous of the cat," Celia said.

"I'll have to watch him and see," Mandie said.

"I don't think he will be," Joe said. "As Abraham just said he's a boy and that black cat is a girl." He smiled at the other young people.

"Aunt Lou, are you going to keep those cats in

the kitchen here?" Mandie asked.

"No, my chile, jes' long enough to feed and den dey git put in de back storage room. Since dis is a strange cat maybe you'd better keep Snowball out of heah until I git finished with de mama and her kittens."

"All right, Aunt Lou, I'll take Snowball with me to the parlor," Mandie replied.

The young people hurried to the parlor and got to the doorway just as the men came back down the hall. She put Snowball down and he rushed over to the hearth and curled up by the fire to sleep.

"Oh, Uncle John, was that mama cat and her babies living alone in that house? Who was feeding them?" Mandie quickly asked as she followed him into the parlor.

The women in the room heard that question and they listened as John Shaw replied, "Yes, the house was empty and practically falling in. The cat and her kittens were in the attic," John Shaw explained.

"I'm so glad no one was in the house," Elizabeth Shaw said. "John, Aunt Lou has supper ready for you and the men."

"Why don't you ladies come join us for coffee?" John Shaw asked.

Elizabeth looked at the others and they all agreed.

Mandie left Snowball in the parlor and she and her friends followed the adults into the dining room and found Liza putting chocolate cake and coffee on the table for them. They ate and listened as John Shaw explained what they had done at the old house.

"It was burning fast and we determined it was not occupied, so we were standing by, waiting for it to fall so we could put out the fire. Then we heard a cat crying, and Uncle Ned determined that it was inside the house," John Shaw explained as he ate his supper.

"It came out on the tin roof of the porch meowing something awful," Jacob Smith said.

"So Uncle Ned decided he was going to rescue it," Lindall Guyer said. "He managed to get up on the porch roof, but the cat went back inside the window."

"And of course Uncle Ned followed it and came out in a couple of minutes holding the two baby kittens. The cat followed," Dr. Woodard added.

"Oh, thank you, Uncle Ned, for saving the mama cat and her babies," Mandie said from down the table as she looked at the old man eating his supper.

The old Indian smiled at her and said, "Now you have two cats."

Mandie quickly looked at Uncle John and asked, "Are we going to keep the cat and the kittens?"

Uncle John smiled at her and said, "Unless we find someplace to put them, we'll have to."

Celia smiled at Mandie and said, "I wonder what Mollie will think of the black cat and her kittens."

"Since she's already in bed for the night, we won't find out until tomorrow morning," Mandie replied.

The men were talking and Mandie heard Jacob Smith say to John Shaw, "I might be able to take the cat if you don't really want it. The last one I had has disappeared and you know they are good to keep the rats out of the barn."

"That would be fine if you care to take the cat," John Shaw replied.

"Don't you think you ought to wait until the kittens are a little older before you move them?" Dr. Woodard asked. "I suppose they will be kept in the house here until they are big enough to go outside. Otherwise something might happen to them."

"Yes, you're right. I am away a lot and it would be better if I wait awhile." He looked at John Shaw and added, "If that's all right with you."

44

"Yes, of course. They'll be old enough to be up and about in a few weeks," John said.

Mandie was thinking she would love to keep the cat and the kittens, but she knew it was impossible. She would be going back to school after the holidays and sometimes it was a job getting Snowball taken care of. Then after she graduated in the spring she was hoping to go to Europe with her grandmother and friends. She decided to ask the question right here and now.

"Grandmother," Mandie said, clearing her throat as she looked up the table at her grandmother, who immediately put down her coffee cup and looked at Mandie. "Grandmother, do you have plans made yet for the summer, that is, after I graduate in May?"

Mrs. Taft took a deep breath and replied, "That all depends on a lot of things, Amanda."

Mandie waited, thinking Mrs. Taft would go on and explain, but she just picked up her cup and sipped her coffee.

Then Lindall Guyer came to Mandie's rescue. He looked down the table at her and said, "I've been waiting for a chance to ask you, Miss Amanda. I would like to invite you and all your friends to come stay with us in New York for the summer. There is so much to do in New York and I believe you would enjoy it."

Mandie was surprised by this invitation. She quickly looked at her grandmother, who was still drinking coffee, then glanced at her friends, all of whom also looked surprised, even Jonathan, and she replied, "This is so sudden, Mr. Guyer. May I let you know later? There is so much I'd like to do this coming summer."

"Of course, let me know later, Miss Amanda," Lindall Guyer replied, and looking down the table at the other young people, he added, "And you other young people, you don't have to wait for Miss Amanda to decide. You are all welcome any time, whether she comes or not."

A bunch of thank-you's were sent up the table. Then there were puzzled looks among all the young people. They couldn't discuss this invitation in the presence of Mrs. Taft because she knew they were all hoping to go to Europe on one of Mrs. Taft's ships for the summer.

Then Jonathan caught Mandie's glance, winked at her, and said, "That would be fun, having all of you at my house for the summer. We could do all kinds of things, never a boring moment in New York."

To her surprise, all her other friends joined in.

"Yes, it would be a very enjoyable summer," Celia remarked.

"And to me it would be a most wonderful experience," Sallie said.

"I have never been to New York," Dimar spoke at last.

"Yes, it would be very educational to spend the summer in New York," Joe said, grinning at Mandie.

"Let's discuss this later," Mandie told them.

Lindall Guyer looked around the table at them and said, "Yes, please do discuss it later. And let me know whenever you decide. I sincerely hope you will all come to visit."

As soon as everyone left the table, the adults went to the parlor and Mandie motioned for her friends to go with her to the back parlor. They needed to have a serious discussion about this invitation for a summer in New York.

As soon as they closed the door behind them in the back parlor and sat down, Mandie quickly asked, "Jonathan, was your father serious about this invitation to visit y'all, or was he trying to make Grandmother decide whether we are going to Europe with her or not?"

Jonathan grinned and said, "He was serious, but on the other hand he knows about your grandmother holding out on a decision as to whether or not we will be going with her to Europe. So I suppose he was trying to make her decide."

"Well, it didn't work, did it? She didn't say a thing," Mandie replied.

"No, but we didn't accept or decline the invitation, either," Celia reminded her.

"I was serious when I said it would be an educational opportunity to spend the summer in New York," Joe said. "And for once I have caught up with my class and won't have to take extra classes this coming summer, unless I want to."

"Oh, Joe, I'm so glad for you," Mandie said.

"Of course I'd rather go to Europe. However, you are all welcome at my house and we could have a great time for the summer," Jonathan said.

Mandie looked at Jonathan and asked, "When should we let your father know whether or not we're coming to your house?"

"Anytime would be fine. If we don't go to Europe, of course I'll be home anyway," Jonathan replied.

Mandie looked at Dimar and asked, "Would you like to spend the summer in New York at Jonathan's house if we don't go to Europe?"

"I am not sure I would want to go to Europe and spend the whole summer over there, or spend the whole summer in New York, either," Dimar replied.

"Dimar, you must travel some to be properly educated," Sallie told him.

"Dimar, you wouldn't have to stay all summer at my house if you don't want to. You could come home any time you wish," Jonathan told him.

"But you would have to stay with us all summer in Europe unless you wanted to return across the ocean all by yourself," Sallie reminded him.

"I will think about it," Dimar promised with a smile.

"We all need to think about this," Mandie told her friends. "If Grandmother doesn't take us to Europe, I'm ready to go to your house, Jonathan. And it would be nice if we could all spend the summer together somewhere."

"Mandie, would your mother know what your grandmother is planning?" Celia asked.

Mandie shook her head and replied, "I don't think so. I don't believe Grandmother ever confides in anyone. Maybe by the time the Christmas holidays are over she will let us know whether we are going to Europe or not."

"I hope so," Jonathan said.

"Yes," the others agreed.

Mandie had some thinking to do. She had to figure out some way to get Mrs. Taft to make a decision. However, she didn't want to make her angry with questions because she sincerely wanted to go to Europe for the summer. She'd have to figure out just how to handle this.

Chapter 4 / Cat Trouble

Mandie woke early the next morning. Snowball had managed to get between her and Celia and was purring loudly. She sat up to make him move and to her amazement he had one of the kittens and was vigorously washing it with his tongue as he purred.

"Snowball!" Mandie exclaimed, and giving Celia a push, she said, "Celia, wake up. Look at Snowball. He has one of the kittens."

Celia instantly sat up, and across the room Sallie also woke up. She was sleeping on a single bed that had been placed in Mandie's room so the three girls could be together.

"Snowball!" Celia said. "How did you get that kitten?"

Sallie quickly joined them on the big bed to look.

"Someone must have left the door to the storage room open," Sallie said.

"Yes, Aunt Lou said they would be shut up in there after they ate," Mandie agreed. "I wonder where the other kitten is, and the mother cat." She glanced around the room. The door was slightly open. "And I wonder who opened our door and let Snowball out."

"That kitten is not protesting. He must like all

that washing," Celia said with a big smile.

"We must return the kitten to its mother," Sallie said.

"Yes, or the mama cat will be looking all over the house for it," Mandie agreed as she jumped out of bed.

"Do you suppose the other kitten also got out?" Sallie asked as they took down dresses to put on.

"I hope not because there's no telling where it is if it did," Mandie said, buttoning the buttons down the front of her red dress.

"Someone must be already up. Otherwise how did the kitten get out, and how did our door get opened?" Celia remarked as she brushed her long auburn hair.

After they were dressed they started for the door. Mandie stopped and said, "I suppose we'd better take the kitten with us." She went back and picked it up. Snowball followed with a loud purring sound as they went out into the hall.

The house seemed quiet. There was no one around until they got to the kitchen. Aunt Lou and Liza were busy in there getting breakfast ready.

"Look what Snowball had," Mandie said, holding up the kitten for them to see.

"Snowball! Lawsy mercy!" Aunt Lou exclaimed as she filled the percolator with water. "Where he git dat?"

"I don't know how he got it, but he had it in our bed when we woke up this morning," Mandie explained. "And our door was open."

"Been meanin' to tell ya, dat do' hit won't stay shut no more," Liza told her. "Think it's shut and soon as you walk away it comes open all by itself."

"Then we need to get Mr. Jason to fix it," Mandie said as she walked over and dropped the kitten in the woodbox. "I'll leave it right here where it can't run away."

"Liza, go check dat storage room and see if dat cat and other kitten be in there," Aunt Lou said.

"Yessum," Liza said, hurrying from the kitchen.

"Since y'all done up and dressed, sit down over there and de coffee will be ready right quick," Aunt Lou told the girls, motioning toward the table that the servants used to eat on.

Mandie, Celia, and Sallie sat down at the table and Liza hurried back into the room.

"Dat cat ain't dere," she said excitedly. "And de other kitten he ain't dere, either. And dat door to de storage room it won't stay shut, either."

"Oh goodness, we'll have to find the cat and the other kitten," Mandie said with a groan. "Why won't that door stay closed, Liza?"

"Same as yo do, jes' won't stick shut. Must be de house fallin' in after dat crack in de tunnel downstairs," Liza said, getting cups and saucers down from the cupboard for the girls.

"Now, Liza, I don't think the house is falling in," Mandie told her. "Uncle John had that crack examined by experts and they said it did not affect the foundation."

"So you suppose someone is going around opening doors?" Celia asked.

"But why would someone do that?" Mandie asked.

Uncle Ned came in the back door and came to sit with the girls.

"My grandfather," Sallie said to him. "There are doors in this house that will not stay closed. Could you fix them?"

Uncle Ned nodded as Aunt Lou poured coffee into his cup. "I fix. What doors?" he asked.

Mandie explained what was going on. "And now we have to find the mother cat and the other kitten and there's no telling where they might be," she added. "But they will get out again if that door to the storage room won't stay closed."

Joe, Jonathan, and Dimar came into the kitchen just as everyone had their cups filled and joined them at the table.

"You girls must have risen before daylight," Jonathan told them with a grin as he sipped his hot coffee.

"Since today is Sunday we might have slept a little longer, but we were awakened by Snowball," Mandie replied and explained about the kitten.

"So now we have to search for the other kitten and the mama," Joe said with a loud groan.

Abraham came in the door from the hallway. "Looks like dat cat found her another place to sleep," he said with a big grin.

"You know where the cat is?" Mandie quickly asked.

"Sho do. She be in de parlor on de hearth by de fire I built a while ago," he said.

"Then we won't have to search for the cat, thank goodness," Joe said.

Mandie explained to him about the cat and the kittens. "And the other baby kitten is in the woodbox over there, just in case you plan on throwing wood in it."

"I fix door right now," Uncle Ned said, rising from the table.

The young people stood around in the hall watching while Uncle Ned, with Abraham's assistance, repaired the latch on the storage room door. He closed it several times, testing it, and then declared, "Stay closed now."

"Let's get the cat and the other kitten now," Mandie said to her friends.

They hurried down the hallway to the parlor and went to the hearth looking for the cat. It was not there, nor was the kitten.

"Oh, shucks!" Mandie exclaimed. "Now we do have to search for that cat. If she's not housebroken she may make a mess somewhere."

So the search began. Mandie and her friends looked under all the furniture and in all the rooms on the first floor. There was no sign of the cat or the kitten.

"That cat sure knows how to hide," Jonathan remarked as they finished searching the last room.

"You know, Mandie, this gets to be a habit. We are always looking for something," Joe said with a big grin.

"That's because something or someone is always getting lost," Mandie replied, returning his grin.

They returned to the parlor where they had begun. As they passed the huge Christmas tree standing in the hall, Mandie said, "It's good that cat didn't bother our tree."

"Yes, that could mean trouble for that cat," Jonathan agreed as they went on into the parlor.

Although they had searched the parlor first, all of the young people quickly looked again behind and under all the furniture.

Dimar walked over to the window to look out. "I do not believe it has snowed much more since last night," he said.

The others came to join him.

"There's not much out there after all," Mandie said.

"We won't have any problem getting to church

this morning," Celia remarked.

"Not enough to build a snowman," Jonathan told them.

"It would melt right down anyway because it's not cold enough to stay," Joe agreed.

Sallie pushed back the curtain a little to see out. She quickly jumped back. "The cat is there!" she told the others, pointing behind the curtain on the wide windowsill.

"Please help me see that it doesn't get away," Mandie said, slowly approaching the window. She eased back the curtain and the mama cat sat up and meowed. "Nice girl, I'm going to pick you up and take you back to your bed." She reached for the cat but the cat jumped down and ran across the parlor to the door. "Well, at least the kitten is still here," Mandie said, picking up the tiny cat.

They followed the cat down the hallway as it headed straight for the kitchen. Mandie pushed open the door and let it into the room. It began meowing loudly and Aunt Lou looked at it and said, "Dat cat hungry. Liza, git some food down by de woodbox for it, quick like."

Liza fed the cat and Mandie put the kitten in the woodbox with the other kitten. She laughed and looked at her friends. "Well, we at least solved that mystery."

"Oh, but Mandie, we have an unsolved mystery," Joe teased her. "Where is Snowball?"

Everyone looked around the room. Mandie said, "We let him out of our room, but I don't remember seeing where he went."

"This cat business could take up the whole day," Jonathan teased.

So the search began for Snowball. Every nook and cranny in the big house was searched as the young people quickly spread out through the rooms. But Snowball was nowhere to be found.

The adults came down for breakfast and sat in the parlor waiting for the call to the dining room. Mandie and her friends were already sitting together in one corner discussing what they should do next to look for the missing cat.

"Maybe some of the grown-ups have seen Snowball," Celia suggested.

"Yes, we should ask," Sallie agreed.

Mandie looked across the room and waited until her mother seemed to have finished a conversation with the others. Then she stood up and said, "Mother, we can't find Snowball. He seems to have disappeared. Have any of y'all seen him this morning?"

The adults quickly looked at each other and shook their heads.

"No, I haven't, Amanda, and I don't think anyone here has," Elizabeth Shaw replied. "Have you looked in all the rooms?"

"Yes, ma'am, except the adults' rooms, of course," Mandie replied. She told her mother about finding the cat with the kitten in her bed, and all the grown-ups laughed.

Mandie looked at her friends and frowned. She didn't think it was funny, so she sat back down and turned her attention to Joe. "Do you think Snowball could have gone outside? Remember when we lived at Charley Gap how he always darted out the door every time it was opened?"

"Yes, why don't we go look around outside?" Joe replied. "If he did go outside I don't think he'll stay long because it's cold out there." He stood up.

"Amanda, put on your coat and hat if you're going outside," Elizabeth told Mandie.

"Yes, ma'am," Mandie said, and turning to her friends she said, "Joe and I will go look around. Y'all don't have to come with us because we're only going to be a minute or two."

"I hope so," Jonathan said. "I believe the call to breakfast is due any minute now."

All the young people laughed.

"Jonathan, you are forever thinking about food," Celia told him.

"We'll be right back," Mandie said, quickly going out into the hall to get her coat and hat from the hall tree and put them on.

Joe did the same and hurried to open the front door.

"It is cold out here," Mandie said, shrugging her shoulders in the cold frosty air.

Joe glanced up at the sky and said, "Probably more snow is on the way."

"That's fine as long as we can get to church and back before it gets too bad to travel," Mandie replied. "Let's walk around the house. If he is out here he's probably sitting at one of the doors and crying to get back inside."

They circled the house to the back door with no sign of the cat. Then Mandie spotted him sitting on the outside of a window looking into the kitchen.

"There he is," she exclaimed and went toward him.

Snowball immediately jumped down and hurried to meet her, loudly purring as he approached.

Mandie stooped down to talk to him. "I'm not picking you up because you are bound to be wet in all this snow. Therefore you will have to walk with me to the back door."

Snowball looked up at her and loudly meowed. She and Joe went on to the back door and Snowball quickly followed and almost tripped Mandie when she opened the door in his haste to get inside.

Aunt Lou and Liza were in the kitchen, finishing the food for breakfast. Snowball ran over to the stove and sat down to wash his face.

"I thought dat cat had more sense den to go outside in de snow," Aunt Lou said.

"I thought I saw him run out when Abraham brought de wood fo' de cookstove," Liza said.

"Maybe he'll stay inside now that he's found out how cold it is out there," Mandie said, removing her coat and hat.

Joe also took off his coat and hat. "I suppose y'all put the mother cat and the kittens back in the storage room?" he asked.

"Yes sirree, can't have dem strange cats cluttering up my kitchen. Dis heah kitchen belongs to Snowball," Aunt Lou said. "Now y'all git back in de parlor 'cause we'se ready to announce breakfast."

"Yes, ma'am," Mandie said with a big smile.

"Den dis afternoon after we all go to church I wants you to try on dat dress so's I kin hem it, you understand?" Aunt Lou told Mandie.

"Oh yes, ma'am, Aunt Lou. I know it's going to be beautiful," Mandie replied. "Remember all those pretty clothes you made for me when I first came here to live?"

"I sho' does. Po' child didn't have nuthin' fittin' to wear," Aunt Lou replied. "But right now git out of my kitchen. Shoo!" She fanned her big white apron at Mandie and Joe.

They both laughed and went back to the parlor to join the others, and to tell them Snowball had been found and was now in the kitchen.

Aunt Rebecca had joined the group in the parlor

and was saying, "So I thought it best if we just keep Mollie in her room."

The young people looked alarmed.

"What has Mollie done to be kept in her room?" Mandie quickly asked.

"Oh, dear, she hasn't done anything but come down with a terrible cold," Aunt Rebecca answered.

"A cold? Can we help in any way, Aunt Rebecca?" Mandie asked.

"Yes, what can we do?" Celia added.

"Nothing, dears, I can take care of her. She'll be as good as new in a couple of days," Aunt Rebecca told them.

"So you are not going to church with us then," Elizabeth Shaw said.

"Not today, but I hope she recovers enough to attend the Christmas Eve service. Since this is Sunday and Christmas Eve is not until Thursday, I'm pretty sure she will make it," Aunt Rebecca replied.

"And we wanted to show her the kittens," Mandie said with a sigh.

"They'll still be here then," Joe reminded her.

"If they don't get carried around again," Celia added.

Liza came to the doorway of the parlor and said, "Miz Lizbeth, de food be on de table."

"Thank you, Liza," Elizabeth Shaw said, rising and looking at the others. "Shall we go eat now?"

"And then get off to church before it gets worse outside," Mrs. Taft said.

Since there were so many guests, Aunt Lou had served breakfast in the dining room rather than the breakfast room. A blazing fire in the huge open fireplace warmed the room, and the odor of freshly baked biscuits and ham filled the air. John Shaw returned thanks and Liza began filling the coffee cups at each plate.

"Are you going to let us see this dress Aunt Lou has made for your graduation?" Jonathan asked, looking at Mandie across the table.

"See my graduation dress? No, no, no! No one sees it until I put it on for the graduation exercises," Mandie replied.

"That's strange. What's so secretive about this?" Joe asked.

"No one sees anyone else's dress beforehand," Mandie explained. "Otherwise someone might see someone else's dress and decide to go copy it. And Miss Hope finally got Miss Prudence to allow us to have our own different dresses. We don't have to dress alike for graduation anymore."

Jonathan looked at Joe, winked, and asked, "Do you think we could all get different suits for our graduation at the schools we go to?"

"Nope, too late for me," Joe said. "I have already graduated from school, remember? And when I graduate from college it will be a cap and gown I'll have to wear, just like everyone else's."

Sallie turned to Celia and asked, "And do you have a different dress for the graduation, too?"

Celia nodded and replied, "Yes, mine will be different, also. I don't have it made yet, but it won't be like Mandie's."

"Does everyone try to look at everyone else's dress?" Dimar asked.

"Yes, if they can find them. We aren't going to bring our dresses to the school until the last minute and then we will guard them so no one can see them," Mandie replied. "I hope you and Sallie can come to our graduation in May."

Dimar smiled and said, "I will try very hard to do that."

"And I will see that my grandfather brings me to the school to the graduation ceremony," said Sallie. Looking across the table at Riley O'Neal, she said, "This is something we should do for the Cherokee school, have a big graduation day. The children would be happy to do that."

"Yes, you are right. We'll plan something when we get back home," Riley O'Neal replied.

Mandie was anxious to see her dress and began wishing the day away until time to do that. She was sure she would have the most beautiful dress in the school because Aunt Lou was the most wonderful seamstress around.

And gradution day was not so far off.

Chapter 5 / Uncertain Plans

After the hurried church service, which the minister shortened because of the increasing snow, everyone returned to the Shaws' house and had a meal that was prepared the day before and warmed up in the warmer of the huge iron cookstove. The leftovers would be their supper.

Later Mandie and Celia and Sallie went up to Aunt Lou's sewing room where Mandie's graduation dress was hanging. The boys were emphatically told they must remain downstairs, and no peeking at this special dress. Joe, Jonathan, and Dimar sat in a corner in the parlor, waiting.

When Mandie opened the door to the room, Aunt Lou was busy getting pins out of a drawer. Mandie rushed forward to look at the dress.

"Oh, Aunt Lou, it's absolutely the most beautiful dress I have ever seen," Mandie exclaimed.

"Yes, it is," Celia agreed.

"Most beautiful," Sallie added.

Mandie carefully inspected the rows of pastel ribbons that were threaded through eyelets in the skirt of the white silk dress, and also through the neckline and the sleeves. Tiny pastel flowers were embroidered around the top and the hemline of the dress.

A multicolored sash, made of tiny strands of matching ribbons, hung around the waistline.

Tears came into Mandie's blue eyes as she looked up at Aunt Lou. And as the big woman turned to smile at her, Mandie threw her arms around her and began to cry.

"Now, now, what fo' my chile cry?" Aunt Lou asked, patting Mandie's blond head as she held her tight. Taking a large white handkerchief out of her apron pocket, she wiped at Mandie's tears.

"Aunt Lou, I love you so much," Mandie said between sobs as she straightened up and looked up at the old woman. "And I thank you from the bottom of my heart. My dress will be the prettiest of all."

Aunt Lou cleared her throat and said, "Not de way it looks right now. My chile got to put it on so I kin measure the hem."

"Yes, ma'am," Mandie agreed and began removing the dress she was wearing.

Once Mandie had the new dress on, she found it was dragging on the floor. She looked down at it, smiled at Aunt Lou, and said, "It does need a hem, a big hem."

"I'll hold the dress up and you just step up right heah on dis chair so I can measure," the old woman told her, assisting as Mandie stood up on a straight chair.

Celia and Sallie stood watching and smiling. Then when Aunt Lou had pinned up a hem and Mandie began removing the dress, Celia asked, "Aunt Lou, you embroidered all those little flowers on the dress by hand, didn't you?"

Aunt Lou smiled at her and replied, "I sho' did, only way to git dem on dere." She hung the dress back on the hanger.

Mandie buttoned up her dress and asked, "Aunt

Lou, when will the dress be finished?"

"I be busy right now wid all de company and everything, but I'll have it hemmed and ready for you to take back to school with you when you come home for your spring holidays. Now y'all jes' git on back down dere to de parlor. Dem boys been waitin' long enough." She shooed them out the door with her big white apron.

The girls laughed as they hurried back down the stairs to the parlor.

"Well, are you going to at least tell us what it looks like?" Jonathan asked as he and Joe rose when the girls entered the parlor.

"Of course not," Mandie said with a quick smile. "Then you would know what it looks like, which is a deep dark secret right now."

"Why bother to ask, Jonathan? You know she's not going to let us know anything about the dress," Joe told him, grinning as everyone sat down.

Mandie looked around the room. "Where is everybody?" she asked.

"Various places," Jonathan replied. "I believe the men went out to your uncle's workshop."

"And the ladies went to their rooms to rest awhile," Joe added.

"I was hoping I could catch Grandmother and try to find out what she has decided about going to Europe," Mandie said. "Sooner or later I will find out."

But during the coming week Mandie could not catch her to ask any questions. Then it was Christmas Eve and everyone prepared to go to the service. Mollie was recovered from her cold and was finally allowed to come downstairs.

Mollie went straight to Mandie when Aunt Rebecca brought her into the parlor. "Mandie, did you ever find any leprechauns in this house? Did you?" she asked in a loud whisper as she shyly looked at the other young people.

"No, Mollie, remember I told you before when you came to see me that we don't have leprechauns here." Mandie replied, putting an arm around her shoulders as Mollie leaned on Mandie's lap.

"But maybe leprechauns came to stay after I was here. Could they not have done that? Maybe a few wee ones?" Mollie asked.

"No, Mollie, we will never have leprechauns here," Mandie replied, and then she had a sudden idea and asked, "Would you like to go back and visit Ireland, where you used to live?"

Mollie quickly straightened up, her eyes wide, and said, "Yes, we must go back to Ireland so I can find a leprechaun. When, Mandie? When can we go?"

Mandie looked at her friends, grinned, and said, "Why don't you ask Grandmother? She might know when we can go back to Ireland."

"Mandie!" Celia exclaimed.

Joe and Jonathan grinned at her. Sallie and Dimar listened to the conversation.

"Mandie, that may be a way to find out if we are going to Europe," Jonathan said in a loud whisper. He glanced at the adults who were sitting on the other side of the huge parlor and carrying on their own conservation.

Mollie looked at Mrs. Taft, who was talking to Senator Morton, and then quickly looked back at Mandie. "When must I ask Grandmother? When, Mandie?"

"Anytime you get ready, Mollie." Mandie replied.

"Must I ask at this very moment, then?" Mollie asked, uncertain of what she should do.

"If you want to, Mollie," Mandie replied.

Elizabeth Shaw stood up and looked across the room at them. "Amanda, it's time to get our wraps and go to church," she said.

The other adults also rose, hurried out into the hall, retrieved their winter coats and hats from the hall tree, and put them on. Mrs. Taft went with them as Mollie watched.

"Grandmother is getting ready to leave," Mollie said.

"Yes," Aunt Rebecca said, coming to put Mollie's coat and hat on. "We are all leaving now." She led Mollie out into the hall.

"Oh, shucks!" Mandie said under her breath as she and her friends prepared to go outside.

"You can always try again," Jonathan whispered with a big grin.

"Yes, if and when I can get Mollie in the mood again," Mandie said as she and her friends followed the adults out the front door.

Mr. Bond was waiting with the rig, and John Shaw came up behind him in a larger rig that the Shaws very seldom used. But for this occasion with so many visitors, it took two rigs to squeeze them all in. The driveway had been cleared of snow and there was none falling at that time. Although the church was only across the road, down apiece, it was too slippery to walk.

Mandie watched Mollie now and then as she sat with Aunt Rebecca down the pew from her and her friends. But Mollie didn't say a word to anyone. She seemed to be interested in the Christmas play that was being performed.

After the service everyone returned to the house and to the parlor where the fire burned brightly in the fireplace and felt good after the cold outside. Mollie went to sleep in her chair and Aunt Rebecca woke her and took her upstairs to bed.

Mandie sighed. "Maybe Mollie will ask Grandmother in the morning about going to Ireland," she told her friends.

Soon the adults began saying good-night and going to their rooms. Elizabeth told Mandie, "Please don't stay up too late now. Remember we will be up very early tomorrow morning to give out the presents."

"Yes, ma'am," Mandie replied. And as the last of the adults left the parlor she said to her friends, "I suppose we might as well retire, too."

"Yes, so morning will hurry up and come and I can see what that present is my father put under the tree for me," Jonathan said, grinning as they passed the tree in the hallway.

They stopped to glance down at the presents. "Somebody has been adding a lot of presents. Every time I pass here the pile gets larger and larger," Mandie remarked.

"When you stop to think about the number of people staying here at your house, no wonder the presents are piling up," Celia said.

"But I can't see a single name on any of them," Jonathan said, squinting as he walked around the tree.

"That's because people always turn the name tag under the bottom of the present so no one can see what is for whom," Joe said.

"At my house my mother and I just exchange gifts. We don't wrap them up and put them under the tree," Dimar said.

"But there are only two of you. Look how many people are here," Mandie said. "Let's sit in the back parlor a few minutes." She led the way.

66

"Dimar, I hope your mother is not spending Christmas alone," Celia said as everyone sat down.

"No, she is staying with Uncle Wirt while I am gone. She didn't want to travel this far," Dimar explained.

"My grandfather and my grandmother asked her to come with us to visit you and your family, Mandie, but she did not want to come and stay away from her home for so long," Sallie said.

"I'm sure she will have a nice visit with Uncle Wirt and Aunt Saphronia," Mandie said. "I would like to go and visit my Cherokee kinpeople. If Grandmother takes us to Europe she probably won't leave for at least a week or two after we graduate, Celia, so we could go then. You will go with me, won't you, all of you?" She looked at her friends.

"I can't promise right now, Mandie, because my mother may have plans," Celia replied.

"Since you're coming back to my neighborhood at Charley Gap, of course I'll be there," Joe said.

"If you are going to visit Uncle Wirt I will see you then, since I live so near him," Sallie said.

Jonathan looked at Mandie and said, "I don't know about coming back down here at that time, but I will be home because all of you will have to come to my house to get the ship since it sails from New York."

"Celia, I do hope your aunt Rebecca will go to Europe with us so she can bring Mollie, because I've already asked Mollie if she would like to go back to Ireland, you know," Mandie said.

"Yes, Aunt Rebecca will probably agree to come with us, because I don't want the job of keeping up with Mollie," Celia said. "I can imagine what *she* will do when she gets back to Ireland. She'll probably try to run away, chasing leprechauns. And I imagine there are still people there she would know because it hasn't really been long since your grandmother brought her to the United States."

"You know, we could just sit here and wait for everyone to get up in the morning," Joe said with a big grin.

"I don't think I like that idea," Jonathan said as he stood up.

Everyone else rose and said good-night as they went to their various rooms.

When Mandie, Celia, and Sallie got to Mandie's room, Mandie turned back as she opened the door and said, "I think I'd like to go take a peek at my graduation dress so I can remember the exact shade of the blue and pink and lavender flowers on it so I can match a hair ribbon sometime before I wear it. Y'all want to come with me?" She looked at the two friends.

Celia shrugged and said, "If you think we won't get caught snooping in Aunt Lou's sewing room."

"Yes, I will go, too, if you believe it will be all right for us to do this," Sallie added, tossing back her long black hair.

"Come on," Mandie said. She quickly picked up the lighted oil lamp from the hall table and led the way up to Aunt Lou's sewing room.

The three quietly crept down the hallway, went upstairs to the door of the room, and Mandie slowly pushed it open. She stepped inside and held the lamp up to look for the dress.

"Do y'all see my dress? It was hanging right here when we were up here before," Mandie said, going to a hanger by the huge wardrobe. She opened the door and looked inside. The dress was not there, either.

There were quite a few garments half finished

lying around and hanging about the room that evidently Aunt Lou was working on. After they quickly examined all of this, Mandie straightened up and said, "The dress is not here."

"I don't see it," Celia replied.

"I do not see it, either," Sallie added.

"Let's go, Mandie, before we wake someone and are caught in here," Celia said, going toward the door.

"All right," Mandie agreed and led the way back to her room after leaving the lamp where she had found it.

As the three girls began getting ready for bed they discussed the dress.

"How am I going to find out where the dress is?" Mandie asked, brushing out her long blond hair.

"You certainly can't ask Aunt Lou or she will know you have been in her sewing room," Celia said, fastening the buttons on her nightclothes.

"Have you thought about the possibility that Aunt Lou has taken it to her room to work on it?" Sallie asked, hanging up the dress she had taken off.

"Oh no, I don't think she would do that. Remember she said she was too busy because of all the company we have for the holidays?" Mandie reminded her. She shoved Snowball off her pillow and turned down the cover.

"I'm sure she must know where it is right now," Celia said, getting into bed on her side of the big bed.

Sallie quickly jumped into the single bed she slept in, puffed up her pillow, and looking across the room at Mandie, she said, "Since no one is allowed in her sewing room without her permission, she must know where the dress is right now."

"I hope she does, but I can't ask about it, either,"

Mandie replied. Then she added with a frown, "I suppose I could ask her if she is working on my dress, without letting her know we've been to her sewing room."

"She might be suspicious of that question," Sallie reminded her.

"Or she might just shoo you away with her big apron without even giving you an answer," Celia told her.

The girls finally fell asleep discussing the missing dress.

When Liza came in to light the fire on the hearth in their room, she woke them with a cheery greeting, "Mawnin' y'all now. Git up and let's open dem presents under dat tree downstairs."

Mandie rubbed her eyes and looked at the girl. "Don't tell me it's time to get up. We just now went to bed."

Liza looked up at the clock on the mantelpiece and said, "You means y'all dun stayed up all night? It's seven o'clock right now and dem boys dey dun dressed and waitin' fo' y'all at de top of de stairs."

Mandie pushed Snowball out of the way and swung her feet down from the bed. Snowball ran for the heat of the fire. "If the boys are up then we'd better hurry," she said, yawning and stretching.

Celia and Sallie jumped out of bed and quickly began dressing.

Liza started toward the door and then turned back to say, "Oh, I forgot to say Merry Christmas to y'all."

The three girls answered together, "Merry Christmas, Liza."

As the maid went out the door, Mandie called to her, "Please tell Joe and Jonathan and Dimar we're on our way."

"Dat I will do," Liza promised as she went out the door and closed it behind her.

As Mandie tied the sash on her dress she said, "I suppose I should have asked Liza if my mother and the other adults are up, too."

"Seems like we just went to bed," Celia fussed as she buttoned up her green dress.

"I feel that way, too," Sallie agreed, brushing back her long black hair.

"Mandie, are you going to say anything to anyone about your graduation dress?" Celia asked.

"If I can think of a way to do it without letting anyone know we have been in the sewing room," Mandie replied, joining Sallie at the mirror on the bureau.

"I just remembered the mother cat and the kittens," Celia said, coming over to join them. "Do you suppose the cat stayed in the storage room this time, or maybe it got out again?"

"I hope it stayed in the storage room with its kittens," Mandie said. "I wish I could keep one of the kittens."

Sallie quickly turned to look at her and said, "Keep one of the kittens?"

"What would you do with it?" Celia asked. "You already have one cat, Snowball, and he is enough, don't you think?"

Mandie looked over at the cat while he was washing his face in front of the fire on the hearth. "I suppose he is, but the kittens are so pretty and tiny."

"Remember Snowball was once tiny, but cats do grow up, you know," Celia replied.

"Yes, he was a tiny kitten back at my father's house at Charley Gap when my father was still living," Mandie replied, sadly looked at the cat. "I brought him with me when I ran away."

"But Mandie, you did not run away. You were sent to live with those terrible people, and my grandfather brought you here to your Uncle John's house," Sallie reminded her.

"You are right, Sallie, and I love your grandfather so much for looking after me," Mandie replied.

Celia started toward the door. "Come on, the boys are waiting, and no telling who else is up, and we have presents to open," she said.

They found the boys waiting at the top of the stairs.

"We were about to come pound on your door," Joe told Mandie. "Even your grandmother is up this early. They're all down in the parlor."

"Oh goodness, let's hurry," Mandie replied.

The group rushed down the staircase, and when they came to the open door of the parlor, they stopped, looked into the room, and all together said, "Merry Christmas!"

The adults returned the greeting.

"Now we will proceed to the Christmas tree and distribute the presents," John Shaw said.

As they got to the tree, Mandie saw Aunt Lou and all the other servants coming to join them, and again everyone chorused, "Merry Christmas!"

And Aunt Lou added loudly, "Happy Birthday, Jesus!" and the others echoed the greeting.

Chapter 6 / Time Flies By

Christmas Day and the week following passed quickly. During that time Jenny and Abraham decided to take the mother cat and her kittens to their house in the back of John Shaw's property.

"I sho' am glad dem cats ain't comin' into my kitchen now," Aunt Lou told the young people one morning. "Jenny promises to keep dem at her house."

"Yes," Mandie agreed. "Snowball is enough to have around. I had thought I'd like to keep one of the kittens but decided it was too much trouble."

"You couldn't have took it back to school when you goes back," the old woman reminded her.

"That's right," all of Mandie's friends chimed in with a smile.

"I know, and my grandmother would not have allowed one to live at her house while I'm in school."

Mandie had not mentioned her graduation dress to Aunt Lou but decided this was the right time to ask. "Oh, Aunt Lou, have you been doing any work on my graduation dress since you showed it to me?"

Aunt Lou looked at her, put her hands on her broad hips, and said, "Now I dun told you I can't be workin' on dat dress with so many visitors in dis here house, and I also told you I'd have it ready for you to take back with you when you come home for spring break. So now, dat's de last of dis heah conversation 'bout dat dress.''

"Yes, ma'am," Mandie replied, and as she turned to look at her friends drinking coffee with her at the kitchen table, she said, "Guess we'd better get out of Aunt Lou's way so she can get breakfast."

"That's right," Joe agreed.

"Yes, dat's right, now, shoo, I'se got to git de food ready," the old woman fanned her large white apron at the young people. They all quickly rose from the table.

"Yes, ma'am," they all agreed as they left the kitchen.

"It didn't do any good to ask," Mandie said with a loud sigh as she looked at Celia and Sallie in the hallway.

"No," the two girls agreed.

Since the boys didn't know about the missing dress, Mandie decided not to tell them right then.

Christmas week passed quickly and then it was New Year's Eve. John and Elizabeth had planned a large dinner party for that night and the house was running over with people when the clock struck twelve.

"Happy New Year!" Mandie and all her friends said together. Everyone was standing around the loaded dining room and were taking plates full of food to a seat wherever they could find one.

"Where are we going to eat this?" Jonathan asked as he held a heavily laden plate in his hands.

Mandie frowned thoughfully and said, "Maybe no one is in the back parlor. Let's see." She led the way down the hall.

Luckily no one was inside the room. The young

people found seats and hungrily began eating, even though they had had supper earlier that night.

"My parents and I will be leaving tomorrow morning," Joe told them.

"I think my father is planning to leave then, also," Jonathan said, and added between bites, "and of course I'll have to go with him. Too bad you haven't been able to get your grandmother to tell us whether we are going to Europe or not, Mandie."

"I'm sorry, but I've done everything I could think of to find out," Mandie said. "She just isn't telling yet."

"If she doesn't hurry up and decide, my mother may be making plans for something else for the summer," Celia said.

"I am not certain I would like to go on that huge ship all the way across the ocean so it does not matter to me," Dimar told them.

"Oh, but Dimar, you've just got to go if my grandmother does take us," Mandie told him.

"Yes, Dimar, you must go," Sallie said. "You may never have such an opportunity to see what it is like on the other side of the ocean."

"But Mrs. Taft may not go anyhow," Dimar replied.

"And you must come to our graduation," Mandie told him.

"Yes, you must come with my grandfather and me," Sallie said. "Next school year we will all be separated in different places."

"At least Celia and I will be together at the College of Charleston," Mandie remarked, glancing at her friend.

"At least for one year," Celia added. "Remember I said I would try it out for one year."

"Yes, and if we don't like the college we will go

to another one the next year, together," Mandie agreed.

"Y'all may end up at my college yet," Joe teased her.

"Or they may end up at my school in New York," Jonathan said with a big grin as he swallowed a huge bite of mashed potatoes.

Mandie looked forward to the coming year of 1904. So many things would be happening. She thought to herself that there would not be any time for any mysteries this year. Then she remembered her missing dress. That was a mystery, and unless the dress was there when she came home for spring break, she would have to really investigate the matter. After spring break, graduation day was not long off, and she certainly had to have her graduation dress.

Next day when Joe and his parents and Jonathan Guyer and his father left for their homes, Mrs. Taft informed Mandie, "We will be leaving tomorrow. Jane Hamilton and Celia will also be going. We need a day or two of rest before you girls have to return to school on Tuesday."

"Yes, ma'am," Mandie replied and turned to ask Celia, "Will you be going home and then coming back to school on Tuesday?"

Celia looked at her mother, who was standing nearby on the platform after they had waved good-bye to the Woodards and Guyers.

"Yes, Celia, we'll go home and then you can come back to school on Tuesday. We need a day or two by ourselves since we've spent the whole holiday time away from home."

Mandie silently groaned to herself. She wasn't looking forward to spending the next two days alone at her grandmother's house in Asheville. She smiled at Celia, who always understood what she was thinking. Celia smiled back.

But Tuesday did finally arrive and the girls were back in the Misses Heathwood's School for Girls at last that afternoon.

As they began unpacking their trunks, Mandie looked around the room and noticed things on the bureau had been moved about. She pulled open the drawer she used and found personal belongings jumbled up in the drawer.

"Celia, look," she said, pointing to the open drawer. "Someone has been messing in my things, and on the bureau, too."

Celia came to look and replied, "Yes, it looks like someone must have gone through your things in a hurry. Let me check my drawer."

Mandie pushed her drawer shut so Celia could open the one she used beneath it.

"Oh, Mandie, mine is a mess, too," Celia said. "I wonder if they took anything." She anxiously tried to refold things and put them back in some kind of order.

After Celia closed her drawer, Mandie quickly straightened up her belongings in her drawer.

Celia went over to check the inside of the huge wardrobe where they hung their dresses.

"I can't tell for sure but it looks like someone has been pushing our clothes about in here," Celia said.

"I'm not sure, either, because I know we packed in a big hurry when we went home."

"Should we tell Miss Prudence about this?" Celia asked as she sat in a big chair.

Mandie flopped into the other chair. "I don't know what good it would do," she said. "I don't think anything of mine is missing."

"It's bound to have been one of the girls who

stayed over here for the holidays," Celia said.

"Yes, someone who lives too far away or has no family to go home to," Mandie agreed. "And the first one in that category I can think of would be April Snow."

Celia nodded in agreement. "But I don't know why anyone would want to go through our things. Whoever it was evidently didn't take anything."

"Let's do some investigating on our own and find out just who stayed here at school during the holidays," Mandie suggested. She stood up and added, "How about sitting in the parlor until time for supper, where we can see everybody come and go, and where we can find out exactly who didn't go home."

"All right," Celia agreed as she got up and walked over to the bureau. "But let's place things here so we'll know if anyone comes in here while we're gone." She moved her hairbrush and comb.

"Yes," Mandie said, coming to straighten up her belongings on top of the bureau. "I have already straightened out things in my drawer, so I'll know if they are disturbed again."

"So have I," Celia said.

When Mandie and Celia went to the main parlor on the first floor, there were only two girls walking through the room to sit at the far end. They were talking to each other and didn't even glance in Mandie and Celia's direction.

"Twins!" Mandie said with surprise. "And I've never seen them before."

"Yes, they are identical," Celia agreed.

They stared at the two girls as they sat on a sofa. Even the curl of their long hair seemed to be identical. They wore the latest fashion in bright red grown-up dresses that offset their long dark hair.

Mandie frowned as she whispered to Celia,

"Don't you think they look too old to be going to school here?"

"Yes," Celia whispered back. "But do you suppose they are students here, or just visitors?"

"I don't believe Miss Prudence has accepted any new students in the middle of the year since we've been here," Mandie said.

Other girls began coming into the parlor and Mandie noticed none of them passed near the two new girls or spoke to them. However, they did all stare at the twins.

"I don't believe anyone here knows them," Mandie whispered to Celia.

"No, but they sure are staring," Celia agreed.

Mandie saw April Snow enter the room, and she went to sit at the other end as she glanced at Mandie and Celia but didn't speak. Not far behind April, Polly Cornwallis quickly slipped into the room and, without even looking at anyone, went to sit in a chair in a small alcove by herself, where she could view the room.

Polly was Mandie's neighbor back home but was always causing trouble of some kind.

"There's Polly," Mandie said. "Mother said she and her mother had gone to New York for the holidays, so that's why she didn't put in an unwanted appearance at our house."

"I sure hope she doesn't go to the college we're going to," Celia said.

"Oh, that would be disastrous," Mandie agreed. "I have an idea she will go to school in New York. She likes the big city. And besides, Jonathan lives there."

"But Jonathan is not interested in her," Celia said.

"Now you know a person doesn't have to be

interested in Polly Cornwallis for her to push herself on them," Mandie reminded Celia.

"You are right," Celia agreed.

Mandie looked at the twins across the room again. They were still talking to each other and seemed unaware of the fact that every girl in the room was glancing at them now and then. And Mandie imagined they were all trying to figure out who the new girls were.

"Mandie, do you think anyone looks guilty?" Celia whispered.

"Looks guilty?" Mandie asked.

"Yes, of going through our things in our room," Celia reminded her.

"Oh, the guilty one might not even look guilty. You know how Miss Prudence has been teaching us to act aloof, to act like young ladies," Mandie whispered back. "However, I would like to find out if April Snow stayed here for the holidays."

"But Mandie, it could have been someone who went home for the holidays and got back ahead of us," Celia said.

"That's right," Mandie agreed.

The bell in the backyard of the school began ringing for supper. All the girls hurried to get in the line headed for the dining room. Mandie watched the new girls who just sat there, evidently wondering what the fuss was all about.

"Should I go tell them they need to get in line for supper?" Mandie whispered to Celia as they slowly got up to join the line.

"But they might not be students," Celia said.

"Now that Miss Hope has changed the rules and has only one sitting for each meal, they won't get anything to eat if they don't come on with us," Mandie reminded her. She stood there undecided as all the other girls had formed a line. "Come on, let's go explain to them," Mandie decided. She started across the room toward the twins. Celia followed.

"Hello, I was wondering if you knew you were supposed to get in that line there in order to get supper."

The girls looked at each other and finally one spoke, "Grazie, we did not know." They stood up.

"My name is Mandie Shaw and this is Celia Hamilton," Mandie introduced them. "The line is moving. We have to hurry."

"My name is Maria and my sister is Margret," the other girl told them.

At that moment Miss Hope came hurrying across the room to them and told the twins, "Please excuse me, but I was tied up and didn't get here in time to explain about the line. Just follow the other girls into the dining room."

The twins nodded to her as she hurried around the line and into the dining room to take her place at the head of the table.

The line moved fast and there was no more chance to talk. The twins sat on the other side of the room from Mandie and Celia. The long dining room tables had been moved and pushed together to form a T-shape when the new rules about the seating had been instated.

Mandie whispered to Celia as they stood behind their chairs waiting for Miss Hope to ask the blessing, "So they are students here."

"Yes," Celia whispered back.

"And they are not American, probably Italian," Mandie added.

Celia nodded her head as Miss Hope shook the little bell sitting by her place and announced, "Young ladies, we will now return thanks." Everyone immediately bowed their heads as Miss Hope said the blessing.

Then Miss Hope solved the mystery as she again shook her little bell and announced, "Young ladies, we are pleased to introduce you to Miss Maria and Miss Margret Cassell who have come here for the last half of this school year from Italy. Their father is a diplomat in Washington. Let's show them our welcome." She began clapping her hands and all the girls joined in.

Mandie noticed the twins looked confused and uncertain as to what this was all about. When Miss Hope silenced the noise, she looked directly at them and they both said, "Grazie."

There was no conversation allowed at the table but Mandie said under her breath to Celia, as she put a forkful of potatoes into her mouth, "I was right."

Celia nodded and went on eating.

As soon as the meal was over and the girls were dismissed from the table, Miss Hope hurried around to speak to the twins again. Mandie lingered again, hoping for a chance to talk to them, and then she heard Miss Hope saying "If you young ladies would please come with me. We need to make out records for you in the office."

Miss Hope left the room with the twins following.

"Oh, shucks!" Mandie said as they were the last ones to leave the dining room.

"So their father is a diplomat," Celia said as they walked out of the room.

"I wonder if they speak English," Mandie said.

"They must or they couldn't attend a school like this," Celia said.

"Let's go into the parlor and wait and see if they come back in there," Mandie suggested, walking down the hall.

"And we were going to try to find out who stayed here at the school over the holidays, remember?" Celia said, catching up with her.

"Yes," Mandie replied.

They sat in the parlor, but it seemed all the other girls were going upstairs to their rooms and no one came to join them. After a while Mandie said, "We might as well go to our room, too. I don't believe anyone is coming in here."

"They are probably all tired from the holiday travel," Celia said.

Mandie looked for Miss Hope as they left the parlor and went down the hall to the center staircase, but she was nowhere in sight.

Once in their room they checked their things to see if they had been disturbed. Nothing had been moved.

They sat in the big chairs to talk awhile since it was really too early to go to bed.

"If we had been able to catch up with Miss Hope she would have told us all about those new girls," Mandie said.

"I wonder if they will be graduating with us since they only now enrolled here," Celia said.

"They must have been going to school somewhere, either in their country, or here in the United States," Mandie decided.

"Do you suppose they will have identical graduation dresses?" Celia asked with a big grin.

"I would imagine so. They probably dress alike all the time," Mandie said. "I sure hope my graduation dress is not missing or something. It wasn't in Aunt Lou's sewing room where it was supposed to have been so I can't imagine who took it or where it went."

"I would think Aunt Lou knows where it is or she

would raise a fuss about the disappearance of it," Celia said.

"I'll be glad when graduation and all that is over with," Mandie said. "And I hope Grandmother will take all of us to Europe."

"I wonder if anyone knows for sure what she will do about Europe," Celia remarked.

"No one ever knows what my grandmother is going to do next," Mandie said with a big grin. "She likes to make mysteries out of everything."

Mandie thought about that after she and Celia went to bed that night. If her grandmother didn't take them to Europe, what would she be doing all summer? And her friends?

She knew she was going to feel kind of lost, having graduated from this school in the coming summer, and having to begin at a completely new school, the College of Charleston. Well, she would at least have Celia with her.

Chapter 7 / Surprises

The girls at the Misses Heathwood's School for Girls were allowed Wednesday as a free day, and classes did not begin until the Thursday after the Christmas holiday break.

Mandie woke up on Thursday to hear the rain pouring down outside. And she knew it would be a cold rain, since it was January. Therefore, she would have to spend the day inside. She groaned as she sat up in bed and rubbed her eyes.

Celia was also awake and pushed herself up on her pillow. "It's raining," Celia said.

"Yes, and I had hoped the girls would be coming in and out and we'd have a chance to see the twins again, and also a chance to try to figure out who was in our room while we were gone," Mandie replied, sliding off the big bed.

Celia looked at the clock and replied, "But it's early, Mandie. It's only twenty minutes till seven. We have time, if we hurry, to get downstairs and see who else is around before we have to go in for breakfast at seven-thirty."

"Yes, let's hurry," Mandie replied, rushing over to the wardrobe to find a dress. Celia followed.

They hurriedly dressed and only took time to

place their hairbrushes and combs on the bureau in a position that they would know if they were bothered by anyone while they were out of the room.

Downstairs they only found Polly, who was sitting in the same place she had sat the night before. Polly didn't look at them as they crossed the parlor and sat on a settee.

"Do you think she might have spent the night down here in that chair?" Mandie asked with a big grin.

"Of course not, Mandie," Celia whispered back. "Why would she do that?"

"You know that she does a lot of things other people don't do, like trying to break the lock open on our tunnel that time," Mandie said, glancing at Polly, who was too far away in the huge parlor to hear them.

April Snow came into the parlor and sat down on the other side of the room.

Mandie had learned April was a strange person, sometimes friendly and sometimes not speaking, for no reason at all. She decided to see if the girl would reply as she looked across the room at her and asked, "Did you go home for Christmas, April?"

April quickly pushed her black hair back from her face, shrugged her shoulders, and answered, "Of course I went home. Didn't you go, too?"

"Yes, and Celia went home with me. We just got back here Tuesday," Mandie replied.

April didn't say anything to that.

Mandie took a deep breath and asked, "When did you get back?"

"When did I get back?" April repeated. "Now, what business of yours is that? I got back before you did and also before those two foreigners from Italy showed up. And I'm glad I'll be graduating in May because it looks like the old ladies are going to turn it into a school for just anybody."

Mandie took a deep breath. April didn't usually say that much at one time. She must really be upset with the foreigners being admitted to the school.

"I think we ought to be nice to those girls," Celia spoke up. "They are visitors in our country."

Mandie tried to trick April into an answer about her return to school. "Did you say you came back to school on Monday? That would have been a day ahead of us."

"I did not say any such thing," April said, angrily rising and hurrying out of the room.

As she went out, the twins came into the parlor. Mandie looked across the room, smiled, and said, "Good morning."

The girls smiled back but kept walking right on through the parlor and out the door on the far side, which led into a smaller parlor.

"Well," Mandie muttered under breath.

Some of the other girls came into the room, among them Mary Lou, a girl who had always been friendly but never friends with Mandie and Celia. However, now she walked on over to sit in front of Mandie and Celia on a chair and remarked, "It must be wonderful to have a grandmother like yours, Mandie, who is going to take you and all your friends to Europe this coming summer."

"To Europe?" Mandie quickly asked. "Who told you my grandmother was going to take us to Europe?"

Mary Lou pushed back her long red hair and replied, "Why, everyone here at school knows about that. Was it supposed to be a secret or something?"

Mandie quickly cleared her throat and answered, "No, of course not. It's just that I didn't know you knew my grandmother that well to be getting information like that." She glanced at Celia.

"Oh, I didn't get the information from your grandmother. I overheard her talking to Miss Prudence when she brought you girls back to school," Mary Lou replied. "I heard her say that she is taking you and all your friends. I hope that includes me." She smiled at Mandie.

"Do you not have any plans for the summer?" Celia asked.

"Oh, I have plans all right, but they could all be changed to get a chance to go to Europe. My parents could never afford to take me on such a trip. I do hope you appreciate your grandmother's interest in you and your friends," Mary Lou said. "I don't have any grandparents. They're all dead."

"Oh, yes, I do love my grandmother," Mandie replied, and then feeling sorry for the girl, she added, "I'm not sure how many of my friends my grandmother intends taking but I'll let you know if we have room for one more." She smiled.

"Oh, thank you, Mandie," Mary Lou quickly answered. "I'll be your friend forever." She grinned as she tossed back her long hair.

"Does my grandmother know your parents?" Mandie asked.

"No, of course not, but they know who she is. Everyone knows who Mrs. Taft is, with all her ships and money," Mary Lou said.

Mandie couldn't decide how to respond to that and finally said, "She is a wonderful grandmother. I'm glad she's mine."

All the other girls in the school had come into the parlor and the surrounding halls. The bell in the backyard began ringing for breakfast.

Mandie and Celia stood up. "I'll let you know as

soon as I can," Mandie promised Mary Lou as everyone got into line.

Mary Lou's seat was on the opposite side of the dining room from Mandie's. As they separated in line Mandie whispered to Celia, "Do you suppose she is making all that up about Grandmother taking us to Europe?"

"I don't think so, Mandie. How would she know about that?" Celia whispered back.

Mandie didn't know much about Mary Lou and was trying to figure out how she could really find out if her grandmother had said that to Miss Prudence. And then she figured her grandmother must have, as Celia said, otherwise how would Mary Lou know anything about a possible trip to Europe with her grandmother?

"Oh, why won't Grandmother tell me something?" Mandie whispered to Celia as they came to their designated chairs and stood there waiting for Miss Hope to ask the blessing.

As soon as breakfast was over, Mandie and Celia walked down the hall toward the office, where Miss Prudence stayed.

"If I can find Miss Prudence I will just ask her what my grandmother said about going to Europe," Mandie told Celia as they neared the open doorway.

Mandie looked inside and saw that Miss Prudence was sitting at her desk. The lady looked up, smiled, and said, "Come on in, young ladies. I've just finished what I was doing here. Sit down."

Mandie entered the room and sat in a straight chair, and Celia took the one beside her. Miss Prudence only had the bare essentials for running a school. She didn't believe in luxurious offices.

"Good morning, Miss Prudence," Mandie began.

The lady quickly said, "I'm so glad you are going

back to Europe with your grandmother this summer, and I understand she is taking all your friends. Why, she even asked Miss Hope and me, but of course we can't take time off like that from the school. I'm sure you are going to have a very educational journey with your grandmother to supervise it." She paused to take a breath. "Now, what can I do for you young ladies?"

Mandie and Celia looked at each other and grinned.

"Well, you see, Miss Prudence, my grandmother has not told me yet that we are definitely going. Then Mary Lou spoke to us about it so I decided to ask you about it," Mandie said, feeling as though she was jumbling up her words.

Miss Prudence smiled at Mandie and said, "You don't know about it?" Then she said, "That's just the way your grandmother does things. She'll get around to telling you about it in her own good time, I'm sure."

"But all my friends want to know so they can arrange their vacations for summer," Mandie said.

"This is only January, dear," Miss Prudence reminded her. "You have plenty of time before your graduation in May to make plans." She stood up and added, "Now, I have some business to attend to."

Mandie and Celia also quickly rose.

"Yes, ma'am, thank you for telling me," Mandie said as she and Celia started out the door. She turned back to ask, "Miss Prudence, will those girls from Italy be graduating with us in May, or are they in lower classes?"

"Yes, they will be graduating with you. And I must say they have an excellent education already," Miss Prudence replied. "Have you met them?"

"Oh, yes, ma'am, and they seem to be very nice," Mandie told her. Then, looking back one more time as she stood in the doorway, she asked, "Maybe you could find some time to go with us yourself to Europe."

"I see no time right now, thank you, dear," Miss Prudence replied, and began picking up papers on her desk.

Mandie and Celia walked back down the hall toward the main staircase.

"I was going to say let's go back to our room and get our books for our first class and then come down here and wait so we can see everyone going and coming. Maybe someone else will stop to tell us we are going to Europe with my grandmother," Mandie said, grinning.

As they climbed the main staircase Celia said, "You know, Mandie, I have a feeling that your grandmother has been keeping the trip to Europe a secret so she could surprise you with it for graduation."

Mandie paused to look at her friend and replied, "Maybe, but she knows all my friends have to make plans for the summer and she should at least let them know."

Celia grinned at her and replied, "Maybe they all know already."

Mandie stomped her foot as they stood on the staircase. "Don't you dare tell me that you and all my friends have known about this trip all along and I'm the only ignorant one in the bunch."

"Mandie, please don't let anyone know I told you, but Mrs. Taft has organized this trip with all our parents—mine, Joe's, Jonathan's, Sallie's, and everyone's, and she asked that we keep it secret because it was to be a surprise graduation present to you," Celia explained.

Mandie clenched her fists and stomped her foot again. "Well, she certainly managed to make me look like a dumb idiot."

"Come on, let's get our books," Celia reminded her as she started on up the stairs.

In their room the girls grabbed their books for their morning classes and then quickly returned downstairs. They sat in the parlor again. Most of the students were already attending other classes and no one came to join them.

After the two morning classes, everyone got in line again, this time for the noonday meal. Mandie noticed that no one seemed to meet her eyes as she looked around at the other girls. Now she knew they were hiding a secret, but it was no longer a secret from her and she intended to have a talk with her grandmother. This situation had turned out to be embarrassing, being the last one to know what her own grandmother was planning.

Mandie felt uncomfortable with the other girls, and then a few days later something happened that caused her attention to revert to another matter.

The mailman for the neighborhood always delivered mail to the school immediately after noontime each day. And on Friday he brought an important letter to Celia as she and Mandie sat in the alcove looking out into the wintry front yard.

"A special one for you, Miss Hamilton," the postman told her as they waited in the front hallway while he took the mail for the school out of his bag.

"For me?" Celia asked as he handed her a large white envelope.

Mandie quickly looked over her shoulder. "Celia, that's from the College of Charleston. Quick, see what it is."

The two moved back into the alcove and sat

down. Celia opened the envelope and withdrew a business letter. Her eyes grew big as she read it and said, "Here, read this. The college received my application too late and they can't accept me."

"What!" Mandie practically screamed as she took the letter and read it. "Celia, didn't you turn in your application about the same time I did?"

"Well, yes, I suppose. I actually gave it to my mother to mail," Celia explained.

"And she didn't get it mailed in time. Oh, Celia, what are we going to do? I can't go without you," Mandie moaned.

"I'll have to get word to my mother about this," Celia said, her eyes brimming with tears. "Oh, Mandie, I'm so sorry."

Mandie straightened up and said firmly, "My grandmother can fix anything. We'll just take this letter to her and see if she can change their minds, that's what we will do, this weekend." Mandie smiled at her.

"But Mandie, it won't do any good to change their minds if they are already filled up. There still wouldn't be any room for me," Celia replied.

"They'll make room when my grandmother talks to them."

The girls heard the mailman come back inside.

"Miss Hamilton, sorry, but I have another letter for you that I overlooked," he said, looking around the hall as the girls came out of the alcove.

Celia took the letter. "Thank you," she said.

As they went back inside the alcove Celia said, "Look, Mandie, this letter is from the University of Virginia. Remember I applied there, also, and I never did tell them I wanted to cancel out." She quickly opened the letter. "And they have accepted me." She waved the letter at Mandie, smiling.

"But Celia, that doesn't solve anything. I didn't apply to the University of Virginia and I'm sure it's too late now," Mandie replied.

"I don't know, Mandie, but they would probably make room for you if you wanted to go since I am accepted there already," Celia replied.

"Celia, this is one big mess," Mandie said with a sigh. "This is one time I'll be glad to ask for Grandmother's help."

Everything seemed to jam up on the girls with no solution in sight. Mandie sent word to her grandmother that they would like to come spend the weekend with her, and Uncle Cal, the school handyman, brought back the message that Mrs. Taft was away for the weekend.

"Sorry, young ladies, but Miz Taft she ain't home till Monday," the old man told them in the hallway that afternoon.

"Thank you, Uncle Cal," Mandie said. Turning to Celia she said, "Guess we will have to wait till Monday, but you could write a letter to your mother and get it in the mail this weekend."

"Yes, I will, Mandie," Celia agreed.

While they sat in their room that Saturday and Celia wrote her letter, they discussed college.

"I cannot go to the College of Charleston without you, Celia," Mandie said emphatically as she stood up to walk the floor. "They just have to make room for you. They have to."

"But Mandie, if they don't have room, then they don't have room. You can't just make up a space out of thin air," Celia told her. "However, registration is still open at the University of Virginia and most likely you could get in there." She quickly folded the letter she had been writing to her mother and placed it in an envelope.

"So many things have been going on I can't get a chance to breathe lately," Mandie complained, stopping by the bureau to brush her long blond hair.

Celia licked the flap on the envelope and sealed it. "Mandie, I need to take this downstairs so the mailman can take it for me when he comes with the mail."

"All right, let's go," Mandie said, going to open the door.

When they got downstairs Celia said, "I'll just give this to Miss Prudence to mail for me because the postman always gives her the mail for the school." She led the way back to Miss Prudence's office.

After giving Miss Prudence the letter to pass on to the mailman, Celia said, "I have had bad news, Miss Prudence. You know Mandie and I both applied to the College of Charleston. She was accepted a while ago but now I've received a letter saying mine was rejected due to no more spaces available."

"Oh, dear, then I would advise you to get Mrs. Taft right on the problem. She has good luck at persuading other people. I'm so sorry," Miss Prudence replied.

"Do you know of any other girls here who have applied to the College of Charleston, Miss Prudence?" Mandie asked.

"Let me see now, I believe Mary Lou Dunnigan did apply, but I don't know whether she was accepted or not, or in fact whether she decided that she really did want to go there," Miss Prudence replied.

"Mary Lou," Mandie repeated, looking at her friend.

"Mary Lou who is going with us to Europe," Celia added.

"Maybe we could persuade her to attend another college and give up her space," Mandie suggested.

Miss Prudence, listening to the conversation, said, "I don't know about that. You see, her parents can't afford to send her off somewhere to college. And she lives in Charleston, so she will be a day student there."

"Thank you, Miss Prudence," Mandie said as she and Celia left the office.

As they walked down the hall Mandie said, "Remember all that money my grandmother has. She could afford to pay Mary Lou's tuition somewhere else if Mary Lou would agree to give up her space," Mandie said with a big smile.

"That is a delicate situation, Mandie," Celia reminded her. "You can't just go around shaking money in people's faces to get them to do whatever you want."

"Oh, Celia, I certainly didn't mean it that way. I thought perhaps there is another college somewhere that Mary Lou wishes she could attend but can't because of the money," Mandie replied.

"We can certainly come up with some problems lately, can't we?" Celia said with a loud sigh.

"Yes, but I intend talking to Grandmother as soon as she returns on Monday," Mandie replied. "So let's not give up hope yet."

"I haven't, because if I go to the University of Virginia, I know you will probably be able to get accepted, too."

So much confusion and so many problems to solve. Everything will come out all right but it will just take time, Mandie thought as they walked along the hall.

Chapter 8 / Errors

Mandie couldn't think about a single other thing all weekend. Finally Monday morning came and Mandie once again asked Uncle Cal to go to her grandmother's house, not far from the school in Asheville, North Carolina, and take a message that she urgently needed to see her.

"We'll stay right here in the parlor until you come back, Uncle Cal," Mandie told the old man. She and Celia didn't have a class scheduled for another hour.

"I'll hurry right back, Missy," Uncle Cal told her, heading for the front door.

And this time he returned with a note for Miss Prudence, asking that Ben, Mrs. Taft's driver, pick up the two girls at the school at four o'clock and bring them to her house for supper. She sent Mandie a separate note explaining that she was arranging for their visit.

Mandie had a hard time keeping her mind on the classes she had to attend that day. She was wishing for the time to come to go to her grandmother's house. Celia didn't have much hope that Mrs. Taft could really do anything about her not being accepted at the College of Charleston.

Late that afternoon the girls joined Mrs. Taft in her parlor.

"Now, what is this all about, Amanda? What is so urgent?" Mrs. Taft asked, looking from one girl to the other.

"Oh, Grandmother, Celia was not accepted at the College of Charleston because they said her application was too late and they were filled up," Mandie began, hurriedly speaking without even taking a breath.

Mrs. Taft turned to look at Celia. "Why, my dear, was your application really too late to be considered?" Mrs. Taft asked.

"Yes, ma'am, that's what this letter says," Celia replied, taking the letter from her pocket and handing it to Mrs. Taft.

Mrs. Taft read the letter and then asked, "Well, what is your mother going to do about it?"

"I wrote her a letter but of course it'll take the mail a while to get to her," Celia replied.

"Mail? Does your mother not have a telephone?" Mrs. Taft asked.

"No, ma'am, not yet. The electricity has not been run all the way out in the country to our house yet," Celia explained.

"Grandmother, since you are right here for us to talk to I thought perhaps you could do something about this," Mandie suggested.

"No, Amanda, that would not be proper without having consulted Celia's mother," Mrs. Taft said. "But I have another idea. We'll just ask our sheriff here to call the sheriff near your home, Celia, and give Jane the news. Our sheriff has a phone and I'm sure yours must have, too. I must get around to having a telephone installed here in my house. I've just been so busy since they ran the wires out this way I haven't had time to do it." She suddenly stood up. "Therefore we must hurry down to the sheriff's office and talk with him before he goes home to supper."

"Yes, ma'am," both girls said as they followed her into the hall.

Mrs. Taft had timed it just right. When they arrived at the sheriff's office, Sheriff Jones was getting ready to go home for supper. He was on his way out when they went into his office.

"Mrs. Taft, how nice to see you," the sheriff greeted her as he removed his wide-brimmed hat, hung it back on the hook on the wall, and motioned to a seat. "Please sit down."

"Thank you, Sheriff Jones," Mrs. Taft replied as she quickly sat down near the desk. The girls sat in the chairs near the door. "This will only take a few minutes of your time so we won't delay your supper."

"I'm at your service, madam," he replied, going behind the desk and sitting in his chair.

"I need to get a message to Mrs. Jane Hamilton in Virginia for her daughter here," she replied, motioning toward Celia. "It seems we have a mix-up in her college registration." She went on to explain and then said, "Since I don't have a telephone yet I thought perhaps you would call the sheriff up there and ask him to take a message to Mrs. Hamilton for me."

"Certainly, Mrs. Taft, I'd be glad to," Sheriff Jones replied. "And I can understand how urgent this message is." He smiled at Celia.

"Here is the letter Celia received from the College of Charleston, and if you could just get the sheriff up there to inform Mrs. Hamilton about this and ask Mrs. Hamilton what she plans to do about this, I would be most grateful," Mrs. Taft explained, handing him the letter to read.

"Yes, ma'am, this is urgent business," Sheriff Jones said as he read the letter. "And I will ask the sheriff in Virginia if he will call me back with Mrs. Hamilton's response for this. And I'll do this right now."

Mrs. Taft and the girls listened while Sheriff Jones made the call to Virginia and identified himself to whoever answered the call.

"You say the sheriff has gone to supper," Sheriff Jones repeated over the phone. "Please have him call me as soon as he returns. I have an urgent message for him. Yes, I'll be here. Thank you very much." He hung up the receiver.

"So he is not in then?" Mrs. Taft quickly said.

"No, ma'am, he's gone to supper, and while he's gone I'll just go ahead to supper, and by the time I return he should be back at his office. And I will let you know as soon as he has contacted Mrs. Hamilton and has a reply for me," he explained.

Mrs. Taft rose and the girls quickly joined her as she started toward the door. "I thank you very much, Sheriff Jones, and I will wait to hear from you," Mrs. Taft told him as she and the girls left the office.

Ben, Mrs. Taft's driver, was waiting and took them back to Mrs. Taft's house.

On the way Mrs. Taft said, "I think you girls should just spend the night at my house tonight. I'll send Ben to tell Miss Prudence what we are doing, and of course you all will have to get up early and return to school in time for your classes. However, we may not get a message from the sheriff tonight."

"Thank you, Grandmother," Mandie said, smiling at Celia.

"And I thank you, Mrs. Taft," Celia said.

Mrs. Taft allowed the girls to stay up till midnight, but no message had been received when everyone finally went to bed.

And the next morning, immediately after breakfast, the girls returned to school. They stayed around the parlor between classes all day, but when time came for supper there had not been a message.

When the huge clock in the front hall struck nine, Mandie and Celia were sitting on a settee just inside the parlor door.

"Nine o'clock!" Mandie exclaimed. "I wonder why we haven't received any news. Do you think your mother could possibly be gone away somewhere and the sheriff could not reach her, or something?"

"I don't know of any plans my mother had," Celia replied. "Maybe the sheriff up there is having trouble getting the sheriff here. You know they say the telephone lines are not always working properly."

"Grandmother promised to send Ben over here as soon as she received a message," Mandie reminded her.

When the clock struck nine-thirty, Mandie stood up and said, "You know we have to go to our room now and get ready for bed before the ten-o'clock bell rings."

Celia stood up with a sigh and said, "Yes, I know."

When the girls stepped out into the hallway, they met up with Miss Prudence. She stopped to ask, "Have you received any word from your mother yet, Celia?"

"No, ma'am," Celia replied. "We're going up to

our room now. Maybe in the morning we'll hear something."

"If Mrs. Taft sends Ben over with a message, I'll let you know immediately," Miss Prudence replied.

"Thank you, ma'am," Celia said.

They went up to their room and got ready for bed. Instead of actually getting in bed they got comfortable in the two big chairs and covered up with blankets.

"No use going to bed. I just won't sleep," Mandie remarked as she pulled the blanket over her in the chair.

"Neither will I," Celia said, curling up in the other chair. "Mandie, I'm sorry this is causing so much trouble. It would probably be easier if you would just agree to go to the University of Virginia with me."

"No, I don't want to go to the University of Virginia. I want to go to the College of Charleston, and I want you to go with me," Mandie said emphatically.

"I hope your grandmother and my mother can work things out," Celia said, yawning. "I'm plumb worn out."

"I am, too," Mandie said, also yawning. She began to doze.

Suddenly the bell was ringing and Mandie instantly sat up and looked around. The light was still on and she glanced at the clock, six o'clock. It was morning. She had slept the whole night in the chair, and so had Celia, who was also stretching and sitting up.

Mandie stood up. "Oh, Celia, we didn't even go to bed last night," she said, as she headed toward the chifforobe to find clothes to put on.

Celia followed as she said, "And we didn't get a message."

"No, but we probably will today," Mandie said. "Let's get dressed and go downstairs. Maybe we'll see Miss Prudence. She might have received a message too late to tell us."

When they got downstairs, there was no sign of Miss Prudence or Miss Hope. And only two other girls were in the parlor. It was too early.

Finally the bell rang for breakfast and all the girls began lining up. Miss Hope was always in charge of breakfast. She came down the hallway and into the dining room as she smiled at the girls.

"Miss Hope probably wouldn't know anything," Mandie told Celia.

"And Miss Prudence is hardly ever seen before breakfast," Celia added.

"So we just have to wait," Mandie said, blowing out her breath as they joined the line.

After breakfast was finished, they had to go to a class.

"I wish we could see Miss Prudence," Celia said, as they got their books from their room and came back downstairs to their classroom.

"I'm sure she'll let us know when she does hear something," Mandie replied. "I don't dare go looking for her because it would cause us to be late for our class. So we'll just have to wait." She sighed loudly as they entered the classroom.

The girls had three classes that morning, one right after the other, so they did not have a chance to go looking for Miss Prudence. Then when they left the last one immediately before the noontime meal, they ran into Miss Prudence in the hallway.

"I'm sorry, young ladies, but I have not received a word from Mrs. Taft. Therefore I assume she has not been contacted by Sheriff Jones," Miss Prudence told them as they stopped in the hall.

"We don't have any classes this afternoon, Miss Prudence," Mandie said. "Do you think it would be possible for us to go over to my grandmother's house for the afternoon?"

"Of course, if you would like to do that I'll have Uncle Cal drive you over," Miss Prudence replied.

"Thank you, Miss Prudence," both girls replied.

When they arrived at Mrs. Taft's a little while later they found Ben getting ready to come to the school to get them. He had just pulled the rig up by Mrs. Taft's front door.

Uncle Cal stopped the rig by Mrs. Taft's in the driveway.

"Y'all done saved me a trip, dat you have," Ben declared. "Miz Taft she want to see y'all right away."

Mandie and Celia hurriedly jumped down from the school rig.

"Thank you, Uncle Cal," Mandie told him as she hurried over to ask Ben some questions.

Celia thanked the old man, also, and as he went on down the circular driveway back to the road, she joined Mandie.

"Where is Grandmother?" Mandie asked Ben.

"She be awaitin' in de parlor for me to bring y'all from de school," Ben replied.

"Thank you, Ben," Mandie said, leading the way in the front door and on down the hall to the parlor.

"Well, you certainly got here fast," Mrs. Taft said as the girls came in and sat down.

"Ben didn't come and get us. We had Uncle Cal bring us over here just as Ben was leaving. We wanted to see if you had heard anything, Grandmother," Mandie replied.

"Yes, ma'am, have you?" Celia anxiously asked.

"Yes, I have," Mrs. Taft replied. "Sheriff Jones came over a little while ago with a message from your mother, Celia. She says she is very sorry about the situation and would like to know our ideas as to what to do about this. She will be staying over at a friend's house in Richmond, Mrs. Willis, who has a telephone and whom we can go down to Sheriff Jones' office and call."

"I'm so glad you got in touch with my mother," Celia said.

"Have you decided what we can do?" Mandie asked.

"I need to find out from Celia's mother exactly when she mailed the registration form to the College of Charleston, first of all, to figure out whether yours was actually late, Celia," Mrs. Taft explained. "And if it was mailed in time to meet the deadline then we need to do something about it."

"Like telling them they have to honor it?" Celia asked.

"Yes, they will have to honor it if it was mailed in plenty of time to get there before the cutoff date."

"And what if it was not mailed in time, Grandmother?" Mandie asked.

"Then we need to find out if they were filled up on the deadline date," Mrs. Taft said. "And if they weren't, how did they go about selecting which application would be accepted."

"It sounds complicated, but I know you will know how to handle this, Mrs. Taft," Celia said.

"I won't be dealing with the college myself. It will have to be done by your mother, unless she asks me to take over and untangle this mess," Mrs. Taft said. She stood up and added, "Now let me get my hat and we will go to see Sheriff Jones."

When they arrived at the sheriff's office, Sheriff Jones immediately got the call through to Jane's mother. "Here is Mrs. Hamilton, Mrs. Taft," he said, handing the receiver to Mrs. Taft.

The girls listened as Mrs. Taft asked questions and discussed the matter with Mrs. Hamilton. Then she turned and held out the receiver to Celia and said, "Celia, your mother would like to say hello to you."

"But I don't know anything about talking on telephones," Celia stammered, reluctantly taking the receiver.

Mandie watched and listened as Celia said a few words to her mother and then nervously handed the receiver back to Mrs. Taft.

"That's the first time I ever talked to my mother on a telephone," Celia said, nervously clearing her throat. "It was unreal. She's all the way up in Virginia and we're down here in North Carolina, and it sounded as though she were right here in the room with us."

Mrs. Taft finished her conversation and hung up the receiver. She smiled at Celia and said, "I see that Miss Prudence is lacking in some of her education program. She needs to get a telephone in the school and teach you young ladies how to use it."

"Yes, ma'am," Mandie agreed with a big smile.

"I guess so," Celia mumbled, still nervous from her use of the sheriff's telephone.

"Thank you, Sheriff Jones," Mrs. Taft told him. "We will go home and discuss this matter and will be back in touch with you in order to contact Mrs. Hamilton again. Thank you."

"Yes, ma'am," the sheriff said, opening the door for her to leave the office. "Anything I can do for you, just let me know, ma'am."

As soon as they returned to Mrs. Taft's house, they sat in the parlor and discussed the situation regarding the College of Charleston.

"Your mother did mail your registration papers in time to meet the deadline date the college had given her. However, it seems the college made an error in the written date they gave her. She has asked me to handle this for her since we are so much closer to the college and may have to make a visit down there, and also, Celia, they are having some very bad winter weather at your home right now."

"Yes, ma'am, we do have lots of snow and bad weather in the winter back home," Celia replied.

"I will write a letter tonight and get it mailed tomorrow to the college protesting their decision and explaining why. Then we'll see what to do next. It will all depend upon their response," Mrs. Taft told Celia.

"Oh, thank you, Mrs. Taft," Celia said, smiling at her.

"I knew you could get everything straightened out, Grandmother," Mandie said with a big grin.

"Now I think you girls should go on back to school in time for supper," Mrs. Taft said. "I don't want you staying away from school too much, Amanda."

"Yes, ma'am," Mandie agreed, smiling at Celia.

"We have some studying to do tonight anyway," Celia reminded Mandie.

Ben drove them back to school in Mrs. Taft's rig, and they immediately went to look for Miss Prudence and found her in her office.

"Sit down, young ladies, and tell me what is happening now concerning your college," Miss Prudence told them.

After the girls explained what they had been doing and what was going to be done, Miss Prudence frowned and said, "I'm sure whoever is running that college was not educated here in my school. I can't imagine making such an important mistake."

The girls smiled at each other and agreed. "Yes, ma'am."

"We have to go study now, Miss Prudence, before suppertime," Mandie told her as she rose from the chair.

"You don't have much time left before suppertime, so you'd better hurry," Miss Prudence told them.

As the girls started out the door, Mandie turned back to say, "And, oh, Miss Prudence, my grandmother thinks you should have a telephone installed here in the school."

Miss Prudence threw up her hands and said, "Heaven forbid! That's all the young ladies would be doing, talking on that telephone." And then with a smile she said, "Thank you for warning me, Amanda."

The girls immediately went to their room to study.

Mandie went over to the bureau to brush back her long blond hair. She glanced at the comb and brush and said, "Celia, we forgot to keep watch on our things to see if anyone was coming in here. My hairbrush has not been moved that I can tell."

Celia rushed over to look at hers and said, "Mine hasn't, either."

"Maybe whoever was in here before is not coming back," Mandie said. "However, I intend keeping watch on my possessions, that is, every time I can remember to do it."

"Yes," Celia agreed.

Mandie picked up her history book with a loud

sigh and settled into one of the big chairs. She was sure her grandmother would pursue the situation until the college did accept Celia. Mrs. Taft always got whatever she went after.

Chapter 9 / Problems Solved

During the next few weeks there was a lot of correspondence between Mrs. Taft and the College of Charleston. It seemed that no one down there knew what the other one was doing. Different people replied to Mrs. Taft's letters every time she wrote. Then she began making telephone calls and kept getting different people on the line.

One weekend when Mandie and Celia were staying with her, Mrs. Taft told them, "It seems hopeless. I may have to go down there in person to get any results. The people who answer the telephone don't seem to know what each other is doing, or what should be done to straighten out this affair for Celia."

"Grandmother, may we go with you? Please?" Mandie quickly asked.

"No, that is out of the question, Amanda," Mrs. Taft replied firmly. "You cannot miss any of your classes for the rest of this school year. Remember you will be graduating in May and need to put in every hour of study that you can."

"Yes, ma'am," Mandie replied with a big sigh.

"If I don't get any results by the end of next week, I will go down there and confront these people," Mrs. Taft told the girls.

When the end of the next week came, Mrs. Taft had not received anything and made plans to go to Charleston.

Mandie and Celia were allowed to see her off on the train. Mrs. Manning, her friend and neighbor, went with her.

"If I need to speak to anyone up here while I'm there I will call Sheriff Jones' office and ask him to give my message," Mrs. Taft explained to the girls as she stood on the platform with Mrs. Manning.

"Yes, ma'am," Mandie said. "We'll be waiting to hear from you."

The train sat there huffing and puffing and the two ladies walked to the door of the car.

Mrs. Taft waved back at the girls and said, "And when I return we shall get a telephone in my house and also in the school." She smiled and stepped inside the train car. Mrs. Manning followed her.

"Yes, ma'am," Mandie said, excitedly thinking of the prospect of a telephone that she could use sometime.

As the train pulled out of the station Celia said, "Oh, Mandie, I hope we don't get the telephone at the school before we graduate. I'm not sure I like telephones."

"Come on," Mandie told her as they hurried off the platform to Mrs. Taft's rig, where Ben was waiting to drive them back to the school. "Think of all the time that could be saved by using telephones."

"Yes, but think of all the wonderful letters people write now that just won't be written in the future when they can simply talk into one of those telephones," Celia replied.

When they got back to the school they met up with Miss Prudence in the front hallway.

"Did Mrs. Taft get off all right?" the lady asked. "Was the train on time?"

"Yes, ma'am." Mandie replied. "And when she comes back we are going to get a telephone here in the school." Mandie grinned at her.

Miss Prudence gave a big sigh, frowned, and said, "I suppose we will get a telephone if Mrs. Taft wants one here, since she owns the school now. Oh, dear, Miss Hope went off and got married and will be taken care of. Would that I were that independent. I could retire."

"You could do the same thing, Miss Prudence," Mandie said with a big smile. Then she worried about the effect of that remark.

"What? Oh, Amanda, I'm too old for that," Miss Prudence said. She straightened her shoulders and said, "Now you young ladies get back to your schoolwork."

"Yes, ma'am," both girls replied as Miss Prudence headed down the hall toward her office.

Walking toward the main staircase, Mandie stopped and said, "I wonder if Sheriff Jones is married. He'a a nice-looking old man, you know. And I know the preacher's wife died a long time ago. You know, Celia, we ought to look for a nice husband for Miss Prudence." She grinned.

"Oh, Mandie, now you are talking about trouble. I certainly don't want to get on the bad side of Miss Prudence," Celia replied.

"We'll see," Mandie replied with a secretive grin.

As they continued up the staircase Celia said, "Talking about older people getting married, I would think your grandmother would marry again, either Jonathan's father or Senator Morton."

"I'm not sure my grandmother would like being tied down to a husband," Mandie replied. "She likes being the boss of everything, you know."

In their room the girls settled down to do assignments they had been given because they had missed the morning classes by going to the depot.

When the bell in the backyard rang for the noonday meal, both girls rushed to the bureau to brush their hair. And both noticed their combs and brushes had been moved.

"Someone has been in here," Mandie said, standing back to look at her things on the bureau.

"Yes, they have," Celia agreed.

They quickly looked around the room but couldn't find anything else that had been disturbed.

"I wonder why whoever it is just picks the bureau to snoop in." Mandie said with a big sigh.

"I don't know, but Mandie, come on. We'll be late for the line to the dining room," Celia urged her as she hurried to the door.

Mandie quickly put her things on top of the bureau back in the order she kept them and then rushed to join Celia. "I fixed everything back so I'll know if someone comes in again," she said.

Downstairs they found the twins last in line and followed behind them into the dining room. Although they were not supposed to talk in line, Mandie whispered to the girls, "What college are you all going to after you graduate here?"

The twins looked at each other, smiled, and said, "The one in Charleston, that is in the state of South Carolina."

Mandie's eyes grew wide as she looked at Celia. "We are going to the same college," she whispered to the twins.

Both girls smiled and nodded as the line moved on.

When they finally got to their chairs at the table,

Mandie whispered to Celia, "I wonder when they applied. It had to be before they came here because of the deadline."

Celia nodded as Miss Prudence shook the little bell she kept by her plate. "We will return thanks, young ladies," she said loudly. She watched as the girls bowed their heads before she began the blessing.

As soon as the meal was over and they were dismissed from the table, Mandie and Celia went to sit in the main parlor until time for their next class.

Polly Cornwallis came through the door on the far end of the parlor and sat down there. Then Mandie and Celia were surprised to see April Snow enter the parlor and join Polly.

"Well, when did they get to be friends?" Mandie whispered to Celia.

"This is the first time I have ever seen them even speak to each other," Celia remarked.

Then, as they watched, the twins entered the parlor and went straight across the room and sat down with Polly and April.

"My goodness, remember what April said about the twins being foreigners," Mandie whispered.

"She must have changed her opinion of them," Mandie replied.

Mandie and Celia watched as April, Polly, and the twins laughed and talked, but they were too far away to hear what was being said. Mary Lou came into the parlor and joined Mandie and Celia.

"I just heard that April, Polly, and the twins are all going to the College of Charleston," Mary Lou told them.

"Really?" Mandie said in surprise. "I wonder how they all got to be friends all of a sudden."

"I don't know, but I overheard them talking this

morning between classes. I didn't see y'all around so I figured y'all didn't know about their decision to go to the College of Charleston," Mary Lou said. "Miss Prudence told me y'all were both going to the College of Charleston."

"We went to the depot to see my grandmother off to Charleston, to the College of Charleston, in fact, to straighten out a mixup in Celia's registration," Mandie explained. "Miss Prudence told us that you will also be going to the College of Charleston."

"Yes, but as a day student. I'll be living at home," Mary Lou replied. "Y'all will have to come visit at my house and get to know my parents."

"Thank you, that would be nice. We don't know anyone in Charleston, except the Pattons who are friends of my mother. Do you know their son, Tommy, and his sister, Josephine, who is younger?" Mandie asked.

"Patton? No, I don't believe I know anyone with that name," Mary Lou replied.

The clock in the hall chimed. Mandie quickly stood up and said, "I've got to rush up to my room and get by books for my next class. I'll see you later, Mary Lou."

"Yes, I have to get my books, too," Mary Lou replied.

In their room, Mandie and Celia quickly looked at their things on the bureau. Nothing had been moved. And as they grabbed their books from a chair Mandie said, "No one has been in here to move things around because whoever is doing it must have been downstairs in the dining room when we were and didn't have a chance to do it."

"I hope no one comes in here again while we're out," Celia said, following Mandie out the door.

"They'd better not because sooner or later

they're going to be caught," Mandie said. "And they're going to be in trouble then."

Mandie and Celia anxiously awaited word from Mrs. Taft in Charleston, but no message came. Finally Mrs. Taft came home a week after she had left. She sent Ben over with a note to Miss Prudence, asking permission for Mandie and Celia to come to her house for supper.

"Your grandmother has returned," Miss Prudence told Mandie when she had summoned the girls to her office one afternoon. "And you're to go to her house for supper. She didn't ask, but if you would like to spend the night there tonight it would be permissible. But be sure you let me know. Now get your things. Ben is waiting."

"Thank you, Miss Prudence," Mandie said.

"Yes, ma'am," Celia added.

They hurried up to their room to get their cloaks and gloves. The weather had turned colder and it was also raining.

"I do hope Grandmother has everything straightened out," Mandie said as they stepped out onto the front porch and hurried down the steps where Ben was waiting in the buggy, which had attachable curtains for protection against the weather.

"Does Grandmother seem to be in good spirits?" Mandie asked as she and Celia stepped into the buggy.

"I don't rightly knows, Missy," Ben replied, picking up the reins. "I gits her at the de depot dis here mawnin' and brings her home. Den don't see huh all day till she say come git you." He drove the buggy on out into the road.

"She's probably been sleeping all day after that train trip," Mandie said.

Mrs. Taft was waiting for them in the parlor where

a fire blazed and crackled in the huge stone fireplace. The girls left their cloaks on the hall tree outside the parlor and went on into the room to stand by the fire.

"It's cold outside, Grandmother," Mandie said.

"Yes, it is," Mrs. Taft said. "You girls sit down here on these stools by the fire until you get warmed up."

Ella, the maid, rolled the tea cart into the room and began pouring cups of hot coffee. "Heah, dis heah will warm you up," she said to the girls. "And there's sweet cakes heah, too." She picked up a small plate on the cart, put a pastry on it, and handed it to Mrs. Taft, then gave some to Mandie and Celia.

"Grandmother, Miss Prudence said we could spent the night if you want us to," Mandie said between sips of the hot coffee.

"Yes, the weather is bad outside. Ella, would you please ask Ben to run back over to the school and tell Miss Prudence the girls will be staying over. I don't know why I didn't think about that."

"Yes, ma'am, Miz Taft," Ella said, quickly leaving the room.

Mandie and Celia were silent, waiting to hear what Mrs. Taft had to say. After drinking half of her cup of coffee, Mrs. Taft finally spoke.

"Celia, you are now registered at the College of Charleston," Mrs. Taft said with a big smile as she looked at the girl.

"Oh, thank you, Mrs. Taft!" Celia squealed, almost choking on the coffee.

"Grandmother, I knew you would get things straightened out, and I thank you, also," Mandie said, smiling at her.

"It took some doing, but I accomplished the

matter of getting Celia enrolled in the College of Charleston," Mrs. Taft said. "It seems that they have students working in the office there and answering the telephone, and that is why it was impossible to get any information by telephone. And speaking of telephones, I will be talking to Miss Prudence tomorrow and discussing the installation of a telephone in the school, and I'll also get one here in the house. Of course not many people have one here locally so it won't be much good for calling here in town, but we certainly can call other places, like the College of Charleston. I will be able to talk with you, Amanda, and check on things without having to go all the way down to Charleston when you go to school down there."

"Yes, ma'am," Mandie replied, but she was thinking Mrs. Taft might be able to check on her too often. After all, she was going to college and she didn't need her grandmother treating her like a child anymore.

"And Celia, I imagine your mother will be getting a telephone just as soon as the lines out there are installed," Mrs. Taft said.

"Yes, ma'am, she said she would," Celia replied.

"Now we need to discuss a trip to New York to do some shopping," Mrs. Taft told them. "You will both need clothes to begin school in the fall and we could spend the spring holidays in New York. What do y'all say?"

"Well, yes, ma'am, if you think we need to go to New York to shop," Mandie agreed.

"I'll have to ask my mother," Celia said.

"I spoke to your mother on the telephone while I was at the college and she agreed we need to go," Mrs. Taft explained. "It will be a fast trip, but we can do it."

"Do you think my mother will want to go with us?" Mandie asked.

"I will talk to her before then," Mrs. Taft promised.

Then Mandie remembered about the other girls who were planning to attend the College of Charleston. "Grandmother, you won't believe it but April Snow and Polly Cornwallis are also going to the College of Charleston."

"That's too bad," Mrs. Taft said. "I do hope they don't get down there and stir up trouble."

"Oh, and the twins from Italy are also going," Mandie added.

"And Mary Lou Dunnigan, but she will be a day student because she lives in Charleston," Celia added.

"Well, well," Mrs. Taft said. "So many out of Miss Prudence's school. The college is much larger, of course, and you girls won't be having to see those girls very much, I wouldn't suppose, so maybe they will stay out of other people's business."

Mandie quickly thought about the journey to Europe in the summer and she smiled big and asked, "Grandmother, when we go shopping in New York, will that be before the voyage to Europe, also?"

Mrs. Taft quickly looked at her and then, with a big smile, she finally replied, "Yes, I suppose you have learned about our plans to go back to Europe. I wanted it to be a surprise for your graduation."

"I'm sorry, Grandmother, to ruin your surprise, but everyone is talking about it and I was the only one who didn't know about it until some of the girls told me," Mandie said.

"I should have gone ahead and told you, too," Mrs. Taft said. "I should have known it would get back to you somehow before graduation."

"But I need to know now, Grandmother, because I have to make plans, too," Mandie said. "Otherwise, I would have been planning other things for the summer. Oh, Grandmother, I am so excited about going to Europe again. And this time taking all my friends. It's going to be a wonderful summer."

"We will meet all the others at Lindall Guyer's house in New York a few days before time to sail and we'll do up the town."

"Mrs. Taft, I appreciate your asking me, too," Celia said. "And I'm glad Aunt Rebecca and Mollie will be able to go with us. I just wonder what Mollie will do when she finds herself back in Ireland. Do you think she might not want to come back home with us?"

"Your mother and your aunt and I have discussed that and we've decided the child will want to come back with us. And of course we can't take her over there and leave her with no family. I believe your aunt Rebecca has pretty good control of her now."

"She was really wild when we found her, wasn't she?" Mandie said.

"And she still wants to chase leprechauns," Celia said.

"We will have to change her mind about believing in leprechauns," Mrs. Taft said. She rose from her chair. "Now, you girls go up to your room and freshen up for supper and I will do likewise. I'll be back down in about an hour. You will spend the night here because of the weather."

"Yes, ma'am," the girls chorused.

Mandie had her own room at her grandmother's house and kept clothes and personal belongings there. And since they visited Mrs. Taft so much,

Celia had also over a period of time brought some of her things and left them there. It solved the problem of having to bring clothes when they came to visit. In the room upstairs that Mandie called her own, the girls went through their clothes hanging in the wardrobe and decided to change into something a little warmer.

"I'm so glad Grandmother got everything straightened out down at the college. I knew she would," Mandie remarked as she quickly removed her dress and slipped into a heavy blue woolen one.

"Yes, I knew she would, too," Celia agreed as she changed into a green woolen dress. "I understand the weather is not so cold in the wintertime in Charleston. I suppose we'll be shopping for something suitable for down there."

"I'm excited about going to school there now and also about the trip to Europe," Mandie said, brushing her blond hair. "I am very thankful for all of this. I remember how poor we were when my father was living and I only had two or three dresses a year for school, and that's because I was growing and outgrew them so fast."

"Yes, Mandie, I am very grateful for all the good things that are happening, too," Celia agreed, coming to join her at the bureau.

"It's going to be a wonderful summer this year."

So many wonderful things were happening that Mandie hoped they would last and her plans would not get changed.

Chapter 10 / Spring Holidays

Time passed swiftly and Mandie and Celia kept finding their hair brushes and combs moved on their bureau but could not locate the source of the trouble.

Mary Lou kept reporting that April Snow, Polly Cornwallis, and the twins remained close friends. And Mandie could not figure why.

And finally spring break arrived, warm, gloriously beautiful with flowers blooming all over and birds chirping in clusters.

On a Saturday morning Mandie woke up, sat up in bed, looked at Celia who had also risen, and said, "New York next week."

"Yes, New York shopping trip next week," Celia repeated, swinging her feet to the floor.

"Yes, and my mother and Uncle John, and your mother should have already gone up there this week," Mandie said, standing up to stretch and going over to the open window where the curtain fluttered in the morning breeze.

Celia came to join her and to look out at the new leaves sprouting from the trees. "I hope we don't stay very long up there. I'd like to spend some time at home with my mother," she said.

"Yes, and so would I," Mandie agreed. "With Grandmother to supervise everything, maybe she will hurry and get the shopping done. I have so many clothes already I don't know what I need with any more anyway."

"I do, too. Mother is going through my things and will donate a lot of it to The Salvation Army," Celia replied.

"I'll ask my mother to do the same, then," Mandie said. "I'm anxious to get this New York trip over with and get home while we still have time on our spring break to get my graduation dress. I know Aunt Lou must have it hemmed by now." She turned to look at her friend. "You know we never did find out what happened to the dress when we couldn't find it in Aunt Lou's sewing room."

"I imagine she knew where it was and will have it finished. Otherwise there would be a big fuss going on because she knows you have to have it for graduation."

Mandie turned to walk over to the wardrobe to pull down a dress. "And you know I've been lonesome all this time without Snowball here. I'm going to bring him back when we go home on our break. I'm sure Grandmother will agree to at least let him stay at her house until we graduate." She started dressing.

Celia also took down a dress. "Do you think she will allow you to take him to Europe with us on the boat?" Celia asked with a big grin.

Mandie frowned for a moment as she paused in buttoning her waist. "I think she will. Remember he didn't really cause much trouble on our other journey to Europe. In fact, he was the cause of our making friends with Lily Masterson and her little sister,

Violet. And I wonder how they are. I'm not very good at letter writing."

"I imagine Lily realizes you are terribly busy getting an education, and she'll probably be in touch later," Celia said, fastening her long skirt band and shaking out the folds.

"Celia, you just gave me an idea," Mandie said, stopping halfway across the room. "I'm going to ask Grandmother if I can invite Lily and Violet to go to Europe with us."

"Oh, Mandie, that would be wonderful. I'd like to see them, too," Celia replied.

"We'd better hurry with breakfast because you know Grandmother is having Ben pick us up right after that to go to her house so we'll be ready to leave for New York from there on Monday," Mandie reminded her. "And I do have to pack some clothes."

"Yes, you are right. We need to hurry," Celia agreed. "And I imagine a lot of the girls are leaving today for break." She quickly brushed her long auburn hair. She turned to look at Mandie and asked, "Mandie, how in this world are we ever going to get everyone together for the trip to Europe when everyone lives in so many different places?"

"I asked Grandmother about that but I suppose I forgot to tell you. She said it was up to everyone else to get to New York to Jonathan's house. That's where everyone will meet after we graduate in May," Mandie explained.

Celia blew out her breath and smiled as she said, "I'm sure glad Jonathan has such a huge house, with all the people who are going to Europe staying there."

"Let's go," Mandie said, going to open the door. Downstairs, when they got in line for breakfast, they didn't see Polly, April Snow, or the twins. Mandie watched and then whispered to Celia as they arrived at their chairs, "They must have left yesterday, but I wonder if they left together."

"Maybe," Celia whispered back.

As soon as the meal was over, Mandie and Celia rushed back to their room and quickly packed everything they would need to go to New York and then to their homes for the rest of the spring break. They were just finished when Ben came to take them to Mrs. Taft's house.

Miss Prudence found them in the front hall. "Ben is here for you young ladies to go to Mrs. Taft's," she said. "I hope you have nice holidays."

"Thank you, Miss Prudence. This is one time when a telephone would have been convenient. Grandmother could have called and told us Ben was on his way," Mandie said with a big smile at the lady.

"Yes, yes, I know," Miss Prudence said. "It seems the telephone company will never get the wires in place for our telephones, however . . ."

Aunt Phoebe, the school housekeeper, came down the hall toward them.

"Good-bye, Aunt Phoebe, see you in two weeks," Mandie told her.

"You young ladies act like young ladies now on de big trip to de big city. We don't want dem Noo Yawkers saying we'se heathens down south heah now." She smiled as she hugged Mandie and then Celia.

"No one would ever think these two girls were heathens, Aunt Phoebe," Miss Prudence said, smiling. "I'm right proud at how they've turned out since enrolling here."

"Thank you, thank you," Mandie quickly told the two women as she hurried toward the front door. She was always uncomfortable with compliments.

The girls' trunks had been brought down and Ben was loading them on the rig. The girls waved good-bye as they got into the rig and Ben drove the vehicle out into the street.

They spent the weekend with Mrs. Taft discussing the upcoming shopping trip to New York and their graduation and then their journey to Europe. The girls were becoming more and more excited as those things came closer to being realities.

Mandie remembered Lily in the middle of their conversation with Mrs. Taft in the parlor. "Grandmother, I was wondering if I might ask Lily Masterson and her little sister, Violet, to go to Europe with us. Remember them?"

"Oh, yes, I remember them," Mrs. Taft agreed. "But, Amanda, you don't know what Lily is doing these days because you haven't been in touch with her in a long time. She's old enough now that she might have even gotten married."

"Married? Lily?" Mandie repeated in surprise. "Well, I suppose I had not thought about that. But, Grandmother, I could write to her and find out what she and Violet are doing now."

"All right, that will take a while. I wish that telephone company would hurry up and get the wires in for our telephones."

"I'll write a note this afternoon and get Ben to mail it for me," Mandie said. "And, Grandmother, I don't believe anyone from the school is going except Mary Lou."

"I invited everyone, dear," Mrs. Taft said. "But I suppose all the others already had plans. However, I told everyone they had until the first of May to let me know whether they were going or not, so we may have others coming with us."

"Thank you, Grandmother," Mandie said with a big smile.

Ben posted Mandie's note to Lily Masterson that afternoon.

Monday morning they were all up and ready to get the train to New York. And when they got to New York the next day, Jonathan and his father, Lindall Guyer, and John Shaw met them at the depot. Celia's mother, Jane Hamilton, and Mandie's mother, Elizabeth Shaw, were waiting for them at the Guyer mansion. Since this was strictly a hurried shopping trip, no one else was coming to New York this time.

And Mandie and Celia were happy two days later when all the shopping had been done and they all started home—Mandie and her mother and uncle to their home in Franklin, and Celia and her mother to their home in Virginia. Mrs. Taft came home with the Shaws.

Snowball was waiting at the front door when Mandie arrived. He growled, purred, swished his tail, and made circles around Mandie's feet. She stooped down to pick him up. "I suppose you must have missed me, Snowball," she said.

He purred loudly in her ear and tried to lick her face.

Aunt Lou came down the front hall. "Lawsy mercy, heah's my chile," she said, rushing forward to embrace Mandie, cat and all.

Mandie hugged her back. "I'm glad to be home, Aunt Lou. I've been worried about—"

Aunt Lou cut her short as she said, "Don't worry 'bout dat graduation dress. It's all done and hanging in my sewing room ready to go to Asheville when you go back, my chile."

"Now how did you know I was going to say I was

worried about my dress?'' Mandie asked with a big grin.

"'Cause you been worrying 'bout dat dress ever since we planned to make one fo' you, my chile,'' Aunt Lou said. "And now it's done and ready.''

Mandie quickly squeezed Aunt Lou's hand with her free hand as she held Snowball. "Thank you, Aunt Lou. I can always count on you. I love you.'' She bent forward and planted a quick kiss on the old woman's cheek.

"Now, now,'' Aunt Lou said, flustered as always when anyone tried to love her. She quickly turned away and started back down the hall. "Got to see 'bout dinner now.'' And stopping to glance back, she added, "I be thinkin' we're havin' chocolate cake for dessert tonight.'' She walked on toward the kitchen door.

"Oh, thank you, Aunt Lou,'' Mandie called after her.

Mandie went up to her room, deposited Snowball on the big bed, and plumped up a pillow to sit beside him.

"You know, Snowball, you were too young to remember, but I remember the day you and I came here to Uncle John's house. He was out of town but Mr. Jason invited us in and Aunt Lou gave us this room here to stay in until Uncle John would come home. I only had two dresses, both of them cheap, country clothes that I had had back home at Charley Gap when my father was living. Aunt Lou decided to make me all these wonderful dresses and everything. Oh, how I loved her for that.''

Snowball moved closer and rubbed his nose against her arm.

"Snowball, you and I were orphans. We didn't have anyone at all who loved us, except my father's old Cherokee friend, Uncle Ned. And bless his heart, Uncle Ned has always looked after me since my father went to heaven, just like he promised my father he would do."

There was a knock on the door, the door opened, and Liza, the maid, came in with a sandbox for Snowball.

"Aunt Lou say to bring dis heah box up heah since you at home now and Snowball won't be staying in de kitchen no more," the girl said, going to the far corner of the room and placing the box for the cat.

"Oh, thank you, Liza," Mandie said, straightening up.

Liza stood there a moment looking at Mandie and then she asked, "You been up to see dat new dress for de school thing?"

"No, Liza, I haven't yet," Mandie said. "Have you seen it?"

"I sho' has and it's beautiful," Liza said with a big grin.

Mandie quickly stood up and said, "Come on, let's run up to Aunt Lou's sewing room and look at it." She started toward the door. Liza followed.

Once in the sewing room, Mandie reached for the dress and took it down as she held it up before Liza. "I do believe we are about the same size except you may be an inch or two taller than I am."

"Dat's right. Dat dress it jes' fit me only it's a little short," Liza agreed with a big grin.

"This dress fits you? Did you try it on, Liza?" Mandie asked.

Liza walked around in circles in the room and wouldn't look at Mandie for a few minutes.

Mandie began thinking about the missing dress. Had Liza "taken it," maybe to try on, or look at, or something? Was that where it was when she couldn't find it?

"Liza?" Mandie asked as she took Liza's hand to stop her from walking around the room. "Liza, answer me. Did you try this dress on?" she asked.

Liza stomped her feet, dropped her gaze, and mumbled, "I'se sorry. I didn't do it no harm. I jes' wanted to see how I feel all dressed up like dat."

Mandie drew a deep breath and said, "All right, Liza, you are forgiven. But you should have asked me if you could try it on. The dress was missing and I was worried about it."

"I won't be doin' dat agin never," Liza told her.

"Liza, I'm going to get Aunt Lou to make you a real fancy dress," Mandie said. "You can wear it to church. Would you like that?"

"Oh, yessum, Missy, I'd like dat sho' nuff," Liza replied. "Does you really mean it?"

"Sure I mean it, Liza. I'll speak to Aunt Lou as soon as I get a chance while I'm home for the holidays." She reached to hang the dress back on the hook.

"Thank you, Missy Mandie, I'se got to go now, 'fo Aunt Lou be lookin' fo' me," she said and quickly ran out the door.

Mandie breathed a sigh of relief. That mystery was solved. She picked up Snowball, who had followed her up there, and said, "Come on, Snowball, let's go downstairs."

Mandie enjoyed her time with her mother during the holidays. School took so much of her time away from home. And she was overjoyed when her mother told her that this time she and Mandie's uncle, John Shaw, whom Elizabeth had married when Mandie's father died, would be going to Europe with the group.

"Oh, Mother, I am so thrilled. Last time you couldn't go," Mandie said as they sat alone in the parlor one afternoon.

"I don't get enough time with you, Amanda, but school is definitely necessary," Elizabeth told her, reaching to squeeze her hand.

Mandie smiled and said, "Well, just as soon as I get finished with my education I am going to come home and spend all my time with you, Mother."

"By that time you will probably have other things you will be involved in, that is, if my mother has her way about things," Elizabeth said, smiling at her.

Mandie quickly shook her head. "No, Mother, by that time I will be a grown woman with a mind of my own. Grandmother won't always be the boss," she said, grinning at her mother. "She's your mother. You know how overbearing, bossy, protective, or whatever you want to call it, she is. And I think she is beginning to realize I won't always be a child at her beck and call. I love her with all my heart. But you come first, Mother."

"I'm looking forward to our journey," Elizabeth said. "Now, do you know yet who all is going of your friends?"

"No, ma'am, the only sure one is Celia, and I suppose Joe Woodard. However, he keeps teasing me and saying he might not go," Mandie said, smiling. "You know how he is. Then I suppose Jonathan and his father will be going with us. And I imagine Dr. and Mrs. Woodard will go because Joe is going so they can spend time with him."

"Yes, Dr. and Mrs. Woodard are definitely going. She has told me," Elizabeth said. "All of us parents have to take every chance we can get to spend time with our young ones." ·

The few days with her mother came to an end

and Mandie had to return to school. Her next trip home would be her final one from the school because graduation would be coming up in May.

Mrs. Taft allowed Mandie to bring Snowball back with her. He would stay at her house while Mandie was at school. Sometimes Miss Prudence would think she heard a rat and she would ask Mandie to bring Snowball to the school to hunt it. Mandie was sure the lady did not always hear a rat. She was just being kind. But no cats were allowed at the school so she had to make up some excuse.

Ben met Mandie at the depot and took her to Mrs. Taft's house. Mandie would have to check in to school the next day.

There was a note that had arrived in the mail for Mandie from Celia saying she would arrive the next day to return to school.

"Grandmother, Celia will be back tomorrow," Mandie said as she read the note. "Do you suppose we could wait until the next day to check back in to school? Miss Prudence is vague about exact days usually and our return mostly depends on whenever we can get back."

"Yes, I suppose it will be all right for you to do that. I'll send Ben over with a note for Miss Prudence, just in case she has any objections," Mrs. Taft said.

"Thank you, Grandmother," Mandie said with a big smile.

The next day Mrs. Taft sent Ben to the depot to meet the train when Celia returned. Her aunt Rebecca always traveled with her back and forth to school, so Aunt Rebecca would be returning home the following day.

They all sat up late at Mrs. Taft's, discussing their journey to Europe.

"I do hope that little Mollie will behave and not throw a fit to remain in Ireland when we go there," Mrs. Taft said. "I'm not sure it was a good idea to take her with us."

"I'm sure I can control her, Mrs. Taft," Aunt Rebecca said. "And she will remember her sad life in Belfast once she's there, I'm sure, and she will realize she has to return with us."

"I do hope you are right," Mrs. Taft said.

As the two women talked, Celia looked at Mandie and asked, "When are you taking your graduation dress over to the school?"

"I'm not sure, but I'll have to have it pressed in time for graduation," Mandie said. Mandie had told Celia about Liza trying on the dress.

"I think it should be safe in the school, in our room," Celia said.

"I just don't know," Mandie replied. "Remember someone has been moving our things on the bureau and I'm not sure what they might do to my dress."

"You know, Mandie, there is a lock on the wardrobe door, but we don't have the key. Do you think Miss Prudence might have it? We could just lock it up in the wardrobe," Celia said.

"That's a good idea, Celia," Mandie said. "As soon as we get to the school tomorrow I'll ask her."

Mandie was determined nothing was going to happen to her beautiful dress that Aunt Lou had so lovingly made for her. If Miss Prudence didn't have a key to the wardrobe, she would have to think up some other secure way to protect the dress.

However, whoever was coming into their room and moving things on the dresser might decide to do something to the dress if she left it hanging out.

She would have to figure all this out tomorrow when she and Celia returned to school.

Chapter 11 / What?

When Celia and Mandie checked in to school the next day, they both left their graduation dresses at Mrs. Taft's house.

"They will be safer at Grandmother's," Mandie said as she and Celia hung the dresses in the huge wardrobe in the room they shared at her grandmother's house.

"Yes, we can bring them to the school just in time for our graduation," Celia agreed.

"In the meantime I'll ask Miss Prudence if she has a key to our wardrobe so that when we do put them in there we can lock it up," Mandie added.

When Ben drove them to the school that morning, all the other girls seemed to have returned after the holidays. Uncle Cal delivered their trunks to their room and the girls unpacked.

"We don't know if anyone has been in here or not because we took all our things off the bureau," Mandie said, placing her comb and brush on the bureau, and then she opened her drawer. "Everything seems to be like I left it."

Celia inspected her drawer and said, "Yes, mine, too."

They went down into the parlor to wait for the

bell for the noonday meal. They sat down near the door to the hall. The room was full.

"There's Polly over there, with April and the twins," Mandie told Celia, who turned to look.

The group seemed to be excitedly talking about something. As they watched, Mary Lou came in the door on the other side of the parlor near where Polly, April, and the twins were sitting. The minute the group looked up and saw Mary Lou walk past them they became quiet. Mary Lou only glanced at them and headed over to Mandie and Celia.

"They must have been talking about me, the way they shut up," Mary Lou said as she sat down next to Mandie.

"I was watching. Yes, or else they were discussing something they didn't want you to hear," Mandie agreed.

"Mandie, I just thought of something terrible," Mary Lou said with a quick intake of breath.

"What?" Mandie and Celia asked together.

"Your grandmother told Miss Prudence to make a blanket invitation to any of the girls here who want to go to Europe. Suppose those four decide to go with us?" Mary Lou said.

"That would be disastrous," Mandie said, frowning as she watched the other girls.

"You don't think they would have the nerve to go after the way they've acted, do you?" Mary Lou asked.

"I don't put anything past Polly Cornwallis," Mandie said. "I don't know about the twins, and I'd say April dislikes me enough that she wouldn't dare go."

"I sure hope you're right," Celia said.

"They could cause a lot of discord if we were all

cooped up together on a ship for a while," Mary Lou said.

"It sure could ruin our trip," Celia said.

"Not if my grandmother knows about it. Remember she is in charge and she knows how to handle everything," Mandie reminded the girls.

"Did y'all bring back your graduation dresses?" Mary Lou asked.

"Yes, but we left them at my grandmother's house for the time being," Mandie said.

"Did you bring yours?" Celia asked.

"Yes, and I tried to hide it in with my other clothes in the wardrobe in my room," Mary Lou said.

"It won't be long now until we graduate," Celia remarked.

"I wonder if the girls here will be going to Mr. Chadwick's School for Boys to their graduation ceremony," Mary Lou said.

"I hadn't really thought about it, but we do know some of the boys over there," Mandie replied.

"I don't know if those boys will be coming to ours, either," Celia said.

"Since Miss Hope is married to Mr. Chadwick, I would imagine we will attend each other's graduation," Mandie said. "Celia and I are expecting a lot of relatives and friends from back home, so there won't be a whole lot of room for all those boys at that school."

The bell in the backyard rang and all the girls in the room rushed out into the hall to form a line to the dining room. Mandie noticed that she and Celia and Mary Lou were going to be near Polly and the others in the line, so she fell back and said, "Let them get ahead so we don't have to stand near them."

As the other girls moved forward, Polly turned to look back at Mandie. She seemed to be talking to April, who also looked back.

"They're talking about us," Mary Lou said under her breath.

Mandie nodded in agreement as she watched the other girls split off to the other side of the room where they sat for meals.

Since no talking was allowed during a meal, Mandie and Celia quickly left when dismissed and Mary Lou followed. They stood in the hall to talk a minute.

"I just can't imagine what they are talking about," Mary Lou said as the other girls passed them in the hall.

"It certainly is strange that the twins got so deeply involved with April and Polly. They had just arrived here and didn't know anyone and then suddenly they are thick as hops with Polly and April," Mandie remarked as she glanced at some girls going in the other direction down the hall.

"We've got to get our books, Mandie," Celia reminded her.

"Yes," Mandie agreed.

Mandie and Celia were in classes all afternoon and had to hurry to their room to get back down in time for supper. Everyone else was already in line. She saw April and Polly together ahead of her, but there was no sign of the twins.

"The twins aren't here," Mandie whispered to Celia.

Celia looked ahead up the line and agreed, "I don't see them."

After supper, when Mandie and Celia returned to their room, they again found their things on the bureau moved about.

Mandie blew out her breath and said, "I'm going to catch whoever is doing this."

"Yes," Celia agreed.

Mandie rushed over to the wardrobe and looked inside. Nothing seemed to be disturbed in it.

After that, almost every time they left their room they would come back and find things on the bureau rearranged.

Finally one night after supper Mandie stomped her foot and said, "I think I'm going to speak to Miss Prudence about this." She put her things back in place.

"Yes, it's time to do that," Celia agreed.

They found Miss Prudence in her office. The lady looked up fom her desk and invited them in.

"Come in, young ladies, and have a seat," Miss Prudence said. Mandie and Celia sat in the straight chairs.

"What can I do for you now?" Miss Prudence asked.

"I hate to bother you with this, Miss Prudence, but it has been going on a long time now," Mandie began. "You see, almost every time we leave our room, someone comes in and rearranges everything we have on the bureau."

"Rearranges things on the bureau?" Miss Prudence repeated. "Please explain."

Mandie told her everything she could think of about the situation. "So far we aren't missing anything," Mandie said.

"They seem to be doing this for aggravation," Celia added.

"Do you have any ideas as to whom this might be?" Miss Prudence asked.

Both girls shook their heads.

138

"We left our graduation dresses at my grandmother's because of this. We were afraid someone would do something to them," Mandie said. "And we were wondering if you have a key to the wardrobe in our room that we could use to lock it up."

"Yes, I do have keys to just about everything in this school," Miss Prudence replied. "But we need to get to the bottom of this problem."

"It seems impossible to catch whoever is doing this," Mandie said.

"I'll have Aunt Phoebe and Uncle Cal check on your room now and then," Miss Prudence said. "Sooner or later they are bound to see someone going in and out of your room," Miss Prudence said. She got up and opened a drawer in a cabinet behind her desk. "In the meantime I'll let you have the key to your wardrobe and you can at least keep that locked."

"Oh, thank you, Miss Prudence," Mandie said.

Miss Prudence handed Mandie a key and said, "Now please don't lose this, but keep the wardrobe locked from now on so no one can get in it. In the meantime maybe we'll catch whoever is going into your room."

"Thank you, Miss Prudence," Mandie said as she and Celia left the office.

"At last we can lock the wardrobe," Celia said.

"And when we bring our graduation dresses over here we can lock them up," Mandie said with a smile.

As the days passed, someone kept moving things about on their bureau and no one was able to catch them. However, Mandie and Celia kept the wardrobe locked. Finally it was the week before graduation. Mandie decided it was time to bring their dresses to the school.

"Since we will have to fold them and put them in a bag so no one can see them, we will have to ask Aunt Phoebe to press them for us," Mandie said as she took down her dress from the wardrobe in Mrs. Taft's house.

"Yes, they will get wrinkled," Celia agreed.

The girls borrowed a large travel bag from Mrs. Taft, put the dresses inside, and had Ben bring them to the school.

Uncle Cal took the bag from Ben when he brought it and the girls followed him up to their room.

"Uncle Cal, would you please tell Aunt Phoebe we'll need our dresses pressed that are in that bag? We'll just hang them in the wardrobe until she gets time," Mandie said.

"I sho' will," the old man promised as they climbed the stairs.

Mandie and Celia's room was isolated from the other rooms. It was at the top of the stairs by itself. As they went up the last flight, Mandie looked up ahead and saw April Snow hurrying down toward them. These steps only led to Mandie and Celia's room.

Mandie quickly stepped in front of April as they met on the stairs. "What have you been doing in our room?" she demanded.

April frowned at her and said, "I was not in your room. I knocked on the door and no one answered, so I came back down the steps."

Uncle Cal had stepped back and was watching the girls.

"Just what were you knocking on our door for?" Mandie asked.

"I—I—just—wanted to ask you something," April stuttered out.

"What did you want to ask us?" Celia said to her.

"It was nothing important," April said, and she quickly darted around Mandie and hurried on down the staircase.

"She is probably the one who has been moving things on our bureau," Mandie said as they continued up the steps.

When the girls went into their room and Uncle Cal brought in the bag, they quickly went over to the bureau to look.

"Nothing has been moved," Mandie said.

Uncle Cal set the bag down and said, "I'll tell Phoebe you need some pressing done." He went out the door.

"Thank you, Uncle Cal," Mandie called after him.

The girls looked around the room. Nothing seemed disturbed.

"If she came in here, she didn't bother anything. Maybe she heard us coming," Mandie said.

Aunt Phoebe came to their room, got the graduation dresses in the bag, and took them downstairs to press. "I be sure nobody sees dese dresses," she promised the girls. "Be right back."

All the other girls were in classes and Mandie and Celia waited for Aunt Phoebe to return the dresses so they could lock them up in the wardrobe.

Aunt Phoebe was back in a short time. She carried the dresses over her arm and had them covered with a sheet. She helped put them on hangers and place them in the wardrobe.

Mandie took the key out of her pocket and said, "I'm locking the door now . . ." She put the key in the lock and turned it, and then returned the key to her pocket.

"They ought to be safe till you girls graduate," the old woman said.

"Whew!" Mandie exclaimed as she sat in one of the big chairs. "I'll be glad when everything is over and we can get away from here."

The days seemed to pass slowly because the girls were eager to get graduation over with. Then finally everyone arrived at Mrs. Taft's house to attend the ceremonies—Uncle Ned, Morning Star and Sallie, Riley O'Neal, Dimar, Dr. and Mrs. Woodard and Joe, Elizabeth and John Shaw, Mr. Jacob Smith, Celia's mother, Aunt Rebecca and Mollie, and other friends and relatives.

With all these people arriving, Mandie and Celia thought about other friends.

"You never did get a reply from Lily Masterson, did you, Mandie?" Celia asked.

Mandie took a deep breath of surprise and said, "No, I didn't, and I had plumb forgotten about sending her that note with so much else going on. I wonder why she didn't reply."

"Maybe she's on a long journey somewhere and hasn't received your letter yet," Celia suggested.

"Well, I hope I hear from her sometime," Mandie said. She happened to glance across the room at the wardrobe. She couldn't believe her eyes. She quickly jumped up to run to it. The door was open. "Celia!"

Celia quickly followed. They pushed the door the rest of the way open and searched for their graduation dresses. Celia's was there but Mandie's was missing.

"Oh no!" Mandie exclaimed, tears flooding her blue eyes as she collapsed on the floor.

"I'm going to get Miss Prudence," Celia said, and went out the door before Mandie could protest.

She came right back with the lady, who was clearly upset.

"What is going on, young ladies?" Miss Prudence asked as she looked at Mandie sitting on the floor.

"Someone has unlocked the wardrobe, but I have the key. How could they?" Mandie wailed. "My dress is gone."

"Oh dear, oh dear," Miss Prudence exclaimed as she rushed to look inside the wardrobe.

Aunt Phoebe stuck her head in the door. "I heard all de commotion, Miz Prudence. Somethin' wrong?"

Miss Prudence explained. "We need to search every room in this house immediately," Miss Prudence added. "Get Uncle Cal and Miss Hope."

With one of the teachers standing guard at the staircase so no one could go up or down without being seen, Miss Prudence led the search. They went into all the girls' rooms, examined their wardrobes, which were all unlocked, and found nothing.

Finally Miss Prudence and the others gathered at the top of the main staircase where they could talk.

"I'm sorry, Amanda, but your dress seems to have completely left this house," Miss Prudence told her.

Mandie had been crying and she said, "I'm going to my room to wash my face, Miss Prudence."

"I'll go with you," Celia said.

"We will remain here until you return," Miss Prudence replied.

When Mandie pushed open the door to her room she couldn't believe what she saw. Her graduation dress was spread out on the bed.

"Celia, this is crazy," she exclaimed, going to touch the dress.

"I'm going to get Miss Prudence. I'll be right back," Celia said, going out the door.

"I'm going in the bathroom to wash my face," Mandie told her.

As Mandie started toward the door on the other side of the room, she heard someone sneeze. She froze in her tracks and looked around. There was no one in sight. She held her breath, waiting to see if someone was coming into the room. Then she noticed the bed skirt moving. She raced across the room, jerked up the bed skirt, and came face-to-face with April Snow, who was quickly scrambling out from under the bed.

And at that moment, Miss Prudence appeared in the doorway, followed by Celia, Aunt Phoebe, and Uncle Cal.

The schoolmistress stood there in shock as she saw April Snow crawl out from under the bed and stand up.

"Just what do you think you are doing?" Miss Prudence actually screamed at the girl.

"My dress," Mandie quickly told Miss Prudence and pointed to it on the bed. "She had my dress."

"The wardrobe was locked. How did you get it out?" Miss Prudence asked.

April Snow, with a smirk on her face, pulled a key out of her pocket, held it up, and said, "The key to my wardrobe. All the wardrobes have the same lock."

"April Snow, you are expelled from this school here and now. Go to your room until your parents can come and get you," Miss Prudence told her.

April circled around everyone and edged out of the door backward without a word.

"I'm sorry, Amanda," Miss Prudence told her.

"That's all right, Miss Prudence. It wasn't your fault." Mandie replied.

After that incident things got back to normal at the school, and the next week the graduation was held without any hitches.

Mandie, dressed in her beautiful dress that Aunt Lou had made, floated up to the podium to receive that piece of paper that said she had graduated, with honors, from the Misses Heathwood's School for Girls.

There was a roaring applause as her friends and relatives clapped and congratulated her.

Joe Woodard was the first to reach Mandie as the ceremony ended. "You know, Amanda Elizabeth Shaw, I'm right proud of you," he teased with a big grin.

"No prouder than I am," Elizabeth Shaw was close behind him.

Then Mandie turned and saw Uncle Ned standing at the edge of the crowd. She quickly hugged her mother and ran to the old Indian.

Uncle Ned reached for her hand, squeezed it, and said, "John Shaw in Happy Hunting Ground proud of you, Papoose."

Mandie tiptoed and kissed his old leathery cheek. "I'm proud to have you for my friend, Uncle Ned."

Mrs. Taft held a large dinner party that night and Mandie celebrated with all her friends.

Afterward Mrs. Taft caught her long enough to say, "Now we must get ready for our trip to Europe. That will put the topping on this great event today. I'm proud of you, dear, and I love you." She quickly gave Mandie a squeeze and moved on among her guests.

Mandie was so excited she knew she wouldn't sleep a wink that night.

Chapter 12 / Full Circle

After much discussion with Mandie's grandmother, mother, and Uncle John, it was decided that Mandie would go home with her mother and uncle for a few days and would come back to her grandmother's house with them the first of June, when they would be traveling to New York.

Celia, her mother, and her aunt said good-bye, with plans to meet them in New York.

"Everyone is on their own to arrive in New York at Lindall Guyer's house in time to sail on Sunday, June the fifth," Mrs. Taft informed the whole crowd of people at her house.

"We'll be there," Dr. Woodard said.

"So will we," Jane Hamilton added.

"And, Mother, Mandie will be coming back with John and me to your house to travel on the train with you to New York," Elizabeth Shaw said.

"Everyone, thank you for everything," Mandie said at the top of her voice in order to be heard over the din of many voices as everyone stood at Mrs. Taft's front door, ready to leave.

Mandie looked at her friend Celia and said, "I suppose it was April Snow moving our things on the bureau, don't you think?" Mandie said.

"Yes, I believe it was her, but thank goodness we are finished with that school and all its mysteries," Celia said. "Mandie, please, let's not go looking for any mysteries at the College of Charleston."

"But Celia, I don't go looking for mysteries. They come looking for me," Mandie said with a laugh.

"Everyone who believes that, stand on his head," Joe said with a loud laugh behind them.

"Joe Woodard, I'm not going to speak to you on the train all the way to Franklin if you're going to talk that way," Mandie said with a frown, pretending to be serious.

"Well, since you girls are going to Charleston, and that's a long way from where I go in New Orleans, I won't have to worry about getting involved," Joe continued teasing.

"Amanda," Elizabeth Shaw called to her. "We're ready to go to the depot."

"I sure don't want to be left," Joe said, quickly following the crowd out the door.

In Franklin the Shaws went to their house and Dr. Woodard, his wife, and Joe traveled by the buggy they had left there, over the mountain to their home at Charley Gap.

When everyone had gone their way, Mandie felt lost. She went to her room, lay down across the bed, and began talking to Snowball, who somehow managed to sleep in the middle of it all the time.

"Snowball, I feel lost," she said as tears came into her blue eyes. "I don't like changes. Now I have to go make new friends at school in a strange place." She rolled over on her back, looked up at the ceiling, and said, "Oh, Daddy, how I wish you were here. I love you." She broke into sobs, and it was a long time before she finally sat up and went to wash her face. She had made a very important decision and she had to talk to her mother and Uncle John.

She found them in the parlor. Going straight across the room to her mother, she sat down on a footstool between her mother and John Shaw's chair.

"Mother, I want to go to see my father," she said in a shaky voice.

"What?" Elizabeth said in surprise.

"I think I know what you mean, Amanda," John Shaw said.

"All this graduation celebration should have included him," Mandie said in a shaky voice. "But on the other hand, if he had lived I would not have been going to Miss Prudence's school."

"I understand, Amanda," Elizabeth said, reaching to hold her hand. "You want to visit Charley Gap."

"Yes, Mother, I want to go before we sail to Europe," Mandie replied.

"Then we will go," John Shaw said. "Suppose we leave early in the morning. We can stay with the Woodards. They'll be home."

Mandie nodded. She didn't trust her voice not to break. She swallowed hard and whispered, "Thank you."

———

Mandie was ready before daylight the next morning. She came downstairs and found Aunt Lou and Liza already in the kitchen preparing breakfast. John and Elizabeth came into the room right after her and they all sat in the kitchen and had their morning meal.

Aunt Lou kept glancing at Mandie and finally she put her hands on her broad hips and said, "I sho' is proud of my chile. In all dis heah time of celebration she don't forgit her papa. Jes' don't stay too long at Charley Gap 'cause we'se got to git dem clothes ready for dat trip on dat big boat, you heah?"

Mandie jumped up and hugged the old woman. "I love you, Aunt Lou," she said.

"Now let me git some food ready for dat trip over de mountain," the old woman said.

When they left it was barely daylight because the sun was hidden by the mountain. Mandie held Snowball in her lap where she sat in the back of the wagon.

Much later, when they arrived at the Woodards' house, they found all of them at home. And Dr. and Mrs. Woodard were surprised to see them.

"This is a nice surprise," Dr. Woodard told them as he came outside when the wagon came to a stop at the back door.

But Joe was not surprised. He was right behind his father, and he helped Mandie jump down from the wagon as she held on to Snowball. He held her hand for a long moment and looked into her blue eyes. "This is not a surprise to me. I knew you would want to come home to Charley Gap before we sail," he said.

"You always understand things, Joe," Mandie said with a little smile for him. "As soon as we get freshened up, do you think you might want to go with me over to my father's house?"

"Of course, Mandie," Joe replied, still holding her hand.

Mandie pulled away and said, "Then I'd better wash my face and hands after that long trip through the woods in the mountains."

The adults went to sit in the parlor while Mrs. Miller, who worked for the Woodards, served coffee. Mandie looked at her mother and said, "May I go now?" She glanced at John Shaw, who started to rise from his seat. "Joe is going with me, Uncle John. We won't be gone long."

Mandie carried Snowball and walked with Joe down the road between his house and Mandie's father's house, and circled by Mr. Tallant's school. They had grown up together doing this. The territory was familiar in every way to Mandie.

As they neared her father's house, Mandie stopped and said, "I didn't let Mr. Jacob know I was coming. It doesn't look like he's at home. Do you think he would mind if we walked around the house and just looked around?"

"No, I'm sure he wouldn't. Although he lives here now, the house still belongs to you, and he was such a dear friend of your father's he's going to be sorry he missed you," Joe replied.

They turned down the lane to the house and walked beneath the huge chestnut trees where Mandie had played as a young child. She glanced at the long split-rail fence that her father had been working on when he died and which Mr. Jacob had finished for her later.

Mandie turned away from Joe as tears filled her blue eyes. Joe quickly put an arm around her shoulders and said, "Now, Mandie, we haven't been up to the cemetery yet."

"I know. Let's go," she said, wiping the tears from her face with her handkerchief. Snowball clung to her shoulder.

They climbed the road up the mountain to the cemetery where her father had been buried, which seemed so many years ago.

As they came into the opening, Joe led the way to the mound with the granite tombstone John Shaw had placed there for his brother. Mandie read the inscription, "James Alexander Shaw, born April 3, 1863, died April 13, 1900." She broke into sobs and fell to her knees. Joe reached to grab Snowball as he tried to escape and he put his other arm around Mandie's shoulders as he knelt beside her.

"I love you, Daddy, I love you," Mandie cried out. She took a deep breath then and, looking up at the sky, she said, "Dear God, please forgive me. I was so angry with you for taking my father that day. Please forgive me."

Uncle Ned appeared out of the trees and came to kneel on the other side of Mandie. "Big God, He knows everything, Papoose. He knows you were sad that day. He forgive you."

Mandie reached her hand to clasp Uncle Ned's, "I understand now, Uncle Ned. But my father was the only one I had in this world who loved me back then and I was angry because I was so scared." She sobbed loudly.

"You afraid now because you going to strange school far away from home," Uncle Ned said. "You know verse."

"Yes," Mandie said, joining hands with Joe on one side and Uncle Ned on the other side, and together they repeated Mandie's special verse, "What time I am afraid, I trust in Thee."

Mandie fell silent and in a moment she sat back on the grass and looked at her two friends.

"Uncle Ned, you promised my father you would look after me and you always have. I don't know what I would have done without you all this time since—since I lost him. I love you." She squeezed his hand.

Turning to Joe, she said, "And, Joe, you are always there for me. I love you, too." She squeezed his hand.

"You are my life, Mandie," Joe said softly as he held on to the white cat.

As Snowball loudly protested, Mandie smiled and looked at him as she said, "Snowball, that is where you were born, in the big barn down by my father's house. I took you with me when I ran away." She reached to smooth the white fur on his head as he looked questioningly at her.

Mandie stood up on wobbly legs and looked at her friends as she said, "I suppose we'd better go now."

"Yes, everyone might wonder where we went," Joe said.

"We go to father's house first," Uncle Ned said, leading the way down the mountain.

As they got to the bottom of the narrow road, Mandie saw a horse tethered by the barn. Mr. Jacob Smith had come home.

He was in the yard and came to meet them.

"I'm so glad to see you, little lady," he told Mandie. "I'm glad I came home before you left."

Mandie squeezed his big hand and said, "I was hoping I would see you. You see, a whole crowd of us are sailing all the way to Europe with my grandmother the fifth of June and we will be gone a few weeks. And when we return I have to go to Charleston, South Carolina, to college, so I don't know when I will have time to come back and visit here."

"I'm glad you are having a wonderful trip like that, Missy," Mr. Jacob replied. "Just don't forget to come back home to the United States."

Mandie laughed and said, "No way I'd ever give up my country."

"Have y'all got time for a cup of tea?" Mr. Smith asked, looking at Mandie, Uncle Ned, and Joe.

"We will take time," Mandie said.

When he led them into the house, Mandie was again overcome with memories. Memories of her father getting up first every morning, preparing breakfast, making biscuits, and the aroma of the wonderful coffee he made.

Mandie and her sister, Irene, had shared a room up in the loft. Mandie glanced at the ladder leading up there that she had gone up and down so many times.

"Have seats here," Mr. Smith told them, indicating the huge table where Mandie had eaten with her father.

As they sat down and Mr. Smith put water on the cookstove to boil, Mandie could see her father sitting here with her. They were always up before Mandie's mother and sister. She shouldn't think of that woman as her mother, she suddenly realized. She was a stepmother. And Uncle Ned had helped her find her real mother when her father died.

She set Snowball down and he raced for the woodbox behind the stove, although it was summertime. There was something about woodboxes that fascinated the cat. She remembered him trying to climb into the box when he was too small to reach it.

Mandie enjoyed her visit with Mr. Jacob Smith, who had been one of her father's best friends. She had asked him to move into the house and keep things going when she had unraveled the mystery of her family and she was no longer living there.

Finally Joe reminded her that they should return to his house or everyone might be worried about them being gone so long. Besides, he believed it was about time to eat.

Mandie smiled at him and said, "And I'll wager Mrs. Miller has baked a chocolate cake for you."

"Well, now, how did you know?" Joe teased.

When they got back to the Woodards' house there was a wonderful odor of cooked food, and Mandie suddenly realized she was starving. She set Snowball in the woodbox and Mrs. Miller promised not to let him outside while everyone ate in the dining room.

Mandie smiled across the table at her mother

and Uncle John and said, "I'm ready to go to Europe now."

Elizabeth smiled back and said, "I'm glad, dear."

John said, "So am I."

They returned home to Franklin and plans were made. Uncle Ned, Morning Star, Sallie, and Dimar would be leaving with them on the train for New York in a few days. The Woodards would travel up the next day because Dr. Woodard had patients he had to see before he left. During his leave he had asked the new doctor at Bryson City to look in on his patients.

Liza stood by, waiting on the table as everyone ate and listening to their plans. She received the shock of her life when Mandie suddenly looked at her and then turned to her mother and said, "Mother, would it be possible to take Liza with us to Europe?"

Everyone fell silent and looked at Mandie and then at Elizabeth.

After recovering from the surprise, Elizabeth said, "Why, Amanda, that is a wonderful idea, dear. Yes, we should take Liza with us."

"Who now!" Aunt Lou spoke up from over at the sideboard. "Dat girl ain't got no bidness in dat foreign country, wid all dem foreign people."

Everyone laughed. Liza stood there speechless and too surprised to move.

"But Aunt Lou, Liza could be very helpful to us, especially with Amanda taking that cat along," Elizabeth said. "Yes, I think Liza should go with us." Looking at Mandie she added, "We'll have to hurry and get her some clothes, Amanda."

"Mother, we are the same size except she is a little taller than I am, and I don't need all those clothes we bought in New York. If Aunt Lou could let out some of the hems they would fit just fine," Mandie replied.

"Lawsy mercy, temptin' dat girl with fine clothes.

What is dis heah world comin' to? I won't ever be able to control her when she comes back," Aunt Lou said, slamming the lid down on a dish at the sideboard.

Mandie smiled at Liza, who was still frozen in shock as she stood by the table, and said, "Liza, I told you I would get you a beautiful dress."

With the things that needed to be done it was a wonder that the Shaw family ever got to New York on time, but they did, dragging openmouthed Liza with them.

And when the Guyers met them at the train and took them to their huge mansion, Liza was absolutely in shock. She was afraid to touch anything or even speak to anybody. Mandie hoped this would wear off.

It was Sallie who was able to comfort the frightened girl. They were sitting in the small parlor with Mandie the next morning. Liza had not spoken a word since they had arrived.

Sallie smiled at her and said, "Liza, please do not feel scared. You are different from these white people, but so am I and I am not scared of them. They are all my friends."

Liza looked at her and didn't speak.

"Remember the big God made us all and He decided what kind of people we would be, and we all belong to Him," Sallie told Liza.

Liza looked at her with interest then. "But why did He not make us all alike? Why am I black and you are Indian?" she asked.

Mandie spoke up and said, "He made me pieces of different kinds of people. I am part white and part Cherokee. He made us all whatever He thought best. And you will see all kinds of people in all the foreign countries we are going to visit. They look different, talk different, and act different."

Finally Liza seemed to understand. "Sho' 'nuf?"

she said. "I wanta see all dem different kinds of people."

"You will," Mandie promised with a big smile.

When everyone had assembled at the Guyers' mansion a few days later, Mandie was amazed to see that Polly, April Snow, and the twins had come to travel with them to Europe. Mrs. Taft explained that it had been an open invitation and therefore they must make these other guests welcome. Mandie silently groaned with displeasure. But she was pleased to see that Mary Lou had come.

As they began getting luggage ready to be taken to the ship, everyone was excited and talking at once. The buzz was deafening in the parlor.

Mandie smiled across the room at her mother and then walked over to her. "Oh, Mother, this is so wonderful that I will get to spend all this time with you on the trip," she said.

Elizabeth Shaw reached to embrace her and squeezed her tightly as she replied, "And so wonderful to me, too, dear. I love you with all my heart."

"And I love you with all my heart, Mother. I'm so glad Uncle Ned knew how to find you, my real mother, when my father died," Mandie said. "I thank God every day for you."

Tears filled Elizabeth's eyes and she could not speak but squeezed Mandie still harder.

Someone tapped on a dish or something to quiet the roar of talk. "Please, Mrs. Taft wants to speak," Lindall Guyer said as he waved across the room at everyone.

Mrs. Taft, standing by his side, cleared her throat and said, "It is time to begin our way to the ship. Please stay together when we get there and are directed to our cabins.

"Oh, shucks," Mandie said to her circle of friends

standing here. "I thought maybe she was going to announce that she would be marrying Mr. Guyer, since I don't see Senator Morton along this time."

All her friends howled at the idea.

"I don't think she would do it that way," Jonathan said. "Not with my father. They would probably elope."

The laughter began.

Everyone finally made it to the dock, and when Mandie and her friends saw the great ship standing there they hugged each other in excitement.

Mandie glanced at her mother and then Uncle John and thought, *God has certainly blessed me.*

Everyone moved up the gangplank.

———

Watch for *New Horizons,* the first book
in Lois Gladys Leppard's new series,
MANDIE'S COLLEGE DAYS,
coming in Summer 2005!

How well do you know the MANDIE BOOKS? Take this quiz to find out! The first one hundred readers who correctly answer all forty of the following questions will win a copy of *New Horizons,* the first book in Lois Gladys Leppard's new series, MANDIE'S COLLEGE DAYS (available Summer 2005). Follow the grown-up Mandie as she begins college and meets new friends.

1. *Mandie and the Secret Tunnel*: What is the date of birth of Mandie's father?
2. *Mandie and the Cherokee Legend*: What wild animal almost attacked Mandie?
3. *Mandie and the Ghost Bandits*: Who almost fell off the railroad-track bridge?
4. *Mandie and the Forbidden Attic*: What racial slur did April Snow call Mandie?
5. *Mandie and the Trunk's Secret*: What is Uncle Cal's mother's name?
6. *Mandie and the Medicine Man*: What Catawba man kidnapped Joe?
7. *Mandie and the Charleston Phantom*: Who was the supposed ghost?
8. *Mandie and the Abandoned Mine*: Where is the only place Snowball doesn't go with Mandie?
9. *Mandie and the Hidden Treasure*: How old was Ruby Shaw when she died?
10. *Mandie and the Mysterious Bells*: What dead animal did Mandie and Celia find in the middle of the bed?
11. *Mandie and the Holiday Surprise*: What was Mandie's mother's surprise?
12. *Mandie and the Washington Nightmare*: Why was Mandie so embarrassed when she met President McKinley?

13. *Mandie and the Midnight Journey*: What is Mandie's baby brother's name?

14. *Mandie and the Shipboard Mystery*: What ship do Mandie, her grandmother, and Celia sail on to Europe?

15. *Mandie and the Foreign Spies*: What game do the young people play that Mandie is not interested in?

16. *Mandie and the Silent Catacombs*: What restaurant in Rome does Senator Morton take Mrs. Taft, Celia, and Mandie to?

17. *Mandie and the Singing Chalet*: Who is singing at the abandoned chalet?

18. *Mandie and the Jumping Juniper*: Lady Catherine was in love with Rupert, but who was Rupert engaged to?

19. *Mandie and the Mysterious Fisherman*: Why is the fisherman so sad?

20. *Mandie and the Windmill's Message*: Who has a crush on Mandie?

21. *Mandie and the Fiery Rescue*: What did Mandie break at the candy shop?

22. *Mandie and the Angel's Secret*: What do the Cherokees claim will cure anything?

23. *Mandie and the Dangerous Imposters*: Who does Mandie say is to blame for Sallie's being kidnapped?

24. *Mandie and the Invisible Troublemaker*: Who is considering buying the Misses Heathwood's School for Girls?

25. *Mandie and Her Missing Kin*: When Mandie and Joe try to track down the howling, what do they discover is making the noise?

26. *Mandie and the Schoolhouse's Secret*: What do Mandie and Celia discover in the old, musty trunk?

27. *Mandie and the Courtroom Battle*: Whom does Mandie allow to live in her father's house?

28. *Mandie and Jonathan's Predicament*: How do Mandie and Jonathan get off the roof?

29. *Mandie and the Unwanted Gift*: What was Jonathan's Christmas present to Mandie?

30. *Mandie and the Long Good-bye*: Whom did Dr. Woodard give medical attention to?

31. *Mandie and the Buried Stranger*: Whom did Mandie and Joe help out of the pile of mica?

32. *Mandie and the Seaside Rendezvous*: Why did Grandmother tell Mandie to put on a nice dress when they were going to visit the Saylorses?

33. *Mandie and the Dark Alley*: When Mandie and Celia tried talking to a bum in the alley, what did he do to them?

34. *Mandie and the Tornado!*: Who owns the old house by the creek that joins John Shaw's property?

35. *Mandie and the Quilt Mystery*: What is the message on the quilt?

36. *Mandie and the New York Secret*: What is Jonathan's dog's name?

37. *Mandie and the Night Thief*: Who or what was stealing jewelry from Mandie's room?

38. *Mandie and the Hidden Past*: Whom does Polly Cornwallis sneak onto the Shaws' property?

39. *Mandie and the Missing Schoolmarm*: Why did the light in the attic keep turning on and off?

40. *Mandie and the Graduation Mystery*: What are the twins' names?

Send your answers to:
Mandie #40 Contest
℅ Bethany House Publishers
11400 Hampshire Avenue South
Bloomington, MN 55438
Visit *www.Mandie.com* for updates about the contest.